ハヤカワ文庫 SF
〈SF2418〉

デシベル・ジョーンズの銀河《スペース》オペラ

キャサリン・M・ヴァレンテ
小野田和子訳

早川書房
8982

SPACE OPERA

by

Catherynne M. Valente

Translated by
Kazuko Onoda
First published 2024 in Japan by
HAYAKAWA PUBLISHING, INC.
This book is published in Japan by
arrangement with
the author c/o BAROR INTERNATIONAL, INC.,
ARMONK, NEW YORK, U.S.A.
through TUTTLE-MORI AGENCY, INC., TOKYO.

ヒース（駐地球銀河系グラムロック大使）に

デシベル・ジョーンズの銀河《スペース》オペラ

登場人物

デシベル・ジョーンズ…………ロックスター。ヴォーカル。本名ダネシュ・ジャロ

オールト・セント・ウルトラバイオレット……〈絶対零度（アブソリュート・ゼロズ）〉メンバー。千の楽器を操る男。本名オマール・カリスカン

ミラ・ワンダフル・スター……〈絶対零度（アブソリュート・ゼロズ）〉メンバー。ドラマー兼ヴォーカル

エスカ…………………………半分フラミンゴ、半分チョウチンアンコウの宇宙人。星間外交担当

オーオー………………………レッサーパンダの宇宙人。タイムトラベラー

カポ……………………………オールトの白ネコ

ナニ……………………………デシベルの祖母

地

ロック黙示録《アロカリプス》だ
魂をむきだしにしろ

――『ハードロック・ハレルヤ』（Hard Rock Hallelujah）ローディ
（ユーロビジョン・ソング・コンテスト〔ESC〕二〇〇六年優勝曲）

1

恋のブン・バガ・バン（Boom Bang-a-Bang）
（ＥＳＣ一九六九年優勝曲）

むかしむかし、地球という名の小さな水っぽい興奮性の惑星の、イタリアという名の小さな水っぽい興奮性の国で、エンリコ・フェルミというなかなかハンサムな紳士が生まれ、親があまりにも過保護だったせいで原子爆弾を発明せざるをえないと思うようになってしまった。そしてかつてないほど深刻な不安を引き起こし、社会を不穏にさせる粒子の数々や超ウラン元素を発見し、核の箱の底にある喜びを見つけようとプルトニウムを掘り下げる合間に、フェルミのパラドックスとして知られる問題を考える時間までつくりだした。もしあなたがこのキャッチーなジングルを聞いたことがないのなら、お教えしよう――この銀河系にわれらが古きよき昔なじみのたよりになる太陽とよく似た星が何十億もあるとしたら、かつその多くが大きな黄色い淑女よりほんの少々年上、かつそのなかのいくつかにわれらが古きよき騒々しき地球とよく似た惑星を持つ可能性があり、かつその惑星が生命を維持できる可能性があって遅かれ早かれ生命が維持されることになる可能性が高いとする、とすればいまごろは彼方の誰かが星間旅行を編みだしているはず、となればたとえ一九四〇年代初期の推進システムのばかばかしいほどのろい速度だろうと数百万年もあれば天の川全体が植民地化されていておかしくない。

では、みんなどこにいるんだ？

ミスター・フェルミの銀河系規模の孤独を憂える叫びを静めようと、数々の答えが提示された。なかでもよく知られたもののひとつが〝地球レアもの説〟で、それはやさしくこう囁きかける――「まあまあ、エンリコ。有機生命体というのはとても複雑なものだから、いちばん単純な藻類でさえ原始スープのいちばん基本的な素材になるためにはとっても特殊で絶対にまちがっちゃいけないたっくさんの条件をぜんぶクリアしなくちゃならないのよ。有機生命体を愛する古い星だの岩の塊だのがあればいいかというとそうはいかないの。磁気圏がなくてはならないし、月も必要（これは多すぎてもだめ）、ヴァン・アレン帯が二つ、三つ欲しいし隕石や氷河やプレートテクトニクスの大いなる助けも必要――それも大気や窒素と結合した土や海をひとつ二つ剝ぎ取ってしまったりしない程度のものでなくちゃいけないし。ここにいる生命体の誕生につながる何兆だか何京《けい》だかの出来事がひとつひとつおなじように、どこかほかの場所で起こるなんて、まずありえないの。なにもかもしあわせな偶然のなせるわざ。ロマンをもとめたいなら運命と呼んでもいいわ。幸運といってもいい。神、でもいい。イタリアでコーヒーを飲んで、シカゴでソーセージを食べて、ロスアラモス国立研究所で前の日につくったハムサンドを食べてみて。だってそういうものこそ高級な多細胞生物の最高峰が手に入れた最高のものなんだから」

〝地球レアもの説〟に悪意はないとわかってはいるが、この説はとんでもなく、はなはだしく、見事にまちがっている。

生命は気むずかしいものでも小うるさいものでも唯一無二のものでもないし、そこに運命が入りこむ余地などない。有機知覚生命体をのせたガソリンを食うミニ・ゴーカートをキックスタートさせるのは、そいつを丘の上からドンと押してなにもかもが自動的に爆発するのを見物するのとおなじくらい簡単だ。生命は生まれたがっている。生まれずにはいられないのだ。進化はすぐにも起きる準備ができている。ジェットコースターの順番待ちをしている子どもみたいに右足、左足、とピョンピョン飛び跳ねている。色とりどりの光や大音響の音楽やコースターの真っ逆さまパートにテンション爆上がりで、チケット代を払う前からちびりそうになるくらいの興奮状態になっている。しかもそのチケット代は安くて、安くて、安い。よりどりみどり居住可能惑星詰め合わせ、ひと袋一ドル！　魅惑的かつ／あるいは危険な植物相、動物相、ひとつ買えばひとつおまけがついてきます！　酸素！　炭素！　水！　窒素！　安いよ！　安いよ！　安いよ！　そしてもちろん、食べられる知的種族ぜんぶ付き。かれらはひと晩で活動を開始し、産業文明の中道を進み、ジャイアント・ディッパー・ウルトラ・サイクロン・コースターに乗って吐いて吐いて吐きたおして死ぬか、脱出速度に達して小さなペンキ塗りのプラスチック製ボブスレーで底知れぬ深淵へ飛びだしていくかどちらか。

無限ループだ。

そう、生命はレアで貴重とは正反対のものなのである。生命はどこにでもある——ジトジト、ベタベタしている——抑制力は保育園でパック入りジュースをもらえないままなかなかこないお迎えを待っている幼児並み。そして生命は、銀河系を股にかけて無限といえるほどのバラエティに富んではいるものの、もしあのやさしい目をした哀れなエンリコ・フェルミがもう少し長く生きていたなら、きっと彼を絶望の淵に追いやったにちがいない。なぜなら生命は掛け値なしに忌まわしいほどに愚かだからだ。

生物学や知覚力や進化がたんなるお人好しのおばかさんとか、並以下の道具と、よくてとっちらかった、悪くいえば顔面に幻覚誘発性バイオハザード充満サーカス砲を食らったような美意識とで懸命に修繕する鋳掛《いか》け屋という程度ならそう悪くはないだろう。しかし原子力時代のすらりとした少々禿げかかった父親さながら、かれらはやがてとんでもなく大きなフィードバックを受けることになる。かれらは自分たちの力を心底、信じている。それに反する証拠が宇宙のあちこちで腐るほど積みあがっていようと、ものともしない。生命は究極のナルシストで、自己顕示欲の塊だ。宇宙がしぶしぶ提供したなかでも最高に気の滅入る荒廃地域のまっただなかにある最高に期待はずれの星のまわりを千鳥足でふらふら回る、乾いた彗星がオエッと吐きだしていったごくごく小さなかけらに最悪の菌類を一滴垂らしてやれば、だいたい数百万年後くらいには大アンズタケを崇拝する念動力をもつキノコ人があふれる社会が生まれ、かれらが乗った最高にうまい軽く炙ったロケット船がそこらへんの興味のある地点をビュンビュン飛びまわっていることになる。二つの痰みたいにドロッとした太陽のあいだをシャッフルボード（細長いコートで円盤を棒で突き、前方の点数が書かれたマス目に入れるゲーム）並みに長い年月スラロームしていた敵意ある硫黄を含む珪酸塩の溶岩溜まりを浚渫《しゅんせつ》し、地獄が吐きだした放し飼いの酸性雲の塊や未治療の糖尿病と重力的に同等のもの、文明のような毒性があって燃えやすいものと張り合うなんてことは絶対にさせてはならないなにかがそろうと、「いや、待て、だめだ、どうして？」というまもなく、そこにはぜんぶアースラという名の知覚力のある気体各種が詰まったポスト資本主義のクリスタルの風船がうじゃうじゃ這いまわることになる。

そう、宇宙はあっという間にできて膿疱《のうほう》をつくりまくって悪化の一途をたどる生命でいっぱいなのだ。

では、みんなどこにいるんだ？

さて、エンリコ・フェルミがロスアラモス国立研究所の同僚のエディとハーバートと連れだってぶらぶらとランチを食べに出掛けたときのことだった。最近、市のゴミ箱の盗難が頻発しているとか、あのロズウェルあたりのべろんべろんに酔っ払った田舎者たちがぺちゃくちゃしゃべっている〝異星人〟とやらはきっとバットで郵便受けをぶち壊して回る落ちこぼれどもみたいに全速でぶっ飛ばしてたんだろう、などとしゃべっていたそのとき、頭上に輝く砂漠の太陽があまりにも熱く、近いので、人生ではじめて若禿げでよかったとエンリコが思ったそのとき、なにもない火ぶくれの青空を見あげて、どうして完全に空っぽでなくちゃならないんだろうと思ったまさにそのとき、そして実をいえばつい最近まで、誰もみな、どうやら避けようのない、ガチで存在する、知的で現実的な全面的銀河系戦争というものを脳裏から消し去ろうと必死にあがいていたのだった。

生命は美しい、そして生命は愚かだ。これは熱力学第二法則や不確定性原理、日曜日は郵便がこない法則などとおなじく不可侵のものなのである。そのことを忘れずにいるかぎり、そしてどれかひとつに肩入れしたりしないかぎり、銀河系の歴史は、あなたがちゃんとついていけるようスクリーンに歌詞が明滅するシンプルな楽曲と、やさしくて親切で巨大ですべてを滅ぼす炎のミラーボールだ。

この本はミラーボールだ。
ミュージック、スタート。ライト、オン。

みなさんにはここで銀河系市民戦争について理解しておいてもらわねばならない——銀河系市民戦争は機能的には、みなさんも遭遇したことのあるピリピリ張り詰めた状態のカップルの乱闘、ドアを力いっぱいバタン、皿の投げ合い、壁越しに聞こえる悲鳴まじりの泣き声からなるドラマとまったくいっしょだ。関係者にとっては大問題だが、爆発範囲の外にいる者にとっては逼迫《ひっぱく》度でいえばランチはなににしようかという問題のほうがずっとずっと大きい。きっかけはなんだったのか、どちらが悪いのか、そんなことはどうでもいいし、ドタンバタンしているあいだなんとかぐっすり眠ろうと悪戦苦闘しているご近所のことなんか誰も気にしないし、とどめのひとことがなんだろうと天にも地にもなんの影響もありはしない。ああ、最初はソファにすわって無邪気に語り合い、いろいろな発見があるハート形の夜がつづいていた！　ところがそのうちどちらかが二週間、洗濯をさぼり、あとはもう涙と真っ赤な顔と呪い言葉や育ちが悪いという嫌味の応酬、レーザー砲に特異点爆弾に最後通牒に「二度と顔も見たくない、こんどこそ本気だから」とか「ほんと、あなたってお母さんそっくり」とか「どういう意味だよ、アルニザールの母星の蒸気採掘をするって——そんなの戦争犯罪だからな、このモンスターめ」となって、ついにははたと気づくとみんなくすぶる瓦礫の山のなかに立っていて、それが日常になってしまっている。そしてどうすれば敷金がとりもどせるだろうと考えている。これは狭すぎる空間に大勢の人が詰めこまれた結果、起こることだ。

そして空間はつねに狭すぎる。

だがけっきょくのところ、戦争というのはどれもこれも似たり寄ったりだ。キャラメルコーンとピーナッツと窒息しながらの焼死の層を掘り下げていくと、その底にはご褒美があってそのご褒美はある質問で、その質問がこれだ——わたしたちのどっちが人で、どっちが肉なのか？

もちろん、わたしたちは人だ、ばかをいっちゃいけない。しかし汝は？ そこはなんともいいがたい。

エンリコ・フェルミの小さな水っぽい惑星では、たとえばニワトリは人ではないが物理学者は人だと誰もが思っていた。同様に、ヒツジやブタ、蚊、ブラインシュリンプ、リス、カモメ等々は人ではなく、配管工やミュージシャン、議会スタッフ、照明デザイナーなどは人とされていた。この区分けは（とくに物理学者は）非常にわかりやすい。ブラインシュリンプはさほど口数が多くないし、リスは技術や数学の分野で大きな進展を遂げることができなかったし、カモメはあきらかにものの道理、感情、良心の呵責といった重荷から解き放たれていたのだから。イルカやゴリラ、医薬品販売員はボーダーライン上とみなされていた。そして最終集計で〝ホモ・サピエンス・サピエンス〟（クロマニヨン人以降の人類）が合格とされ、ほかはすべて高度知覚力派閥に入ることはできなかった。ただし、分岐群《クレード》（共通の祖先から進化した生物群）のメンバーのなかには、人間といっても髪のカールが強すぎるとか鼻が大きすぎるとか信じる神が多すぎるとか少なすぎるとかちょっと辛すぎる食べものが好きだとか女だとかたまたま川辺の格別気持ちのいい少しだけ陰った草地を占拠しているようなのは、たとえ頭がひとつで腕が二本、足が二本で翼がなくて受賞歴のある数学者で泥のなかで転げ回ることなどめったにないとしても、野ブタとなにも変わらないのではないかと感じている者たちもいた。したがって、そういった手合いをほかの肉同様に利用しようが無視しようが、さらにいえば虐殺しようが、まったくなんの問題もなかった。

けっきょくのところ誰も肉のために泣いたりはしないのだから。

もしあの青い愚かなボールが、たとえばドイツ人とドイツ出身ではない人とを見せられて肉／人・方程式を解くのに苦労していたというなら、アルニザール帝国が割安で売り出し中の溶岩捨て場にアースラたちがうじゃうじゃ浮かんでいるのを見つけたときの途方もない驚きを、あるいは目に見えないほど小さな寄生ホタルのイナキという種が充分な数、レンザーリという厚皮動物（カバ、ゾウ、サイなど）の黄緑色の温かい肉のなかに安全に潜りこめれば洗練された集団意識が獲得できるとわかったときの途方もない驚きを、想像してみてくれ。あの銀河系の半分を支配していた念動力を持つホヤの深宇宙開拓団が、胞子基盤のナノコンピュータを使って進化のポップチャートを早送りで上昇していったえらく知的なピンクの藻類シブ（その言語がまた最長十四時間つづくキラキラの悲鳴で、近くにある乳製品を一瞬で凝固させてしまうのだが）と遭遇したときの存在を基盤から揺さぶられるような不快感を想像してみてくれ。それに、種全体がまともなクリーニング屋から一千光年も離れたちっぽけなガス巨星で生じているぼうっと照らされた怒り狂うサイキック・ハリケーンにしか見えないフロドスのまじめくさった顔を相手にするなんて、どこの誰ができるというんだ？

ヴープレットやメレグや３２１はいうにおよばず、銀河のカウチ・クッションの隙間に詰めこまれていて、つぎつぎに押し寄せた勇敢な探険者たちによって発見された連中はどれもこれもナンセンスでどれひとつとして人ではありえなかった。どれもこれも人のようには見えなかった。アルニザール——エレガントな房船に乗って闇のなかを航海する、あの溶けたヴェネチアングラスのやわらかにうねるチューブ——とはまるきりちがっていた。ユートラック・フォーメーションの威厳あふれる石の市民とも、きらきら光る秘密主義の微粒子ユーズとも似ても似つかなかったし、光輝ケシェットというふわふわの毛で覆われていて尻尾がフラシ天のタイムトラベルする大酒飲みとも似ているところはまったくなかった。光輝ケシェットは人間がレッサーパンダと呼ぶ生きものにありえないほど似ていたが、〝まともな人〟に属する種で似通ったものはひとつもなかった。これら辺鄙《へんぴ》な星系生まれの新参の成り上がり者どもは絶対にまちがいなく肉だった。メレグの場合はノミと馬糞と奇妙なクマのたぐいだったし、ヴープレットの場合は宿主の腐りかけた口で楽しげに駄じゃれを飛ばす伝染性の腐敗ウイルスだった。アースラが偶然つくりだした冒瀆的傾向の強い人工知性社会３２１は解き放たれ、罵られ、その後ウードゥー星団の衛星墓地に流刑になったが、固くて筋っぽい数学が主成分だったので多少消化しにくかったとはいえ、これもやはり肉だった。けっして丸っこい塊のアルニザールがシブほどおぞましくないというわけではなかったし、でかい図体で重々しく歩くユートラックが321ほど危険なくらい愚かではないということもなかった。

正直にいって、どちらの側にとっても熟慮すべき現実的問題はただひとつ、食べるか奴隷にするか遠ざけるかペットにするか、でなければ静かにきれいさっぱり絶滅させるか、どれにするかの問題だけだ。けっきょくのところ、連中にはほんものの知性はなかったのだ。超越性もなかった。魂もなかった。あるのはただ消費し、呼吸し、排泄し、騒ぎを起こし、繁殖し、格別不安定な紡錘に格別毛羽立った糸を巻きつけるように自分たちを取り巻く銀河を回転させている偉大なる文明に生殖細胞レベルで不快感を催させる能力だけだった。

とはいえ、その肉は船を持っていた。惑星もいくつか持っていた。しかもちょっと突いたら、突いたほうのすてきなこざっぱりとした月すべてに紫外線の黙示録的業火の雨を降らせた。そしてその肉は自分たちは人で、天の川の偉大なる古参の社会はひと皿の牛挽肉だと思っていた。なんともナンセンスな話だった。

こうして〝知覚力戦争〟がはじまり、何十万もの世界が、イヌが代数ができるから同類の死を悼む感情があるからといって、はたまたシブの赤紫色の海に沈む四重の太陽を題材にシェイクスピアをして筆を折って父親が常日頃から望んでいたとおりに革手袋商の後を継ごうかと思わせるほどのソネットを書けるからといって、人とおなじテーブルで食事をさせていいものかという内輪の論争に巻きこまれていった。けっきょくこの戦争が終わったのは……えーと、ちょい待ち……再来週の土曜日でちょうど百年前ということになる。

あらゆる手が尽くされ、いい尽くし、撃ち尽くし、燃やし尽くし、蒸発させ尽くし、掃討し、片をつけ、心底からの、はたまたうわべだけの謝罪がなされ、誰もがこれは二度めはない、またこんなことがあったら銀河系は壊滅すると思い知って立ち尽くしていた。なにか手を打たねばならなかった。なにか常軌を逸した、現実的な、うまい手を打たねば。砕け散った世界をひとつの文明にまとめあげる手を。なにか意味のある手を。全体をぐっと持ちあげるような手を。壮大な手を。美しく、愚かな手を。なにかとんでもなく華々しく、輝かしく、まぎれもなく人らしい手を。

さあ、元気よくはずむミラーボールについていこう。コーラスがはじまるぞ。

2

不死鳥のように舞いあがれ（Rise Like a Phoenix）

（ESC二〇一四年優勝曲）

むかしむかし、地球という名の小さな水っぽい興奮性の惑星の、イギリスという名の小さな水っぽい国（なにに関しても絶対に興奮しすぎないぞと固く決意していた国）で、足が長くてサイケデリックで両刀使いでオムニセクシャルでジェンダー分裂でグリッターパンクで経済的にはボロボロで人種的には野心満々のグラムロックの救世主のダネシュ・ジャロという名前の男がとある家に生を享《う》けた。その家は大家族で、いい意味でなにもかもほったらかしだったので、ダネシュが週末はいつも家をあけるようになっていたことに家族が気づいたのは、食料品を山ほど抱えた彼のお祖母《ばあ》さんが地下鉄のピカデリー・サーカス駅のまえを通りかかっていつも午後に嗜んでいるペルノ（フランス原産のリキュール）色のフロックコートを着た身長二十フィートの孫のダネシュが巨大広告をすみずみまで埋め尽くしているのをたまたま見かけ、びっくり仰天あんぐり口をあけて固まった日のことだった。お祖母さんを見つめ返す金ぴかの輪郭で描かれた黒光りする顔のまえにはこんな文字が躍っていた――〝デシベル・ジョーンズ&絶対零度《アブソリュート・ゼロズ》ライヴ/バーミンガム・ヒッポドローム公演完売！〟ダネシュはケンブリッジの十九世紀文学の講義をタバコを吸うために抜けだして二度ともどらず、ロンドンのケチくさい格安中古品店で全品一ポンドの箱をひっかきまわしてラインストーンやスパンコールやケバいデュオアイシャドーを漁っているあいだに、エレクトロ・ファンク・グラムグラインドというまったく新しいジャンルを生みだし、世界一のロックスターになっていたのだった。

　とりあえず約三十秒間は。

　レコード誕生とおなじくらい古くからある歌だし、ここまでの経緯はみなさんご存じのとおりだ――惑星に何十億かの人がいて、かつそのうちの心乱れるほどの数がミュージシャンで、かつスリーコードと冴えた歌詞のつましい応用では電気代を払える可能性すら自殺を誘発しかねないほど低く、かつそういったミュージシャンたちにいいものを生みだせる力があるなら遅かれ早かれそういうものを生みだす可能性が高く、かつデジタル的にもつれあった全世界の人々が超瞬間的充足感をエネルギーにして危険きわまるスピードでいくつもの文化を消費していく、とすれば世界一のロックスターになることは休憩時間にスナックも出してもらえないような一回きりのギグ出演者になることとイコールになる可能性がきわめて高く、地球の総体的注意力の拡散速度がいくらばかばかしいほどのろくても、どんなに大成功を収めたリードヴォーカルだろうと遅かれ早かれ、なにもかも吸いこんでしまうブラックホール級の二日酔いとともに地質学的に見てとんでもないヘアスタイルでアパートの床で目を覚まし、こうたずねることになる――みんなどこにいるんだ？

　このそこそこの音楽的悲劇をなんとか解消しようと、さまざまな手が打たれてきた――ソロアルバムでカムバック、再結成ツアー、過去の白熱のヒット曲を中間価格帯の車のCMに使うのを許可する、テレビのリアリティ番組でいっきに失地回復する、衝撃的な自叙伝を出す、プライドを捨ててユーロビジョンをめざす、子ども向け映画のサウンドトラックでそれほど目立たないが安定したキャリアを築く、家族にだけ目を向けて生きる、チャリティ活動に打ちこむ、重度のヘロイン中毒になる、俳優になる、セックス・スキャンダルを起こす、ひと目でわかるほどのアルコール中毒になる、プロデューサーになる、あるいは突然、非業の死を遂げる。

　デシベル・ジョーンズは惑星から旅立った。

　霊妙にして好色でグラマラスなクズの人生はけっして単純なものではなかった。平穏なものでもなかった。健康的で非の打ちどころのない朝食の一品として推奨されるようなものでもなかった。が、デシベル・ジョーンズはまさにおあつらえ向きの人物だった。月光発電の花火的ステンドグラス的オルガスムのキャリアをキックスタートさせるのは、ショアディッチにある期間限定の怪しいナイトクラブから最新の人感センサー付きハロウィンの魔女人形程度には歌える女の子とネオン・ラベンダー色の髪の男の子をお持ち帰りするのとおなじくらい簡単だった。

ロックは生まれたがっている。生まれずにはいられないのだ。

デシベル・ジョーンズは遠からず〝絶対零度〟になるメンバー――ドラマーで連続キーボード襲撃者でデシベル流にいえばガールフレンドならぬ〝ガールフロード〟（フロードは詐欺の意）のミラ・ワンダフル・スターと、一瞬で満足を与えてくれるボーイフレンドならぬ〝ボーイフラック〟（フラックは性交を意味するファックの婉曲表現）であらゆる楽器を操るオールト・セント・ウルトラバイオレット――とのあいだで未来は永遠に待っていてくれるかのように右に左に揺れながら、不応期（オルガスム後の刺激にたいして性的興奮が起きない時期）ゼロの、いつでもすぐさま反応します状態にあった。もちろんかれらのことだ、あの最初の晩から日を経ずして、うまくやっていける仲になった。オールトはおおむねまじめな働き者だったし、ミラはほぼ一夫一婦制賛成派で好戦的な皮肉屋、そしてデシベルは、俺たちペイズリーのコートを着たら似合うだろうなと考えているとき以外は二人との共通点はほぼないに等しかった。しかしかれらはスタジオ・レーベルとしてアンドロイド・エイリアン・半神半人のオルガスム的エロティック・ミュージック三人組というコンセプトでいくという線で合意した。

　ダブル・プラチナ・アルバム『スペースクランペット』が出るころには、かれらは電気羊の夢さながらの日々を送っていた。ラジオをつければどの局からもデシベルとミラがシャウトし、オールトがギターとアコーディオンとチェロとエレクトリック・ハーディガーディとテルミン、そしてモーグ（モーグ博士が開発したシンセサイザーの総称）を駆使し歌詞にかぶせて大音量を轟かせるかれらのヒット曲『ラゲディ・ダンディ』が聞こえてきた――ちなみにオールトはのちに、これらの楽器すべてにチューバをプラスして象徴的なオールトフォンを生みだしている。チケット代は高くて、高くて、高かった。ネオン輝くホテルの部屋よりどりみどり、ひと袋一ドル！　魅惑的かつ／あるいは危険なオープニング・アクト、ひとつ買えばひとつおまけがついてきます！　酒！　ドラッグ！　コスチューム！　ド派手な演出！　クイズショー！　クリスマス・アルバム！　ホット！　ホット！　ホット！　そしてもちろん、グルーピー全員食べ放題。かれらはひと晩中、回転数を上げつづけ、ヒットチャートに入り、レーザー・コメット爆裂ダービー・グラマザウルスレックスに乗って、ガス欠になり炎が消え色とりどりのライトがバースディ・キャンドルのように消えてゆくまで走りつづけた。

そこまではいい。が、それがくりかえされることはまずない。

そう、音楽は愛の食べものだ、が業界はその貴重なだいじなものを食い尽くし、バルコニーの端から吐き戻して、つぎのものを入れる空きをつくる。わかりきったストーリー。冷えびえとした気の滅入るストーリーだ。そのなかにはバス停でただひとり、道路に落ちた紙袋に雨がしみこんでいくのを眺めている男のあつかましい空想が詰まっている、がしかし不幸なことにそれはデシベル・ジョーンズの物語だった。とある四月の木曜日までは。彼の気の毒なお祖母さんがもう少し音楽業界に興味を持っていたらどんな結末が待っているか簡単に予想がついて、彼女もピカデリー広場にぶちまけられたレモンやバターやセイタン（グルテンミート）もそこまで深く失望しなくてすんだだろうに。

とはいえ当時のデシベル・ジョーンズ＆絶対零度にとっては目立つことが命だった。かれらに脱ぎ捨てられたグショグショのサイハイ・ストッキングみたいな曲と、カンパリでベロベロに酔っ払ったオープン・マイク（店のマイクを飛び入りの客に開放する営業形態）・ナイトの不合格野郎が半分舐めたラズベリー味のペロペロキャンディみたいな歌詞を与えると、デスとミラとオールトはひと晩のうちにそれをロンドンの不動産マーケットの奴隷にされた若者の絶望と安物の赤ワインをゴミ箱一杯分がぶ飲みしながらサテンのスリップを着た火星人を殺すという破れかぶれな未来宇宙的希望を交雑させて完璧に結晶化し、星々をメチルアルコールのように鼻で嗅ぐ彗星酔いのオスカー・ワイルドの幽霊が歌うようなグラム昇天曲に変えてしまう。かれらにBBCのほとんど知られていない時代物ドラマで使った照明装置がそのまま残された使い勝手の悪いがらんとしたステージと腐りかけた反響板のゾンビと人よりタバコの吸いさしの数のほうが多い部屋を与えると、「いや、待て、だめだ、どうして?」というまもなく、その場所はすべての無給のインターンたちの見るに堪えない実存的恐怖をたたえたゴージャスなポスト・ポストモダンのイカれたファッション生霊たちとなかなか割ってもらえないピニャータ（メキシコなどで祭りに使う、なかに菓子などを詰めたくす玉）に閉じこめられた性衝動とほぼ無尽蔵のビールがあふれる新惑星になってしまう。

もしデシベルとミラとオールトが触れ込みどおりのただの人好きのするダンディだったら、できればガーディアン紙が「手足を切断されたフランスの道化師の絵で横っ面を張られるような、もしくは賞を獲得した海王星の障害馬術競技出場馬と詩的にいえば綿アメのカートと同等のものの陰でやさしく愛し合う瞬間がずっとつづくような延々と爆発しつづけるボリウッド・ドリーム付きカーニバル・シークエンス」と書けるような、最悪でもニ《N》ュー・ミ《M》ュージカル・エ《E》クスプレス誌が「ジャンル的にもスタイル的にも理解不能で屈辱的な放射能〝ブッカケ〟ショー。ヴォーカルはクジャクが咆哮する虚空にゲロを吐きつづけているような感じで一音もいいところはなく、真に革新的なところもなければアートにおける深みの概念ともいっさい無縁――だが、曲に合わせて踊ることはできる。ただし自分が嫌いならばという条件つきだが」と書けるような美意識との結婚の約束に近いものを身につけていたら、たよりになる商才のある熱意あふれるよろず修理屋みたいなものだったら、そこまでひどいことにはならなかったかもしれない。

もし『スペースクランペット』がかれらがいきたいと思えばどこへでもいけるロケットにほんの少しでもおよばないものだったら、そこまでひどいことにはならなかったかもしれない。もしミラが轟音を響かせて極超音速でいっきにヘロイン・ジャンクションに突っこんで完全な機能不全に陥ったりしなければ。もしデシベルが行動しようとしなければ。もしオールトがスタジオの支払いのことをもう少し知っていれば。もしかれらの疲れ知らずのマネージャー、才気あふれる古強者《ふるつわもの》の血まみれライラ・プールが、どんな街にいってもどんな時間でもかれらの要求を満たしてくれる、子どもが学校へ持っていくお弁当を詰める母親のように多種多様なクスリを三人それぞれのスーツケースに詰めてくれる、ミラのサンドイッチ用のあやしいハムをどこで手に入れたかいっさいいわない人物でなかったら。もし『スペースクランペット』のつぎの作品である『ウルトラホモ男《ポンス》のブルブル悲惨なアドベンチャー』というタイトルのコンセプトアルバムの形をとった教訓話が、「ぐちゃぐちゃ」（またしてもガーディアン紙）とか「法律で罰せられるべき」（スピン誌）とか、「デヴィッド・ボウイのいちばん使う頻度の少ないソックスを入れた引き出しのポプリにすら不向き」（モジョ誌）とか「過激な十九世紀の非難中傷の連続と自称していながら、廊下の鏡に映る自分の姿に上品ぶって怖そうにあとずさりしてみせるような、その存在の事実にもっともらしくまごついてみせるような」（ニューヨーカー誌）とか書かれていなければ。もしオールトがあのホテルのセクシーなマネージャーを妊娠させていなければ。もし世界がもうラメとガナッシュにまみれて転げ回るダンディ一味の歌は聴きたくないと思うほど残酷で重苦しいものになっていなければ。

もし、あのおぞましい夜、半分の入りのエジンバラでのフェスティバル・ショーのあとでミラ・ワンダフル・スターが節税対策として結婚しようと提案し、デシベル・ジョーンズがそれを笑い飛ばしたりしなければ。

もしミラの叔父が彼女の子ども時代、なにかにつけて彼女を郊外への長距離ドライブに連れだしていなければ。誰もが十代で経験するフル・サラウンドサウンドの劇的転換に彼女が遭遇して混乱するたびにドライブに出掛けてゆるやかな丘を縫い、石壁のあいだを通り、たぶん誰かに拒絶されたことも試験に落ちたこともキリスト教の聖人たちにピンクの髪の人はいないという理由で規則を破ったとして家に帰されたこともないであろうまぬけ顔のヒツジの群れを通り抜け、熱くなったシートとドラムビートのようにボコンボコンとつづく地面の穴の感触に彼女が落ち着きをとりもどし、心地よさを覚え、そもそもどんな悲惨なことがあったのか忘れてしまい、それからというものなにかトラウマを抱えるといちばん近くにある車に向かって、明かりのない道路に向かって突っ走ってしまうことになるほどドライブ漬けになっていなければ。

もしライラ・プールがレンタカーのキーを安酒が入ったサイドボードの上に置き忘れなければ。

もし、とある郊外のアナグマが子アナグマたちと取っ組み合いの喧嘩をして夜のハイウェイにさまよいだし、年上の者の権利や特権に敬意を払わない最近の若いやつらのだらしなさや趣味の悪さに文句をいいながらスターリングのあたりまでやってきていなければ。

もしミラが英国の道路で災難に遭う動物の数を増やすまいとハンドルを切って、すっかり恐れおののいているスコットランドの荒れ野へフロントガラスから突っこんでいくほどに生きとし生けるものすべての権利、特権を尊重していなければ。

もしひとりのリポーターがあのあと一週間もしないうちにあたらしいドラマーはいつ雇うのかとたずねたりしていなければ。もしデシベルがそいつの鼻柱と頬骨を骨折させていなければ。もしそのリポーターの雇い主が巨鯨を窒息させるのに飽きあきしている弁護士たちを抱えたクズ雑誌でなければ。

しかしポスト原子時代のスリムな銀色の爆弾さながら、デシベル・ジョーンズ&絶対零度は超高温で超派手に超素早く爆発した。〝もし〜でなければ〟はぜんぶ、ひとつひとつ順番に現実に起きたことになっていき、迂回してそこそこの幸福の複製におちつく道はなく、まっすぐ突っ切るのみだった。デシベルもオールトも哀れ命を落としてしまったミラも、凡人たちが一時代を画したものをだいなしにするパワーの凄まじさなど考えたこともなかった。スタジオ録りのナンバーをわざわざチェックしたことなど一度もなかった。小銭は絶対になくならず、いつもぐだぐだで、野放図に飲み、正しい行いも大人っぽいロックもクソ食らえのビーチ・アーケードで子どもっぽいことをするのはきょうが最後といつも思っていた。生きのびるには戦うしかない、そしてそれを乗り越えればもう怖いものはないと思っていた。二か一だけの単純な算数に対して三が入る厳格な代数がどれほどのものか計算したことがなかった。若き高地アナグマたちの悪行も長いこと苦労してきた父親にたいする敵意の深さも勘定に入れたことはなかった。

最悪なのは自分たちが力を合わせてつくりだした魔法が肉食獣の世界から自分たちを守ってくれると、それに反する証拠が中古レコード屋の片隅にどれほどホコリにまみれて積みあがっていようとも、守ってくれると信じていたことだった。しかしデシベル・ジョーンズはどんな〝もし〟も〝事実〟もものともせず、徹底的に不変でありつづけた。そうならざるをえなかった。彼にとってはグレーのフランネルのスーツを着るほうが、時間を遡ってミラの思いを真摯に受け止め彼女を抱きしめて家に連れて帰るよりむずかしいことだったからだ。

生命は美しい。そして生命は愚かだ。

そう、デシベル・ジョーンズは頭のてっぺんから足の爪先まで、後悔とは無縁の自然発火する爛熟したアリーナを満杯にするグラムロックまみれの男だった。この物語の友好的なポンポン弾むミラーボールに見いだされるまで十五年の歳月とけっきょくは失敗に終わった三枚のソロアルバムを経ることになるが、その間、彼はステンドグラスに描かれた交接中のサソリやいつでも満杯のアリーナやまるごとぜんぶマシュマロと羽毛枕でできたレンタカーのバンやクロイドンにある家具なし光熱費等含まず共同バスルームの屋根裏部屋の紅茶とバイオハザードの染みだらけの床に置かれた航空機のフライトレコーダーの中身の夢を何度も見つついびきをかいていた。そして見いだされたときもなおグラムロックはキラキラを詰めこんだ涙とルージュ過剰の汗と激しく流れてそれだけでFのコードを弾けるよだれの川となって彼からあふれだしていた。

では、みんなどこにいるんだ？

さて、ちょうどそのとき、ちょうどデシベル・ジョーンズが自分がまた二十歳になって学生時代に彼を愛してくれた中年の尊敬すべきりっぱな人々と、最近のむこうみずなポップ・スターのことやあのコーンウォールのぐでんぐでんに酔っ払った農夫たちが延々しゃべりまくっている〝異星人〟とやらは外国勢力に定期的に空爆されるようなことのないもっとましな暮らしをもとめてイギリスにきたんだろうなどと話している長い夢から覚めたそのとき、陽の光が不愉快なほどまばゆくて個人的空間という概念にあまりにも無知なので自分がグリーティングカードの会社の本社ビルの壁に面した側に窓がひとつあるだけのアパートにしか住めないことを後にも先にもはじめて感謝したちょうどそのとき、目をあけたら自分が空虚でふくれあがった中年になっていて、なぜこんなにも空虚でなくてはならないのかと疑問に思ったちょうどそのとき、そしてじつをいえばあの日の午後にあんなことが起こるまで、誰も彼も永遠につづきそうな熾烈《しれつ》な実存的問題、記号論理学的問題、そして日常生活を送るうえでの問題（ほとんどはこれ）の解消に必死になっていたのだった。

☆

もういいだろうか？　授業内容、おわかりいただけただろうか？

銀河系の物語はそこに住むあるひとりの人物の物語だ。過剰生産されたリマスター版のカバーバージョンをボリューム十一以上、無限大で聴くようなもの。

あるいは、〝デシベル・ジョーンズとスペース・フラミンゴによる突然の派手な地球征服〟の物語といってもいい。

3

わたしを天国に連れてって（Take Me to Your Heaven）

（ESC一九九九年優勝曲）

デシベル・ジョーンズは異星人が侵略してきたとき、ヴィンテージのブロンズブラックのマックイーンのボディスーツを着て、ケバブの包装紙とスタジオから格安の値段で買い戻した最後のソロアルバム『オート・エロティック聖変化』四百枚と半分空になったロゼのボトルに囲まれてアパートの床で酔い潰れていた。

どういうわけか彼はこんなふうになるとは思っていなかった――デシベルは自分がどんなふうになるか、あれこれ考えてきていた。なんということもない怠惰な月の光もハトも、あるいは捨てられたエアホッケーのパックでも大きくふくらんで意味を持ち、一生つづくフェティシズムの対象になりそうな輝きを放つ繊細な思春期前の時期、彼の一家はブラックプールにあるレンタルビデオ店の二階に住んでいた。彼はというと、幼きダネシュは発酵させていない濃厚なSF映画をガツガツ食っていた。祖母がそんなものはハラルではないし彼女がアメリカの番組では好きだという『ミスター・ルーニー・オブ・ザ・テューンズ』にも遠くおよばないと力説していたにもかかわらずだ。午後は家具のあいだをジグザグに走りまわるきょうだいたちのどまんなかで〝お祖母ちゃん《ナニ》〟——後年、ピカデリー広場でレモンやらなにやらを落とすことになる祖母その人——相手に『エイリアン』はエルマー・ファッド（アニメ『ルーニー・テューンズ』の登場人物）やバッグス・バニー（アニメ『ルーニー・テューンズ』に登場するウサギ）よりずっとずっといいし、グーフィーやダンボよりずっとシリアスで意味が深いと主張して彼女を納得させようとしたもののさっと手をふられ、彼女のポップ・カルチャー批評哲学の手短な講義を聞かされておしまいということが何度もあった。

「はいはい、でもねえおなじなんだよ！　片方は追いかけて片方は逃げる、片方はニンジンを囓《かじ》って片方はジョン・ハートを囓る、片方はバンッとはじける卵を使って片方はアクメ・コーポレーション（アニメ『ルーニー・テューンズ』に登場する会社）のバンッとはじける罠を使う。ね？　そっくりだろうが。ただしルーニー・テューンズのほうが現実的だよ。だってウサギがコヴェントリーに住むのとエイリアンがダネシュのでか頭のなかに住むのとどっちが現実的かわかるだろ。それに、お祖母ちゃんのは明るくてハッピーで派手な騒音が聞こえるから、陰気でなんだかダラダラ垂れ流してて食器洗い機みたいな騒音だらけのおまえのより上だよ。それにそれに、もしエイリアンがウサギや口答えする孫とおなじくらいリアルなものだとしたら、あんなに醜いはずはないんだ。だって美しい人間たちがブラックプールから動けずにいるのに、あんなやつが星の世界へいくなんて、神さまがお許しになるわけがないんだから。はい、お祖母ちゃんは正しい、お祖母ちゃんの勝ち、ナニの得点」

祖母との論戦でダネシュが勝ったことは一度もなかった。どういうわけかナニ論理はダニ論理にたいして酸にたいする塩基のような働きを持っていてダネシュはいつもゼノモーフ（映画『エイリアン』に登場する異星人）とウサギ目《ラゴウモーフ》の動物の性質についていつもの辛辣さ抜きで考えこんでしまうのだった。

そしてその後、ミラとオールトと出会ったあの最初の完璧な夜がやってきた。丑三つ時をとうにすぎてグリニッチの鐘が〝真実の時〟を告げたときのことだ。ミラは聖ジュードの奉納キャンドルでタバコに火をつけようと彼の胸によりかかりながらこういった——

「宇宙にいるのはあたしたちだけだなんて考えるのはカンペキにまちがってるわ。でも、もしかれらがほんとにやってくるとしたら、ダネシュ——それはダネシュよ、でしょ？ねえ、ダニーボーイ、もしほんとにくるとしたら、『遊星からの物体X』とか『プレデター』とか『X-ファイル』に出てくる変なやつみたいなのじゃない。あたしたちのなかの最高のやつより凄いに決まってる。アートとか詩とか音楽とかやってるに決まってるわ」彼女はそこで自分はパンクの設定になっていたことを思い出して声音を変えた。「物体Xは嵐の夜に丸まって遊星の『ホワイト・アルバム』を聞いたりしない。だって遊星では二十四時間だか七時間だか知らないけど物体Xがやるようなことしかしてないんだから、虐殺パーティで血だのなんだのバーッとまきちらすことしかしてないんだから」彼女はタバコの煙を吐きだすと、まだバイオレットの口紅がべったりついたままのオールトの美しい唇に吸いさしをはさんだ。デシベルはいつものようにやさしくうなずきながらミラとオールトが思いついたことに耳を傾け、二人のアイディアを電離層に打ち上げた。

「なあ、考えてみろよ——そんな種族が超高速の恒星間トラベルに必要な凄いテクノロジーを生みだせるわけないじゃないか、だろ？　そいつらがやるのは狩りをして食うことだけだ。ただのアホな殺し屋か殺人ロボット《キルボット》の最高峰。料理でいえば最上鶏肉ゾンビ・マヨネーズ添えってとこだな。図体のでかい体育会系のプレデターどもがパブでお互いを引き裂いて背骨をひっこぬいてるなかで宇宙船の作り方を考えだすようなシャイなオタクの科学者のプレデターなんていると思うか、ええ？　どこにもいないさ。なぜなら彼女は存在していないから。人食いザメが核融合だのなんだのをもてあそんでる姿なんてありえない。サソリは月へいったりしない。ここじゃ、なにも心配することなんかないのさ」

これを聞いたミラ・ワンダフル・スターは大きなひょろっとしたネコのように二人のあいだに入って身体をこすりつけ、居心地よさそうにおさまって溜息まじりにこういったものだった——「エイリアンどもがきたら、戦うぞっていう列が一列、やっちゃうぞっていう列が一列できるわね。で、二番めのは最初のより何光年も長い列になると思うな」

デスは彼女の色とりどりに染めた油を塗ったようにつやつやの魅惑的な長い髪をなでた。当時の彼はまだミスター・ファイブ・スターという店で働いていた。彼の魂をたっぷりの油で揚げてトマトソースをかけて出すと固く心に決めている壁のなかの空隙みたいなケチくさいフィッシュ・アンド・チップスの店だった。ミラのワセリンを塗った髪は煙と安いシャンプーの人工的なイチゴの匂いがした。彼の指はポテトと油の匂いがした。ブラックプールと板張りの道と耐油紙の過去は恐ろしいほどの速さで刻々と耐油紙の未来になっていくようだった。彼はその匂いが嫌いだった。彼が何者になりたかったにせよ、爪の下からたちのぼるその匂いは世界に真実を告げていた。

「かもな」と彼はつぶやいた。すすけた細長い窓の外では空が群青色に変わりつつあった。窓をきれいにしていなかったのは、そうすると自分がここに住んでいるという事実を認めざるをえなくなってしまうからだった。「昔のアニメで腹ぺこのコヨーテがマシーンを操って必死で獲物を追いかけて、気がついたら道路や崖から飛びだして空中にいるって場面、あれなのかもしれないな。コヨーテはひねくれた顔に情けなさそうなセコい恐怖の表情を浮かべてカメラを見つめて、すべてを失うことになるんだけど、ほんと、ちょっとでも注意していればどうなるかはわかってたはずなんだよな」

「はいはい、イーヨー（『クマのプーさん』に登場する悲観的なロバ）」床から自分のではなくデシベルのシャツを拾いあげながら、オールトはいったものだった。「ネクラなロバにはこれっきゃない、朝食のアイスクリームだ」

「ほらほら、起きて」ミラは笑いながら彼のお粗末なベッドの下に手を入れてブラを探していた。「さあさあ、その尻尾、元の場所にもどしましょ、遊星からの物体Xさん」

彼女はこの自分の言葉が彼にどんな影響をおよぼすか知るよしもなく、ただ巧まずして完璧な言葉を口にしただけだった。彼女は巧まずして完璧な女だったのだ。

なにしろ深い時間だったので、手に入ったジェラートはかろうじて三個。ピスタチオ一個、ココナツ一個、マンゴーマッドネス一個でかれらは二日酔いのガキどもから人口三人の和気あいあいとした国家に変身した。かれらのマグナカルタは砂糖と乳製品で記名調印されていて、その上にはありえないほどめでたい半分焼き切れた〝アクメズ・リマーカブル・ジェラート〟というネオンが掲げられていたが、かろうじて判別できる程度とはいえまだ使えるものを捨てるのをミセス・アクメ（頂点・絶頂の意）が渋っていたため、実際にはこう読めた――〝アクメ・マーカブル・ジェラート〟

それから十と五年ののち、十ポンド（じつはこれ、必要な重さだったのだが）軽くなり、アルバム『スペースクランペット』のB面に入れた『ムーン・スコーピオン・メガ・ディスコ』がヒットし、その年のクリスマスイヴにアンコールの『エイリアンキュー』がなんとロイヤル・アルバート・ホールの音響システムをぶっとばした頃も、デシベル・ジョーンズはまだ恒星間コンタクトはお気に入りの映画のようなものになるはずだと思っていた。どこの政府も似たようなものだから、それを考えればファースト・コンタクトから総力戦までほぼいっきに進み、〝外交をはぶくな〟の声があがり、いかめしく勇ましい鉛色の艦船が集結し、さらに勇ましい兵が招集され、誰も彼もみんなおなじ未来共産主義的ワンピース型制服に本気モードの光線銃、そして自制的で憂鬱そうな顔をした将軍たちと自制的でミミズうじゃうじゃ顔の地球外生命体たちが対峙して血みどろのレーザー光線ショー的ワーテルローの戦いになり、誰もがひとりのとてもとてもセクシーな英雄が現れてすべてを解決してくれるのを待ち望むことになるのだと。

ところがついに実際に起こってみると、エイリアンの侵略はミスター・リドリー・オブ・ザ・スコットよりも遥かにミスター・ルーニー・オブ・ザ・テューンズに近いものだということがわかった。

ナニの得点。

☆

かれらは四月下旬の木曜日午後二時、すべての家庭のリビングに着陸、といういい方が正しいかどうかわからないが、着陸した。惑星中の住人が精一杯やりくりしたり目玉焼きをつくったり『カウントダウン』（イギリスのクイズ番組）を見たりさまざまなデバイスでエンドルフィンがビチャビチャになったりならなかったりする反復性のゲームをしたりと、いつもどおり惑星イングしていたと思ったら、つぎの瞬間には上等な敷物の上に身長七フィート、ウルトラマリン色の半分フラミンゴで半分チョウチンアンコウの物体がぎごちなく立っていた。その胸には羽毛が生えているのだが結晶質の殻に覆われた骨が透けて見え、頭には濡れたゼラチン質のようなヒスイの花が一本、ゆらゆら揺れていて、教会に向かう老婦人を思わせた。そいつは大きくて黒くて縁毛のある、淡い光の点々がキラキラ光っているディズニーのプリンセスたちのような名状しがたいあこがれと無防備さに満ちた目で、世界中の人間ひとりひとりをじっと見つめていた。リビングなどというものを持ち合わせていない者たちはそれぞれにとっていちばん馴染み深い居心地のいい場所でこの新参者と遭遇することになった。仕事中の連中はみんな休憩室に入ってびっくり仰天した。なかには買掛金だか売掛金だかの計算に夢中で、そいつの頭からのびた帽子掛けにうっかり背広の上着を掛けてしまった者たちもいた――するとそいつは困惑して緑色がかったアイボリーの細くて長い首がパッとピンクに染まった。鳥類の頭蓋骨のまんなかからのびたガラス質の細長い吻《ふん》は先端についた丸い光るランタンの重みでカーヴを描き、カンムリウズラ的スタイルで、あの人を信じて疑わない二つの目のあいだに垂れさがっていた。そいつは神経質そうにゆらゆらと身体を揺らし、華奢な脚を一世一代の『ジゼル』を踊る直前のバレリーナのようにバランスよく構えていた。しかし生物圏内の全ホモ・サピエンス・サピエンスがそのとき対峙していたのは鳥類以上のものだったのだ。

デシベル・ジョーンズは呻いていた。

彼は目を開けようとした。だがあいにく苦い絶望の山に倒れこむ前に顔を洗っていなかったので、前の晩、四十何歳かの誕生日を祝う最高の空騒ぎでギグをやるときにしたメイクが睫毛《まつげ》のあいだで固まって恥と赤紫のラメだけでできたセメントになってしまっていたのだ。これはもうどうしようもなかった。目のことは目にまかせるしかない。だからベッドにもどる、それが正解だった。床でもいいが。床はつねに良き友人だった。それでもなぜかデスには見られている、いやいやいや、それもいやな感じで見られているという哺乳類としての原初的感覚があった。何千もの憧れの眼差しで見られているのとはちがう感覚、水飲み場の向こうの影のなかにいる一匹の生きもの、彼自身とはちがう種類の生きもの、彼より足が速くて強くて、韓国フュージョン料理のキッチンカーでしか食べものを調達できなくなってしまった頃の彼よりも腹を減らした生きものに見られている感覚だった。彼は前の晩に塗りたくったラメをまぶたから掻きとって起きあがり、クリームシェリーとロゼのボトルを何本かと、当時ばかばかしいほど大流行していたキラキラ光るメタリックなペット・ロック（ペットに見立てて愛玩する石）のブランド再生版や限定カラー版のなかのひとつをずらりと並べた。彼のペット・ロックは未来からきたグアバのように見えた。オールトはいつも、あいつは年金受給者みたいに飲む、といっていた。

「寝坊した虫ほど鳥に食われなくてすむ」と身長七フィートのチョウチンアンコウ・フラミンゴ・エイリアンは静かにいった。その声は屋根裏部屋を爪先立ちで一周した。「わたしの考えでは、きみはダネシュとしての人生をまるまる眠りに費やすことになるだろうね。わたしはね、きみがスリーププールに滞在していたとき、きみの性質を題材にした詩を書いたんだ。きみは怠け者だが、わたしはそうではないからね。〝最高に有能なナニ〟はお茶を淹れながらことわざをつくってイギリスに金メダルをもたらす」

デシベル・ジョーンズは泣きだした。

彼の頭はいやな匂いがする生ベーコンでくるんだクリケットのバットで叩かれたわけではなかったが、彼はそう感じていた。エイリアンは彼の祖母の声でしゃべっているわけではなかったのに、彼はそう感じていた。デスはのちにはたと思ったのだが身ぶり手ぶりも見事なものだった。話の中身は関係なかった。そいつにはじめて話しかけられた者はみんな泣いた。いや、わんわん泣いたわけではなく、すすり泣いた。トールキン（『指輪物語』の著者）のエルフたちが歌う『オペラ座の怪人』ライヴ開始直前のシスティナ礼拝堂にいきなりトランスポートされたラスコー洞窟人のようにすすり泣いた。感覚がそれに耐えられるようにはできていなかった。銃身がベルベット製のクマ撃ち用感覚ショットガンに太刀打ちできるはずなどなかったのだ。人類は困惑し、言葉にならない宗教的畏怖の念に打たれてすすり泣いた。みんなバッタリうつ伏せに倒れた。呼吸するのを忘れた。エイリアンの声は、美しくて無垢ではかないものを牙を剝く暗闇から守る存在を歌ったバラードでくるんだ、エクスタシーを得た瞬間のごとく憐れみ深い天性のごとく深い悲しみのごとく、かれらの耳に響いた。七十億の人間ひとりひとりにとって、それはエイリアンの人類にたいする初対面の挨拶ではなく、大好きな子どもたちや長く苦しんできた親たちがどれほど切実にかれらを必要としているかを歌ったデュエットソングだった。

その新時代の幕開けの瞬間、リビングにいる巨大な青い鳥がほんのわずかでも傷つけられるようなことがあったら、人類はみずから進んで自滅の道を選んでいたにちがいない。「どうか苦しまないで」いくらか響きの薄れた声でその生きものはつづけた。「わたしはどんな話し方もできる。きみの存在論的危機をもっとも扱いやすいレベルに持っていくことなどいともたやすい。この状況ではなにがしかの危機が生じてもふしぎはないからね。きみが温もりと安全を連想する表現法を選択したつもりだが、あきらかにやりすぎだったようだ。きみの記憶の沼にいるほかの魚を釣るとしよう」チョウチンアンコウ・フラミンゴの深みのある愛らしい瞳が爬虫類のような半透明のまぶたでするりと覆われた。エイリアンはデシベルの沼頭《ぬまあたま》にいる魚の質の低さにひどくとまどっているようだった。ついにまぶたがするりと上がった。エイリアンは黒っぽいくちばしを開いて、大きな、魂を揺さぶる、だが馴染み深い五つの音をうら寂しいアパートの部屋に響かせた。

「デス、おまえ、ゆうべ自分で自分になにをやらかしたんだ？」かつて世界最高のロックスターだった男はそうつぶやきながら畏怖の念に打たれて茫然自失となっていた状態から抜けだし、自分が祈りを捧げる敬虔な信者のように額を汚い床にひっつけていることに気づいた。客がくるとわかっていたらもう少しきれいにしていただろうに。

エイリアンがまたおなじ五つの音を高らかに放った。なにやら楽しそうだった。

「医者に、コリンズ先生に電話しなくちゃ」デシベルは呟きこみながらいった。「部屋に青いフラミンゴがいて、ナニのことや『未知との遭遇』のことを持ちだしてくるっていわなくちゃ。それ用の薬があるはずだ。なんだって持ってるからな、あのおばちゃんは。彼女は信用できる。ライラにはほど遠いが、絶対的に信用できる」

エイリアンの底知れぬ瞳がふたたび薄膜で覆われた。太い湾曲したくちばしの上にぶらさがっている明かりが断続的に暗くなったり明るくなったりしている。そしてついにそいつが歌いだした。声がいったりきたりしている。デスが自分のだと認識できる声、彼が八歳のときに貯金して買ったポケットラジオから聞こえていた雑音まじりの声――

「親愛なる者ども、俺たちがきょうここに集まったのは世界と七つの海を旅するためだ、みんな宇宙からロンドン・コーリングを探してる、俺はここに入ってきて悲しげな表情を浮かべたおまえを見つけた、すべての若い野郎ども、おもしろい話を聞かせてくれ、赤と金と緑の火薬にゼラチンダイナマイトにレーザービーム、二〇〇〇年になるとパーティは終わる、しまった時間切れだ、おまえは人類が明日のパーティにいこうとするのを目にするが、そこにはなにもない、そこにいるのは空で待ってるスターマンだけ、彼は俺たちに会いにきたがってる、でも今夜の主役はミスター・カイトーーーーー……」星間フラミンゴは遠吠えするオオカミのように長いくちばしを天井に向け、その声は徐々に小さくなって消えていった。と思うと、そいつは静かにこうつづけた――「色鮮やかな鳥たちが飛ぶ、ドゥ、ドゥ、ドゥ、ドゥ、ドゥ、ドゥ、ドゥ、ドゥ、ドゥ……」歌が途切れた。「この声質や構文は合格かな、ミスター・ジョーンズ？　心安らいだくつろいだ気分になれているかな？　自分の身に起きていることをきちんと処理できそうかな？　外来種によるきみの精神領域へのコンタクト方法として残されている手段は……いまのよりずっと強烈なものになるが、きみがリラックスするために必要だと思うなら試してみてもいい。ただし、その手段はわたしにとっては快適なものではないということは警告しておく。わたしは個人的には肉食獣ではないと思っているのでね。わたしはプランクトンを食べているんだから」

「フォルティッシモをもうちょい抑えると最高だな」デシベルは立ちあがろうとしてすぐさまその考えを捨てた。「そこの水、とってくれないか？　そこには愛があるんだ。俺の空想の産物が。さあ、早く、早く、早く」

　ウルトラマリンの生きものの視線が腐りかけの水がまだ一、二インチ残っているペットボトルに注がれた。そしてそいつは葦のようにひょろ長い、どう見てもその身体を支えられるとは思えない脚にかけた体重をぎこちなく移動させ、長い首を震わせて咳払いをした。頭の横につけたジェロー（米国のフルーツゼリーの素）製の花飾りがだらんと垂れた。吻からぶらさがっている生物発光のランタンの明かりが水っぽい光を放ってちらちら明滅した。その光はランタンの先端でいまにも落ちそうな雨粒さながらふくらんでいくように見えた。その輝きが千と一の色調のブルーをはらんで渦巻く。その生きものはありえないほど細い吹きガラスのような脚にのせた体重を右から左へ移した。薄っぺらい安物のカーペットに残ったそいつの鉤爪のある足跡には、なにか命あるもの、銀色の胞子が集まった毛玉のようなものがあって、それがヘンナの花まがいのパターンを描きながらひろがっていった。ふわっとほどけた繊維は黒っぽい鉤爪にくっついていてタンポポの種のようだった。

そしてダネシュはそいつの匂いを嗅ぎとっていた。

彼はそいつの呼吸音を聞き、そいつが発散する信じられないほどの熱を感じ、匂いを嗅ぎとっていた。砂糖と海藻をオーヴンで焼いているような草っぽい甘塩《あまじょ》っぱい匂い。

「ほら、立ちあがって、いいかげんしゃんとしなさいよ」遊星からの物体Xはミラ・ワンダフル・スターのやわらかくてザラザラした煙草やけの皮肉を含んだアルトの声でいった。

「ましぃましぃ、ワンダフル」ジョーンズは考えるまもなく反射的にそう口にしていた。いつもそうしていたようにミラの声に反応したのだ。なぜなら彼女の電話の出方が最高に楽しかったから。電話に出るとき「ハロー」ではなく「もしもし」といったのは世界で彼女がはじめてだったかのように、彼女が「もしもし」を発明したかのように、それを聞くのが楽しくてしかたなかったからだ。

「ましぃましぃ、デス」

ミラの愛らしいプラチナ張りの声は花輪となって部屋中を飾った。まるで二人ともまだちゃちな野心を抱いた子どもで、なにひとつ悪いことは起きていないかのようだったが、ついにジョーンズにも受け止めきれなくなってしまった。

「なんじゃ、こりゃあ！」彼は金切り声で叫ぶと、自分の身に起きているありえない出来事から這うようにして必死であとずさり、ドシンと思い切り壁にぶつかってしまった。

「なにが起きてるんだ？」

宇宙からやってきたなんとも不快な生きものはついにさじを投げて、苛立たしげにぴしりといった——「冗談抜きで、話を先に進めなければならない。この状況について、すでにきみの種族の六四・一パーセントにたいして無事説明がすんでいるというのに、きみとわたしはまだほんの少ししか進めていない。怒っているのではない。失望しているだけだ。われわれのプレ・コンタクト・シミュレーションでは、きみは〝こういう事態を問題なく処理できる、なんでもやりたがりの冷静な男〟で〝とことんハマる〟可能性が高いタイプに分類されていたんだが」

大きな青い鳥がまたまぶたをするりと閉じ、デスは目をこすって、こぶしでこめかみをゴンゴン叩いた。「聞いてくれ、俺……きょうはちょっとキビしくてさ、ゆうベジンにやられちゃって使いものにならなくてさ、誰の役にも何の役にも立てないところへ正常だよと告げる鐘が鳴るずっと前に未来のクリスマスのフラミンゴがやってきたんだ。ちょっと待っててくれ。朝飯食ってコーヒー飲んでがっつり薬飲んだら、なんでもあんたの望むものになるからさ、な？」

美しい獣はクロイドンの空気を深々と吸いこんだ。そしてふたたびしゃべりだすと、その声はデシベルが千年前にグラムパイア・プラネット・ツアーの星条旗の国公演中に出会ったウエイトレスの声そのものだった。彼にとっては母国にいるアメリカ人女性との初の接近遭遇。真夜中のクリーヴランド、ブルー・ライト・ダイナーでの出来事だ。料理はハーグの国際刑事裁判所に訴えてしかるべき怪しげなものだったが、ウエイトレスは酪農地帯のかわい子ちゃんというタイプだった——赤毛でピンクのリップグロス、頭のなかではいろいろと想像がふくらんだ。名札には〝ルビー〟と書いてあって、ルビーは彼がそれまで出会ったなかでいちばん積極的でポジティブで好戦的でフレンドリーな人物だった。彼女はデスたちのオーダーをとりながら親しみをこめてみんなの肩に触れ、デスのことを〝ハニー〟とか〝スイートハート〟とか呼び、困ったことに、そしてなにより恐ろしいことに、彼の時差ボケのことを心底、心配してくれているように見えたのだ。彼は高フルクトースのコーンシロップとクスクス笑いと同胞にたいする善意を満載したセミトレーラートラックに轢《ひ》かれたような気分になってしまって、とにかくどぎまぎするばかりだった。彼は連続で三カ月間、アメリカ国内を回ったが、植民地の住人の第一印象がまちがいだったと証明されることはなかった——アメリカ人はみんな自分にしか見えない警官から自分を救うために鼻いっぱいコカインを吸いこんでたっぷりのエクスタシーを追い求めているのではないというふりをしているかのようにふるまっていた。

そしていま大きな青い鳥が六サイズも小さいドレスを着たルビーの声でしゃべろうとしている。

「はい、どうも、ダーリン！　わたしの名前は〝アアバ・ヴァース第十四リリックのミルク・ロードを知識より速く走るアルトノート〟で、きょうの午後、あなたの銀河系連絡担当者になる予定よ！　さて本日のスペシャルは？　今夜の前菜はマッシュした人間中心主義のベッドに乗せて供される、あなたがこれまで考えたことはすべて真実だということの非常に美味なる完全消滅です！　わたしの種族の名前はとっても豊かで濃密でネバネバで、あなたのかわいらしい小さな雑音孔ではぜんぜん発音できなさそうだから、たんに〝エスカ〟と呼んでくれればオーケイ。それでもわたしたちはうまくやっていけるから！　焼きたてを繊細な外交グレーズ（食材に艶や風味を加えるソースやシロップ）に浸して、エスカはバタクリクと呼ばれる、あなたたちがクジラ座と呼ぶ星座のなかにあるミディアムレアの赤色巨星とともに供される半水生の善良にして美味なる小さな世界からはるばる船に乗ってやってきたの。あのね、ダーリン、あたらしいことにトライするのは怖いと思うけれど、とにかくやってみて！　そしてデザートには、あなたたちがまったくの完全なる無知の揚げ物大皿盛り合わせをもりもり食べて楽しい時間をすごしているあいだに、じつにデカダンな銀河を股にかけた文明を用意しておいたからね。ただし、ごめんなさい、ダーリン、ハッピーアワーはすぎてしまったから、ドリンクはすべて正規料金になります。でもラッキーなことにもうわたしを一杯飲んでもらったからちょっと勇気が出たはずよ。それにあなたの種族の生き残りに欠かせない無料情報をひと切れ持ってきているの。絶対にたいらげないわけにはいかないわよ」ひょろ長い脚が売りの青いモンスターは上機嫌で高らかに宣言した。「おめでとうございます！　あなたは知覚力ある銀河系の一万人めのお客さまです！」

「ロードランナー」二〇一〇年代後期のグラムグラインドの救世主は口のなかでもぞもぞといった。この会話には興味津々だったが、いまだになんのことやらさっぱりわからないままだった。

「申し訳ないが、文法的脈絡が不充分なので、きみの発言は理解できない」と、その生きものは突然ウエイトレスの制服を脱ぎ捨てて、自分の声でいった。会話はふたたび二体の生物同士のコミュニケーションがどうしようもなく不可能だという宇宙的悲しみへと結実したのだった。

「あんたの名前、さっきいったやつ」デスは、またまたひどい吐き気に襲われて床のしみをふやしそうになりながらも、さっきよりはははっきりした口調でいった。「ミルク・ロードをなんちゃらかんちゃら……オエッ」

「ミルク・ロードを知識より速く走るアルトノート、そう、まさに、速いのなんの！」

〝アメリカのウエイトレス・ルビー〟と〝銀河系大帝国大使〟がもどってきた。「これ名字なのよ、ハニー。からかわないで。そういうの、よくないわよ」

「あんたはロードランナーだ。ミッ、ミッ」彼はゲラゲラ笑いだした。すすり泣きよりずっと大音量だった。「ナニの得点」と、彼は笑いの発作の合間にむせながらいった。そして目をかっと見開いてジャジーなシミー・ダンスを踊るかのように両手の指をひろげた。

重力が働いて、ちょっと前まで足元にあったはずの崖から落ちるときに、ぐっと持ちこたえて楽しんでいるそぶりでも見せられればよかったのだが。

うわーっ。

助けてくれ
落ちる。

「ミッ、ミッ、ナニ！　ミッ、ミッ、ドッスーン、、、、」

そしてデシベル・ジョーンズはもうこれは絶対にまちがいないと確信を持って吐いた。

4

歌えよ、小鳥（Sing Little Birdie）
（ESC一九五九年二位）

興味深いことにホモ・サピエンスは、居心地のいい馴染みの声があふれる郷愁を誘うビュッフェであの背の高いグラスに入ったこの世のものとは思えぬ飲みものをウエイトレスやバーテンダーからすすめられた場合、いい思い出のあるウエイトレスやバーテンダーからすすめられたものを選ぶ者の割合がかなり高いことがわかった。これはたぶん人間たちが、なににかんしても自分よりよく知っているメモ用紙を持って名札をつけた女の子から情報を得てもプライドは傷つかないとわかっているのでメモ用紙を持って名札をつけた女の子から情報を得ることに慣れていたからだろう。なぜならおそらく、人生ついていいようといまいと、自分は少なくともミディアムレアでなくミディアムのステーキを運んでくる若い子よりはましだと確信しているので、人間というのは笑顔でサーブしてもらえる存在、つねに正しい存在、食洗機ではなくテーブルのまえに数分でもより長くいられる存在だという考えにしがみついていられるからだ。というか、ガチガチのパラダイムシフトが起こるとき、誰もが欲しがるのはただただ強い酒、というだけのことなのかもしれないが。

さらに興味深いのは、それ以外の者のほとんどが、詳細な説明を受けるのに好きなテレビの子ども番組のホストの声で聞くことを選んだことだった。

レストランとも良質な子ども番組とも縁がなかった者たちは、巨大な鳥魚ミュータントが発する薄気味悪いほど自分の親そっくりの声でその知らせを聞いて満足するしかなかった。

こうして、個々の性格や国籍によって多少のちがいはあったし、純粋な恐怖からわけのわからないことを口走る者がいたり、エスカの使節をまるでほんとうはとにかく今夜の仕事をこなそうとしている気の毒な女性バーテンダーであるかのように励まそうとするケースが驚くほど多かったりはしたものの、それからの九十分前後、惑星中の居間で、おおむねおなじような会話が交わされた。

こんな会話が。

「あなた、エイリアンよね」とインヴァネスに住むある専業主婦はいった。

☆

そのとおり！

「ほかの惑星から、ということでよろしいですか？」とデンマーク女王、マルグレーテ二世はたずねた。

ご名答！　なんと聡明な幼きマグス！　金の星をもらえるのは誰かな？　**女王陛下だ！**

「いい惑星なの？　好き？　ペパーミントや光るオモチャはある？」とガーナの八歳の男の子はいった。

きいてくれてうれしいよ！　バタクリクはとってもおいしいカップスープなんだ――小さくて、熱くて、水っぽくて、貴重な珍しい泥と栄養分が濃縮された終生プランクトンのやわらかい塊でドロッとしてるんだ！　故郷というのはどこもおなじだが、昔のバタクリクは食欲を刺激するくせに満足な量はないから宇宙からいただこうということになった。でも故郷は故郷。ハプログループにひっついていられる場所だ！　でね、ポーラウニの幼生は、きみも大好きになると思うよ――ペパーミントそっくりの味だからね！　まあ、狂気の塔に何年も何十年も閉じこめられていたペパーミントみたいな味だ。それに、うん、ぼうや、わたしのオモチャはぜんぶ光るよ。

「その〝アアバ・ヴァース第十四リリック〟ってえのは、いったいなんだい？　ヴァースってなんだ？」とインドのゴアでフィッシュターリー（ターリーはさまざまな料理の小鉢がセットになった定食）の屋台を引いている関節炎持ちの男はいった。

　なあ、みんな、あたらしい言葉なんて怖くない、そうだろう？　もちろんそうだ！　学ぶことは**楽しい**！　〝ヴァース〟というのはAメロのことだ。わたしたちが自分たちのことを呼ぶ言葉としてきみたちの言葉でいちばん近いのが、この言葉なんだ。きょうの授業はぜんぶエスカのスーパークールな階層社会学についてだぞ！　繁殖ペアと生まれた子どもは〝ヴァース〟、ちびっ子は〝リリック〟、これは歌詞のことだ。支配階級は〝コーラス〟、これはサビのこと。プロレタリアートは〝キー〟で、商人は〝ブリッジ〟、これはBメロのこと。エスカ全体のことは、どの惑星でも〝クワイア〟つまり合唱団と呼んでいる。ぜんぶ覚えられるかな？　覚えられるに決まってる！　だが、わたしなんかのことはもういい！　きみたちのことをききたい。家にいっしょにいる人の集まりをなんというのかな？　集合名詞を教えてくれ。わたしたちはきみたちの文化に大いに関心があるんだ。クラスで共有できるような文化があればだけどね。

「どうしてポルトガル語がしゃべれるんだ？」と推理小説を書くことを夢見ているブラジ

ル人のガソリンスタンド経営者がたずねた。「わたしの心を読めたりするのかな？ 想像上のエイリアンはたいてい心が読めたりするけど、わたしにいわせればあれはずるいよ」

ああ、ちがう、ちがう、ちがう、あたしたちはその手の怪しいやつじゃないわよ、ダーリン。エスカはテレパシー能力者じゃないの──それはもっとりっぱな支配者層にまかせてるの！ でも、誓っていうけど、自慢じゃなくて、あたしたちには、あなたたちなら記憶感応力とでもいいそうな能力があるのよ。あたしは首元にナプキンをかけたままあなたの思考に乗ってリアルタイムで町へいったりするようなことはできないけど、あなたのなかにはっきり残っている記憶の大皿盛り合わせをちょっと味見することはできるの。大きな器に盛られた熱々のシチューを思い浮かべてみて。なかに入っている夕マネギのみじん切りやローリエの味はわからない。でもぶつ切りの肉はしっかりわかる。つまり、あれとかこれとかルウにバターが入っているとかはわかる──あなたにポルトガル語を話している記憶があれば、あたしにもその記憶があるってことなの。

「あんたがしゃべるのをきいたとたんに泣けてきたのはどういうわけなんだろう？ 泣いたことなんか一度もないのに。あんたとは会ったばかりだし、あんたは鳥魚人なのに、なんだってあんたの面倒を見なきゃ、あんたを守らなきゃなんて思うんだろう？」と、四十年間、毎日ノートルダム大聖堂の礼拝堂の掃き掃除をしてきた老人がたずねた。

おお、哀れなる者よ！　わたしとしたことが、そこまで気が回らなかった。すぐにすっきりさせてやろう。じつをいうと、進化は冷酷無比なものなのだ！　バタクリクのようなちっぽけなところでさえ原始時代には知覚種族になりうる手強い競争相手がうじゃうじゃいた。そこでてっぺんをとりたいと思ったら、早起きするしかなかったんだ、それが秘訣さ！　われわれはついに種としての居場所を確保した。いいことを教えよう――肉食獣から身を守るには、かならずしも鋭い歯や毒嚢《のう》が必要なわけではない。わたしが心からお勧めするのは、ほかとバランスがとれないほど大きな目、ポキッと折れてしまいそうな細い脚、そしてうっとりするほど傷つきやすそうな首、それをすべて、とくに哺乳類の保護本能、思いやり、そして愛情をかきたてるよう優雅に配置する、という手法だ。子イヌや子ネコや赤ん坊がかわいいのもおなじ理由さ――相手を、面倒を見てやらなくちゃという気にさせるんだ！　がっかりするな、きみたちの落ち度ではない。きみたちにはどうしようもないことだし、われわれにもどうしようもないことなんだから。さらには、われらが名高き幼形成熟《ネオテニー》は極上の能力と対になっている。エスカは店で買えるような単純な横隔膜と咽頭を使うのではなく、その場で調達した空気を胸郭にある孔から出し入れして、声を出すんだ。わかるかな？　それがわれらがホームメイドの水晶・軟骨混合体のなせるわざ。この宇宙で唯一無二のものだ。特殊な解剖学的構造がよだれの出そうな超低周波音を食卓に供してくれるわけだが、ちがいのわかる異種型にとってはそれが少々スパイシーすぎて意図せぬ深い感情的反応が引き起こされてしまうことがあるんだ！　わたしは要するに巨大な振動する非共感性感情フルートなんだよ。すごいだろう？　どうやら人間はとくにアレルギー反応が強く出るらしい。しかし問題はない、ボリュームを下げるようにするから。だがきみに細かいことを話してもしょうがない！　きみたちはこの何百年かのあいだに数多くの超低周波音増幅器をつくってきた。きみがいまモップとホウキで殺菌しているようなやつだ。その効果がどんなものか理解しなくては！　神がきみのすぐ隣にすわっていてきみのフライドポテトをこっそり盗んでいるような気分になれるやつ。ただし、神ではない。きょうは神が少々不足しているんでね。そういう気分になるのは共鳴のせいだ。

「どうしてあたしなの？　大統領とか国連の人とか、誰かえらい人に話すべきでしょ？　どうしてあたしが特別なの？」とオハイオのチャグリン・フォールズにあるスーパーの店員はいった。

おや、なんとかわいいことを！　心配はいらないよ、ダーリン、きみはぜんぜん特別じゃないから！　わたしはこの生物圏にいるすべての人間に同時に話しているんだ。エスカは知覚生命体からなるひとつの詩歌《ヴァース》であり、少なくとも外部の者にたいしてはひとつの声でしゃべる、平和な統一された惑星だ。きみたちは……そうではない。誰もが確実に食事の分け前にありつくにはこれが最良の方法と思えたのでね。厳密にいえば、わたしはここにはいない。物理的には、この世界のあるひとつの場所にいるんだよ。いや、どこなのかはいわないぞ、いけない子だなあ！　いったら不正行為になってしまう！　わたしはほかの全員の感覚中枢にわたし自身のダイナミックな対話型ホロ侵入像を投影しているんだ。とにかく、この手のファースト・コンタクトのセッションはお決まりのものでね。オーダーの前にウエイトレスと軽くしゃべるみたいなもんさ！　最近の街のようすはああだのこうだの、きみにとってはじつに目新しくて記憶に残るやりとりで個人的に親近感を抱く出来事かもしれないが、ウエイトレスはそこに住んでいるんだからな。彼女にしてみれば何百回もくりかえしていることで、自動操縦しているみたいなものだ。それにきみに供するためにヒートランプの下に置いて温めている情報は、非常に重要なものなんだ。ここの君主たちがその情報を隠蔽しようとしても話の辻褄が合わなくて証拠を否定したり、わたしのことを気象観測用の気球だといったり、しまいにはそれぞれの派閥に近い新聞にわたしがいおうとしたことを半分に編集したバージョンをリークしたり、そんなドタバタで時間を潰すわけにはいかないんだよ。誰にそんな時間があるというんだ？　このやり方なら、きみたち……民衆、というのが正確な表現だと教えられたんだが、〝ヴァース〟とくらべると不快な響きだな。まあとにかく、このやり方なら情報を隠蔽することはできない。しかし民衆という言葉はもっと大きな視野を持ったものに変えたほうがいい。それともうひとつ、このやり方なら七十億回おなじ話をくりかえさずにすむからね。

「何人くらいいるのですか？」とウクライナの首相がたずねた。

　われわれの船は月の裏側に停めてあります。月がひとつで寂しいと思ったことは？　わたしだったら悲しいな。ここにきているのは小型の使節船で、ド派手なものではまったくない。われわれはあなた方のテレビをずっと見ていて、おとなサイズの艦隊でくると過剰反応が起きそうだという印象を得ていたのでね。船の乗組定員は百五十四名。しかし、文脈から考えて、あなたが知りたいのはこのあなた方の惑星に何人きているのか、でなければ銀河系には人間ではない知的種族が何人いるのか、ということだと思います。答えはそれぞれ——ここにおりてきているのはわたしだけで、宇宙には何クウィンティリオン（十の十二乗）。何セプティリオン（十の二十四乗）。それ以上かもしれない。それでもかつてよりはだいぶ少なくなっています。ディナータイムの混み具合も昔ほどではありませんよ。

「ビッグバード、ずいぶんたくさんいるんだなあ」とコネチカット在住の若いオキシコドン（半合成麻薬）の売人の男はいった。

　ああ、ちがうちがう、エスカが何クウィンティリオンもいるということじゃない。われわれは慎み深い種族でね。さまざまな種族が同席している場で自分の種族の正確な数を明かすのは、家の鍵や警報装置のことを他人に話すのとおなじで、よいテーブルマナーではないとされているんだ。なんというか……安全対策だな。

「きみは孤独ではないということ？」とニューヨークのペントハウスに住む金持ちの俳優がたずねた。

少しも！　しかし、関心を持ってくれたことはうれしい。エスカはアルニザール帝国、ユートラック・フォーメーション、光輝ケシェット、直線性スマラグディ、ユーズ兆王国、シブ、ヴーアプレットおよび321からなる〝グレート・オクターブ〟によって、マイナー種族のなかから選ばれ、あなたたちと接触することになった。なぜエスカが選ばれたかといえば、それはいうまでもなく、非共感性感情フルートがどういうものかを考えれば、スポイルされていない種族はわれわれにたいして肯定的な反応を示すからだ。またわれわれは〝温かくてファジーな銀河系ファミリー〟の腕のなかにいちばん最近、迎え入れられた種族でもある。この対話の最後にはコメントカードが配られるので、忌憚のない意見をきかせてほしい。

「わたしたちを皆殺しにするつもりなのか？」とドイツの財務大臣の夫がたずねた。

可能性はある。十中八九といったほうがいいかな？　もちろんわたし個人がやるわけではない。すべての指標が指し示しているのは……かもしれない、かな？　ハラハラドキドキ、だろう？　エキサイティングだ！
「どっちみち虫けらのように殺すつもりでいるのなら、どうしてわざわざこんなおしゃべりなんかしているのよ？　軌道から核を落とすだけでいいのに、どうしてそうしないの？」とコスタリカに住む年金暮らしの元会計士がたずねた。

順番というものがあるのでね、セニョリータ。デザートの前に野菜を食べないと！　ずっと前にケシェットがこのエリア周辺にあふれだしていたラジオ放送の電波を拾ってね。きみたちはじつにやかましい！　七十億人がテーブルで、早く早く！　みんな少々耳障りだとは思ったが、とりあえずきみたちはそれに合わせて踊れていた。そこがキモなんだよ、子ネコちゃん――勢力を拡大する可能性のある新種がいるという証拠が見つかると、われわれはいつも非常にナーバスになる。ときにはそのあたらしく見つかった子がしっかり繁栄していて、輝くうろことふさふさの尻尾の持ち主で、そつなくやっている知覚力のあるかわいい子ちゃんだったりすることもあるが、誰もがすぐ仲間になれる見た目のよさを備えているわけじゃない。ほかのみんなと仲良く遊べるかどうか疑わしい子だっている。ときには自己認識的なものや複雑な理論、感情移入の基本的視点を確立する前、哲学消化器官が計画的犯意や疑良性怠慢といったスパイシーなものをさばけるようになる前に、すべてを破壊するのに必要な技術を開発してしまうような種族もいる。そういったボーダーラインのケースは……ほんものの知覚力があるのかどうかテストしなければならないんだ。誰だって、おすわりやおしゃべりやお手ができるからといって、才能あるできのいい子どもたちのための保育園にオオカミを入れたりはしないだろう？　あたりまえのことだ。そんなことをしたら保育園が食肉処理場になってしまう。ジュークボックス付きのね。そういう牙と毛皮を持つやつが文明化されたふりをしているだけだとわかった場合、われわれにはすでにそこにいる子どもたちを守る責任があるんだ。

「もちろんわたしたちには知覚力がある！」と東京に住む三井住友トラスト・ホールディングスのＣＥＯに就任したばかりの男はいった。「見てみたまえ！　わたしたちがどれほどのことを成し遂げてきたか！　ここには……カントがいる！　アインシュタインも！　デカルトも！　そして……そして黒澤明もインターネットもネコバスもミスター・ロジャース（米国の教育家、テレビ番組司会者フレッド・ロジャース）も、勝ち取れるのは幸福のみのゲーム番組も！　わたしたちは月へいった！　カリフォルニアコンドルを救った。あなたとわたしは話している、ちゃんとやりとりしている！　カメやクラゲや洗濯機相手ではそんなことはできないぞ。なのになぜ知覚力があるかどうか疑うんだ？　わたしは慈善事業に寄付もしているんだぞ」

　まあ、そう興奮しないで。これは個人的な話ではないのでね。大人用の椅子におとなしくすわっていられるようになるまではお子さまメニューから注文しなくちゃならないのは当然のことだ。銀河系は、どれが知覚種族でどれがそうでないかをめぐって、あやうくすべてが灰燼《かいじん》に帰するところだったのでね。そのときの廃墟からはまだ煙があがっている。未亡人たちはいまだすすり泣いている。そしてざっくばらんにいわせてもらうが、ミスター・ロジャースをあげてはいるものの、あなたはアホだ。マジで。自分の種族の生存を懸けた話をしているというのに、あなたは女性をひとりもあげなかった。まあ、おそらくコンドルの半分はそうなのだろうが。どうしてインターネットなど持ちだしたのか、わけがわからない。ここのデジタル・コミュニケーションの評価を担当している異種族情報部員は一時間さらされただけで緊急侵襲治療を要請することになってしまった。あれはひと目見ただけで人類には知覚力なしと判断されてもしかたないほど強力な論拠になりうる。わたしだったら、そんなものをわざわざ持ちだすようなまねは絶対にしないな。きみたちが月へいったことはよく知っている。小惑星帯の資源を漁ろうとしていることもね。きみたちに不足しているのは、ホルモンで凝り固まり支配欲に取り憑かれた不遜な自己中心主義者の群れを外の世界へ送りだす方法、それだけだ。つまりわれわれから見ればきみたちは問題の種になろうとしていたわけだ。しかし、もう大丈夫！　手法が確立されたのでね。

「なにをいっているのかさっぱりわかりませんね」と合衆国議会下院議長がいった。「わたしたちは大成功していますよ。どれでもいいからニュース・チャンネルを見てごらんなさい、すぐにわかるから。税金は安いし、景気はいいし、犯罪は減っているし、ペイトリオッツはスーパーボールで毎年、勝っているし、わたしたちはついにこの国の元の姿を取りもどしつつあるのよ。五年前だったら、わたしもあなたに賛成していたでしょう。薄汚い、不快な抗議デモだらけで、交通は渋滞し、そこらじゅうの窓ガラスが割れていて、あれもこれもうまくいかないと嘆く声があふれていて。でもそれはすべて過去のことです！まわりを見てごらんなさい。きれいな通り。静かな通り。店を出すのにぴったりのがらんとした通り。わたしが知っている人はみんなしあわせよ」

あなたが知っている人はみんなモンスターなんだよ、ダーリン。われわれはきみたちのメディアをたっぷり観察してきた。社会全体の知覚力を見るには格好の指標なのでね。きみたちはモンスターに非常に強い関心を抱いているようだ。空からきたモンスター、地中からきたモンスター、きみたちのなかにいるモンスター、海からきたモンスター、放射能を帯びたモンスター、機械のモンスター、魔法のモンスター、バッジをつけたモンスターにしか止められないシリアル・モンスター。それぱっかりだ。しばらく見ていたら、もううんざりという感じになってしまったよ。けっきょくのところ、きみたちはつねにモンスターに勝つ。きみたちの惑星をゆっくり料理しているのは、ほかならぬきみたち自身だというのにな。その動きを止めようなんて気はきみたちにはさらさらない。楽しみと利益追求のために互いに殺し合い、おとなしくて誰に対しても親切でわけへだてないという体《てい》でスタートしながら、最後にはつねに誰かを奴隷にしたり、屍《しかばね》といっしょの写真を撮りたいとか、こいつらのあそこをがっつり食えばもっと満足のいく勃起状態を得られるんじゃないかとか、そんな理由で世界を分かち合っていたほかの種族を完全に抹殺してしまったり、資源の消費量が自分よりほんのわずかでも少ない生物に出会ったらそのはかない唯一無二の命を商売の種にしてしまったりと、じつに手の込んだ物語をつくりあげている。病気の子どもはなんの働きもなくてもティッシュを一枚もらえる、それが妥当かどうか考えることすらきみたちは拒否している。どうやらきみたちは全員、お互いの存在が耐えられないようだ。きみたちがうじゃうじゃ銀河系に進出するのを許したら、われわれはどんな扱いを受けるんだろうな？　われわれは角や牙や鉤爪を持つ者に強い愛着を感じるんだが、きみたちにとってはどの種族が衰えた器官を奮い立たせるものになるんだろうな？　ああ、もちろんきみたちもいくつかなかなかのことをしてきてはいる。あの新体操というやつはじつにすばらしい。それを否定する者はいない。しかしきみたちは人が楽しむのを見るより、計り知れない恐怖におののくのを見るほうを好む。たとえその楽しみが冷たい飲みものを飲む程度のことでもね。人が二杯飲んでいるとすると、きみたちの多くはたとえ自分の飲みものにチェリーが入っていて氷の量も多くて小さい紙の傘が飾ってあっても、人の二杯を奪って自分が三杯飲もうとする。これは知覚力のある種族がすることではない。野獣のすることだ。きみたちの赤ん坊は自分の親そっくりではない相手を強い疑いの目で見る。最初から織りこまれているんだ。きみたちにも理解できる言葉でいおう――人類はわれわれの生き方そのものを脅《おびや》かすことになりかねない、恐ろしい、痛みをガブガブ飲みこみ、汚染を噴きだす、宇宙のモンスターだ。さて、映画だとふつうどういう結果になる？少なくともわれわれは、われわれがまちがっているときみたちがわれわれを納得させるチャンスを与えるつもりだ。きみたちがドードー鳥の最後の一羽をラッパ銃で公然と撃ち殺す前に、かれらにそのなりゆきをどう思うかたずねたとは思えない。しかしきみたちは運がいい――われわれはそれよりはましだ。われわれはモンスターではないからね。われわれにはわれわれの手法というものがある。それが効果抜群でね。われわれはかならず手法を守る。会社からの指示というふうに思ってもらうといいかな。首になりたくなければ、したがうことだ。

「で、なんなのそれ？」とメルボルンに住む、アートスクールにもどろうかと考えているグリーンの髪のバリスタがたずねた。「その手法って。それとさあ、僕らみんながみんなそんなやつってわけじゃないんだけど。僕はヴィーガンだし。ドッグ・シェルターやってるし」

喜べ、人類よ！　きみたちは銀河系一熱いナイトスポットに招待されたぞ！　きみたちはうるわしきリトストに代表を送りこむことになる。メタ銀河系グランプリのために一流の種族たちが集う場だ。きみたちはそこでアルニザール、ケシェット、ユーズ、エスカ等々、われわれみんなと競うのだ。もちろんあの広大なナランカ帝国はべつだ。かれらは人といっしょにやるのは苦手だからな。かれらはコンテストというものがなんなのかわかっていないんだ。そもそもコンテストというものはほとんど、まったくかれら向きではないんだよ。それに美意識という概念についてもお粗末な軍服の肩章程度が関の山だし、どのみちいまの皇帝はプラスチックのガーデンチェアにすわっている腐りかけのマンゴーだから、現時点ではかれらの知覚力は少々宙に浮いた状態だ（きみたちはわれわれが〝開発途上多元的宇宙〟と呼ぶことにしている空間から駆り集めた向上心に燃える種族とも競い合うことになる。この呼び方、〝くそスラム〟や〝天文ベッドの下〟よりはましなのでね）。われわれはみんなそろって、それぞれが持つ力と知性と芸術のすべてを必要とする栄えあるコンテストに出場することになる。そして自分たちが不快な部分の寄せ集めだけのものではないことを証明するのだ。知れば知るほど当惑するような歴史からなにかまちがいなく学んだことを証明するのだ。われわれがトウモロコシの植え方を教えてやったら〝明白な運命《マニフェスト・デスティニー》（米国の西部開拓を正当化する標語）のグレイテスト・ヒット〟を再演するようなことはしないと証明するのだ。いまはもっとましになっていると証明するのだ。優勝しなくてもいい！　ビリにさえならなければ、きみたち種族はすでに宴たけなわの天空のパーティに参加できる。しかし、もしもケチな音痴の顔が後ろ向きについてるような銀河系文明のひとつも負かせないようなら、きみたちの集合的存在としての記憶をていねいに順序正しくまとめ、居住惑星の資源を採集したうえで、きみたち種族は抹殺される。きみたちの肉体という有機物質はきみたちの生物圏にスムーズに再編入され、居住惑星はまた穏やかになって、つぎなる十億年かそこら、イルカかなにかでやり直していくことになる。**おもしろいねえ！**

「ありえない」と合衆国大統領が断言した。「われわれがきみたちの楽しみのために屈服したり、おめおめと生き方を変えたりするようなことなどありえない。われわれは抵抗する。戦う。けっしてあきらめない。きみのささやかなスピーチで怖がる者もいるかもしれないが、いまきみは人類にへたなちょっかいを出しているんだぞ。われわれはきみが想像している以上の力を持っている。きみたちの野蛮な儀式の生《い》け贄《にえ》よりも大きな力をな。われわれは立ちあがり、この惑星を守る。そして最後には、われわれの精神が、われわれの勇気が、われわれが備蓄してきた核が、すべてを制する」

いいねえ！　いちばんキュートなのは誰だ？　**いちばんキュートなのはきみだ！**　それ

にそのユーモアセンス！　きみのママはさぞかし誇りに思うだろうな。ばかなことをいっているど、きれいさっぱり消してしまうぞ。わたしの子どものなかでいちばん不器用なやつでも、きみたちのいちばんイカれた軍事産業関係者がクリスマスイヴに見る夢より強力な兵器で遊んでいるんだ。きみたちがどんな武器を持っているのかはわかっているが、それはどうでもいい。わたしが持っているアクセサリーはきみたちの最先端のトップクラスの武器より技術的にすぐれているんだからな。あきらめたまえ。道はひとつしかない。われわれが発見した、たったひとつの方法だ。きみたちはいちばんすぐれた者をリストに送りこみ、競わせる。そうしなければ、きみたちはいま死ぬことになる――拒否すれば即おしまい。ここまできみたちと楽しいときをすごしてきたが、わたしとしては結果がどうなろうとかまわない。しかし、いきなりの宣戦布告は、人類の知覚力にたいする評価を下げることになるということはいっておかねばならない。それはアリのコロニーの反応だ。もっとましな反応をしなくちゃ。どの程度未開かという件にかんしては考査されてしかるべきだ、そうだろう？　高貴さと単なる身体構造とは区別されなければならない。きみたちがわれわれは銀河系のテーブルにコアラや地下鉄のネズミを招待すべきだと考えているのなら話はべつだが？　なんたってきみたちはゾウが大学で学べるような多様性プログラムすら立ちあげていないようだしね。ゾウの多くはきみたちの平均的な大統領より遥かに頭がいいのに。きみたちはわれわれがきみたちの歴史をテクニカラーのライヴで見てきているることを忘れているようだな。もし熱核爆弾戦争のほうが友だち同士のささやかな芸術的競技会より野蛮ではないと考えているなら、きみたちはいまごろズボンのまえとうしろを逆にはくようになっているべきだと思うんだがなあ。

「なんだ……なんだそのコンテストってのは？」とパプアニューギニアの漁師が泣くための長いたいらな石に腰をおろしながらたずねた。

泣くな、ベイビー。そう悪くはないぞ、約束する。ただ歌えばいいんだから。

「いやあ、簡単だ！」とロサンゼルスのレコード会社の重役がいった。「いいじゃないか！　受け入れよう！　なんの問題もない！　人類は音楽にかけてはクソすばらしいんだよ。まったくもう、心配させてくれちゃって。しかしこれはすごいことになるぞ。象徴的なものになる。ビッグバード、新チャンピオンによろしく伝えてくれ。人類はそいつのグルーヴを誰も見たことがないほどグラグラに揺さぶることになるからね。この勝負はもらった」

ノー。

「ノー、というと？」BBC4の番組制作者がたずねた。

N！　O！　NとOでノー！　ちっちゃいおチビのNとちっちゃいおジイのO――それ

でノー！　わたしが知っているなかでいちばん大きい小さな言葉だ！　わたしがノーといったのは、つまり人類はとくに音楽的にすぐれているわけではないということだ。ああ、まあ悪くはないだろう。メロディやリズムの基本にかんしてはある程度深く理解できているが、それはイルカもおなじなんだよ、ダーリン。ここで明かすのは気が引けるんだが、ひとつの例として、あまり深くは考えずにいってしまうと、ジャドロ星雲のヴァルナは母星をまるごと楽器として使うんだ。ここでいうと北の磁極に息を吹きこむ感じかな。とにかく、ビートが最高だとかそんなことだけではない。最高のビートでなにをするか。ショーマンシップの問題だ。ステージ効果。いかに人目を引くか。三サイクル前、ユーズ兆王国は『愛とはわれらの植民地拡大期を許すこと』という耳にこびりついて離れない曲で優勝したんだが、低音が消えたと思ったら、ユーズの労働者階級がそっくり彗星になったんだ。だからいまだにオートチューン（音声を補正する音楽ソフトウェア）を使っているような惑星がビリから二番めになろうとしても、それは高望みというものじゃないかな。ギターとレザーパンツの大司教もけっこうだが……ああ、われわれのライヴ・スタジオのオーディエンスにもわかるように説明するにはどうしたらいい？　そうだな、赤ん坊がぐずっているときに、抱っこして背中をポンポン叩いたりするだろう？——ポンポン、ポンポン、ポポンのポンってな具合に。すると赤ん坊がミルクだのヨダレだのジュースだのをママさんのすてきな服にゲボッと吐きだして、ご本人は**ものすごく**ご機嫌な顔をしている、そういうことあるだろう？　**それが**人類の音楽なんだ！　もちろん銀河系のほかの音楽とくらべて、ということだぞ——きみたちにとってはすばらしいものだ、それはわかっている。

「これは……主導権を握る側に有利になるように仕組まれている気がするが」とチューリッヒに住む人類学の教授がいった。「実際に〝ボーダーライン・ケース〟が成功した例はあるのかね？　それともこれは手の込んだ生け贄の儀式なのかね？」

　あーあ！　われわれのことをなんだと思っているんだろうな！　もちろん、町にあたらしくきた子たちがすんなり受け入れられることだって、ときにはある。そうでなければ、空恐ろしいことになってしまう。いっただろう、われわれはモンスターではない。

「ふうん。最後に新参者が勝ったのはいつ？」とソウルのプロ・ゲーマーがたずねた。

　勝った？　一度もない。首尾よく、消滅をまぬがれたという意味かな？　わたしの瞳に乾杯。宇宙最大のステージでいちばん最近、勝ち組種族の列に加わったのはわれわれ。じつをいうと、このわたしだ。わたしは星間外交の仕事に就く前は〝バーズ・アイ・ブルー〟という海水ファンク水中ビッグバンド・コンボのリードヴォーカルだったんだ。だからね、きみたちには同情するよ、ほんとうに。じつによくわかる。とにかく抗いようのない出来事だし、木曜の午後をこんなふうにすごしたいとは誰も思わないだろう。エスカはかつて、じつにいやなやつだったんだ、まったくの話。わがままで、気まぐれで、臨床的に鬱状態で——冗談抜きで、パルレの医者がわれわれ種族全体がそうだと診断したんだ。わたしの祖父なんか身長が八フィート以下だという理由で誰かに殺されてしまったし。惑星の半分はウウーガマ・コングロマリットの度重なる実験で焼けつく塩の平原になってしまった。もうひとつのエスカがいかに腹立たしい存在でも、われわれは無視するわけにはいかなかった。それに自由意志論者とのあいだにも大きな問題を抱えていた。しかし最終的には乗り越えたんだ。思うに、とてつもない、技術的にも優位にある銀河系文明が突然侵略してきて、われわれの認識が劇的に変化するとか、なにかそういうことが起きて全員がひとつになれた、ということなのかもしれないな。バーズ・アイ・ブルーは星間規模でヒットした曲『どうか僕らを灰にしないで、これからはいい子になるから、約束するよ』で聴衆を圧倒した。そして十位に入った。センセーショナルな出来事だったよ。スキャンダルに近いといってもいいくらいだ——競りに出されている新顔の動物相《ファウナ》がここまで上位に入ったのははじめてだったからね。特権階級の連中はいまだにわれわれの防衛産業に資金を提供してくれているよ。

「それで、それはどれくらい前の話なんだね？」とモザンビークの大統領がたずねた。

きみたちの記念すべき、きょうのひとことカレンダーでいうと、わずか三十四年前のことだ。アルノ・セクンドゥスの被嚢類（ホヤなどの尾索類の旧称）カレンダーでいうと、去年になる。時間というのは、あの世へいっても厄介なものだ。

「負けたのはどれくらい？」とポーランドのルブリンに住むＳＦ作家がたずねた。「きみたちが消滅させた種族の数はどれくらいなのかな？」

六つだ。まあ、細かくいうと七つだが、アンドヴァリはほぼ勘定には入らない。カーテンコールの前に先制攻撃をかけてきたんだから。ああ、失敬、八つだ。フラスのことを忘れていた。わたしが生まれる前の話なんでね。それに戦争好きというわけではなかったし、とくに興味深い存在でもないし。ボーダーラインのケースはごくたまにしかないんだが、自分たちの価値を余すところなく示しきれなかったケースはひとつもない。

「つまり人類は負けるということよね。希望はないってこと。もう……もうおしまいだわ」と南極で駐在任務についている孤独な海洋生物学者がいった。「それがいちばんいいのかもしれない。昔はここにももっと氷があったのに、いまじゃ」

　まあまあ、かわい子ちゃん。そのしかめっ面を逆さまにして！　わたしはそんなことはぜんぜんいってないんだから。われわれは相応の活躍をしてくれそうな人間のミュージシャンのリストを作成した。銀河系の文明社会での現在のポップスのトレンドときみたちの心理・可聴周波・解剖学的構造からくる相対的アドバンテージ、ディスアドバンテージを考慮してつくったリストだ。

「これ、冗談でしょ」とシカゴに住む評論家が、エスカが彼女の目の高さに掲げてくれたクリスタルの板に輝く名前を見ながらいった。「ヨーコ・オノ？」

ああ、そうとも！　わが友オーオーは彼女が参加してくれることを強く強く望んでいる。すっかり大ファンになってしまってね。『ドント・ウォーリー・キョーコ』の歌詞をぜんぶ知っていて、わたしがこっちにいるあいだに内容を確認して、キョーコが元気かどうかたしかめてくれとたのまれたくらいだ。オーオーはすごく心配しているんだよ。ワールドツアーはあるしファンは大量にいるし、とんでもなく忙しいだろうが、これはとても重要なことだ。彼女、興味を持ってくれるだろうか？

「いや、彼女、もう死んじゃったから無理」とトロントに住む革ジャンを着たパンク小僧がいった。「クラフトワークもリュウイチ・サカモトもタンジェリン・ドリームもブライアン・スレイドも、とんでもねえスパイス・ガールズもね。あんた、俺をからかってるのか？　オホン、よく聞けよ、〝マグネット、どういう仕掛けなんだ〟ってがなってたインセイン・クライン・ポッシーはマグネットいじくりまわして首から下、麻痺になっちゃったし、ビョークは何年か前にイッカクと紡ぎ車との事故で声が出なくなっちゃったし、くたばりやがれ、スクリレックスは人類の救世主なんて柄じゃねえし。絶対ありえねえよ。

核の火の海のなかで死ぬほうがましだよ」

　それは驚いたなあ！　われわれの調査データは少々時代遅れのようだ。オーオーにいわなくては。ケシェットはタイムトラベラーで文化踏査の腕はたしかだ――しかしあまりきちんとしているとはいえない連中でね。予備の文房具を片っ端から食べてしまうんだ。オーオーには何度もシステム手帳を持たせようとしたんだよ、信じられないだろうが！　ところがあいつはそれを冬にそなえて埋めてしまって春になったらきちんとした作業空間がにょっきり出てくると思っているんだ。だが可能性はいくらでもある！　われわれは完璧を期したのでね。

「これって……これって変じゃない？　どうしてこういうのが好きなの？」とベルリンに住む中年のグラフィックデザイナーがたずねた。「グレイス・ジョーンズ、これはわかる。ブライアン・イーノはまあまあ。ル・ポール、これもギリわかる。でも、ジェファーソン・スターシップ？　ニッキー・ミナージュ？　ハスカー・ドゥ？　コートニー・ラブ？　マジで？　それとドナ・サマー、ほかとぜんぜんテイストがちがうと思うけど。このリストには審美的統一感というものがまったくないわ」

　わたしは『マッカーサー・パーク』が好きなんだ。

「なるほど。オーケイ。クール。あ、ごめんごめん、クールじゃないわ。ひどい。ああ、まったく」そういって、リヴァプールのナイトクラブのオーナーは胸のまえで腕を交差させた。「ついさっきまで怖くてちびりそうだったけど、いまは……そうねえ、率直にいってちょっと不愉快。これよりもっとずっといい人たちがいるのよ。それにこのばかげたリストにのってる人たちはほとんど死んでるか、いまいましい時の砂とおなじくらい年寄りか、どっちかじゃないの。オールディーズのセクションをパラパラ見てるときに、ビヨンセとか見つけられなかったの？　ボウイは？　レッド・ツェッペリンは？　ビートルズは？」

ああ、たしかに！　ビートルズ？　あったあった！　わたしにいわせれば、おそろしくくだらないな、『レボリューション9』以外は。そうだな、まあ、もしかれらがあの手のものを追求していたら、われわれもその気になっていた可能性はある。

「なんといったらいいのか見当もつかない」とオーストラリア西部のパースに住む心理学者がいった。「誰が見ても、これには当惑するよ。テレビアニメの『ヒーマン』や『シーラとプリンセス戦士』のテーマソングの作曲家とか？　アップルⅡとか？　そういう連中がこのリストをつくったんじゃないのか？」

誰かしら、全員が納得できるミュージシャンがいるはずだ。まだ生きていて、そこそこ健康で、われわれが三十秒以上、ひどい吐き気を催したり瞬間的にナルコレプシーを発症したりすることなく聴いていられるミュージシャンが。さあ、きみたちならできる！　みんな、われわれの思考キャップをかぶって、ともに頑張ろうじゃないか！

「そううまくいくかなあ」とモンゴル人のヤク飼いがいった。

「それしかオプションがないのなら無理」とハンガリー人の保険数理士が断言した。

「実際、わたくしたちはとても楽しいとは申せません」と英国女王シャーロット一世がいった。

しかしロンドンの中心部から遙か、遙か、遙か離れた隙間風の入る諸経費別途のアパートの部屋で、すべての声を圧する怒声があがった。

「俺の名前がリストのビリッケツにあるってのは、クソ野郎、ざけんなよ、どういうことなんだよ？」とデシベル・ジョーンズは叫んだ。

5

冬に春の服をまとう（We Wear Spring Clothes in the Wintertime）

（ESC一九九六年十四位）

　絶対零度の初ライヴは、ブライトンにある火曜日ビール一パイント一ポンド発祥のパブ、ホープ＆ルインの暑くて暗くてだだっ広い二階のフロアでおこなわれた——司会者に自分は博士論文にどっぷりつかっていると証明できた者が選んだ質問をフィーチャーした英語圏でもっともむずかしいパブクイズ——「オープン」、「マイクロフォン」そしてもちろん「ナイト」という言葉の概念の境界線を無謀なまでの奔放さでぶち壊した〝オープン・マイク・ナイト〟——そしてオーナーで経営者でユーロ圏で生きている最年長のアル中患者たるアーチボルド・アーサー・ゴームリー。ゴームリーはキンクス（英国のロックバンド）が非常に高く評価されているボウル型ヘアを思いついた当時、すでに古色蒼然たる年寄りだった。

店名がただの希望《ホープ》でイギリス連邦経済の視点で見ればほんのわずか荒廃《ルイン》がちらついていた頃のがっぽり儲かっていたバラ色の日々には、彼は客に向かって俺のスツールにすわるなと叫んでいた。ひとりよがりの中年の頃には、まだデイヴィーと呼ばれるひょろっとした若者で三つ揃いのスーツ姿であちこちの結婚式で演奏していたボウイが、ビールを飲もうと店にやってきたこともあった。後年グラムの大公となる神経質そうな顔はニキビの花盛りで、アーチボルド・アーサー・ゴームリーは彼を見ながら大あくびしていた。

バンドご指名のてきぱき人間、オールルト・セント・ウルトラバイオレットは、デビューのステージとしてホープ&ルインを選んでいた。なぜならかれらのサウンドは心が汚れるくらいクールなのに、ロンドンの会場はどこもかしこもまぎれもない音楽の天才であるすばらしき新人にたいしてなぜか冷たいということがわかったからだ。かれらは動画編集ソフトを卒業したばかりで結果はどうあれそれなりに髪型をビシッと決め、目をキラキラ輝かせたガキどもにたいして冷たい。そして、そう、とんでもない成り行きでロックンロールの未来になってしまうかもしれない、好みがやかましいしかめっ面の公営住宅住まいのはみ出し者を怒らせることなくうまくやりおおせればただ酒が飲めることになる連中にたいして冷たい。サウス・ロンドン一のホットなインディーズ・ステージ、ロボット・カスタードのタレント・マネージャー、ムサド・アタッラーは見習いたちにこういっていた――

―ドアマンというのは崇高なる職業だ、オタク的な熱狂や口うるさいヒップスター的軽蔑心よりもっとずっと繊細なものが要求される。なんの制限もないオープン・マイクは、こんなネオンサインを掲げているに等しい――**わたしはなんの才能もないのに人気者になりたがっている救いようのないボケボケのアヒルの子です、どうぞご都合つきしだい、耳を聾《ろう》するほどにわたしのお気楽さを罵ってください。**しかしけっしてはずされることのない入場者制限用のベルベットのロープは一年後にはビデオ・ポーカー・マシンと中古のビリヤード台に置き換えざるを得なくなる。

オールトははるばるブライトンまで遠征してやっと、じつに戦闘的なオーディションもM1（イギリスの高速道路一号線）並みに長い待機者リストもないオープン・マイクを見つけることができた。

このロンドンの公共交通網経由でアクセスできるけれどベルベットのやわらかさ並みに微妙に遠い場所、というのが、デシベル・ジョーンズ&絶対零度の流星のごとく舞いあがり、ぶざまにバッタリ倒れて顔面強打という流れにおいて三つめに重要な要因だった。かれらはなかなか見つけられない、なかなか会えない、そして誰にたいしても話の種にできる存在になったのだ。二つめに重要な要因は、かぎ針編みのドレスを着たマッシュルームカットの女性だった。オールトとミラとデスが水曜の午後二時に初パフォーマンスのリハをはじめたとき、彼女はアーチボルド・アーサー・ゴームリーに色気たっぷりに話しかけようとするところだった——演奏するのは二曲で、どんどん湿っていくアクメ・マーカブル・ジェラートのナプキンを何枚も使って書いたオリジナル曲とブラック・サバスの『ウォー・ピッグス』のアップビートなシャンパンの泡的カバー。最初のほうのは、あらゆる対人関係的、芸術的確率の法則に反して、その昔、絶対零度は信じられないほど、抗しがたいほど、心底しゃくにさわるほど、いいパフォーマンスを披露していた。

もし、あの日の午後、文句なしに魅力的なイ《I》ンディア・ペ《P》ールエ《A》ール越しにホープ＆ルインのステージを見あげていたらデシベル・ジョーンズと思える人物の姿は確認できなかったにちがいない。パイントグラスの結露でできた誰かのケツの穴みたいな丸いしみだらけのぐらつくお一人様用テーブルから見ていても無理。あまりにも下品なので、まさにとはいわないまでもほとんどパンクといえる赤毛の一九七〇年代風マッシュルームヘアのやたら陽気なヨークシャーの小鳥にまとわりつかれて腰が引けているアーチボルド・アーサー・ゴームリーの破れた革のスツールから見ていても無理。立ち見席のみの店すら遠い夢の連中向けの店の裏からでも無理だった。当時、アレキサンダー・マックイーンのヴィンテージはなかったし、ダメ出しするファッション・コンサルタントもいなかった。ミラ・ワンダフル・スターは地元の店オックスファームのキズあり／現品かぎりの箱のなかのものを、トラックをミックスするマッシュアップの手法さながらに切ったり縫ったりリミックスしたりして服をつくった。スパンデックスの〝自堕落なC－3PO〟のコスチュームとシルバーのブロケードのクリスマスツリーのスカート、そして全体にメタリックブルーのバラのアップリケを散らした薄く透き通る黒のシャワーカーテンで手早く再構築したドレスだ。ミラ・ワンダフル・スターはうるさくてはた迷惑な子どものオモチャと本格的なガラクタとのあいだで揺れるクオリティのドラムセットのまえにすわっていた。左にはボディントンの空の小樽の上に立てかけた古ぼけた白の一九八四年製カシオ・ミニ・キーボードがある。彼女の叔父のタクミは彼女が十三歳のときのクリスマスに彼女にドラムをプレゼントしたのだが、なぜそうしたかといえば彼は蝶マニアが珍しい蝶のカタログをつくるように二十世紀のホームコメディの注釈つきカタログをつくっていて、その手のドラマに登場する〝典型的なステキな叔父さん〟になりきることが叔父としての唯一の義務と考えていたからだった。その義務を果たすためにドラムを買ってやったのだが、じつは〝クールなタクミ叔父さん〟は愛すべき〝反抗的な姪〟の現実版を四歳のときから育てていたので、その分、苦労も多かった。オールト・セント・ウルトラバイオレットは、まだ千の楽器を操る男ではなかったが、安いプラスチックのカポと祖母がしぶしぶ貸してくれた百年もののコンサーティーナ（蛇腹楽器の一種）を手にし、女ものの赤いスパンコールのブレザーをばらしたものに、ほんの数時間前までワインのしみがついたウェディングドレスだったローライズの無慈悲なほどタイトなパンツ、そして裾に**ジョージ**という名前が紫の糸で美しく刺繍され、その両側にしゃれたバットがあしらわれたクリケット・セーターを合わせるといういでたちだった。

デシベル・ジョーンズはシャツなしでカチカチに固まってマイクスタンドのまえに立っていた。はいている自前のパンツはミラがロックスターにはこれしかないと固く信じているタイプのもので、男子の腰骨を女子の胸の谷間みたいにぎゅっと寄せて女に参政権がなかった時代のコルセットさながらに血流を阻害していた。デスのは誰かのママが前世で聖パトリックの祝日の正装ときいてイメージするあのグリーンのサテンのペイズリー柄でヴィンテージものの八〇年代のゴールドのアクセント・チェーン付きだ。その上に身につけていたのは、黒い蝙蝠《こうもり》の翼はべつとして、『スペースクランペット』のアルバム・ジャケットにある服だけだった。ポテトと傷んだ油の匂いをさせて家に帰る彼から、タバコと自身のブランドのコロンの匂いをさせてほとんど家に帰らない彼へ、ダネシュ・ジャロからデシベル・ジョーンズへと変身しても消えなかった一枚の服——地元の市民劇場が制作した『危険な関係』で使われたロング丈でフレアがたっぷり入っていてフェイクファーの縁取りがある軽く年代物めかしたローズ色とクリーム色の貴族風コートだ。ミラは一ドルシヨップで買った着色パールをテグスからはずしてそのコートの襟と袖と裾に縫いつけ、フェイクファーを町の薬屋で売っている〝破局的石油流出ヘア・ダイ#4〟に突っこんだのだが、その夜以来、デスはそのテクニカラー・ドリームコートを一度も洗ったことがなかった。

彼はそいつにロバートという名前をつけていた。

不運なことにパールもスパンコールもメタリックカラーのバラのアップリケもホープ&ルインの必要最低レベルのリグから下がった最初からしみったれた照明をこれっぽっちも反射していなかったし、どんなステージマネージャーも許さないような位置に影が落ちていた。薄情な白いスポットライトはやたら若くてハングリーな三つの顔を真っ白に飛ばしているうえに、ディスコがクールだった頃にカラーフィルターとランプとのあいだに張りついた二匹のクモの死骸のせいでまだらになっている。外の空気は蒸し暑い午後の熱気でちらちらゆらめいていた。ステージは完全に、まったく、表現しようがないほど真っ黒で星図でも描いてあるみたいに縦横無尽に傷がついていた。そろいもそろって貧乏のかたまりみたいな、それでいて希望に満ち、暗い情熱を宿した連中がブーツの踵でこすったり、マイクスタンドを引きずったり、こちらロンドンと呼びかけるよりビンゴの数字を読みあげるのにふさわしい音響システムにハートをぶちこんだりしてつけた無数の傷だ。それは心底、正直にいって、エアコンのきいた小部屋で一生、仕事をしつづける人生よりも、ヒーターのまえで汗まみれの肉の惑星のようなケバブがまわるのを一生、見つづける人生よりも、父親が個人経営するドラッグストアでレジ打ちをあきらめてしまうほど咳止め薬が際限なく売れていくのを一生、見つづける人生よりも、遙かに寒々しい思いをかきたてられるもの、たんに楽しみに待つものがまったくない状態より遙かに寒々しいもの。かれらは不条理の典型、まだ誰も笑い飛ばす機会がなかった美的価値観にたいするやや精神異常気味の思い入れのかたまりだった。

デシベル・ジョーンズはマイクのシャフトを握ってラメ入りの藤紫色に塗ったくちびるを開いた。

「あー、どうも。みんな、今夜の気分はどう？　あー。まだ夜じゃないか」

バーテンダーがシャツの裾で鼻をかんだ。正面にすわっているのはゆっくり気が抜けていく炭酸をまえにしたほかの六人のオープン・マイク出場者。全員、いかにも本気で一直線という感じのステージの鑑《かがみ》ともいうべきフランネルのシャツにジーンズ姿。労働者階級の傷つきやすさをあらわすバンジョーで奏でる飾らない職人の喜怒哀楽という最新の緊張感あふれる時代精神にどんぴしゃのマイナーながら正統派というトレンドにのったユニフォームだ。全員、たとえリストにのっていなくてもここにきてたぞ、といいたげな、最高にきびしい表情をつくっている。元ラドブルックス（英国のブックメーカー）社員のレジ係はランチ休憩中で、片目で携帯を見ながらカレーをかっこんでいた。二十代とおぼしき失業中の男たち三、四人はステージのほうを見もせず、声を落とすでもなく、壁に向かってダーツをバンバン投げている。クールなタクミ叔父さんはジョン・キャンディの全出演作品の神的側面を追求するあたらしい論考に手を入れていたが、その原稿から目をあげると、ややうしろの位置からサッカーママ並みの熱意をこめて拍手を送った。ややうしろの席にいるのは、奇跡的に前列に陣取りたいファンがもったいぶって少し遅めにあらわれた場合に備えてのことだ。

「おめえさん、このゴーマーさま相手に出し惜しみする気か？」アーチボルド・アーサー・ゴームリーの気管切開部にとりつけたスピーチ・バルブからまさに地獄のものというべき単調な唸り声が聞こえてきた。彼を捨てて七十代でフルマラソンを走りまくる男に走った元妻が〝換気口〟と呼んでいた孔だ。「たっぷり目一杯やる気がねえんなら、なんのためにここにきたってえんだ？」

「あたしたちはりっぱにやってるわよ、ダーリン」赤毛のマッシュルームカットの女性が声をかけた。印刷媒体ジャーナリズムの死で疲弊しきっているライラ・プールという名の音楽評論家だ。「あなたたち、すばらしいわ！」

「そうだな。ああ。だから……俺たちは……」

デシベル・ジョーンズは咳をした。彼はまだ彼自身ではなかった。ピカデリーの身長二十フィートの彼でも、ガーディアン紙がとことん褒め称えた彼でも、アメリカ人のウェイトレス、ルビーといちゃついていた彼でも、誰の救世主でもなければ、適切な意味でのデシベル・ジョーンズですらなかった——まえの晩、かれらは〝メビウス・ヒップス〟だったのに、朝になったら絶対に〝ザ・シングス〟だと決め、そのあとミラが、彼女いわく、神経を鋼のようにしてくれるスコッチと内臓をカッと照らしてくれるミドリ（メロンリキュール）をあおる合間に却下した。そのとたん彼は、それに代わるもののことも、まだズキズキするほどできたてほやほやの『ラゲディ・ダンディ』の歌詞のことも、家へ帰るのにどの電車に乗ればいいのかも、翌日何時に店にいくことになっていたかも、考えられなくなってしまっていた。考えられるのはただ彼の内耳にある蝸牛《かぎゅう》の安寧をぶち壊す二十代のダーツ野郎どもの交尾期のガンみたいな不快な騒ぎ声、もし彼が暗い通りを歩いていたり、公園の遊び場にいたりするときだったら、気取ってちょこまか歩くホモ野郎だの生々しい人種差別的悪口だの、一週間分の手持ちの罵詈雑言を残らず浴びせて彼をボコボコにするたぐいのやつらの騒ぎ声のことだけだった。そして、そいつらの単調でキザなパブステップ（パブでよく流れているエレクトロニック・ダンス・ミュージック）の低音の表面にポコポコと言葉が、フレーズが浮かびあがってきた――〝アーセナル、乱痴気騒ぎ、俺はやつを知ってる、おまえがおごる番だ、俺じゃない、彼女がなにをいおうとかまわない、ウェストハム・ユナイテッドのくそったれめ〟

デスは凍りつき、彼の人生の車軸が傾いてミスター・ファイブスター・キッチンのフライヤーの油がたぷたぷに入った溝につかりそうになった。彼は、ばかみたいだ、と感じていた。醜悪なグリーンのペイズリー柄のズボンに、ばかげたピカピカの蝙蝠の翼、化粧ボックスに詰めこんだ製造中止化粧品の半分を使ったメイク。もちろん、ロバートはべつだ。ロバートはすばらしい。ロバートはステキだ。ロバートは正しい。だがロバートの完璧な袖のなかに隠してあるのは白熱した炎のようなほんものの音楽以上にギミックな歌、二曲だけだった。夜、寝室で何度も何度も聴きたくなるような曲、聴いていると感情がそれはそれはすばらしくかきまぜられて、枕に突っ伏して笑いながら泣いてしまうような曲、初めて聴いたのに前から知っていたような気がしてしまう曲、ミックステープに入れて、「これ、これを聴けば俺が生涯最高の気分になれたわけがわかる」といいながら誰かの手にぎゅっと押しつけたくなるような曲だ。

そのうえマスカラをつけてソールにプラスチックの金魚がついたプラットフォーム・ヒールを履いてステージに立っているのだから、気取ってちょこまか歩くホモ野郎と罵倒されずにすむわけがなかった。彼の心のなかには、深夜、ロボット・カスタードで赤紫とウルトラマリンブルーの照明の下、ダンスフロアを埋める憧れの眼差しの学生たち、ドクンドクンと脈打つ宇宙のベースラインにのってワブ、ワブ、ワブとグルーヴし、現地で手に入れたケミカルライトからMDMAと希望を吸いながら聴いている客に向かって、ヒップスターではなくトリックスターとして演奏している自分たちの姿が浮かんでいた。が、午前二時に魅力的だったものは午後二時には下品で安っぽくて健康に悪いものになっていた。自分たちも最前列のテーブルにいるアコースティック指向のフランネルシャツ組みたいなスタイルであるべきなのだ。顎に慎重にほどよく無精ひげを生やし、最初から置かれていた割り当ての炭酸水をすすり、頭のなかでは、工場——といっても連中が知っている工場といったら高所得者向けの賃貸のロフトになった姿だけなのだが——とにかく工場を一時解雇されても、いかにも、いかにも愛を信じているかのように見せるためにはキーが変わるところで思い入れたっぷりに目を閉じるか、それともグッとくる音のところにするか、計算している連中を見習うべきなのだ。いまはそれがホットなのだから。それがレコード会社が聴きたいものなのだから。こういうダメージ加工したジーンズをはき、いかにもそれらしく最後までやりぬくぞとつぶやくダメージ加工した心を持つ感じのいい白人の若者がうけるのだから。絶対零度がなにを心底信じているのか、誰もわかっていなかったし、かれら自身、まだそれを歌詞にガッシリ食いこませるということができていなかった——世界にはすでに有象無象の砂利があふれている。その砂利のなかでやらなければならないことは、もうただひとつ、輝くことだけだった。

　しかしデスは輝いていなかった。彼は誰か他人のフロックコートを着て安っぽく飾り立てたまぬけ野郎で、じっと失敗を見おろしていた。見つめていれば失敗もまばたきする、とでもいうように見つめつづけていた。失敗という女は目のまえにいて、と思ったらもううしろにいて、あなたが通りすぎたことすら気づいていない。失敗というのはそういうものだ。

　まったく、一体全体、彼はなにをしていたのか？　彼は失敗に向かって突っ走っていた。ミラとオールトの目のまえで。彼が店で働いている姿を一度も見たことがないこの世でたった二人の人間の目のまえで、こんなふうに彼がずっと望んでいたマーカブル・ジェラート国家に、アクメ・コーポレーションの未来へのインスタント・トンネル（アニメ『ルーニー・テューンズ』でコヨーテが激突する壁に描かれたトンネル）に入る直前という状況で。彼は小さなダニになりつつあった。永遠に七歳のダニ、ナニのシルクのスカーフをぜんぶ身にまとい、顔中にライラック色のリップでさも自慢げにいたずら書きをして居間のまんなかに立ち、マービン・ザ・マーシャン（アニメ『ルーニー・テューンズ』に登場する火星人）といっしょにこれこそワーグナーといいたくなるようなテンションで歌い、なんとしてもナニを喜ばせたい、自分はテレビの人みたいに歌えるということをナニに見せたい、とにかくなんでもいいからナニに注目してほしいと必死になっているダニに。

そしてかれらは全員、彼を無視していた。

あの懐かしいブラックプールのアパートはこのブライトンのパブのすすけた鏡像だった。誰もなにもいわなかった。女きょうだいたちはニヤニヤしながら囁きあったり、こそこそメールを書いたりしていた。いま目のまえでどんなばかばかしいことが起きているか、知り合いに片っ端からメールを出しまくっていたのだ。いちばん上の兄はサッカーボールを蹴って見事ダネシュのデカ頭に命中させた。弟たちはキッチンで取っ組み合っていて、なにも気づいていなかった。そして肝心のナニはミステリーかなにかの本から目をあげて、サイドテーブルに置いてある補聴器を手探りしながら、こういった――

「え？　なにかいった、あたしのハンサム坊や？　ナニは魔法の耳をつけてなかったのよ。どうしてそんなスカーフ・ラグーンからやってきたクリーチャーみたいな格好をしてるの？　その顔、どうしたの？」

ナニは目を細めて彼を見た。老眼鏡のせいで殺人ミステリーではない本の世界が水彩絵の具のしみに変わってしまったからだ。ダニは七と四分の三歳でも、彼女にはつらく当たる気などさらさらなく、執事が鉄パイプで未亡人の頭を打ち砕く世界からはっと現実にひきもどされたと思ったら孫が目のまえでデシベル・ジョーンズになっていたわけで、そんなことは誰にも予想がつかないことだし、彼女がぎょっとしたのも無理はないとわかっていた、が、ナニは彼を見て笑った、そしてそこで彼の子ども時代は終わったのだった。ナニは彼の兄弟姉妹に声をかけて、かれらがなにも見ていなかった可能性、もっともらしい否認が維持されている可能性、こんなことはぜんぶ起きていない可能性を消し去り、ロイヤル・ジャロ広間を埋める満員の客に向かってこう告げた――「さあ、みんな見て、自分を素材にアートした人、われらがミスター・テート・モダン（テート・モダンは英国立の近現代美術館）！」

　彼は凍りついていた。いまとまったくおなじだった。あのときといっしょだ。彼はすり切れた赤い敷物の上に立って家と愛と安全の匂いがする百枚のスカーフをまといワーグナー・ザ・マーシャンを歌おうとしていた。そしてそこにいる全員の笑いものになろうとしていた、いやもっと悪いことに、天井のしみみたいに、そこにいないかのように、そもそも最初から存在しなかったかのように無視されようとしていた。

　彼を救ったのはミラだった。彼女には何度も救われたが、そのときが最初だった。ミラは彼のうしろにいて子供用ドラムでソロのリフを叩きはじめた。マイクに向かってかがみこみ、ソールドアウトのアリーナで演奏しているかのように大声で叫んだ。ダーツの矢が

20から1にずれてしまうくらいの大声で、古強者のゴーマーがびっくりして真顔になるほどの大声で——

「ウィ・アー、デシベル・ジョーンズ&絶対零度！」

オールト・セント・ウルトラバイオレットが祖母のコンサーティーナのスロットルを全開にし、そこで初めて、神とダーツのボードとシュリンプ風味のチップスと客たちのまえで、デシベル・ジョーンズは歌いだした。

誰も彼を無視しなかった。が、アーチボルド・アーサー・ゴームリーは笑いだした。完全な静寂のなか、笑って笑って、目を輝かせた野心満々のライラ・プールが彼の肩を叩き、彼の眼鏡の下から涙があふれ、大酒で赤くなった頬を伝い落ち、若い頃の自分はどんなだったか、世界中のすべてがどんなふうに聞こえていたかを覚えている最後の部分に染みこむまで、笑いつづけた。

そして彼は泣き、パイントグラスに涙が滴り落ちた。

6

なにかほかに方法があるはず（There Must Be Another Way）

（ESC二〇〇九年十六位）

〝ヴリミューの戦い〟後、生存していた全員の合意により定められたメタ銀河系グランプリの規則、指針、規定事項は下記のとおりである――

1　グランプリは一アルニザール標準年ごとに開催される。一アルニザール標準年の長さは、アルノ・セクンドゥスがその病的に肥満した主星周辺でのろのろと仕事を進め、疲れて昼寝をし、不機嫌に目を覚まし、その場にいる全員に向かってわめき、くるっとふりむいてから反対方向にふりむき、途方に暮れ、泣きだし、自身を憐れんで仕事すべてに見切りをつけ、ついには周回を予定の前の晩にいっきに終わらせてしまおうとするまでにどれくらいかかるかで決まる。それはつまりほかのほとんどの者の腕時計で計ると悩ましいことに一年以上の差が出ることになるのだが。

2　現在、知覚力を持つと認められている種族はすべて競技に参加しなければならない。

3　知性があり、自意識があり（でかいイチモツにたいする自意識ではない）、そいつらのクソ惑星がどこにあろうと時間をかけていくだけの価値があると認められた種族はすべて競技に参加しなければならない。

4　一種族一曲。

5　特殊効果、各種演出は大いに推奨される――ただし聴衆、および聴衆の家族に、あるいは積極的な観客のスケジュールに害がおよぶようなことがあってはならない。

6　服装はしかるべく――つまり、住人の伝統的衣装で。ただし、クールなスタイルで、いいね？　多少のショーマンシップを込めること。工夫すること。したがわない場合、代表者は六年以上の重労働を宣告されることになる。ここドラブタウンには懸命に働く者などひとりもいない。

7　歌詞の翻訳を審判人に提出すること。アルニザール語で歌って目立とうとするのはなし！　自分の言語学的レーンからはずれないように。あなたたちのアクセントは例外なくひどいので。

8　新曲のみ！　いい加減な二番煎じは不可。

9　判定は二段階でおこなわれる——聴衆の拍手喝采。そしてグレート・オクターブの代表たち、新規参加者の付き添い種族、惑星ヨーンプの好戦国コグ産の旧型コンピュータからなる審査員団による熟考のうえでの投票。

10　けっして自分の種族に投票しないこと。そのような行為は自分勝手で退屈ですべてをだいなしにしてしまう——おまえさんにいってるんだよ、アルニザール。

11　攻撃的な歌詞による流血騒ぎはステージ内にとどめること。

12　志願出場種族が最下位になった場合、その種族の太陽系は五万年以上そっと隔離され、その文化は即座に丸ごとそっくりゴミ箱いきとなり、その母星では即刻、資源が採掘され、生物圏に慎重に遺伝子が蒔き直されたのち、われわれ全員が夜、安眠できるよう、文明を軌道上から精密焼却処理する。無害の植物相、動物相にかんしては、それを救うべくあらゆる努力が払われる。当該惑星の生物学的プロセスは、より長生きで、より賢く、より経験豊富で、失敗から学べる存在になれるよう、とどこおりなく再スタートが切れることになる。上記の生態学的マトリックスから生じた新種族は将来、なんの偏見を持たれることもなく再申し込みすることができる。

13　志願出場惑星が知覚力ありと証明されている種族をひとつでも打ち負かして、みじめなどん尻とでもいうべきランク以外の順位を獲得した場合は、腕を胞子を触覚を触手を翼をあるいはその他好みの付属器を大きくひろげて歓迎する銀河系拡大家族の雑然としたラウンジルームに迎え入れられる。

14　知覚種族が最下位に終わった場合は、家に帰り、人生のどこで道をまちがえたのか熟考し、二度とあやまちはくりかえさないと確約すべし。

15　最終得点は共有される全銀河系資源の翌サイクルの比例配分に反映されることになる（資源の詳細については添付書類を参照のこと）。これは重大事であり、過去、今回のもの以外にも多くの戦争の火種となってきたので、規則10、17および18を参照のこと。

16　署名者、その全子孫、およびのちに発見されてわれわれがパーティで話し相手にしてもいいと判断した文明社会は、宇宙が熱力学的死を迎えるまで、あるいは好戦的な愚か者によってこのすべてがとてつもなく議論の余地のあるものになってしまうまで、どちらが先になるかはわからないが、とにかくそのときまで、フェアプレーに徹し、オープンな心で耳を傾け、出場者の野心ではなく感性を投票基準とし、不当に蒸発の憂き目に遭う確率が低くなるよう、やたら多くのルーキーの名を記したリストを山と積みあげるようなことはしないと、厳粛に誓う。

17　規則16に違反した者は規則12の内容を低減した処置を受けることがある。

18　勝者はみずからの政府に、ほかの全員のドリンクタブレットの費用を負担させ、また翌年ふたたび同様の催しがおこなわれた場合の宿泊代、ケータリング代を支払わせるものとする。約束破りっこなし、携帯番号変更禁止、惑星全体が緊縮経済下にあるなどという弁解不可——銀河系ハッピー・フレンドシップ銀行でローンを組め、みんなそうしてるんだ、ドケチ野郎。

19　ベストを尽くして楽しむべし！

ユートラックの母星オトズで開催された第三十回グランプリで起きた〝すばらしき出来事〟、すなわち犯罪者——イグニアス・ラゴム・オプト、オーカフォール・アバター０、そして通称ノマドとして知られる存在——の後続審理、まさかの無罪放免、そして政治ミュージカルの興隆のあとに、規則20が追加された。当時この変更は大きな議論を呼び、反対派はもしオクタープブがこれを採用するようなら第三十一回グランプリは粉々に吹き飛ぶことになると脅した。しかし〝ケシェット総合ライヴ全時間線放送〟が開始されると、家でこれを見るのが理不尽なほど、のぞき見の虫がうずくほど、爪を噛むほど、おもしろいということが規則20の追加によってはっきりした。これによって反対論者は熱狂的視聴者と化し、グランプリは銀河系お気に入りのうしろめたい楽しみとなり、この競技のやり方、見方、勝ち方が根本的に変わったのである。

20　パフォーマーが当夜、姿をあらわさなかった場合、自動的に失格し、最下位となり、その種族の共有銀河系資源の割り当て分を受け取る権利を一年間失うこととなる。誰かを殺そうなどという試みは極力しないこと。後始末に恐ろしく手間がかかることになるので。

7

奇跡はときどき起きている
（Miracles Are Happening from Time to Time：邦題『愛のおとずれ』）
（ESC一九七〇年三位）

　エスカの吻の先端でどんどんふくらんできていた光る水滴のようなものがついに質量の限界に達して、デシベル・ジョーンズのアパートの汚い床にボテッと落ちた。滴《しずく》は敷物に当たるとはじけてはねをあげ、そのはねた光が意思を持って動き、ある画像を、映像をつくりだした。彼が見ていると、音符や音階やシャープやフラットの大群が踊りながらクルクルと回りだした。その下にはバタクリクの音の沼や、カジュの冬には谷間だったトキドキ山脈、真夏に崩れるヒマラヤ山頂などの写真測量を利用したネオン水彩画が配されている。

デシベル・ジョーンズはその踊る音符の意味を知っていた。一部しか見なくてもわかっていただろう。それは『ラゲディ・ダンディ』、たぶんだが、彼がこれまで書いた曲のなかで唯一のほんものの傑作だ。

デシベル・ジョーンズとロードランナーとのやりとりには、グローバル・テンプレートに似かよったところなどほとんどなくて、ほぼすべてが話し言葉ではなく歌とか、そこから派生したダンス・シークエンス、そしてほんの少しだがネコとのものも入っていた。

「ほんとか？」デスが話の途中で口をはさんだ。「ひとりでもほかのやつを負かせば生きられるのか？」

「そうだ。野蛮だと思うか？　きみたち種族の六十七パーセントはこの言葉を使ったんだが」

「いいや。理にかなってる。カンペキだ」

「なぜ？」

デシベルは肩をすくめた。「生命はそういう愚かで美しいものだからさ」

エスカは微笑んだ——エスカとしてできるかぎりの範囲ではあったが。そいつの羽根が一枚残らず興奮を帯びたコバルト色に輝いた。ということは、彼がなにかいいことをいったということだ。神にも天使たちにもわかりはしなかったが、どういうわけか世界一幸運なしくじりをたったいま彼がやらかしたということだ。彼は思ったとおりのことをいっただけだったが、それは考えてみるとちょっとした超能力といえた。これができる者はほとんどいなかったからだ。青いクリーチャーは、この生きて呼吸しているフラミンゴどころか庭に置いてあるプラスチックのフラミンゴすら支えられそうもない、ありえないほどお粗末な脚でコケティッシュにステップを踏んでみせた。

「ここから三百光年離れたところにバタクリクという小さな世界があって漆黒のなかを飛んでいる。この世界とおなじくらい青くて、愛しい世界。それがわたしの世界だ。そこで古代のエスカがはじめて目を開け、われわれを照らすためだけに輝いているかのようなったひとつの白い星が放つ突然変異をはぐくむ温もりに満ちた空を見あげ、ブレスレットのように並んだ二十の大きな月の向こう、可能性に満ちた宇宙を見やり、まずはいまある種や果実をいまいっぺんにむさぼり食ってしまうより厳しくひもじい冬がくる可能性を考えて取っておいたほうがいいのかどうか、じっくり考えた。われわれに命を与えてくれているあの太陽をきみたちはなんと呼んでいるか、きみ、知ってるか？」

「いや」とジョーンズはいった。

「ミラ・ワンダフル・スターだ」

「誰かがそう呼んでるのを聞いたことがあるな」

「わたしは知っているよ、ミスター・ジョーンズ」

「彼女が本命なんだろ？　忠告しておくが、彼女、このところなかなか連絡つかないぞ」デシベルはすすけた窓の外を見やった。「彼女なら、あんたの仕事、簡単にこなせただろうな。歌で世界を救う？　彼女にちょっとチューンナップの時間をやりゃあそれでいい。俺はただの……エルマー・ファッドだ。いや、そこまでもいかないな」

ロードランナーはすり切れた敷物に曼荼羅柄を崩す湿った足跡をつけながら狭い屋根裏部屋を横切ると、ばかでかい頭を下げてランタンの先端でデスの額をサッとなでた。

キスのような感触だった。

これまで誰かが誰かにしてきた、よいキス、悪いキス、オールタイムベストのキス、友だちになろうよのキス、そのすべてを感じさせるキスだった。そのすべてのキス、すべての口、すべての感触が、電気を帯びて青く染まっていた。

なぜそんなことをしたのか、いや正直いってどうやったのかも、デスにはわかっていなかった。この手のことが彼の暮らしの中庭で派手な噴水の位置を占めたのは何年ぶりかのことだった。こんなふうに友だちをつくり、自分で自分を治療し、インスパイアされ、自分で自分を慰め、気のいい隣人からカップ一杯の自信を借りるのは何年ぶりかのことだった。自分に挑戦するだけの力があると感じたのは何年ぶりかのことだった。彼がロードランナーの痩せこけた宝石だらけの神々しい胸郭に手を当てると、その手は快く受け入れられた。

「この歌、知ってるかどうか自信ないけど」と彼は囁いた。「出だしはどんなだっけ？」

世界中でこの説明が終わる頃、疲れ切ったデシベル・ジョーンズは、星の世界にいって種族のために歌うこと、あのいたずらウサギについていくことに同意し、罪を告白し、朝飯が食いたいと叫び、彼にはまったく知りようもないのだが不可解ながら完全に、人間の定義とはまったく無関係とはいえ、妊娠していた。

ダニの得点。

水

家には子どもたちがあふれてる、親戚たちがやってきた
わたしはグリーンのドレスを着よう

――『みんなでパーティ』（Party for Everybody）
ブラン村のおばあちゃんたち
（ESC二〇一二年二位）

8

ホワイト・アンド・ブラック・ブルース（White and Black Blues）

（ESC一九九〇年二位）

デシベル・ジョーンズはすでに旅の途上だったが、メタ銀河系グランプリへの旅ではなかった。

ホワイトホール（ロンドンの官庁街、政治の中枢）への旅だ。

いちばん目立たない国会議員のいちばん下っ端の秘書の仕事を担っていた腹っぺらしの無給の見習いが、エイリアンのポップ・チャートにあるなかで唯一生きているのがイギリス国民だと気づくと同時に、クロイドンに向かう途中の横断歩道の外に、何の変哲もない黒いスーツに黒いサングラスの男二人が乗った黒い車が自然発生的に実体化した。

残念ながら例の下っ端の見習いはただちょっと早かっただけで、気づいたのは彼ひとりではなかったのだ。

かくして、デスとロードランナーがリチャード・ハリスとドナ・サマー、それぞれの『マッカーサー・パーク』をああだこうだ比較し合っている最中に、なんの変哲もない黒い車に乗ったまごうかたなき不人情の塊が猛然と歩道に降り立った。いくつものこぶしがドアをガンガン叩き、ブザーを鳴らし、男たちの怒声が騒々しくがなりたてた。「ダネシュ・ジャロ、ダネシュ・ジャロ、敏腕聡明優秀機関の者だ！　緊急事態だ、至急、話がしたい！」まったくおなじローファーを履いた足の群れがドアを蹴倒してぐらぐらする階段を上がってきたと思うと、デシベル・ジョーンズはあのエスカは突然どこへいってしまったんだといぶかしんでいるうちに口々にしゃべる政府の人間の肩にかつがれ、手から手へとクラウドサーフィン状態でエレベーターのないアパートの階段を下りはじめていた。

しかしGメンたちの手から手へのフライトは停車している車の壁のまえでついにバラバラに崩れ去った。四角い顎をした名字がブラウン、デイヴィス、エヴァンス、テイラーそしてプライス、洗礼名がミスター、巡査、捜査官、中尉そして専門員と名のる男たちは入れ替わり立ち替わりデシベルをつつき、話しかけてきた。そして代わるがわるデシベルのマックイーンのボディスーツで包まれた肘をとんでもなく攻撃的な男らしさを発揮してつかみ、自分たちが優位だということを上腕二頭筋とバリトンの声とサングラスをはずせない遺伝的要素だけで示そうとした。

「みんな、スワロフスキーに注意してくれよ」とデスは文句をいった。「この子を傷つけたりしたら税額区分をガッツリ下げてやるからな」

「ミスター・ジャロ、わたしはＭＩ５の者です。このままいっしょにきていただきたい」

「ＭＩ６の者です、ミスター・ジャロ、これはこっちの管轄だぞ、エヴァンス、さっさと失せろ。国外情報の問題だ。きわめて、きわめて国外といったほうがいいかな」

「情報は国外のものだろうがこのダネシュはまぎれもなく国内のものだぞ、ティラー、つまりＭＩ５の管轄だから、とっとと失せるのはおまえのほうじゃないかな。つぎの侵略のときは頑張ってくれ」

「なあ、ダニー、この二人に惑わされちゃいけない。ロンドン警視庁テロ対策班の者だ。車に乗ってくれ。たのむよ」

「そこまでだ、デイヴィス、お役交代だ。みんな引っこめ。ダウニング街（英国首相官邸所在地）がお呼びです、ミスター・ジャロ。首相が会いたいといっています」

「そうだなあ、ちらっとも考えたことがないとはいえないが——首相なら、まあいいかな」デスはなんとかそれらしい返事をひねりだした。仮にプライドも持続勃起もプロデューサーの信用も、なにもかも失うとしても、デシベル・ジョーンズは偉そうな態度だけはけっして、絶対に手放さないのだった。

「もういいでしょう。さあ、わたしがCOBRA（英国内閣府ブリーフィングルーム）へお連れして危機管理会議に出席していただきます。議長は首相です。いくらか混乱があったかもしれませんが、ホワイトホールにいけばすべて解決します」

「友よ、わたしは国連から派遣されたあなたの連絡担当者です。あなたを保護下に置くよう指示されています。これはどう考えても英国が仕切るような問題ではないぞ、ばか者どもめ。大人が話をしているときは、家に帰ってお茶を飲むなりなんなり好きなことをしていればよろしい」

「外務・英連邦・開発省はあなたをクソ食事会にご招待しよう、ヤンキー野郎。彼はわれわれのものだ、それははっきりしている。これだけは教えておいてやる、もし誰かが空から降りてきてテイラー・スウィフトが欲しいといっても渡さないからな」

　権威主義者の群れがカーカー鳴く声はどんどん大きく、せわしなくなり、デシベルの吐き気がぶりかえしてきてしまった。権力の手に握られているときはあがいても無駄だとわかってはいたが、息ができなかった。ブレザーのドライクリーニングの匂いと最近サインしたばかりの三通からなる書類の匂いが彼を圧倒しようとしていた。あのとんでもない、ばかでかい宇宙フラミンゴは、いったいどこにいってしまったんだ？　いまこそここにいて欲しいのに。

「SAS（英国陸軍特殊空挺部隊）だ、ジャロ、立ちあがれ、てきぱき動け、整列しろ」

「内務省だ、ダネシュ、いっしょにきてもらおう」

「UKSA（イギリス宇宙局）です。わたしについてきていただきたい」

「GCHQ（英国政府通信本部）だ、ミスターJ、車に乗って」

「OAAだ、ダン、さあ、いこうか？」

「おい、待て、OAAってなんだ？」集団のうしろから首相秘書官が叫んだ。

「エイリアン政務局。新設されたんだ」OAAの職員は腕時計を見た。「ええと……あと二分半で創設九十分になる」

「デイリー・メールです、デス、こいつら騒々しい上から目線組はほうっておいて大急ぎでニュース編集室にいきましょう。代表になるのはどんな人物か、大衆は知る権利がある！　さあ、正直にいって、ほかの惑星への初の英国大使はもう少し、なんというか、イギリスっぽいほうがいいとは思いませんか？」

デシベルは鍛えすぎの腕をリポーターの骨張った指からふりほどいた。「ふん、とっと帰ってクソして──」

「大変失礼ながら、ミスター・ジョーンズ──突然ではありますが、実はわたくしあなたのお仕事の大ファンでして、何年も前から雇い主からの着信音を『サービス利用規約』にしているのです。このたび女王陛下より、あなたを直接、女王陛下の謁見室にお連れするよう命じられました。あなたなら、どう見てもこれら勤勉なる者より国家元首のほうが上と判断されるものと信じております。さあ、まいりましょう」

デシベル・ジョーンズは溜息をついて首をふった。きょうはもう店じまいだ。きょうはほんとうにさんざんだった。きょうは、実際、最悪だった。「うーん、『サービス利用規約』はあのアルバムで唯一、俺が書いたんじゃないやつなんだ。つまりあんたはおべんちゃらいってすばらしい仕事をしたってこと。満点あげるよ」

とにかく人が多すぎた。デシベルは黒ずくめの男たちの集団のあいだを男らしい手から男らしい手へと渡されていき、最後に、かつてマネージャーが彼をつぎのギグに向かわせるために両側に列をつくってべたべた触ってくるファンの手を払いのけて彼を車に押しこんだ、あの感じで車のなかに転げこんだ。車は、けっきょくどれに乗ったのか彼が答えを出せずにいるうちにキキーッと軋《きし》りながら脇道をもときた方向へと疾走していた。

☆

グリッターパンク・グラムロックの救世主は、デシベル・ジョーンズ政府機関グランドツアーの公用車内の広々とした薄闇を見渡していた。車はリムジンの類いで後部には二人用の座席が向かい合わせに配置されていて、ちょっと大きすぎる妙に昆虫めいたサングラスのレンズ四枚がスモークガラスの窓からちらちら入ってくる陽光を反射していた。

「はい、どうも」とデスはいい、声が自分で思うほど震えていませんようにとキリストに祈った。

沈黙。冷たく、無情な、納税者負担の沈黙。

「あのデイリー・メールのやつの話は一理あったな、ミスター・プライス」ついに謎の男のひとりが口を開いた。

「ああ、たしかに、ミスター・ブラウン」べつのひとりがうなずきながらいった。「イギリス連邦にとっては少々面目に傷がつくことになる。三人のうちここで生まれたのは彼だけで、彼は、ええと……父方がパキスタンとナイジェリア、母方がウェールズとスウェーデンだったかな？　そもそもどうしてそれでよしとされたのか？　女の子は日本人とフランス系ユダヤ人のミックスでワルシャワくんだり経由のダブリン育ちなんだが、彼女はかすってもいないと思うし、もうひとりのやつは、神と天使われらを救いたもう難民のトルコ人だし。もちろんかれらがバックバンドも必要と思っているのかどうかははっきりしないが、かれらが彼のソロ・アルバムに惹かれて宇宙の深淵を越えてきたとは思えないよな。どうしてわれらがあたらしき友人はすばらしいイギリス人のバンドではなく、こんなしぶしぶ出された就労ビザのグダグダ煮みたいなのを選んだのか、わけがわからない」

「ばかいうなよ、俺たちはまちがいなくイギリス人だぜ」デシベルは、すぐにでもやすりをかけなければいけなくなっている爪を見つめながら溜息まじりにいった。こういうことには慣れっこだった。十二歳の頃にはもう慣れっこになっていた。人は彼の顔を見ると目を細くして、おまえはいったい何者なんだ？　ということを角が立たないように聞くにはどうすればいいか考える、そういう顔立ちだったからだ。相手はまるで彼が嘘偽りなく、サイですとかジュゴンですとかアルデバランですとか答えるのではないかと思っている、そんな雰囲気だった。そしてそのちょっとした遺伝学的幸運のお陰で救われたことも一度や二度ではなかった。向こうは正確に特定することができなければ、なんの手出しもできないのだ。ふつうは。「そのことでいちゃもんつけたいならいっとくが、祖母ちゃんもイギリス人だったぜ。あんたらそれで引き下がったわけじゃなかったけどな。俺たち三人は人類のかなりのテリトリーをカバーしてたって説もあるんだぜ。いまじゃ二人になっちまったが、それでもカバー力はハンパない。いわせてもらえば、むしろ理想的なケースだろうな」

護衛役の男たちは相変わらず彼を無視しつづけていた。彼はそれも慣れっこだった。かつて一千万のティーンエイジャーがその名前を叫んだことなど、権威にとってはなにほどのものでもないのだ。それが彼のような風体の人間だった場合は。

「われわれからするとまったくいただけない顔だがね。彼もゲイなんだろうか？　ああ、なんたることだ」

「俺、ここにすわってるんだけどな」デシベルは溜息をついた。

ミスター・ブラウンは、デシベル・ジョーンズの向かいの席で、まるで彼がカップホルダーとなにも変わらない存在であるかのように、パラパラとフォルダーのページをめくりながら先をつづけた。「そこは少々あいまいだが、最近の若いやつはそういうものなのかな。妙な父子関係決定訴訟があったが、金銭が支払われたわけじゃない。思うに、あの三人は怪しいな。ミュージシャンはみんな怪しい。ジョーンズは『スペースクランペット』がヒットした直後のインタビューで、自分は〝機会均等バイセクシャル〟だといっているが、女性ファンは羽毛を逆立たせていたし――いや、むしろ親のほうがそうだったかもしれないが――その時点で、どういう意味合いか知らないが、自分はオムニセクシャルだともいっている。おまけにそのあとはいろいろな言葉をつくりだしていて、読んでいるだけでひどい頭痛に襲われるよ。〝ボーイフラック〟って、言語にたいする侮辱以外、なにがあるというんだ？」

「オールト・セント・ウルトラバイオレットは俺のなかの可燃物をぜんぶ解き放ってくれた」デスはやさしく微笑みながらいった。なにかすばらしいものを失ってしまったときの静かな笑みだった。彼はドアハンドルのレザーの縫い糸のほつれをつんつんと引っ張った。「触れ合うたびに完全無欠の大地に地震が起きてエンドレスに揺れつづけた」

ミスター・プライスが、嫌悪感まるだしの視線を投げた。黒いサングラスの奥で目が見えていないことを考えれば、これは印象的な出来事だった。正確に運用すれば、口角が上がった口元は倫理的堕落の影響をテーマにしたエッセイ何本分もの情報を伝えることができるのだ。「少なくともミスター・カリスカンはカーディフに住む二人の子持ちのジャスティーンという名の人物と結婚している」

「いつまで世界の終わりが家族みんなで楽しめるものになるかどうかうじうじいってるんだか、まったく気が知れねえな。そんなこと、あのばかでかい歌うスペース・エイリアンが気にすると思うか？　あんたらが過去のベッドルーム事情を嗅ぎ回っている一分一分は、俺が人類を救える曲を書けずにいる一分一分なんだからな」いったとたん、デスの口のなかが酸っぱくなり、彼は生まれてはじめて〝あがり症〟の黒いアドレナリンが湧きあがるのを感じた。それは肩のあたりではまだ昔なじみの傲慢さだったが、腹のあたりではもっとずっと重苦しいものになっていた。彼は少なくとも四、五年、新曲を書いていなかったし、最後に書いたものも上出来とはいえなかった。これは冗談、ちっともおもしろくない冗談だった。そして彼は自分がその冗談の設定部分なのか、それともオチの部分なのか皆目見当がついていなかった。

人類の命運は尽きたも同然だった。

ついに黒ずくめの男たちがもったいなくもありがたくも彼に直接話しかけた。

「当然のことながら、こちらで最高のソングライター・チームにきみが歌う勝負曲を二十四時間体制で書かせているから、その点にかんしては心配する必要はない」

デスは窓の外の通りすぎる街灯を憤然と見やった。「へえ、そいつは残念。かれらは俺たちをご所望なのかと思ってた」

「こういうことを『ウルトラポンス』がヒットすると思っているような連中にまかせるわけにはいかないだろう？　それにきみは最新のオーディオビジュアル・レコーディング機材には不慣れだろうし。危機管理会議が獲得すべき最重要のデータを、とくに推進システム、船の設計、兵器、かれらの戦術の傾向にかかわる文化的情報などの項目を、まとめることになっている。きみがリトストに着いた時点で獲得してもらうデータだ――リトストまでの距離は、プライス、六千五百何光年かだったかな？　わし星雲のなか、だと思う。

残念ながらそれだけの距離を越えて情報を伝達する手段がわれわれにはないので、まあ、きみがかれらの手法を解明できれば話はべつだが、とりあえずはすべて記録してきみが帰ってきたときに回収させてもらうことになる」

「そんな必要はまったくない」とあたらしい声がいった。デシベル・ジョーンズがその声のほうに顔を向けるとそこにはロードランナーがいて、というか彼の投影像があって、デシベルの心はパッと明るくなった。ロードランナーは突如として後部座席のデシベルの隣にすわっていた。ところがロードランナーの身体は瞬間的に捕食動物から逃げようとする太古の本能に突き動かされて、閉まっている飛散防止ガラスの窓から車が行き交う外へ飛びだした。と思うと跳ね返ってきて座席にもどり、いかにも冷静そうに見せようとしたものの完全に失敗していた。エスカの吻ランタンは低い天井につっかえてしまっているが、べつに気にしているようすはなかった。

　エイリアンはミスター・ブラウンとミスター・プライスの心をざっと読み取って、二人が君主に仕える仕事の内容が農民殴打部ではもっとずっと幅広く認められていた時代に卑屈な憧れを抱いていることに気づいていたので、シャーロット一世女王陛下の声で話しはじめた。

「グランプリは銀河系でいちばんよく見られているイベントで、『ライヴ・フロム・アルノ／めちゃ検閲コメディ・ナイト』や『ヤートマック・プリゼンツ――スーパー殺人ダービー9000』より人気があります。優勝をめざす人間の出場者がリトストに到着した瞬間から銀河系全体に放送されることになります」

　政府職員たちは顔を見合わせた。車内に突然エイリアンが出現したショックと恐怖のあらわれが唯一これだけなのは日頃の訓練の賜物だった。

「女王陛下」女王がそこにいないことははっきりしているのに、ミスター・ブラウンは反射的にそう呼びかけていた。「どうしてわれわれには発言権がないのか、まったく納得がいきません。オーディションのようなことをするわけにはいかないのでしょうか？　あるいはせめてわれわれの嗜好に沿う候補者のリストを出させていただくとか？　わたしは出たばかりの〝ペアレンタル・ガイダンス（保護者の指導、監督の意）〟のアルバムが大好きでして。お聴きになったことは？　じつにピカピカのグループで。ブリティッシュ・ボーイズと呼ぶにふさわしい。その若者たちがイギリスの……ああ、地球の、代表になってくれればわれわれもどれほど誇らしいことか。実際問題、出願書類に〝ジェンダースプラット〟をどう記入すればよいのでしょうか？」

　エスカはその大洋のような眼差しをデシベル・ジョーンズに向けた。「それはつまり彼がわたくしたちと似た存在だということだと思いますよ。エスカには四つの性があります

——男、女、フーガ、音部記号、の四つ。男は卵に精子をかけて妊娠期間中、栄養を与え、音部記号は男性液の遺伝子浴や歌をつくり、それ自身のクーマが発する大容量情報ライトを用意して出産岩屋をととのえます」クリーチャーは大きなやさしい目を上げて、頭からガラスのような肉のリボンでぶらさがっているランタンを見た。「その時点で幼子はフーガのフルート・ケージからなかば力尽くで爆発的に産みだされて前述のマルチ感覚培養液内での成長過程を終了します。フーガは通常、生きのびることができないとはいえ、これはかなり美しいといえるものです。わたくし自身は音部記号であり、〝ジェンダースプラット〟であるということはミスター・ジョーンズもそうなのだと解釈しました。それで合っているでしょうか、ミスター・ジョーンズ？」

「だいたい合ってると思うよ、ダーリン」この場にまったくふさわしくないゲラゲラ笑いを返すことができずに肩をすくめながら、デスはいった。「それの代名詞は何なんだ？」

「残念なことに、あなた方にはその言葉を発音できるアンブシュール（管楽器のマウスピース）がありません。あなた方の場合、偏狭な二つのいい方を含むものとして、便宜的に〝彼女〟を使ってもいいかもしれません。正確ではありませんが、英語にはあまり選択肢がありませんからね。〝それ〟は生命のないものの代名詞ですから、わたくしたちはそうではありませんが、あなた方はそうかもしれない——これは、もちろん、目下、考慮中の問題ですが。

とにかく、みなさん、あなた方の意見はもとめられていませんし必要ありませんし価値もありませんし、まったく歓迎されておりません」青いランタン・バードのくちばしから出てくる女王の声はそういった。「あなた方は信じないかもしれませんが、わたくしたちはあなた方を助けようとしているのですよ。あなた方はとても運がよいのです――ほかの付き添い種族ならあなた方が独自にオーディションをすることを許したかもしれません。でもエスカは強豪たちに伍してつい最近、地位を勝ち取ったばかりなので、弱者にはなにが必要か、よくわかるのです。わたくしたちがすでに選んであげたのです。あなた方にはもったいないほどのアドバンテージを与えたのです。船が待っています。じりじりしながらね」

「ちょっと待った」デシベル・ジョーンズは突然とてつもない恐怖に襲われて、いった。「ペアレンタル・ガイダンスはそう悪かない。とりあえず毎年アルバムを粗製濫造してるしな。とりあえずあてにはできる。俺は……」彼は奇妙な青い未来の目をなにか訴えるかのようにのぞきこんだが、こんな役目は勘弁してくれと訴えたいのか、それとも世界が必要としているのは彼だけだといってくれと訴えたいのか、自分でもわからなかった。彼はぐっと声を落として囁いた。「知っておいてもらわないといけないんだが、俺は落ち目の人間だ。落ち目もすぎちまってるかもしれないが。ほぼ過去の人ってところだ。俺は……

俺はコヨーテなんだ。最高にすばらしい珍妙な装置をつくっては、こんどこそ、と思う、こんどこそ俺の凄さをみんなにわからせてやる、と思うんだが、みんな俺を燃え尽きさせるだけで、俺は飢え死にに向かって一直線、てな具合だ」

ロードランナーはやさしくうなずいた。「ミスター・ジョーンズ、遙か彼方に、仮にいまここを出発したとしても最初の燃料補給地でサンドイッチでも食べようとする頃にはあなたのひ孫のひ孫も死んでしまっている、そんな遙か彼方にある二重星のまわりを回っている溶岩と酸の海の惑星にアースラという名の知的ガスが満ちたクリスタルの風船が住んでいて、そのアースラが『ラゲディ・ダンディ』の歌詞をぜんぶ知っている、とお教えしたら、あなたの力になるでしょうか？」

デシベル・ジョーンズのマチネの目がまるく柔和になった。彼はにやりと笑った。

「なるよ、すごくなる」

「それはなによりです」とエスカはいった。

ミスター・プライスとミスター・ブラウンはまだ納得していなかった。「女王陛下、これはまぎれもない狂気の沙汰です。失礼をお許しください。あなたはわれわれが惑星Xのトカゲ人間だかなんだかよりうまく歌えなければ、われわれは抹殺されることになるとおっしゃる。いいでしょう。われわれに選択権はないとおっしゃる。いいでしょう。しかしわれわれは人間です。もしこの……こいつが勝たなければ、全員、こなごなに吹き飛ばされてしまうとは！」

「俺は……やっぱり俺のバンドが必要だ」とデシベルは静かにいった。ロードランナーのきゃしゃな膝に手を置いたが、その手は映像をすりぬけて下の黒い革張りのシートに落ちてしまった。彼はその手をしばし見つめた。奇妙なことはもうたくさんという気分だったが、まだまだこんなもんじゃないとわかってもいた。「とにかく、バンドの残りが必要だ。オールトなしじゃだめだ。それとロバートも。くそっ、ロバートを忘れてきた！　事が進むのが速すぎたんだ。あいつを連れてきてくれ。でなけりゃぜんぶおしまいだ」

「絶対零度抜きのデシベル・ジョーンズなどブッキングしませんよ。いったでしょう、わたくしたちはモンスターではないのですから」とロードランナーはいった。「しかし、あなたのコートを忘れたことは緊急事態とはいえないでしょうね。どの世界にもコートはあります。あなたはちゃんと生き残れます」

「われわれは英国政府および首相官邸、そしてホモ・サピエンス・サピエンス代理人だぞ、クソッタレ」車はまだ高速で走っているというのに政府職員たちはシートから半分身体を浮かせて口角泡を飛ばす勢いで叫んだ。「われわれの代表は、われわれが選んでしかるべきだ。われわれのために戦う戦士なんだから！」

「申し訳ありませんね、お二方。しかしこれは戦争ではありません。これはあなた方にはまったく関係のないことです。銀河系の子どもはみんな母親の吻内にいるときに政治の真の姿を学びます。いいですか、〝ゴーグナーの不滅の事実〟その三は〝どんなズタボロクズ惑星上の種族も進化して知覚力を得る可能性はあるが、そんなことができる政府は存在しない〟ではありませんでしたか？　よくお考えなさい、ミスター・ブラウン、ミスター・プライス」

ホワイトホールの駐車場まであと何メートルかというところで、デシベル・ジョーンズとロードランナーは溶解してとても美しい赤紫色の蒸気の渦になった。魚と軽蔑が強く匂う渦だった。

9

夜のダイヤモンド（Diamond of Night）

（ＥＳＣ一九九九年六位）

第一回メタ銀河系グランプリは、エラクの母星である暑くて広大で暗い惑星サグラダで開催された。エラクの文明はいまも機能しているものとしては銀河系最古であり、アルニザールが対抗しうる集団という概念を持ちはじめたときには、すでに古老だった。かれらは、ケシェットが時空連続体の目のきらめきでしかなかった頃、すでに重力に向かってウチの芝生から出ていけと叫んでいた。おつにすました中年時代には、駐船場所が覚えやすくなるからという理由で惑星のまわりに環をつくるトレンドの創始者イトリジュ大帝国の崩壊を目撃し、その壮観な眺めをまえにあくびをしていたという。

サグラダがグランプリ開催地に選ばれたのは、エラクが心がノックアウトされるほど先進的な軍隊を持っているのに〝知覚力戦争〟で中立を貫いたからだった。かれらは、世の中のシステムというものがわかっているからグループ展に参加する気などさらさらない上流階級のアートスクールの上級生ふうに見えずにすむ場合には、絶対に参戦しなかった。エラク史上もっとも偉大な支配者、ムスマー・ザ・ナイト・マネージャーは自伝『わが無敵の世界滅亡装置を動かしたのは誰か？』に、中立はつねに戦争より、平和より、遙かに繊細な作戦を要する、と記している。ポケットにそこそこの火力を持っているわけでもないのに中立を宣言することは、世界中に「わたしは湿ったピンクの鼻の無力でひ弱な赤ん坊です、どうぞご都合つきしだい抹殺してください」と告げているに等しい。しかしあなたが繁栄と軍事的優位性と多様なエンタメ産業で念入りに築いた枕の砦の下から中立を宣言すれば、戦後に隣人となる者たちにとってはあなたは金持ちのガキの昼食代並みに魅力的なものに見える。けっきょくのところ、ハロウィンで最初に略奪されるのはずっと電気を消したままでキャンディ代も出し惜しみする豪邸なのだ（ムスマー・ザ・ナイト・マネージャーはハロウィンという人間の一地域の休日のことなど知っているわけがないと思うかもしれないが、神が震える手でこの宇宙をつくったというたったひとつの動かぬ証拠である多くの奇妙な偶然のひとつとして、銀河系のどの知覚種族にもハロウィンに似た行事があるという事実をあげておく。どうやら知覚種族は、苦しいとき、なにかべつのもの、よりすばらしい、より荒々しい、より恐ろしくて気味が悪くてフェルトと接着剤とラメに覆われたものになりたい、なにかほかのありえない生きものの仮面のなかに逃げこんで、そのあと甘いものをたらふく食べたいという願いで頭をいっぱいにしたくなるもののようだ)。

この慎重にバランスを考えた中立はかれらの社会を永続させるために二番めに大事な要素だった。一番はサグラダそれ自体だ。

夜空を見あげてもサグラダは見えないだろう。地球からは見えないのだ。バタクリクからも、サグラダのいちばん大きくていちばん社会的毒性の強い月ガック＝ガックからでさえ見えない。惑星サグラダは萎びて呆けた赤い太陽のしみったれた光をほとんど反射していない。むしろ表面が熱でゆらめくほど貪欲にフォトンを吸収しているのだ。その表面は極から極、峰から峰、海から影のなかの海まで、完全に徹底的に言葉では表現できないほど真っ黒だ。石炭や石油や高校生詩人の心よりずっと黒い。たんにまったく光がない状態よりも遥かに黒い。サグラダはおなじ日焼けした岩でできた月の群れに囲まれている。その月たちが、街でいちばんホットなクラブの用心棒のように星の光をブロックしているのだ。サグラダは黒さをどれくらい表現できるかの習作対象、中世の美的感覚にたいする憧れに満ちた絶対的傾倒。サグラダの横に置けばカラスはオウムのように光り輝き、未亡人はキャバレーのダンサーのように派手になり、ブラックホールは周縁部の明暗のあわい的嫉妬心の毒に苦しむことになる。当然のことながらエラク語では〝黒〟およびその類義語は〝冷たい〟、〝甘い〟、〝輝かしい〟、〝高度に熟練した〟、〝煉瓦づくりの便所のようないといった言葉とおなじ言語学的ニッチに収まっている。

　この縁がほんのわずか赤いだけの闇のなかで機能するため、エラクの身体は小さくて密度が高く、影のなかや周辺に横たわり待ち伏せる何者もまず破壊することはできない。身体といってもほぼ目玉だけのようなものなのだ。ひどく陰気な子どもがおいしそうな黒いスエット（牛や羊の腎臓付近の脂）のコーンのてっぺんに固いスエットの大きな黒いボールをのせて髪として同軸ケーブルをたくさんくっつけてエレガントに形をととのえ、ふつう目がある場所にばかでかい旧型の電球を二つくっつけると、エラクにかなり近い形になり、両親をぞっとさせること請け合いだ。とはいえエラクは一般的にうるわしい人々と考えられている。かれらの目はあっというまに顔という土地のほぼ全体を占めるほどの大きさに進化した。腹をすかせた物乞いさながら、手に入る光は余さず貪り食うためだ。長い長い睫毛はネコのヒゲのように強力な感覚器官だ。いやネコのヒゲなどものの数ではない。かれらの睫毛は何マイルも先にいる捕食者や悪天候、その他不快なものを感知できるのだから。かれらの肉は硬くてやや脂ぎったスエットで驚くほど柔軟なので、手足をはじめ多種多様な便利に使える突出物をつくることができる。その昔、サグラダが牧歌的だった時代、黒い村に住むエラクは漆黒の山の影のなかでなんとか平和に真夜中の黒い畑を耕し、炭色の小さな子どもを抱っこして黒い海の黒い浜辺で黒い貝を掘り、あまりにも暗くてそれ自体憂鬱になる一方の空を見あげていた。そこへ初のエイリアンの宇宙船が大気を貫いて飛んできて、国家機密満載の荷物をかれらの惑星に投下したのだった。

　エラクは銀河系のほかのどの種族よりも迅速にテクノロジーを発展させることができた。なぜならほかの種族がサグラダを自分用の最高級のゴミ箱として使っていたからだ。他人には見られたくないものを隠すのに、あまりにも暗くて事実上見えないに等しい惑星ほど都合のいいものがあるだろうか？　天からはデータクリスタル（『ユグドラシル』などのゲームのアイテム）や宇宙船のプロトタイプ、いらなくなった家具、使用済みの兵器、ドラッグ、死体、条約文書、膨大な額の銀河系通貨、またデータクリスタル、そして管理機関が市場にすぐに利潤の大きな需要を生みだすために廃棄してしまいたい商品などが雨あられと降ってきた。文明が興り廃れ壁にぶち当たったが、エラクは収集し分析し改良し記憶して、前進をつづけた。

　実際、エラク語以外のすべての言語で、とてつもなく役に立つ黒い惑星サグラダを指す言葉は〝記憶のゴミ箱〟を意味するものが当てられており、そこになにかを置いておくことは〝捨てる〟と表現される。

ほかの連中の汚い小さな秘密をありがたく利用して周辺宙域を支配下に置き、途切れることなくつづく活気ある文明――そのつねに変わらぬ安定性は、すべての考え、感じる存在にとって光は誰もが知る刺激であるという事実に由来しているとムスマー・ザ・ナイト・マネージャーが指摘したことは有名な話だが――を築いたのちも、エラクは誰にたいしても、立ち去れ、われわれの惑星を警察がドアをノックした瞬間に犯罪の証拠を流す共同トイレとして使うのはやめろ、とはいわないという予想外の選択をした。その代わりにどうしたかというと、かれらは銀河系文化の偉大なるアーカイバ（複数のファイルをひとつにまとめるプログラム）、学芸員、サグラダの闇を隅から隅まで探ってゴミを漁り、分析し、ラベルを貼り、漆黒どす黒図書館（重役補佐専用老人ホーム並みに管理がいきとどき、人生の意味並みに警備のしっかりした、ハンガリー並みの大きさの知識の宮殿）の完璧に温度・湿度調整された六角形の長い黒御影石でできた廊下に展示する、非常に注意深いビートニクの図書館員兼廃品回収係になったのだった。

第一回メタ銀河系グランプリは、その漆黒どす黒図書館の〝特別コレクション室〟で開催された。例の戦争のあと必要な広さ、壮麗さを備えたステージで無事に残っていたのはそこだけだったからだ。そして大会後はなにもかもが即刻、無駄なく、〝ゴミ箱いき〟となった――この〝ゴミ箱いき〟という言葉は、千年後には〝エラクによって後代のために注意深く愛情をこめて記録され、時間経過や戦争、子どもらの歴史軽視などの惨害に抗して保存する〟という意味を持つようになった。

第一回グランプリの優勝者はアルニザールのウルトラテナー・ガールズグループ〝グラゴール・ジェスム&かつて生まれた者すべての死《ザ・デス・オブ・オール・ザット・ケイム・ビフォー》〟で、曲は初の銀河系スマッシュヒット・シングルとなった『今夜は銀河系市民戦争なんかする代わりにお泊まりしようよ、それってステキでしょ？』メンバーは五人のでっぷりしたホヤ、肌にゴールドとバイオレットとスカーレットの血管が浮きでた変幻自在のチューブで、両端に繊毛がふさふさついた円形のサイフォンがあり、それが口、鼻、顔、サイクロプス（ギリシャ神話の一つ目の巨人）の目および単純なジェット推進システムとしての役割を果たしていて、感情が高まると波打つ。五人のホヤは母星が廃墟と化す寸前に持ちだされた月光に照らされた水が入った球体のなかに浮かび、すすりなく観客の頭上でホバリングし、そのサイフォンは深い悲しみとエクスタシーに波打ちながらパックリと大きく開いていた。もちろんそこにいたのは五人だけではなかった。アルニザールは既知の宇宙で右に出る者のない愛情あふれる子育て実践者だ。アルニザールの場合、子どもができてもその子どもたちが世の中に出ていって金儲けをしたり街でのデートの愚痴をいったりすることはない。子どもはたんに母親あるいは父親から発芽する。完全な個として反抗心を持つ突起として親の背中や腹から出現するのだが、けっして家から離れることはない。アルニザールはひとりひとりがコロニーであり、世代宇宙船であり、ひとりのきわめてずんぐりとしたきわめて美しい海洋生物の輝くチューブのなかに、何百年分もの知恵と経験と短気の虫と夕食時のけんか腰の会話が蓄積されている。ひとりのアルニザールの死は一民族の死に等しく、戦争は何年もつづいたのだ。

グラゴール・ジェスム&ザ・デス・オブ・オール・ザット・ケイム・ビフォーは骨をも砕く完璧な五千部合唱を披露した。全遺伝系列が声を合わせ、五千の兵器化した苦悶管で発生させたロージー・ピンクの電気を滴らせ、アルニザールの伝統的な次元間ツー・ステップのパフォーマンスもあったが、アルニザール以外の種族がこのツー・ステップを見るのを許されたのはそのときがはじめてだった。黒い図書館で披露されたそのダンスは、ボリウッドと水族館を足して二で割ったような感じで、照らす光は彼女たちの涙の生物発光と転送された遙か彼方の哀れな、まだくすぶっているアルノ第一の月光だけだった。ダンスのクライマックスでは虹色に輝く爆発する光のクモの糸が放たれ、グラゴール・ジェスムは知覚力の概念が委員会では絶対に受け入れられなかった次元へと徐々に入っていき、歓びに身をよじらせ、自分がきた方角に向かって卑猥なジェスチャーをしてみせ、そのまま帰ってこなかった。

彼女たちは一ポイント差で勝利した。

10

わたしをおいて旅立たないで（Don't Go Without Me）

（ＥＳＣ一九八八年優勝曲）

ロンドン郊外に建つ大きくて趣味のいい家のペイズリー柄のフラシ天のカウチで、オマール・カリスカン、もっとよく知られている名でいえばオールト・セント・ウルトラバイオレット、絶対零度が富と名声を手にし、敵対者があらわれるようになっても人格障害をきたさずにいた唯一の人物、あいまいな経緯で雇われた印税徴収係、かつてのボーイフラック、カーディフに住む女性と結婚していたが心が離れてしまって元夫になりそうな人物、二人の子どもの父親としての責任は当然負うべき人物、そしてワン・マン・バンドのオールトは、結婚生活最後の浮かれ騒ぎも、オーダーした具だくさんのヴィンダルー（カレー料理の一種）が届いたときも、地球が侵略されているあいだも、睡眠導入剤とアブサンと後悔の長い冷たい川の流れに身をまかせて眠りこけていた。

オマール・カリスカンは、木曜日の正午に寝ていたほかの人間たち同様、夢のなかでロードランナーと話していた。ジャスティーンと子どもたちと共有しているリビング、ふつうの家族が集うふつうのリビングの、ニコが生まれる前に二人で買ったかなり使い古した青と赤銅色のストライプのカウチとジャスティーンが勤めるホテルが模様替えするときにただ同然で手に入れた黒のラッカー塗装のちょっとアジアン・テイストのエンドテーブルとのあいだに、身長七フィートのウルトラマリンブルーの魚フラミンゴがいた。夢のなかなので、現実に見るよりずっと危機感は薄かった。幼い娘二人は、彼の母親が使っていた赤とゴールドの敷物の上で惑星地球そっくりのオモチャを取り合いしながら遊んでいた。地元のアニマル・シェルターから逃げだして彼史上最高のバースデイ・プレゼントになった幸運なネコのカポはオーストラリアの上空にかかる雲に向かってシャーッと威嚇していた。彼の父親の亡霊は革張りのリクライニングチェアにすわり、キラキラ光るピンクのストローでトロピカルドリンクを飲んでいた。そして巨大な鳥は、彼がオールトフォンで世界を救わなくてはならないのだと告げた。これは感情的にも栄養面でも大きな悩みを抱えたごくふつうの男がごくふつうに見る夢であって、誰もが知る睡眠薬のヘビー級世界チャンピオンを大量に飲んだら見るであろうと一般人が考えるような夢では絶対になかった。

「いいか、オマール坊や」と彼の父親の亡霊が、砂糖がべったりついたトロピカルドリンクのグラスの縁越しに息子を見ながらいった。オマールが六歳のとき、ついに一家がマンチェスターのアパートに引っ越す許可がおりたときとまったくおなじ口調、それ以来オマールが夢を見られる程度にしらふだった夜にはかならず耳にしてきたのとまったくおなじ口調だった。「うちはもうふつうのイギリスの家族なんだ。世界がまちがった方向にいこうとするときは、ふつうというのが身を守るいちばんの力になるんだ。ふつうのイギリス野郎のことなんか誰も気にしない。誰もふつうのやつの情報をファイルしようなんて思わないし、なんの仕事をしているかなんて聞かないし、黙っていっしょにこいなんていわない、だからとにかくふつうでいるんだ、エヴェトゥ（トルコ語で〝はい〟の意）？」

　オマールは父親のいいつけをしっかり守った。イギリス野郎は彼の頭のなかで一種の不可侵のスーパーヒーローになった。あまりにもふつうなので、ふつうでないやつは触れることもできないほどのスーパーヒーローに。

　そして長いあいだ、それは変わらなかった。きちんと並んだ行列よりも速く、小声のチェッよりも強く、警官にいやがらせされることなく並んで歩くことができる。鳥だ、飛行機だ、ほかのみんなとおなじでいるということに内在する自分は不死身だという儚い幻想だ。いや——イギリス野郎だ。

絶対零度熱に浮かされている最中も、オマール・カリスカンは暮らしのなかでふつうから大きくはずれたものに目を向けることはなかった。オールルト・セント・ウルトラバイオレットは、ラインストーンやルージュで身を飾ってはいても、じつは九九算よりも女の子に話しかけることよりも自分のビールを買えるくらいの年に見せることよりもギターの練習に励み、まるで音楽が自分を生んでくれたかのように音楽を愛し、人間技とは思えないほどの素早さでロンドンに移り、クラブシーンやオープンマイクで時間を潰し、彼はバンドをやりたいわけではないのに自分が歌えるからという理由でバンドをつくろうとする連中のふるまいに耐え、朝の五時にアイスクリームが食いたいというまでいっしょに未来をつかめる相手かどうかわからないから、とりあえずアーティスティックな才能がありそうな見知らぬやつらを家に連れ帰っていた。オマールはソールドアウトになったワールドツアーから一直線に過去へ過去へ過去へ、マンチェスターで学校に通いはじめた日へともどっていた。音楽の先生が教室の、コンクリートよりずっとましとはとてもいえない薄っぺらい最低入札額の灰色の敷物の上にバンドやオーケストラで使える楽器を大きな円形に並べると、子どもたちは目をキョロキョロさせて駆け寄り、片っ端からブーッ、ビョーン、ピーッ、ブオーンと試して好きなのを見つけたり、ポケットに手をつっこんで、先生、ぼくはサッカーしかやりたくないんですといって、この世界でなにがしかの意味を持つ音楽というものを拒否したりした。幼いオマールは敬意の念あふれる大きな黒い瞳を輝かせて楽器の群れに近づいていった。ヴァイオリン、オーボエ、トランペット、ギター、ドラム、トロンボーン、クラリネット、チェロ。彼はミラやダネシュやジャスティーンに触れたときとおなじようにはにかみながらすべての楽器に触れ、指や口や呼吸で楽器たちと話し、くるりと身を翻してしゃにむに両親の足にしがみつくと、こう囁いた――「でも、ぜんぶやりたいんだよ、ママ。ぜんぶ欲しいんだ。選ぶなんて無理だよ、そんなことできない、できないよ」

その後、彼に起こったことはすべてまぎれもなく、あの日の、あの子どもの延長線上にあった。あのお粗末な失敗作『ウルトラポンス』も、薬物がらみのリハビリも、二人とも充分注意していたにもかかわらずジャスティーンが妊娠してしまったことも、あのエジンバラでの身の毛もよだつ夜のことも、最初の子同様まったく予期せずに授かってしまった二人めの娘のことも、ジャスティーンと彼、それぞれの浮気のことも、そのあとずっと毎週火曜日の夜に二人で通ったセラピーのことも、十五年間まるで会社勤めのようにセッション・ミュージシャンとして仕事をしたことも、ほかの誰かのアルバムに匿名で参加したり、ほかのジャンル、スタイル、スタンダードにかかわってみたり、二日酔いをかろうじてコンシーラーでごまかしてジーンズにTシャツでほかのバンドで演奏したり、とにかくなんらかの形でプレーしつづけてきたことも、すべてあの日の延長線上にあったのだ。それはそれでいい。落ちぶれたポップグループの話を本にするとしたら、これはごくふつうのこと、ごくふつうのなりゆき。ふつうの物語、ほかの千人ものミュージシャンの物語、イギリス野郎の物語だ。オマールは幸福とはいえないものの、その物語のなかで安寧を得ていた。それ以外なにもなかったが。

「月がひとつしかなくて悲しいと思ったことはないかな？」と黒いくちばしでジャスティーンの長いブラウンの髪をなでながらロードランナーがいった。ジャスティーンは夢のなかにいてただまっすぐに宙を見つめていた。「わたしだったら悲しいな」

「ふつう、ひとつじゃないのか？」オマールはひどく困惑して、たずねた。

「ひとつというケースはさほど多くない」と鳥魚人が答えると、カポがいびきをかいているオマールの胸にドスンと飛び乗り、彼が目を覚ますまで舐めまわし、揉みまわした。オマール・カリスカンが唸りながらべたつく目を開くと、妻がいないときも彼といっしょにいてくれたショートヘアの白ネコのクールなマウスウォッシュ・グリーンの瞳と出会った。カポは友だちを連れてきているようだった。彼女のうしろになにかがぼうっと出現した。二つのなにか。二つのぼうっとしたなにか。ネコでも娘でも疎遠になった妻でもカレーの配達員でもなかった。

昔なじみのなにか。そして青いなにか。

オマールの視点がやっとロードランナーとデシベル・ジョーンズに定まった。なにが起こっているのか彼には見当もつかなかったが、なにか避けられないことだという気はしていた。彼は昔から、こういう容赦ない、許せないほどばかげたことに頭から突っこんでいくのがつねだった。

「よう、オールト」この状況ではこれ以上は無理としか思えないやさしい声で、デシベルがいった。

エスカが長くてやわらかい喉をオホンと鳴らして咳払いし、いかにも親しげな口調でこういった――「わたしが、ステーキとミルクをいただけますか、なんていうと思うかい？いただくなら、まるごとぜんぶいただくさ。だが、二パーセントで手を打とう」

11

一九四四年（1944）
（ＥＳＣ二〇一六年優勝曲）

〝知覚力戦争〟は、とある公共バスの停留所ではじまり、終わった。
宇宙船はすごく便利で快適な乗りものだが、はっきりいって街中をまわる手段の定番とはいえない。ブリッジにいる勇敢なクルーを守るための特殊相対性理論監査に合格できなかった安ものの最高に劣悪な超光速《ＦＴＬ》航行対応のポンコツ船でさえ、ネオン・トラック照明、完全な品揃えのホームバー、ストリップ・ポール付きの銀河系トラベル用スーパーベース・パーティ・リムジンなのだから。そういう宇宙船はただ惑星から惑星へ連れていってくれるだけではない。快適で、よき旅仲間がいて、スタイリッシュで、カナッペ食べ放題で、いい感じのバズ音が響いていて、侮りがたい人物のような雰囲気で派手に札びらを切ってナイトライフの場面で存在を印象づけたい若い種族にとっては非常に重要な乗りものだ。しかし、バスに乗るという手もある。

初期には、居住可能な惑星でも近くにワームホールがあるかどうかは、ある人間集団が手近に飼い慣らしやすい動物がいる大陸に生まれるか、それともあてになるタンパク源が弱毒性の塊茎しかないドアノブくらいの大きさの島に生まれるかとおなじくらい、政治地図上で最終的にどんな位置を占められるかに大きくかかわってくる。近くにワームホールがあるかないかは、宇宙クジに当たるかどうかの話で、そのろくでなしが生来、優秀かどうかおよび／あるいは、神々に信頼されているかどうかとはほぼ関係がない。手近にウシがいるかいないかもおなじこと。それでも、どこのどいつも、自分たちは祝福されていて隣のやつらは生来の愚か者だと信じたい一心で、ほとんどどんなことでもやるし、いうし、痛いところをグサリと突くものだ。

よく聞け。銀河系はきわめてべらぼうに混乱に満ちたところだから、カバーすべきことがいろいろありすぎてこの戦争の全貌を短時間で把握するのはむずかしいが、ウシのことは忘れないようにしろ。すぐに重要な存在になるのだから。

幸運な輝かしき存在——ユートラック、ケシェット、ヴーアプレット、アルニザール—

—にとっては宇宙旅行の実現は、大きな空き箱をつくって、それをスキーボール（ゴムボールをころがして的の穴に入れる室内遊戯）のラッキーショットみたいに歴史の左側にある百点の穴めがけて重力井戸から放り投げるだけの簡単な作業だった。ほかの連中はみんな原子爆弾に縛りつけられて闇のなかを手探りしながら、闇より暗いものの以外のなにかに正面からぶつかるまで進むしかなかった。哀れなイナキはＦＴＬ宇宙航行の開発に時間がかかりすぎて、実際にはそれを飛び越えていっきに中距離瞬間的物質トランスポーテーションまでいってしまった。これは翻ってみれば、内なる独白をする余地があるとは信じられないほど、ありえないほど微細な寄生ホタル種族にとってはそのほうがずっと実用的な方法だったといえる。なにしろかれらは全員が、竜座にある年がら年中、曇り空の岩に住むやさしい目をした非常にかゆがりの厚皮動物の身体にべったりくっついているのだから。

公正ではなかった。平等ではなかった。政治家に哀れみの情を持たせることなどできないのとおなじで、活動中のワームホールを動かすことはできないから、これはもうどうしようもない。ワームホールと役に立つ家畜の配分は、原初の分子がじわっとにじみ出てくる遙か以前に買った目には見えない宝くじで、勝ちか負けかどちらかしかないし、交換不可だし、無視できないし、やり直しもだめ。そしてそれが数え切れないほどの生命がたどる道筋を決定づけていたのだ。

しかしいまはワームホールは銀河系の公共輸送手段だ――当然ながら、ガタガタで財源不足で不衛生でみんなに嫌われていて、自力では家に帰れない通勤通学の連中や年金生活者や手に負えない若いやつらや酔っぱらいがすし詰めになっている。どのワームホールの壁も古い、とんでもない言語の判読不能の落書きだらけ。これは焼灼《しょうしゃく》されてしまった時間線や向こう側の粘着剤に貼りついてしまった口にするのもおぞましい知的生命体がこの世に存在した唯一の証だ。ついでにいえば〝アースラ参上〟はどこにでもある。いけば必ずガムかゲロか因果律か、さもなければその三つぜんぶを踏んづけることになる。

当初アルニザールがワームホールを創ったと主張し、それが数世紀間まかり通っていたことがあった。かれらは見物料を取り、貨物に課税し、いきあたりばったりにセキュリティ・チェックをおこない、とくに興奮するような物品があれば没収し、定期点検・修理と称してルートを閉鎖した。この定期的閉鎖は、なんの偶然か、帝国の習慣的な恒星間大股座りに文句をいっていた文明には喜ばれた。かれらの話はとりあえず嗅覚テストには合格した――このぶよっとした育ちすぎのステンドグラス製ホヤはエラク（かれらの社会は、いくら熱々でジューシーだろうと耳にした社会政治的無駄話を絶対によそで洩らさないという規範の上に成り立っている）を除けば周辺でいちばんの古株で、かれらの星系から現実が洩れだしてもちゃんと取り繕うすべを知っていたし、アルノ第一はまちがいなく四分円のいちばん有利な地点に陣取り、N、F、R、L、そしてJラインにぴたりと接していた。そうでなければあんなに大規模に、あんなに手早く植民地化を進められるわけがなかった。水生種族はごくふつうのテクノロジーの発展にともなって、まず自分の惑星を破壊し、つぎに自分の太陽系全体を破壊するという過酷な時期をすごすことで知られているのだから。一方、哺乳類や昆虫、そして高度な文明を持つ地衣類は、空気循環を細部まで調整できる鉢植えが少々あれば元気にすごせるし、不運な宇宙クジラはとんでもない重量になる個人用海洋を積んだ過積載の宇宙船を高軌道に乗せる方法を見つけなければならない。科学が自然相手にどれほど圧倒的な勝利をおさめようと、ヘリウム入りの風船を飛ばすほうが水風船を飛ばすよりずっと簡単だ。それでもどこへいこうと、いく先々にアルニザールはいた。

もちろん、かれらは嘘をついていた。ああ、なんたる大嘘！　かれらはあの水管で嘘をついた。臆面もなく、何世代にもわたって、真実が明らかになるまで一度たりとも間の悪いときにクスクス笑ったりすることもなく嘘をつきとおした。消えてしまったのはケシェットのフリゲート艦三隻、月六個、パルサー一個、ユーズの支配空間との境界ぎりぎりのところにありながら休日のパーティには招かれていたアルニザールの鉱業コロニーが一つ、毎年、休日をすごしているビーチへ向かう途中の王室一家が乗ったユーズのヨットが一隻、ムスマー・ザ・ナイト・マネージャーが入っていたバスタブ（大昔のエラクの支配者は、ハッと気づいたら裸で泡だらけで沐浴室の冷たい黒い床の上にいたわけで、大変驚いたという）、プレアデス星団のなかの二つの星、一九七八年にポートベローホテルからセックス・ピストルズに無料で提供された豪華なフルーツバスケット、そしてイナキの母星。

当然ながら、どれもこれもなんの意味もない。なぜなら、みんなウシのことなど忘れてしまっているからだ。

そのときまでワームホールにかんする銀河系内の科学的コンセンサスは人類のそれとさほどちがっていなかった。ただ人類はワームホールは純粋に理論上のものだと考え、ほかの連中はみんなメンテナンスで閉鎖されるとかなりいらついていたという事実はある。ワームホールは宇宙の裂け目で、そのなかでは時間と空間が元気になったりへとへとになったりしていた。あらゆる物理的地点、時間的地点を同時に通っていて、どこでもトンネルの反対側へポイと落としてくれて、極微のガンの心配があるだけで、ほかに悪いことはなにもない。手足を乗りものの外に出したりしないかぎり、現実の膜を通り抜けてしまう危険性もほとんどない。宇宙旅行協会の応接間で昆虫人は珪素生命体にこう請け合った――有史前のアルニザールは古い単純な爆発物を使ってやったにちがいない、知っていたのは決まった時間にヒューズを飛ばす方法だけで、それ以外のことはほかの連中同様ろくにわかっていなかったと思う、と。

が、それはまちがいだった。

大嘘をつきはしたが、アルニザールはワームホールのことをじつによく知っていて、その知識は絶対に異種族どもと共有したくないと思っていた。かれらはやわらかいチューブ状種族として生まれてこの方ずっと、ワームホールとともに生きてきたのだ。かれらはワームホールを利用して嘘のように格安の経費で恒星間帝国を手に入れた。そして何千年にもわたって宇宙地下鉄の面倒を見、手入れをし、守ってきた。かれらはワームホールの創作とはなんの関係もなかった――ただアルノ第一の重力がおよぶ範囲のすぐ外側にどえらいものがいくつもいくつも口を開けるというばからしいほどヨダレたらりの幸運に恵まれただけだった。ヨーロッパが豪奢な足の速いウマとバターを生んでくれるウシとセーターを脱ぎ捨ててくれるヒツジとベーコンを配給してくれるブタと労働組合に加入していないロバのロイヤルストレートフラッシュに恵まれたのとおなじこと、オーストラリアが片手いっぱいの無に恵まれたのとおなじことだ。

けっきょくのところ動物を創作することはできない。できるのは家畜化することだけだ。けっきょく最後にいきつくのはウシだ、おわかりかな？　ウシ、そしてウシを使ってどんなすばらしいことができるかだ。

じつのところ、かなり前からかなり多くの連中が理解不能なほど大昔のことなにも気にしない野獣の消化管に喜んで飛びこんだり出たり、しかもその特権を得るためにかなりの額を支払っていたわけだ。

生命は美しい、そして生命は愚かだ。

〝量子房《ふさ》つき家畜化ワームホール（学名ラクーナ・ヴァーミス・ファミリアリス）〟の生活環がどんなスケールでくりかえされているかは、まったく想像がつかない。想像力が倒れているところに蹴りを入れられ火をつけられて無力化してしまった、それくらいの話だ。いうまでもないほど解剖学的にちがうことはさておき、既知の宇宙にいる全種族のなかで文化的に見てかれらともっとも共通点が多いのは地球のパンダだ。大柄で動きがゆっくりしていて単独行動が多く、生息地が文明の容赦ない発展によって無慈悲に侵食されていて、ありえないことだが、もしワームホールの全身をいちどに見ることができるとしたら（できるはずはないのだが）まるまるしていて可愛いと思うはずだ。かれらはほとんどの時間寝ていて、広くあちこちで手に入るが消化が非常に悪くてじわじわと毒が蓄積されていく物質だけを食べ、生殖行動をとる。生殖行動はかれら以外の種族にとっては例外なくエキサイティングなものだが、かれらにとっては広漠たる宇宙規模の退屈な行為にすぎない。かれらが交尾して子どもを生むことができるのは宇宙が熱力学的死を迎えたときだけ、この膨張しつづける物体があらゆる選択肢を長いことまじまじと見つめていたと思うといきなり逆方向に動きだし、急激に自分を圧縮してなにもかもが入った白熱のボールになり、ビッグバンを再起動して現実がまた――ただしこんどは誰もクリップを発明しない宇宙だったりもするが――長い行進をしはじめる準備がととのう、そのときだけだ。可愛い赤ちゃんワームホールの身にまずなにが起こるかというと、トラウマになるほどの凄まじい爆発だから、パーティが苦手になるのも無理はない。葛の根っことおなじで、かれらの一部はあの永遠につづく溶岩と生命の爆発の一瞬にとどまり、ほかの部分はすべてのはじまりである物理学をぶちのめす純粋な力によって時間、空間のありとあらゆる場所にぶちこまれる。哀れな赤ん坊たちはその時点で疲れ切ってしまっているので、すぐさま横になって一兆年間のお昼寝タイムに突入する。

ワームホールを見ることができるのは、そいつがたまたま口を開けたまま眠ってしまったときだけだ。ふつうに口を閉じて寝ている場合、かれらは最小限の有形時間、空間、エントロピー、そしてプラチナ分子がちらほら入った記憶と少量の放射性PTSDでできているので、恒星間空間の闇で完璧にカモフラージュされている。かれらは十六次元で夢を見ている。呼吸は千年に一回。言語はウムラウトのみ。過去、現在、未来のあいだを無意識に漂い、食べものの匂いにだけ反応してあっちへこっちへ動くと食べものは眠っている口にスルスルと入ってきてくれる。

ジャイアント・パンダは笹を食べる。ワームホールは悔恨を食べる。

自己啓発本にちょっと興味を持ったことがある人なら誰でも知っているとおり、あらたな量子現実は、活動過多な分子の集団がディナーは寿司にするかカレーにするか、幼なじみと結婚するかほかにもっといい相手が出てくるかどうかようすを見るか、エネルギーを抽出する素材を葉緑素か肉かその両方か、それともまったくちがうものにするか、決めるたびにそこらじゅうで形成されている。宇宙は〝ケーキを食べてもなくならない〟ことを証明する非常に複雑な論証だ。宇宙は、食べたらなくなるなんて理屈に合わないと思っている。だがほとんどの活動過多な分子は、ケシェットでないかぎり、ほかの時間線の表面をかすめながら分岐する道を一直線に進んでいかねばならない。もしキハダマグロの刺身を選んでいたら、もしとことん見慣れた顔を愛しつづけることで満足していたら、もし太陽を飲み干すほどの暖かさのなかで育つ緑で我慢できていたらどうなっていたのか、とあこがれ、気に病み、知りたくてたまらなくなり、とまどいながらも進まねばならないのだ。あたらしい森のなかであたらしい道を分岐させるにはエネルギーが必要だが、無駄をいっさい出さずに百パーセント有効に使えるエネルギーなど存在しない。森が燃えれば灰が残る。コンスタントに分岐していくマルチ宇宙から生じる廃棄物は悔恨の細かな霧で、それがつねに漂っているのだから、ワームホールが飢えることはけっしてない。

　心やさしい宇宙の田舎者何人かがあるとき、あまりにも居心地がよくてあまりにもディープで離れがたくなってしまう酒場、アルノ第一を見つけた。そして二、三人が強い眠気に襲われてごろんと横になり、大口を閉じて無音のいびきをかきながら忘却の淵に沈んでしまった。それがすべてだ。それがネチョネチョベタベタのアルニザールが完全なる文化的、空間的支配権を手に入れられた理由だ。かれらはへまをくりかえし、しょっちゅう選択を誤っていた――そしてじつに堂々と嘆き悲しんでいたので、ワームホールの群れを引き寄せることになった。できたてのパイからあがる湯気が居眠りしている犬をフワリと宙に浮かし、ミスター・ルーニー・オブ・ザ・テューンズの家の窓辺に引き寄せるように、アルニザールはワームホールを引き寄せた。

　さて、あの日、フリゲート艦や深宇宙鉱山や月やパルサーやムスマーの黒いバスタブやホタル外皮に覆われたグリーンの象やシド・ヴィシャスが食べるはずだったアンジュー産の洋梨が忽然と消えたあの日、いったいなにが起きたのか？

　一匹があくびしたのだ。

　眠っていたワームホールがあくびをして、そのあくびが弾かれた高圧電線のようにあちこちの現実に当たっては跳ね返り、空にキラキラ輝く裂け目が見えて、その裂け目の反対側にはまだ誰も探険したことのない、手つかずの資源があふれる、ふつうのパーティ船ではいくことのできない銀河系の向こう端があったのだ。そこにはシブやヴーアプレット、ヴァルナ、フロドスと呼ばれる知的な、薄明のなかにぼんやり浮かぶメガ・ハリケーン、それにアースラや321、スマラグディがいて、そのまたずっと向こうに、地球と呼ばれる小さな水っぽい興奮性の惑星があった。

不幸なことにユーズはアルニザールがユーズの王室一家を吹き飛ばしたと思い、アルニザールはユーズがこれといった理由もなくコロニーを押しもどしてきたと思いこみ、ケシェットの単一時間線分離主義者集団は月を消したのは自分たちだがフリゲート艦消失はスロジットのしわざだと非難し、ユートラックとメレグはパルサーの所有権をめぐって何世代にもわたっていい争っていて、お互い相手が大人らしくディスカッションするのにうんざりしたのだろうと考え、エラクは遙か昔に死んだ皇帝のバスタブの盗難について静かにはらわたを煮えくりかえらせてはいたものの、ムスマーの中立の哲学を汚して非礼を倍加させてはならないということで、ただ単に誰彼かまわず積極的に武器を売りはじめた。ミルキーウェイの半分はあとの半分の本体と出会う頃にはすでに猛スピードで突っ走っていて、〝知覚力戦争〟は困惑し身構えている状況から、専門用語でいえば全銀河系規模の見るに堪えない茶番劇へと記録的スピードで進んでいった。

ありがたいことにセックス・ピストルズはリンゴも洋梨もそれほど好きではなかったので、なにが起きたのかまったく気づいていなかった。

12

さあ、あなたに花をあげるわ（Come on, I'll Give You a Flower）

（ＥＳＣ一九七〇年十一位）

オールト・セント・ウルトラバイオレットが娘たちが十二歳になってクリスマスに訪ねるのを拒否されるという夢から覚めた瞬間と、デシベル・ジョーンズがていねいに使われてきたＢＭＷ７６０Ｌｉの後部座席から突然消えた瞬間とのあいだで経過した十三分十一秒間で、ロードランナーと呼ばれる存在は光速の何倍もの速度で飛べる船を建造した。ちょっとした空中戦が展開されている程度の区域なら問題なく飛べるし、たっぷりのランチ、生命維持機能、四人が充分に足をのばせる空間がある、人間がつくった最高峰の航空機がおもらしして自分はこれまでずっとなにをしていたのだろうと深く考えこんでしまうような船だった。

世界中の航空宇宙エンジニアよ、刮目《かつもく》せよ。

背の高い青い魚フラミンゴは、女性が長い一日の終わりにイヤリングをはずすように、手をのばしてゼラチン状のグリーンの髪飾りをすくいあげた。エイリアンは絶対零度の三人のうちの二人に向かっていかにも誇らしげにそのベトベトした花をさしだしたが、それはウォータークーラーのところに置いてある紙コップくらいの大きさで、あちこちに黄色やピンクのイボがあり、全体から引き潮のときのブライトン・ビーチのような匂いが漂っていた。

「基板が必要なの」とエスカはさえずりのような甲高い声で楽しげにいった。「そのヘッドホンはあなたにがっしりくっついちゃってるのかな?」

オールト・セント・ウルトラバイオレット――耳について離れない現在のウェスト・コーンウォール・パスティ・カンパニーのジングル『リヴ・アンド・レット・パイ』を作曲したことを深く悔いているクリエイター――は、オーダー品のクー&カンパニー製特大耳塞ぎタイプ超敏感ヘッドホン(限定版ファントム・パール配色)をいくらかしぶしぶとエスカに手渡した。

「約束するわ、オールト」と、ロードランナーはなだめるような保護者口調でいった。

「オーディオビジュアル機器にかんしては、あっちにあるもののほうが、こっちにあるものより上だから……というかなんでもそうだから。きみたちが悪いんじゃないのよ。まだ電気ケトルを使っているような種族には誰もなにも期待してないから」

ロードランナーはごく慎重にゼリーまみれのバレッタをオールトのヘッドホンの左のイヤーパッドにすべりこませると、オールトのコーヒーテーブルに置いた。バレッタは少しのあいだプルプル震えていたが、やがて細いネバネバの触手が何本も出てきて、ヘッドホンの人間の頭が収まる空間をぽってりした半透明のクモの巣で覆った。花の口は期待に満ちてせっせと空気を吸っている。エスカはパイントグラスに入った牛乳をその見ようによっては卑猥ともいえる小さなイソギンチャクのようなポリプに直接注ぎ、つぎに霜降りの大きなリブアイステーキ肉を生で与えた。オールトが冷凍庫から探しだして電子レンジに突っこんだ肉だ。疎遠になっていた元バンド仲間と羽根の生えたでかいエイリアンといっしょに解凍できるのを待つあいだ降りていた静寂は、彼の生涯でもっともバツの悪い身に突き刺さるような静寂だった。

「一キロのステーキ肉だぞ。土曜日に娘たちと食べようと思って買っておいたのに」オールトはおどおどとつぶやいた。「三切れ買うより安かったからさ」カポがニャーと鳴いて自分の空っぽのボウルを意味ありげにちらりと見た。「二十分かかるんだ」彼は爪をいじりながら、死にたいよ、と思っていた。「悪いね」

　痰のような花は解凍された肉をいかにも満足げに少しずつ噛んでは飲みこんでいった。

「リブアイがあったのは運がよかったわ」とロードランナーはオールトの母親の声で落ち着かなげに吐露した。「でなければお店に寄らなくちゃならなかったのよ。サーロインじゃ脂肪分が足りないから。脂肪こそ宇宙飛行に必要なものなの。脂肪と、あとカルシウム」

「ジャスティーンに電話しないと」ふいにオールトがいった。「娘たちが心配するから——

——」

　しかしローリングストーン誌がかつて〝ディベンハムズ（イギリスの大手デパート）の休日用デコレーションの一部に転生したオルフェウス〟と呼んだ男は、家庭よりスタジオを優先して無視してばかりだった娘たちや妻にいいたいことを伝えることはできなかった。物事が驚異的なスピードで展開しはじめたからだ。

　イソギンチャク・ヘッドホンの盛り合わせ大皿からカミソリのように鋭い金属の雪片がフラクタル的に噴出。蛍光性の黒いサンゴがパラシュートが開くように発生。そういう細い触手だの雄しべだの蔓だのなんだのそこらじゅうから生えてきたやつが、そのへんにあるものを手当たりしだいつかんで、急速に大きくなっていくミントゼリーの口に押しこんでいった。バクーやパリやウッチやプラハで買った繊細なガラス彫刻がどんどん呑みこまれていく。オールトがマーク・ロンソンといっしょにシュノーケリングしたモルディブのサンゴ礁――その直後にマークは死に、モルディブはなくなってしまったのだが――を思い起こさせるポツポツ穴があいたゴツゴツした赤いシカの角のようなものがどっと出てくる。ジューサーとエスプレッソ・マシンと電気ケトルと電子レンジが呑みこまれていく。コーヒーテーブルに置かれたものはべたつくサファイア色のヒトデの足を吐きだし、そいつはテーブルに張りつくとそれをまたむさぼり食う。ガラクタの山が崩れて床に散乱し、テーブルランプと廊下のシャンデリアが引きずりこまれる。スパイラルワイヤーサンゴの舌がタブレット・プロジェクターと薄型テレビとゲーム機器とワイングラスをひっさらう。花のひろがった食道に水玉模様のようにできていた小さな堅いイボが爆発して、いまやフォルクスワーゲンくらいの大きさになったグレートバリアリーフの私生児《ラヴ・チャイルド》と黄色と赤紫の縞模様の魚のように見えるものの群れのなかにあるオールトの趣味のいい郊外の家を覆いつくす。サンゴの穴からさらにたくさんのポリプが噴きだしてくる。最初のとおなじネバネバしたヒスイ色のもあれば、あたらしい活気に満ちたパステル調のワイン色もある。その触手のような房毛に囲まれたぞっとするような丸い口たちはふらふらと廊下を進んでいき、枕やシーツや携帯の充電器や電子書籍リーダーを探しあてる。

オールト・セント・ウルトラバイオレットはそのすべてを絶望的な眼差しで見つめていた。彼の地球での生活の物理的証拠となるものが片っ端からバラバラに引き裂かれ、腹を減らした宇宙フラワーの口に無残に呑みこまれていく。まるで彼の結婚、子ども、安定した仕事人生、健全な収入と長年にわたる慎重な処分売り、そして積み重ねたインテリアデザインの勉強、そのすべてが、じつに冴えないオチのための長い長い前フリだったような気がしてくる、そんな光景だった。どうしたらいいのか彼には見当もつかなかった。エイリアンのリストの一番下にバンドの名前があるのを見ることは見たが、カレーが原因の夢だと思っていた。もしあのときデスがいっしょにいたら、デスはとっくに地球を救う二人軍隊にそういうものすべてを引き入れていたことだろう。デスは人が睫毛をパチパチさせてきみはステキだといえば、どんなたのみごとも引き受けてしまう人間だ。そしてオールトは、きっと自分もそうするだろうと考えていた。ただ誰にもお世辞をいわれたことがないだけだった。もし彼が一発お見舞いするぞと身構えて、ここのものに触れるな、出ていけ、といったら人類は滅亡してしまうのだろうか？　それは大いにありうる可能性と考えなければならなかった。ずっと大切にしてきたものが無残に壊されていくのを目《ま》のあたりにして、オールトは憤懣《ふんまん》やるかたなくひそかにチッと舌打ちしたが、なんの効果もないとわかってあきらめた。

オールトはかろうじてステーキを燃料にする気性の激しい差し押さえ獣と一体になるのをまぬがれた。しかし愛するオールトフォンはそうはいかなかった。ウルトラバイオレットはそれが生きた下水口に吸いこまれていくのを恐怖に打ち震えながら見まもった。廊下の鏡もベネチアングラスのダリアが入った花瓶もカポの水飲み用ボウルも吸いこまれていく。やっとスピードが落ちてきたが、それは使える燃料と空間が足りなくなりはじめたからだった。オールトはふいに子どもの頃、好きだったきれいな色の小さなボールのことを思い出した。シンクに水を張ってそこに入れると三十秒でふくらんで大きなふわふわの恐竜になるやつ。よくそれで遊んだものだった。しかしこれは遊べるふわふわの恐竜ではない。これはウウーガマ・コングロマリットの思慮深い友人たちがバタクリクで一からつくりあげた、どれほど過酷な環境でも機能すると保証された特大、特別調整、特別トルク付与のウェアラブル・インスタント・ショートレンジ・コンバット・シャトル・海の色万華鏡バージョン（限定品）の最新モデル特注品なのだった。

そしてそれはもうすぐ完成というところまできていた。

成長途中の船のてっぺんから藤紫色のナマコが二匹飛びだしてきてガスレンジをつかんだ。濃いオレンジ色のイソギンチャクが四体、屋根を引き裂いてしまったので、オールトたちはそこそこ瀟洒《しょうしゃ》な家が立ち並ぶ近隣のまんなかにぽっかり開いた排水口のなかに立っているかたちになった。カポがパニックを起こして金切り声をあげながら爪を立ててオールトの足を駆けあがり、オールトのふくらはぎには深い刺し傷が残った。エスカはブーメランのようなくちばしのついた顔で可能なかぎりの渋い表情をしている。彼女は長い銀青色の葉状体をつかむとそれを保護ネコのピンク色の耳にまっすぐ突っこんだ。カポの目が大きくなり、瞳孔が開いた。彼女はこんどは金切り声をあげなかった。爪が引っこんでオールトの肩から石ころのように落ちるのをデシベルが受け止めた。カポはオールトを見あげて猛然とまばたきした。そしてあくびをした。

船はいまやかれらの頭上高くに上昇していた。生きたサンゴの塊や控えめに半透明のセルリアンブルーのクラゲの傘のなかに包みこまれて生きているやつ等々、共生生物をひとつ残らず詰めこめるだけ詰めこんだシロナガスクジラ大の空飛ぶ生態系だ。

ロードランナーがトゥルルルと楽しげな声をあげた。その目が一瞬、薄膜で覆われた。記憶の表面をひと舐めしただけの瞬間的な動きだった。「ウーバーの車、到着！」

ウウーガマ・コングロマリット・インスタント・ショートレンジ・コンバット・シャトルの下側にあるハッチ、ついさっきまで白い革張りのカウチだったもの、が開いた。船尾にある六つの炭酸グルコアミノ排気口が興奮しすぎのジェットバスのような音をたてて火を噴き、いまは廃墟と化したさっきまで住み心地のいい家だった場所にキャンディケイン

（ステッキの形のキャンディ）色の影が落ちた。

デシベル・ジョーンズとオールト・セント・ウルトラバイオレットが、ときおり『あの人はいま？』の写真撮影をするあいだ並んで立つことはかろうじてあったものの、ダネシュ・ジャロとオマール・カリスカンはじつはこの数年、話をしたことがなかった。タイトルが『彼不在、尻軽女はさまよう』だとか『毛むくじゃらのクズ拾い』だとか『パパには最新の堅実投資ポートフォリオが必要』だとか報じられたもののけっきょく完成しなかった三枚めのアルバムの話も。エジンバラでの秋の夜の話も。

「デス、なにがどうなってるんだ？」突然訪れた静寂のなか、もうそれ以上一秒たりとも冷静さを保っていられなくなったオールト・セント・ウルトラバイオレットが叫んだ。

「おれたちは地球を救うんだ」デシベル・ジョーンズは千人の性的目覚めを引き起こした声でそういうと、昔なじみのボーイフラックの腰に手をまわした。「いっしょにやってくれると思ってた」

一瞬のち、三人と一匹の白ネコは惑星地球には存在しなくなっていた。

さて、あなたがあとを追っていたあの友好的なポンポン弾むミラーボールのことを覚えているだろうか？　なんでもいいから、しっかりつかまって。バンドが復活したいま、あのキラキラ光る小さなおてんば娘は軌道を離れようとしているのだから。

13

すべてのものにはリズムがある（Everything Has Rhythm）

（ＥＳＣ一九八六年十三位）


都市を築けるか？　——これは適切な質問ではない。

アリはできる。

みずからの存在について考え、そのことで少し憂鬱になったりすることがあるか？　——これは適切な質問ではない。

とらわれた動物はみんなそういう気分になる。

道具を使えるか？　——これは適切な質問ではない。

カラスは使う。カワウソも使う。サルも使う。ああ神よ、誰でもみんな使う。

複雑な問題を解決できるか？　——これは適切な質問ではない。

イヌはできる。

愛を感じることができるか？　――これは適切な質問ではない。誰もできないのだから。

言葉を使えるか？　――これは適切な質問ではない。オウムもイルカもコウイカも使える。

物の永続性を理解しているか、鏡に映った自分を認識できるか、死者を埋葬するか、子と感情的に結びついているか？　――どれもまったく適切な質問ではない。ゾウはすべてあてはまるし、あてはまらない人間はまちがいなくいる。

唯一、適切な質問はこれだ――

自分以外の存在とつながりを持ちたくて虚空に向かって四音の和音で叫びたくなるほど感情移入し、憧れ、絶望するか？　羽根や石やイモ虫の気持ち悪いほうの穴から出てくるものを見て、ガウンやベールやプラットホームヒールを思い浮かべるだけの知力と細やかな運動制御力と審美的観念力があるか？　自分の個人としての生存にとって直接的、物質的利益はなにもなくても、いやひょっとしたらキラキラ光る獲物の群れのなかで自分だけが目立つことになってしまうとしても、ロックしているから、という理由だけでなにかをするだけのクールなスタイルと過剰なエネルギーを持っているか？

宇宙のすべてのものにはリズムがある。すべてのものはビッグバンがつくったビートに合わせて脈動している。星からセックスから歌からなにからすべてのものが創造のドラム・ビートを感じている。しかし、あなたにそのリズムがつくれるだろうか？　ポップスのバンドをつくるには、ひとつの文明ができて継続して爪先でビートを刻むようになる必要がある。電気、詩、計算、音の増幅、テキスタイル、アリーナ建築、効果的な模倣の応酬、ドラマツルギー、産業活動、マーケティング、官僚階級、文化評論、音響・映像送信、特殊効果、音楽理論、記号論、メタファー、交通機関、銀行業務、狩り以外のことをするのに必要な余分の時間とエネルギー、そのすべて、なにもかもが必要だ。

仮にあなたが宣戦布告して四分円の半分を叩き潰すしかない状況だとして、あなたがそのことをテーマに少なくとも一曲は悲しい歌を書くにちがいないと、ほかのみんなが思ってくれるだろうか？

イエス？

ふむ、イエスだとしてもまだ充分ではない。

あなたには、その小さな惑星上で、あのリズムを刻むのをやめさせたりしないだけの親切心があるだろうか？　歌をうたう歌手や物語を語る語り手やシルクを着る人々を踏み潰したりしないだろうか？　なぜならそういうことをするのはモンスターだからだ。芸術を破壊する者。本を燃やす者。音楽を禁じる者。怒鳴り声を聞きたくないと耳を塞ぐ相手にたいして怒鳴りつづける者。自分たちの世界の外にいる存在をはっきり見ることができず、天空に向かって自分たちの真実を歌いあげることができない者。あなたの世界には誰もが音楽を自由に演奏することを認めるだけのやさしさがあるだろうか？

あなたには魂があるだろうか？

空　気
ハチドリのように歌え
史上最高の賛歌を

——『ヒーローズ』（Heroes）モンス・セルメルロー
（ESC二〇一五年優勝曲）

14

ヴァンパイアは生きている（Vampires Are Alive）
（ESC二〇〇七年準決勝二十位で決勝不進出）

ちなみに、ミラとオールトはまちがっていた。デシベル・ジョーンズと出会ってピスタチオとココナツとマンゴーのジェラートを食べながら地球外の文化はどんなものか話し合い、自分たちの人生コースを決定した夜のことだ。シャイでオタク気質の肉食獣科学者は存在する。〝遊星〟の〝物体〟は、ごく稀にだが、血潮飛び散るのべつまくなしの年中無休殺戮パーティで得られたチャンスに満足せず、それ以上のものに手をのばす場合もある。

サソリはまちがいなく月にいっている。

たとえば、七重連星系であるさそり座ν《ニュー》星の重力ボーリング場のビール瓶が散らばるレーンを勢いよく進む肉食性の川とガソリン・ジャングルの狂ったガター・ボール、惑星ヤントに住むヤートマック。嘘のような話だが、大人のヤートマックの身体の大きさは人間とほぼおなじだ。ただしよりカタツムリっぽい色合いで外部からの訪問者のＩＱに対して、プロレスラーに対して折り畳みイスが持つのとおなじ効果をもたらす有害なホルモンを乳首から出すことができる。われわれにとっては不幸なことだが、かれらにも顔がある。ヤートマックの顔は精一杯体裁よく表現してもカバとチェーンソーがつがいになって生まれた子の顔、帽子をかぶせても公立学校には入れられないような、その後ハリセンボンと不幸な恋をし、そのうえ思春期まっただなかでは膿疱だらけで大きくふくれあがり、結果として孫の代には顔面が破裂してしまうような、そんな顔なのだ。ヤートマックは絶対的な肉食生物で、かれらにとっては殺人が、人類にとってのワールドカップの年のサッカーと同等の文化的地位を占めている。関連商品満載でスター選手をファンの群れが追い、日曜に家族が集まって観戦し、子どもたちを楽しませようと、たまに裏庭にトリックショットが飛んできたりもする。

　とはいえ高名な哲学者にして人気の高い児童文学者であるゴーグナー・ゴアキャノンはヤートマックだった。彼女の殺戮ぶりは少女時代から職人的でどう見ても独創性に欠け、最新の全ヤント規模デート・サービスが最善を尽くしても、ピアグループ（年齢・地位がほぼ等しく価値観が同一の社会学上の集団）の男性には人気がなかった。ゴーグナーはこの事実を、ヤートマックとしては正当に受け止めた。そして大事な器官を慎重に避けながら父親と母親をやさしく刺して別れを告げ、荒野に姿を消した。その後、ヤラーのフッ化クロロの森の奥にひとりで伝統的な心臓弁小屋を建ててそこに落ち着き、あのチェーンソー顔の社会的ハンディキャップを負ったフーリガンたちがあふれる岩塊から脱出する方法を本腰を入れて考えはじめた。

ミラとオールトが忘れていたのはそこ、受けは悪いかもしれないが、そういう生き方だ。二人はひたすらクール路線だった。ある文明がどれほど狂っていようと悪辣だろうと危険だろうと、どの世代にもかならず孤独でダサいやつ、文化のキャンディストアのショーウィンドウをえんえんのぞきつづけるべく運命づけられた子が生まれる。そして孤独は上昇の母だ。ダサいやつだけが、種族の進歩に必要な孤独な時間を持てるのである。というわけで、やがてついに、泥のなかで肉詰めボートをひっぱるのと誰ひとり憎まなくていい世界という夢との狭間で、全ヤートマックのなかでいちばん感受性の強い者は銀河系史上もっとも野心的な大量殺戮計画を立てはじめた——愚かさを皆殺しにするという計画を。

決定的な武器は？　大型活字で印刷した、軽い毒のある絵本だ。銀河系の住人はその絵本にニュートンの『自然原理の数学的諸原理』と『おやすみなさい　おつきさま』（マーガレット・ワイズ・ブラウン作の絵本）のあいだのどこかに収まる一定の愛情とふんわりした愛着を感じている。『ゴーグナー・ゴアキャノンの不滅の事実』には、期待ほど成果のあがらなかった社会性に懸念のあるミュータント殺人カバが観察した純粋で信頼できてちゃんと理解できる宇宙の法則の九十九・九パーセントが含まれていて、ハグや常夜灯や細胞分裂同様、健全でバランスのとれた子ども時代に欠かせないものと考えられている。〝ゴーグナー・ゴアキャノンの不滅の事実〟をひとつでも忘れることはほぼ不可能に近い。各ページに軽い毒性があって、めくるたびに一時的だが息を呑むほど多彩な痛みが仕込まれているので、シンプルで真情あふれる文章が信じられないほど効果的に焼けて炭化し、読者の感覚記憶になるのだ。

〝ゴーグナー・ゴアキャノンの不滅の事実〟その二はこうだ――〝存在するすべてのものには、それを食べたり、呼吸したり、ファックしたり、着るものにしたり、分泌したり、発汗したり、排泄したりする生物が、この宇宙には存在している。それにかんして異論があるなら、バラン4のレンガ呼吸獣のことをよく考えて口を閉じるがいい〟

〝一般不滅の事実〟その一の一部はすでに伝えてある――〝生命は美しい、そして生命は愚かだ〟そのあとこうつづく――〝一度に治せるのはひとつだけなので、どちらがより大きな問題か誰かがはっきりさせてくれたら助かるのではないだろうか？〟

その販売数の多さから〝無知の暗殺者〟と称されるゴーグナー・ゴアキャノンは、スラロームコースを走るさそり座ν星系の七つの星に住むヤートマックのあいだでは史上最高のシリアルキラーとして、いまなお偶像視されている。

もし人類がほかのみんなとおなじように〝ゴーグナー・ゴアキャノンの一般不滅の事実〟その一をベッドタイム・ストーリーとして読むことができていたら、恒星間宇宙船のトリックを解明しようとあれほど苦労することはなかったにちがいない。

15

船は今宵、旅立つ（The Ship Is Leaving Tonight）

（ＥＳＣ一九五七年三位）

惑星が粛々と穏やかに好みの種族構成にいきつくように、どの文明も独自の方法、独自のタイミングでその文明を象徴する宇宙船のデザインを生みだすものだ。一朝一夕にはいかないが、ひとたび誕生すれば放棄されることはめったにない。子どもに家の絵を描かせてみれば、煙突の位置やドアの形などはいろいろバリエーションがあるだろうが、その子とおなじ数の手足、おなじ数の耳たぶを持つ者にその絵を見せれば、誰でも家の絵だと認識するはずだ。重力、素材、解剖学的構造上の利点、欠点、建築学的伝統、そしてその種族がマスドライバー（宇宙空間に物資を大量に射出する装置）をつくりだした時点での機能評価点からスゴさ評価点まで、そのすべてを愛情たっぷりに織りあげてつくられた船は、まだなんのトラウマもない幼子が描いた家に負けず劣らず、居心地がよくてくつろげるものになっている。

したがって、ある惑星の艦隊をほかの惑星のものと見誤ることはありえない。カモフラージュをほどこすのがいかに戦術的に有利とはいえ、快適ではない、となると誰にとっても不快なものをわざわざつくったりするだろうか？　ふんわりした泡を積み重ねたアルニザールの〝房船〟と月貴石をくりぬいたユートラックの〝八面体スループ帆船〟を取りちがえたり、ケシェットの生きた柳細工のボール〝クロロフリゲート艦〟とスマラグディのクラシカルな銀色の円盤とを取りちがえたりすることは絶対にない。そして過激なほどカラフルなサンゴ礁が宇宙空間に浮かんでいるのを見て、エスカがきたとわからない者がいることなどありえないのだ。

乗りものにかんして、過去、現在、未来を通じてありとあらゆる宇宙航行種族が考えること、ただし〝あえて口にはしないこと〟、はなにかといえば、つくるより育てるほうが簡単だし安上がりだしおもしろい、ということだ。これはゴーグナー・ゴアキャノンがヤラーのフッ化クロロの森の炭酸入りの影のなかで孤独から逃れる道を見つけようとしていたときに発見したことで、それが戦慄のトン数を誇るヤートマックの〝肉船〟と、かの〝一般不滅の事実〟その二――〝存在するすべてのものには、それを食べたり、呼吸したり、ファックしたり、着るものにしたり、分泌したり、発汗したり、排泄したりする生物が、この宇宙には存在している〟――が生まれるきっかけとなった。ヤントのどこかには分類学的にクマとクロコダイルのあいだのどこかに属するコンベンション・センターくらいの大きさの哺乳類がいて、その新鮮な死骸が分解されると（そしてヤラーの木から採れる静電イオン酸樹液と混ぜると）そいつ自身の巨体を軌道に打ち上げるのに必要な気体ができる。また地球のどこかには抗菌作用のある金色の分泌液（紅茶に入れるとえもいわれぬ甘みが生まれる）を出す昆虫がいたり、樹皮がマラリアの即効薬になる非常に美しい木があったり、生殖器系からアイスクリームやブリーチーズやバタークリームができる脚が四本、角が二本ある大型の哺乳類がいたりする。

しかしバタクリクのどこかにはサンゴポリプという無脊椎動物がいて、そいつとウーガマ・コングロマリット・リサーチ&ディベロップメント沼の利潤動機が結びつくと突然、脂肪、鉄、リボフラビン、カルシウム、その他半径ざっと六メートル以内にあるものはなんでも消化できるようになり、糞として宇宙船を排泄するようになる。そして高圧的な親が内気で美的感覚にすぐれた子どもをカラオケで割り込みをする類いの金満医者にするべく圧力をかけるように、エスカは少々の建設的補強と遺伝子スプライシングの乱痴気パーティを駆使して、かれらの世界固有の生物発光するミズクラゲを強引に改変し、その半透明の傘を通して星間放射線を吸収し、健康にいい酸素と窒素の混合物を吐きだすようにすることに成功した。さらに彼の地固有のナマコを近くにいる敵に爆発的な海水プラズマを射出するようにしたり、毛皮に覆われたブラインシュリンプを宇宙デブリを食べて防御楯を吐きだすようにしたり、目が六つあるムール貝を太陽光エネルギーを通過させるだけで使用可能な推進力に変えるツールにしたり、感情過多のカクレクマノミによく似たなにかの群れを異種族の波長の長いラジオ波にさらされたり稼働中のＦＴＬドライブに出会ったりすると体色がチカチカ瞬く明るいグリーンに変わるようにしたり、といろいろ改変をほどこしたが、しかるべき分泌腺が欠けている水生生物の改変としていちばんインパクトが強いのは、淡水ヒトデを発汗する宿命のものに変えたことだろう。

ウウーガマ・コングロマリット・ウェアラブル・インスタント・ショートレンジ・コンバット・シャトルが地球から月にいくのにかかった時間は、ロードランナーがこうしたことすべてを乗せてきた老けたロック・スター二人に説明し、かれらがわけがわからないという顔で「きみの惑星では宇宙船を排泄するものはなにもないってどういう意味だ？」とたずねるまでの時間にほぼ等しかった。〝月周回軌道に乗った小型使節船〟なるものは、〝きみの〟で蛍光色のサンゴの壁にあけられた舷窓の外側に大きく迫り、〝なにもない〟でさらに接近し、クエスチョンマークのところではもうエスカのフリゲート艦の巨体以外なにも見えなくなっていた。

かれらのシャトルがモルディブの美しいリーフだとしたら、ほんものの星間航行船は酔っ払った空間と時間と海水水族館の神が触れたもうたグレートバリアリーフだった。月の裏側の空高くに浮かんでいたのはサルデーニャ島より少し小さいだけの極彩色のサンゴのごたまぜで、上述のものすべてがちりばめられていた。地球の昔なじみの黄色い太陽の光がなんのフィルターも通さずに直接、毎食全皿たいらげているにちがいないクラゲのエレクトリック・ブルーや興奮性ピンクの傘にふりそそいでキラキラ輝いている。まったくもって巨大で、リーフ船全体がネオンカラーの間充ゲル（クラゲなどに見られるゼリー状の物質）の皮膚のバリアにすっぽり包まれ、船の下側には水浸しのクリスマスプレゼント用リボンを思わせる触手が房のように下がっていて、役に立つ毒の処方箋を隠し持つ船ならどんなものでもドッキングさせようと待ち受けている。

船の右舷には蛍光色のゴカイの群れが素朴な書体のアルファベットで偉大なるエスカの星間航行船の名をでかでかと描きだしている——その名は〈雨のなかのケーキ〉（『マッカーサー・パーク』の歌詞にひっかけたもの）号。

ロードランナーはトリルで歌うようにさえずった。映画の予告編のナレーションそのものの口調だ——「さあ、友よ！　この銀河系はきみたちをひねり潰そうと手ぐすねをひく巨大な恐ろしい存在などではない。われわれはきみたちの原始的な文明に深く敬意を払っている証として、リーフ船にこの名をつけたのだ！　たとえきみたちの歌が期待はずれであろうとも、われわれはきみたちの最良の部分をこの宇宙の約束された未来へと運んでゆく！」

オールト・セント・ウルトラバイオレットは、月のファッショナブルでない側にロンドン水族館がまるごと浮かび、その側面では歌詞史上もっともくだらない文言がパブの壊れたネオンサインのように点滅しているというまったくもってナンセンスな状況についてひとこといってやろう、そしてこんどこそ、この二十分間に彼の身になにが起きたのか誰か説明してくれと、さっきよりはゆっくりと手短にいってやろうと息を吸いこんだ。ところがその息を言葉に変えて出すより早く、シャンパンのボトルを開ける音とタコの吸盤がなにかにひっつく音の中間のようなシュボッという音が耳をつんざいて、シャトルが母船の軟体動物に覆われた排泄腔にコルク栓のようにはまり、エアロックが二隻の船の気圧を等しくする作業を開始した。シャトルの壁では、サンゴ化されたオールトの電子レンジのディスプレーのなごりが大きな青い数字でむなしくカウントダウンをつづけている。

クラゲ・ガラスのようなドッキングハッチの向こう側に見えるのは、まさかまさかのやたらよく動くレッサーパンダで、かれらに向かって前脚をふりながら飛び跳ねている。

「あれがオーオー」と青いフラミンゴはいった。「彼はわれわれが統治を委任されているケシェットでね、わたしの大親友なんだ。きみたちもきっと彼のことを好きになると思う。わたしより好きになるだろうな。みんなそうなんだ。それでいいとわたしは思っている」

電子レンジのタイマーがゆっくりと時を刻んでいく。空気とともに次なる狂気が流れこんでくるのを待つよりほかにすることがなかった。

デシベルはぎごちなく自分の足をトントンと叩いた。「オールト、元気そうだな。ああ……うん。まだ教えてるのか？」

「俺、子どもが二人いるんだぜ、このマヌケ野郎」とオールトは応じた。

デスにたいして本気で腹を立てることは誰にもできない。彼は彼自身と音楽とセックスと映画、そしてどういうわけか十九世紀の文学（これはある日オールトがダブリンに向かうツアーバスのなかではたと気づいたのだが）に関すること以外の情報は一、二時間しか維持できないが、それはべつに悪気があってのことではないのだ。とくにおずおずした微笑みを浮かべて、あの百万ワットの視線をこっちにもどすときには。おずおずした微笑みを向けられると、オールトはいつもイチコロだった。オールトはそれが可愛いと思っていた。うらやましくさえあった。デシベル・ジョーンズはつねにその瞬間、瞬間を生きていた——そしてオマール・カリスカンはつねに不確実な未来を生きていた。ミラはつねに自分の頭のなかで生きていて、たまに人が訪れるのは許していた、とオールトは思っている。

許すといっても前もって知らせなければだめだったし、広範囲にわたる除染プロトコルが必要だったが。

「失礼、ベイビーたち」とロードランナーがいった。二人がすぐに昔のマネージャー、ライラ・プールのものと認識できる声だった。「でも二人ともショーの前に食事しとかないと。何度おなじことをいわせるの？　あなたたちはパンクをスターダムに押しあげられる、それはまちがいないけど、パンクはなにも食べないんだから、あなたたちが食べなきゃだめ」

エスカはオールトの使い古した白いラッカー塗りのティートレイを持ちあげた。トレイの持ち手はいまや完全に朱色のノウサンゴのコロニーと化している。トレイには、ガラスのソーサーが三枚、それぞれになにかとても高価なキノコにそっくりのものと鞄の底でグチャッとつぶれたリコリス入りキャンディの詰め合わせのようなものとラテ・アートで賞をいくつか勝ち取ったバリスタがミルクの泡に二次方程式を書いている最中になにかの発作を起こしたかのようなカプチーノらしきものがのっていた。

「こいつはまたハードコアのトリプルX、奥の部屋のカーテンの陰に隠したいレベルの〝不思議の国のアリス〟的なものだなあ」とデシベルがいかにもうれしそうにいった。

「ランチか？」手が早くもキノコのほうにのびている。ライラ・プールの根気がよくて明るい立会場を仕切る女性を思わせる北イングランド風の声の力だ。ライラがやれといったら、それはいわれた者にとって、バンドにとって、そして大きな意味では人類にとっていいことなのだ。あの頃からずいぶん時間がたってしまった。デシベル・ジョーンズの心に、もう何年も感じたことのなかった大洋のような平穏がもどってきた。細かいことは誰かがやってくれる。戦略は誰かが考えてくれる。ああ、ありがたい。

「宇宙詰め合わせを食べる前に食物アレルギーのことを真剣に話し合うべきだとほんとに、ほんとに思うんだけど」とオールトがやきもきしながらいったが、彼もまたライラがふりまく人のよさにはからきし弱かった。「だって、ピーナツなんか、ほら、たとえば宇宙の下側にあるローテク小惑星に生えてるようなものと比べたらなんの問題もない感じだろう？　そっちにはネコ用の医薬品医療製品規制庁《MHRA》とか食品医薬品局《FDA》とか、なんかあるの？」

「ぐずぐずいわないのよ、子ネコちゃんたち。これはランチじゃないわ。アジア一周ツアー用の注射だと思ってちょうだい――これがA型肝炎、これがB型肝炎、でこれが腸チフスのワクチン。あなたたちが会う人が全員、都合よく記憶障害があったり、酸素を呼吸していたり、この女フライデー（ロビンソン・クルーソーの従僕）みたいに重力に適合性があったりするわけじゃないんだから。このキノコはじつは休眠中の菌類で、あなたたちの脳幹をとっても軽いヨーンプ（ボールを追って進んでいく米国アタリ社のゲーム）脳炎に感染させる菌株でね――」

「ストップ、ストップ、ストップ！」デスとオールトが叫んで、飛びすさった。まるでティートレイにクモとクレジットカードの請求書が山盛りになっているかのような勢いだった。デシベルは、クロイドンにいた頃のなじみのない生体化合物にたいする恐怖心は克服しなければと自分にいいきかせて、すばやく立ち直ろうとした。が、この恐怖心は本能的な、じつに根深いものだった。

「落ち着いて！　まったくもう、少しは信用するということを学びなさい！　惑星まるごときれいに掃除されちゃうんじゃないかと思ったわけね！　ハハッ、ちょっとしたジョークでしょうが。これはみんな完璧に安全なものよ、保証するわ。いい、わたしの仕事はあなたたちをいつでも輝ける状態のまま安全にリトストに連れていくことなの。だから愛のためだろうがお金のためだろうが社会政治的に優位に立つためだろうが、あなたたちを傷つけることはありえないの。ねえ、デシベル、オールト、わたしのいうことに耳を貸して！　あなたたちが学んできた言葉を話しているというだけでも、心が健全な証なんだから。どこがおもしろいかっていうとね、あなたたちのキュートなちっちゃい抗体はヨーンプ脳炎を目にすると、今夜、家賃を支払わなくちゃならないやつみたいに猛然と働きはじめるの。インフルエンザにかかると鼻水が出て喉が腫れてひどいことになるの、わかるでしょ？　まあ、けっきょくのところ、炭素生物であるかぎり、それと脳が体内に収まっているかぎり、これにたいする自然な免疫反応は一種の言語ドラッグの環流を生みだすことで、そのドラッグは脳の、よくわかりもしないうちに動詞を変化させなくちゃとか格変化させなくちゃとか句読点をつけなくちゃとかいいはる部分を安いサブウーファー（超低音域のみを再生するスピーカー）みたいに吹っ飛ばしてくれるの。でもヨーンプには効果がないのよ、かわいそうな連中。かれらは大憤慨してるわ。十六の言語の慣用句集をいっきに速読しようと奮闘している太鼓腹のプレシオサウルスほどの見物《みもの》はちょっとないわよ。あっ、そうそう！　あなたたち二人ともいまから公式にはペニシリン・アレルギーってことになるからね。ペニシリンを打たれるとたちまち脳炎が治っちゃうから。よし。ということで。この盛り合わせはアースラのジャンクDNAにペーストすると、呼吸補助役のことになると心を閉ざしがちなあなたたちの肺を少し寛容なものに変化させるだけ。コーヒーはただのカフェインで、着陸したときにあなたたちがゲーゲー吐いたり、漂っていっちゃったり、爆発したりしないように、きれいな泡状の重力に鋭敏に対応する薬剤が添えてあるの。ユーズに感謝してね。それほとんどがユーズの足の指の爪だから。ここではみんないろいろと分かち合ってるのよ。誰にとっても居心地のいい場所にするためにね。それとね、万が一、財産をオープンソース化しなかったりすると、その惑星は隔離されてしまって、星系の外へ出て休暇をすごそうとするとそれはそれは大きな大砲の出迎えを受けることになるの。ほんとうにでかいのよ。特大なの。でも！　大丈夫よ、でしょ？　二、三回噛んだりすすったりすれば、もうなんでも平気。〝ゴーグナーの一般不滅の事実〟その四みたいなものよ――〝みんな昔から、愛は宇宙をひとつに結びつける要素というが、それはたわごとだ。進化から街の下水設備、結婚、ビッグバン、外交、中心市街地の店舗の商品流通に至るまで、すべてのものは大勢を占める怠け者どもにとっていちばん都合のいい結果に傾く。なぜなら不都合なことをすればけっきょく友だちがひとりもいなくなったり、頭から足が生えるようなことになったりするからだ。第一、そんなことをしている時間がどこにある？〟」

「こんなのへどが出るよ」オールト・ウルトラバイオレットが鼻息荒くいった。

「すばらしい」とデスがつぶやいた。「とにかく、ヒースロー空港の税関よりずっと身体にやさしい」

オールトの電子レンジがチンと鳴った。ドッキング作業の解凍工程が終わったのだ。星印でできた青いポップコーンが減圧サイクルが終了したことを告げている。

「あたしがあなたを傷つけることは絶対にないわ」ミラの嗄れ声がエイリアンの黒いくちばしからあふれでてきた。

「おい」オールトが静かにいった。「よせよ。そんなことする必要ないだろ」

「そんなことってなに、ベイビー?」

「ミラの声でしゃべることだよ。ライラの声も。俺の親父の声もデスのナニの声も、ぜんぶだ」

「楽しくない? そのほうがリラックスできるんじゃないの?」

「楽しくないし、リラックスもしない。ふつうにしゃべってくれ。自分の声で。とにかく……なんでもいいからあんたの生まれ故郷でふつうのやつがしゃべるようにしゃべってくれ。俺みたいに、な? デシベルは適当にやれるし、そうだな、ミラは、もしあんたがミラに会えていたとしたら、色っぽい目で見られてたちまちグニャグニャになっていたかもしれないが、俺はただのオマールだ。音楽とサッカーと笑いが好きで、バンドがあれだけ長つづきした理由の半分は、あとの二人が年がら年中ごちゃごちゃいい合うのに俺がうまくつきあっていたからだ。いいさ、リラックスする必要なんかない。これはリラックスしてやる類いのギグじゃないんだから。それにさ、正直いって、ほんとにほんっとに気持ち悪い」

鳥の魚のような目がすっと細くなった。「あなたはサッカーなんか好きじゃない。大脳の構造を見ればわかるわ」

「でも好きになりたいし、けっきょくはそのほうがいいんだ。とにかく……ロードランナーでいてくれよ。俺みたいにさ。そしたら、彼がまたデスになりはじめたら、まちがいなくなるけど、あんたと二人でタバコでも吸って、彼のアクセントを笑ってやろうじゃないか。それで手を打ってくれないか？」

「了解、ミスター・ウルトラバイオレット」

エアロックが解錠されて、身長七フィートの青い鳥が金メッキのヒトデを押し、デシベル・ジョーンズ＆絶対零度の最後のひとりは隠退状態から宇宙最大のステージへと踏みだしていった。

16

わたしはほんものの男の子（I Am a Real Boy）
（ESC一九九四年七位）


第十九回メタ銀河系グランプリはスマラグディの母星であるパルレで開催された。

当面、自分たちのことで手一杯、自分たちのいくつかの月の上を恐る恐るよちよち歩きすることで頭が一杯、気にかかるのはツキノワグマのことだけ、という理由で戦争にも加わらなかった種族が歌で銀河系社会のより高い地位をめざそうと試みたのは史上初のことだった。

アルファ・ケンタウリの不動産開発に早期参入したのはさすがという世評とは裏腹に、パルレは、人間が足を踏み入れたとしても人間を完全には殺さないだろうと思われる惑星のなかで地球にいちばん近いところにある惑星だった。どう悪く転んでも、低重力、高圧の大気、そしてよそ者にたいする広範な、けっこう根強い冷笑的態度が髪の毛の端からかなり劇的に血を絞りはじめるまでに、ブルー・ルウートゥのちょっといいビストロで美味なるサメの心臓のソーセージを食べるくらいの時間はあるだろう。

パルレは、地球から四十光年ほど離れたところにある水瓶座のなかの、人間がトラピスト1と名付けたウルトラクールな青色矮星《わいせい》の周囲を回っている。しかしスマラグディはこの青白いミニマリストの太陽をラゴムと呼んでいる。かれらの言語では各単語が非常に限定的な意味を持っていて、ラゴムという語はつぎのような意味をあらわす――〝ふだんの愛情表現はごく控えめだが、あなたがほんとうに必要とするときには強く抱きしめて期日にはかならず請求書の支払いをすませてくれる配偶者〟。パルレという語の意味は――〝どうあがいても何者にもなりそうにないくせになんでもいくらでも欲しがる恩知らずな子どもたちに際限なく与えつづける親〟。

スマラグディの世界では謙遜が洗練に洗練を重ねて芸術の域にまで達していた。パルレのまじめな謙遜ショーでおずおずと蒸気チーズをかじり、プラチナ・ワインを飲むまでは宇宙の暮らしがどんな可能性を秘めているかほんとうに知ったとはいえない。パルレは冷たい水晶の海に覆われた温かい水晶の人々が住む冷たい水晶の地だ。

少なくとも、前はそういうところだった。

　ラゴムは太陽としてのぬくもりを情熱的に養う仕事をまじめにこなすタイプではないので、パルレはなかば空洞のような世界だ。スマラグディの大都市から遠く離れたところにあるオパールに覆われたアイリニン山の頂に立って空に目を凝らせば、睫毛からの出血がはじまる前に、地球の生物が細胞がひとつより二つのほうがほんとうにいいのかどうか考えていた頃に古代のスマラグディがなにをしていたか、その目で目撃することになるだろう。アルニザールでさえ、このシスティナ礼拝堂にたいする工学の答えに囲まれたグロテスクなモンスターの小さな世界に酔っ払い運転でヨタヨタと入りこんだときには驚愕したという（あいにく、スマラグディはアルニザールの体内から塩水を追いだすという特殊な目的でラボでつくりだされたものだったらしい。スマラグディは一見したところ、誰かがなんの必要もないのに漂白した象牙と水晶でつくった十九世紀スペインの凝った細工の甲冑そっくりで、頭部からは一九七〇年代のシャンプーのＣＭに出てくるような青白色の髪が生えていて、それ全体をとくに頑固で批判的な甘ったるいタフィーのように十フィートくらいまで引きのばし、そのあと、それではちょっと怖すぎると考えて、もう少し陽気な春の雰囲気にするために接続部分の板金をパステルグリーンとラベンダーに塗って仕上げたような姿をしている。全体的に見ると、人間にとっては非常に美しく、忘れがたい印象だが、背の低いテクニカラー無脊椎動物のアルニザールにとっては悪魔の骸骨にしか見えない)。

惑星パルレは、〝オールド・ルウートゥのビンドル（浮浪者が持ち歩く携行品をまとめた包み）〟に心地よくすっぽりと覆われている。これはオールド・ルウートゥという古典派詩人エンジニアが設計した半透明のソーラー・ロッドを斜行平行線状に組んで凝ったトピアリーのように仕立てたもので、ラゴムの気まますぎて利用不能の光をとらえ、少し増強させて、パルレの地表の人口密度が高い地域に直接、届けている。これのおかげで、パルレの氷結した大地に突如としてルウートゥに祝福された人工高山性気候が点々と水玉模様のように出現して銀色のシダやジンの実がずっしりとさがったブルーグレーのランに覆われ、液体の海にはネオンのような蛍光色の血を持つスフレザメが縦横無尽に泳ぎまわるようになった。オールド・ルウートゥの名はスマラグディのあいだでは、ブッダの自転車を借りて日曜日にシェークスピアの裏庭をいっきに駆け抜けたイエス・キリストとニコラ・テスラにたいするのと同等の畏敬の念を持って語られている。〝起動日〟にはパルレ中の都市が先を争って彼にちなんだ自治体名に変更したため、多くの混乱や不安、家族の再会の中止が生じ、ルウートゥがこんな行為はばかげているからと彼の名を冠することを全面的に禁じる事態となった。そのとき彼はつぎのように語った――「これはたいしたことではないんだ、わたしはそもそも上にいて、元気なうちにと思って軽くDIYをしていたようなものだし、誰か引きこめばそいつにアイディアを盗まれるだけだろうし、どっちみちガラクタみたいなものなんだ、なにしろ急いでいたんでね」けっきょく地域紛争が二度、小規模ながら厄介な経済危機が一度、生じたものの、最後には、誰もみな美しいし、誰もみな等しくあの老人を愛しているし、ルウートゥはすでに巷にあふれていてこれ以上ふえると地図製作者が不安症の薬を飲まなければならなくなる、ということで事態は収束した。というわけでパルレにはロンドン、パリ、ヴリミュー、アルンといった地名はひとつもなくて、ブルー・ルウートゥ、ホワイト・ルウートゥ、リトル・ルウートゥ、ニュー・ルウートゥ、ルウートゥ・バイ・ザ・シー、ダーティ・ルウートゥ、ブロークダウン・ルウートゥ、バックウッズ・ルウートゥといった名前がずらずら並んでいる。

第二十二回メタ銀河系グランプリは激論の末、ダーティ・ルウートゥで開催された。ここはスマラグディのプラハといえばいいだろうか――かつてはとある大帝国の首都だったが、その帝国は戦争や宗教、産業の消滅、そして馬が保守党に投票することは誰でも知っているからこっぴどく痛めつけられたときには騎馬警官の馬にパンチを食らわせるのはまちがいではない（ただし宇宙有数の荘厳な建築物をないがしろにしたときに限る）と心のなかでは思っているツーリストによって引き裂かれてしまった。ざっくりいうと、こういうことだ。ヤートマックは、知覚力ありと判断されていようといまいと、歓喜あふれるコスモポリタン都市ダーティ・ルウートゥでかれらの鼻と称する箇所をゴシゴシこすったりするのは不作法だという理由で故郷に送りかえされてしまったのだ。宮殿を見たばかりに、飼っているブタたちに不満を覚えるようになった農場の男の子のようなもので、かれらの心にはうらやましさとせつなさがじわじわと広がっていった。たとえそのあとすぐに哀れなブタを丸焼きにすることになったとしても、すばらしい眺めとは思えなかったことだろう。

ヤートマックがダンサブルなポップスのヒット曲で健闘するとは誰も思っていなかった。かれらの惑星を偶然見つけたのはユートラックだったが、見つけたとたん後悔したという。人目につかない暗黒物質の潮だまりで乳を吸いながら銀河系をちょこまか動きまわっている巨大で美味できわめて有害なザボックガニを狩っていた深宇宙漁船の一等航海士が、ある日かすかな放送電波をキャッチした。異星人類学者の推測によると、それはヤントという名の小さな惑星から発せられている民族音楽フェスティバルのものではないかということだった。いまのようにユートラックの全ザボック・トロール船には公認通訳を同行させるという規定になっていれば、ユートラックの船長もすぐに問題の民族音楽フェスは〝ヤートマック・プリゼンツ――スーパー殺人ダービー９０００〟だとわかって、すぐさま船を反転させ虚空の孤独な深みにいる、より安全な巨大暗黒物質ガニのふところへと突き進んでいたにちがいない。ヤートマックは滑稽なほど乱暴で、吐き気がするほど醜く、話す言葉は誰かが熱いタールピットにはまって必死に鍋やフライパンをガンガン叩いているような響きだし、どういうわけか、不可解なことに、農耕という段階をすっ飛ばして宇宙航行にまでいってしまっていた。かれらはまさに、既知の宇宙全域に吹き荒れた〝知覚力戦争〟時にそこにいたなら星間宇宙に広がりすぎないよう粛清の対象になったにちがいない類いの種族だった。

　しかし、規則は規則。隣に住む恐ろしい死神ゴブリンを軽く歌やダンスを披露させることなしに吹き飛ばしてしまうわけにはいかなかった。

　その年はシブが優勝した。ナノコンピュータで作成した胞子を遺伝子レベルで融合させたホットピンクの藻で構成された集団知性であるシブは、本質的にロックバンドを組むことができない。かれらはグランプリに毎年おなじスーパーグループを送りこんできていた。種族の六十パーセントほどを技巧を凝らした瓶にデカンタージュしたもので、単に〝われわれ〟と称していた。かれらはフェロモンで歌うのだが、これは感染性のホルモンのクレッシェンドとでもいうべきもので、客席数十万以上を誇る壮大にして華麗なる最新式のパフォーマンス・アリーナ〝ダーティ・ルウートゥ・フロップハウス（簡易宿泊所）＆グリル〟に集ったあらゆる種族の交尾本能を狂わせてしまい、ついには、ごく小さな囁き声が魂のテクノ・エロティック・レーザーライト・ショーのように響くほどで、その瞬間、〝われわれ〟はバラ色のうねる波となって瓶からあふれだし、ぐるぐると螺旋を描いて塔のようにそびえ立つベルベットのきらめく生命体となってシブの古謡『集団精神なら愛はイージー』を歌いあげ、打ちつけ、突きあげるサブウーファーの殺人的ビートを刻みながら、ダウンビートで拡散し、アップビートで赤紫色の尖塔にもどって満場の大喝采を浴びたのだった。

〝殺人ダービー〟のチャンピオンで有名なトーチソング（片思いや失恋を歌ったポピュラーソング）の歌い手であるイアータガン・ヨーンプはヤートマックの伝統衣装である肺《ラング》ドレスをまとって、〝フロップハウス〟の塵ひとつない凍った床を進んでいった。膿が滴り落ちる膿疱だらけの顔はステージを二重に覆うほど長い黒いベールで隠されている。彼女は腕になにか抱えていた。照明が赤く、重く、ほの暗いものに変わる。ドラムがゆっくりと脈打つようにリズムを刻む。イアータガンが鉤爪でベールを引き裂くと、楽器があらわれた――きれいに洗って磨きあげ、なかをくりぬいて中空にした彼女の伴侶の骸骨だ。彼女が彼を両手で抱きしめ、彼の牙にやさしくキスすると、彼女の息が彼の骨を満たし、彼の胸郭から荒々しく苦悩に満ちたメロディ『死はあなたのこぶしがつくりだす望み』が流れだした――〝あなたが思ってるようなものじゃない〟とコーラスが歌う。〝恐れないで。愛することは虐殺すること、虐殺することは愛すること、でも天の岩、地の岩にかけて、あなたはどちらをすることもない、ほかの男が本気で迫ってくるまでは〟

曲のラスト（これは結婚式のＤＪお気に入りのフレーズになった）でイアータガンはみずからに火を放ち、微笑みを浮かべ、ファンに手をふりながら焼け死んでしまった。オーディエンスは火葬の火に花を投げ入れ、それがジュージューいいながら天に昇っていくのを見つめていた。

判定には時間がかかった。十万の観客は近隣のルウートゥから出前をとって食事をすませた。翌日の早朝、結果が出た。僅差だった。イアータガン・ヨーンプと仲間たちはまちがいなく活気にあふれ、知的で複雑な精神生活を表現していたと評された。とくにその年、ユートラックが『汝を暗黒物質ガニと比すべしや？』という忘れがたい曲で参加していながら電話ですませるというおざなりな態度だったことが影響した。とはいえ、イアータガン・ヨーンプの自己犠牲がなければ、銀河系の子どもたちは〝ゴーグナー・ゴアキャノンの不滅の事実〟という、とんでもなくやさしくはない手助けを得て育つことはなかったにちがいない。ヤントで開催された第二十三回メタ銀河系グランプリの折につくられた〝不滅の事実〟その二十は下記のとおりである――〝手持ちのものだけで満足できている者はいない、あの痩せこけたオールド・ルウートゥを見るがいい、やつは惑星全体をテイクアウトの食べ残しみたいに温めたのに、わたしにいわせればまだ心底幸福とは感じていない。人がもっとも幸福を感じるのは、いちばん欲しいものをもうすぐ手に入れられると思ったときだ。

その前後、人はみなモンスターになる〃

17

すべてを尽くして（Every Way That I Can）
（ESC二〇〇三年優勝曲）

「ハイ！　ハイ！　ハイハイハロハイ！」
オールト・セント・ウルトラバイオレットとデシベル・ジョーンズは、個々に、かつ集団的に、あれはタイムトラベルするレッサーパンダ、オーオーだろうと思った。二人が乗船するあいだ、そいつはピョンピョン飛び跳ね、甲高い声でキーキー鳴き騒ぎ、前足をふりながら身体を左右にふってあとずさっていった。それほどかれらに会えたことがうれしくて興奮しきりなのだ。しかしケシェットのあいだではこれはクールで、非常に外交的配慮がいきとどいていて、少々よそよそしいとさえいえる出迎え方だった。ケシェットは細胞の底の底まで、つねに原子状態のつかのまの感情のボールプールで、そこにはケーキ依存症のヨチヨチ歩きの子どもらが際限なく飛びこみつづけ、しかも毎日が誰かの誕生日なのだった、永遠に。

　そして彼は、かれらに会えても少しも幸福ではなかった。

「オーオー！　オーオーオーオーオーオーオーはわたしで、あなたたちはかれらで、わたしたちはみんな――でも、だだだだだだ誰、待て待てストップ待て、なんだ、ヨーコ・オノではないあなたたちは？　どうどうなにがどういうことなんだ、アル？　わたしは彼女の写真もなにもかも渡した！　それでもきみには霊長類はみんなおなじおなじ同一おなじに見えるのか？　わたしたちは練習したじゃないか、アル！　ここにくるまでずっと練習した！　とてもうんざりした！」

「アル？」とデスがいった。「あんたはアルじゃないだろう。アルは角でチップ・ショップ（フィッシュ・アンド・チップスがメインのレストラン）をやってる。炉の修理もやってる。あんたはロードランナーだろうが」

「それはきみがそう呼んでいるだけで、なあ、デス、わたしはきみが大好きだけれど、ここまで二十四時間、大量の記憶をチビチビかじってきたからルーニー・テューンズのことは知っているし、正直いってちょっと無神経だと思っている。オーオーの時間は非常に貴重で不安定なものだから、わたしを呼ぶのにいちいち〝ミルク・ロード〟を英知よりも速く走るアルトノート〟と呼んではいられないんだが、少なくともわたしのほんとうの名前の一部で呼んでくれてはいる、そうだろう？」

「悪かったよ」デシベルはもぞもぞといった。

「悪かった」オールト・ウルトラバイオレットも肩をすくめながらいった。

「ノーノーノーイエスイエスノー、わたしはそっちのほうが好きだ、アルよりずっとずっといい。わたしたちは、イヌと鳥と爆弾と谷の番組をこの世界から出ているラジオ波で受信した。すばらしいすごいすばらしい大丈夫だった。ニヒリズムの歌と絶望的欲望。最初、これはわたしたちが無視していた戦争の見事な寓意なのではないかと思った。わたしたちの仲間にちがいないと、そうだよねそうじゃない？　オクターブ空間からの海賊アニメ・チャンネルが信号をヤクでふらつかせた？　いや。偶然の一致偶然偶然運命偶然。深遠なる無意識のなかのこだま。あれは困る。仕事がしにくくなる。しかし、完全に完全に正確——あれはきみだ、アル、きみはロードランナーだ！　これからはきみのことをそう呼ぶことにする。連続体にもどったらほかのケシェットに緊急で知らせておく。しかし、ヨーコ・オノのことはみんながっかりするだろうな」

「オーオー、ミセス・オノはもう死んでしまったらしい」と大きな青い魚フラミンゴがいった。デスはその声が彼女自身のものなのだろう、と推測するしかなかったが、ひょっとしたらこの超活動的なレッサーパンダの同級生の声なのかもしれない。彼は、ふと思った。誰かと話すたびに、すべてをきちんと把握して最適な声を選びとるのはたいへんだろうな、と。デシベル・ジョーンズとしてはオーディエンスの記憶のてっぺんをすくいとって、オーディエンスがこうあってほしいと思うように歌えたらどんなにいいか、と思わずにはいられなかった。昔は、どうすればそうできるかわかっていたはずなのだ。昔は。「非常に残念だよ、一生懸命やったんだが。わたしは全員を見分けられるんだ！　いってみてわかったんだが、親指の爪がみんなそれぞれちがうんだ。きみはそのことはいってなかったよな。それにヨーコ・オノは生きているといったよな。この二つが最大のへまだ。わたしが毎年買っているようなシステム手帳を使ってくれれば、こんなひどいミスは二度と起きないと思うよ」

「**死んだ**？　いついつどうして？　どうしてそんなことが**起きる**？　オー、ノー！　オー、**ノーーーーー**。**キョーコ**は？　彼女は雪のなか雪のなか雪のなか雨のなか、マミーの手を見つけたのかな……？」

「三年前、だったかな？」オールト・ウルトラバイオレットが助け船を出した。「死因は……まあ、早い話が、おばあさんになったからだ」

オーオーは可愛らしい茶色の目をしばたたかせ、もふもふのアプリコット色のほっぺたを前足でこすった。「わからない」

「わからないって、なにが？　彼女、九十何歳かだったんじゃないかな？」

レッサーパンダはボタンのような鼻をヒクヒクさせた。「いや、でもなぜでもなぜでもどうして、それが人を殺す殺す傷つける殺すんだ？」

アルはその質問を、ディナー・パーティのときのおならのように、素知らぬ顔であたりに漂わせたまま放置した。「こちらはバンドの残り。デシベル・ジョーンズ&絶対零度だ、オーオー。ばっちりやってくれると思うよ。たぶん」

ケシェットは、はじめてケールを食べたときのようなしかめっ面になって、黒サンゴが密生する壁にあいた舷窓から射しこむ心落ち着く深海のまだらな光に照らされた長い通路を転げるように走っていった。と思うと、くるくる回って縞模様の尻尾に隠してあった食べものを見つけ、自分の身長よりも高くピョンピョンと数回飛び跳ねた。

「ッケー、ッケー、ッケーケーケーケー。注目！　二回はやらないからね！　いや、いやいやいや、二回はやろう。二回以上。**もっともっともっと何回も**。波形が定まってこの時間線すべてがテーブルに供される前に、このすばらしい船船〈雨のなかのケーキ〉号のツアーをわたしが十の四十七乗回、仕切ろう」オーオーはそこで言葉を切ると仰向けにひっくり返り、三人を見あげて黒い前足をがっしり合わせた。「いいかい、諸君、時間はチ、ー、ズ、ケト、キなんだ。なになにどうなにをするかわかっている者が、ホ、イ、ッ、プ、して、ミ、ッ、ク、ス、して、ク、リ、ー、ム、状、に、し、て、冷、や、す、必要がある。それからあらゆる出来事の時間順の配列がマルチ宇宙の歯歯歯がすっと入るくらいのゼリー状のものになるまで冷蔵庫で**寝かせ**なければならない。だが正直にいうと、すべての過程が完了しても、全体がとても不安定でグラグラプルプルしていて、こぶしを**ズボッと**突っこんで、**ひとつかみ**そしてまた**ひとつかみ**、**口**に詰めこむことができる。なぜかというと、**時間**はとても**うまうまで太る**ものだから。でも**きみたち**は二回ズボッといかなくてもいい。だから顔をあげるんだ、水兵たち！　まあ、二回いくことにはなるんだが、どうせわからないから」この船の委任統治受任者であるケシェット、オーオーは通路をゴロゴロ転がりだした。「注目注視注目、このフワフワのオレンジ・アイス・クリームシャーベットクリームクリーミー風サンゴを見ても、食べないこと、これはドアノブだから。エレベーターにはでかでかと怒ったイカのマークがついている。司令室はあっち、カフェテリアはリーフ四、カクテルパーティは午後七時、展望デッキで、そこはエンジン室、なかはのぞかないように――」

「まいったな」通りすがりにエンジン室の丸いクラゲ・ガラスの窓からなかをのぞいたデシベル・ジョーンズは思わず叫んでいた。

なかは麗しいヴィクトリア朝風の寝室で、グリーンのカーテンがかかり、華麗な四柱式寝台の上ではまちがいなく全裸の、まちがいなく人間と思われる二人がかなり精力的に励んでいた。

「エンジンじゃない」オールトが、修理できる人間を呼びつけるかのような口調で叫んだ。「エンジンじゃないぞ！　失敬。失敬、ミス、サー。申し訳ない」

しかし、それはエンジンだった。それは、まちがいなく、推進システム・テクノロジーのまごうことなき頂点といえるものだったのだ。

光輝ケシェットが銀河系社会でいまの地位を得ているのは、あらゆる種族が夢想したもっとも効率的なＦＴＬエンジン〝パラドックス・ボックス〟の特許を持っているからだ。公共ワームホール・システムの不快さを避けたい船は企業法ならびに自己保存欲求により、ケシェットの代理人一名を乗船させることが必須となる。それ以外の者が〝ボックス〟を使おうとすると、その者を構成する分子が時間も論理も礼儀も無視したありとあらゆる攻撃にさらされることになってしまうからだ――たとえばセックス面でフラストレーションがたまったエミューに蹴りだされてアスプコブラ以前の完全に途方に暮れてしまっているクレオパトラの部屋のまえに届けられたピカソの絵のようなものにすっかり配列し直されてしまう、とか。

〝パラドックス・ボックス〟のコンセプトはいたってシンプルで、細胞に冗談で時間《クロノ》コンドリアを組みこまれて誕生した種族だけが発見できるものだった。原子の分裂で生じるエネルギーは、小さくて控えめな型どおりのタイムトラベル・パラドックスによって解放されるエネルギーに比べたら無に等しい。だから、分別あるタイムトラベラーは、若いときの自分に出会ったり、タイムトラベルの発明者（マリンダ・モスという名のとても気立てのいい女の子で、偶然ではないもののまったくありえないことにケシェットの先祖でもあるのだが、やがてワームホールや動物園や生涯にわたる感情的ネグレクトがからんだとんでもないアクシデントに見舞われることになる）を殺したり、来歴のはっきりしない妙な懐中時計を買ったり売ったりプレゼントしたり、貴重なチョウ、でなくても役に立つならどんな昆虫でも踏み潰したりといったことは、なにがあろうと絶対にしないようにしているのだ。

しかし宇宙船にとっては、そういった時間がらみの惨事はガソリンスタンドでさっと満タンにする程度のことでしかない。どこの旅行代理店にとっても幸運なことに、ケシェットは生まれながらに、ハチドリが花から花へモンゴル人の襲来へ花へと飛びまわるように時間線から時間線へと飛びまわることができる。かれらがそのために使うエネルギーは人間が肉のゼリー寄せにならないように筋肉を緊張させておくのに使うエネルギーとさして変わらない。かれらは、無限に枝分かれする結論がひとつのクールなすっきりとした現実に収束するまで、あらゆる組み合わせを網羅して、出会ったすべての時間線のすべてのバージョンを一巡する。これにかかる時間は、そのケシェットの友人や恋人、オフィスの家具にかかる時間に比べればゼロに等しいし、そのすべてを合算したものを指数関数的に増やしてもケシェット全体のそれに比べればゼロに等しい。オーオーの注意欠如乱調話法とでもいうべきしゃべり方はじつはどもっているわけではなく、彼がつねにおこなっている宇宙チャンネル・サーフィンの影響が目に見えるかたちであらわれたものなのだ——言葉をくりかえすのは、ほんの少しちがう時間線にいるほんの少しちがう彼が、大混乱のなか、ちがう言語通路をいろいろ試している結果なのである。

要するに、つねに金欠状態ではあるものの進取の気性に富んだレッサーパンダは、ちょこまか動きまわってパラドックスの匂いを嗅ぎつけ、それを慎重に量子プチプチでくるんで設置込みという条件付きでいちばん近くにいる船に配達する、すると船は誰かが大きな赤いボタンを押すまで停滞《ステイシス》フィールドにとどまっていられる、というわけだ。そのときにパラドックスによって解放された宇宙破砕エネルギーは律儀に宇宙をほんの少しだけ引き裂くが、引き裂く場所は誰も気づかない裏側のほうで、船はその時空の複数乗車車両専用レーンを快適に飛ばして、パラドックスの反復サイクルが疲れ果ててチーズケーキになると、反対側に出てくることになる。したがって、考慮中の旅にぴったり合うサイズのパラドックスを選ぶことが非常に重要になってくる。

庭園惑星リトストへの旅はその距離六千五百マイルにおよぶ大遠征だったので、オーオーは近くの食料庫でなにかジューシーなものを調達してこなければならなかった。かくしてバージニア州バージニア・ビーチ在住のミスター・ウォルター・ジョン・プリチャードはエンジン室で自分自身の祖父になるべくせっせと励むことができたのである。

「そして**ここそこまっすぐこっち**が、きみたちがフライトの残り期間残り十一日間使えるレコーディング専用室スタジオだ。きみたちの種族の完全救済者となるベースラインをすぐにも書きはじめたいだろうから、必要になりそうなものをついさっき詰めこんだところだ。なにか足りないものがあったらトイレのウナギを引っ張ってくれ」

壁にはライラック色のノウサンゴのサブウーファーが点々と生えている。天井は防音材のナマコに覆われ、オレンジ色のさざ波を立てている。床はライムグリーンのイソギンチャクのシャグ・カーペット（毛足の長い敷物）が敷き詰めてある。巨大なキラキラ輝く共鳴板が一画を占め、三つのクラゲ・ガラスのドアの向こうは人間が居心地よくすごせそうな寝室になっている。スイムイン・クローゼットには光沢のないもの以外あらゆるタイプ、茶色以外あらゆる色の服があふれ、その隣にはずらっと鏡が並んでいる。デスとオールトは鏡にうつった自分たちに気づくと、見事にスラップスティック・コメディふうにびっくり眼《まなこ》で二度見した。

「見ろよ！」とデシベルがはしゃぎ声をあげた。「おまえ、はじめてのアートプロジェクトみたいになってるぞ！　俺も！」

二人とも、首の横から鎖骨にかけて深紅のヒョウ柄のような斑点が浮きあがっていた。グラムロック好きが高じて草原にいられなくなったヒョウが斑点をキンキラにしてそっとクラブに入ってきたみたいな具合だ。

「脳炎だ！　ちゃんと発症している！」ロードランナーが満足げにいった。

オールト・セント・ウルトラバイオレットはいかにも具合が悪そうな顔で斑点をこすっているが、斑点は頑としていすわっている。デシベル・ジョーンズはご満悦だった。襟をひろげてどこまでつづいているのか見ようとしたが、かなり下までつづいているようだった。

部屋全体が、さまざまなものに覆われた船の長い肋材から下がったランタンのような紫色の縞模様の毒クラゲが放つ光で照らされている。片隅にはミラのドラムセットと古いカシオ・ミニ・キーボードが誇らしげに鎮座し、ギターは、サンゴではないふつうのギター、有名なギター——ジミヘンの、クラプトンの、ジミー・ペイジの——がずらりと壁にかけられていた。その下にはオールトのふれあい農場がある——農場にいるのはダブルネック

・チェロ、エレクトロガラス・ハーディガーディ、ウーバー・テルミン、モーグ、そして完璧なガラスのオールトフォン。
ゴージャスだった。グロテスクだった。それはかれらがはじめてレコーディングをしたホクストンにあるスタジオの寸分たがわぬ、ただし海バージョンのレプリカだった。記憶感応ってのはマジですごいな、とデシベルはミラのドラムセットのシンバルに指を走らせながら思った。

「ましぃましぃ、ワンダフル」と彼はつぶやいた。

「あたしのオモチャがひとつもないんだけど」短毛のネコ、カポが通路をくまなく調べたあと、横柄な態度でぶらぶらと部屋に入ってくるなり鼻を鳴らしながらいった。

「よーう」ジョーンズがいった。

「俺のネコになにをした！」オールトがセイレムの魔女裁判にかけられている少女のように我関せずといった風情のネコを指さして叫んだ。「オーケイじゃない！　これはオーケイじゃない！　宇宙船とかエイリアンとか地球の生きものが絶滅する可能性とか、それはいい。でも、しゃべるネコも耐えられるなんていった覚えはない。ひどすぎる。狂ってるにもほどがある。ジャンルがちがう。すぐ元にもどせ！」

「わたしは彼女に話す能力をあげたんだ」と長身の優美なエスカがえらく慎重に部屋に足

を踏み入れながらいった。「すごく簡単なんだ。耳から海馬にちょっとストロボの閃光を浴びせるだけ。なんというか……贈りものだ。きみも彼女も喜んでくれると思ったんだが」

「えっ」カポが、前足をなめて耳にバシッと当てながらいった。

「それに、これには一理あってね」ロードランナーは先をつづけた。「きみたちはわれわれは会話ができるのだから知覚力があるのはまちがいないといいつづけてきた。そしていま、きみのペットは会話ができている。だから会話能力は決定的要因ではないとわかったんじゃないのかな。どんな動物も話すことはできる。だがカポはバンドを組んでポップスの胸が張り裂けるような歌をうたうことはできない。彼女には親指もポストプロダクション（映像作品の撮影後の作業）スキルもまともな声域もない。われわれはそういうことについてじっくり考えたんだ。一秒か二秒以上、ディスカッションもした」

「やろうと思えばできたわよ」カポがばかにしたような口調でいった。「あなたにはわからないわ。あなたはただの鳥だから」グリーンの瞳が物欲しそうにきらりと光った。「大きな鳥《ビッグ・バード》だからね」

「なあ、バーディ」オールトがぎこちなく笑いながらいって、彼がどういう人間なのかまったくわかっていない頑固なプロデューサーを相手にしているときのように、ロードランナーの身体に手をまわした。「これはぜんぶ冗談だ、そうだろう？　つまりさ、俺たちが人類史上誰よりもうまく歌えなかったとしても、きみはほんとうに俺たちの惑星を焼いて灰にしたりなんかしない、そうだよな？　ちょっとしたいじめ。転校生をいじるみたいなもんだろ？　まあ、大成功だよ！　ほんとに！　俺はクソも出ないほどびびった。ちょっとチビってもおかしくないくらいだった。ヨーコの曲は隠れた名作だった。あれはじつに不思議なコメディだよ。だが、いいたいことはぜんぶわかった。だからさ、一杯飲んで、みんなが飛びだしてくるパートに移って『サプライズ！　ドッキリだよー、だまされたな、そのマヌケ顔、鏡で見てみろよ！』って叫ぼうよ、な？」

　ロードランナーはゴージャスなディズニーのヒロインの目をパチパチさせて、視線をそらした。恥ずかしがっているのかと勘ちがいしてもふしぎのない風情だった。

「俺には子どもがいるんだ。なのに電話もかけさせてもらえなかった。携帯は宇宙船の左の乳首になっちゃったからな。いったいなにを考えてるんだ？」

　ここでデシベル・ジョーンズがいっきに動いた。ああ、たしかに彼は飲んだくれでゆうべのラインストーンとあしたの二日酔いを年がら年中身にまとったままだし、サラダ・デイズ（最盛期の意）もなんならスープ・ディズもとっくにすぎてしまっている。じつをいえばパラドックスの速度で中年に近づきつつあるところだ。がしかし、この宇宙でまだ彼にできることがあるとすれば、二人ともイーヨーになった頃にでも、バンドをふたたびステージにのせることだった。よく考えてみると、もうとっくにほとんどそんな感じになっていたのだが。

「オーケイ、オーケイ、オールト。オマール。マイ・ダーリン。驚くべき恋人。大丈夫。大丈夫だ！　サラとサマンサに電話する必要は――」

「ニコとスージー」

「え、そうだっけ？　ちょっと鼻につくんじゃないか？　いやいや、嘘、嘘。可愛い名前だ。お人よしのスー」デスはなだめるような口調でいった。「とにかく、電話する必要はない。俺たちは大丈夫なんだから。人だろうが獣だろうがポリプだろうが、とにかくこれまで書かれたのなんか目じゃない最高の曲を十一日間で書けばいいんだろ？　問題ない！『スペースクランペット』を書いた頃のこと、覚えてるか？　昼はさびれた安宿の床に突っ伏して、夜は堕落しきったナイトクラブの床に転がってて、それでもすべてが天国だった。そのすべてが俺たちだった。歌詞がハチミツみたいにあふれてきた。俺の最愛の『スペイス・オディティ』（デヴィッド・ボウイの曲）だ。メロディはワインのように湧いてきた。だからまたそれをやればいいんだ。時計を巻きもどせ。するとどうなると思う？　世界を救えるんだ。ダサいケープをはおった十字軍みたいに世界を救って、キラキラ文字で印刷した歴史本が出て、その一ページめにはこう書かれることになる——**ありがとう、デシベル・ジョーンズ&絶対零度！**　俺たちは選ばれたんだ、最高じゃないか。それを忘れるなよ。いまいましい愚かな惑星で歌ったりプレイしたり心をオートチューンで補正したりしてるすべてのやつのなかから選ばれた。連中は俺たちを選んだんだ」

「ほかほみんな死んじまったからだろ」とオールトは飼いネコのシルクのような手触りの頭をなでながら、そしてデスがいつもやっていることをしながら、つまりほかの連中の感情を麻袋に詰めこんで熱情の海で溺れさせてしまうさまを眺めながら、いった。

「つまり？　これは運命ってことだ。永遠に名を残すんだ！　俺とおまえとミラで」デシベルの顔が曇った。「いや。俺とおまえで。それからそのおバカなネコ。惑星ミュージックへファックを燃料にして飛んでいく水族館も。みんなすげえハードに掛け値なしにロックしてるから、連中にもグラムロックがどれほど活きがいいかってことがわかるさ。オールト、俺には聞こえるんだ、俺たちみんなを救う歌が。そしておまえはそれをクエーサーから女王陛下の耳にまで響かせるんだ。おまえと俺は星が喝采となって雨のように降り注ぐまで歌うんだ、わが輝かしき、陰気な、ボーイフラック」

「あとはきみたちにまかせることにして、オーオーとわたしはこれで失礼する」と宇宙フラミンゴがいって、宇宙レッサーパンダとともにお辞儀をすると、驚くほど気を遣いながら退出していった。

オールトがうるんだ目でデスを見あげた。かつてマネージャーを、レーベルを、コンサート会場を、ヒットチャートにバンドの名を、世界に居場所を見つけたと確信したときにデスを見あげた、その眼差しに近いものだった。彼自身は確信しているのに、目はまだ信じていない、そんなときの眼差し。彼の信じるという思いと二人で分け合ったケバブは、あの頃、ブロブディングナグ（『ガリバー旅行記』の巨人国）での千夜一夜を乗り切る力になってくれていた。

「俺はもうおまえのボーイなんとかじゃない」キャビンのドアが閉まると同時に、オールトは冷たくいいはなった。「だから、やめてくれ」

デシベルは傷つき、とまどって目をしばたたいた。オールトにはいまの話が聞こえていなかったのか？　いま、昔のような眼差しで見てくれたんじゃなかったか？

「オーケイ、デス」オールトがいった。デシベルとこのフライトに参加できなかった絶対零度の亡霊とを何万回も仲直りさせてきたまんなかの子をふたたび演じている気分だった。「オーケイ。そいつを聞こうじゃないか。俺を娘たちの元へもどしてくれる歌を聞こう。何小節か聞かせてくれ」

デシベル・ジョーンズはパンッと手を打って、かつてその輝きに値するあらゆる雑誌の表紙を飾った笑みを弾けさせた。

「ああ、悪いな、あれは嘘だ。なんのアイディアも浮かんでない」

18

誰も見ていないすべてのこと（All the Things That Nobody Sees）

（ＥＳＣ一九九二年十二位）

パラドックス燃料の水族館で地球からリトストまで、多少の誤差はあるとして、十一日かかった。ホープ＆ルインで演奏していた頃のマンゴー色の日々なら、絶対零度が全世界をキラキラと意味に満ちた津波で溺れさせるポップ・アンセムを叩きだすのに充分な時間といえただろう。

いまはそれだけの時間があってもまったくなにも書けていなかった——秘密にしておいたほうがよかったのに明らかになってしまったことが二つ、ずっと昔に説明があってしかるべきだったのにいまになってはっきりしたことがひとつ：失火騒ぎが三回：シュールすぎるという理由でそれぞれ個別に出された食事を突き返すこと十七回：派手な怒鳴り合いが六回：エアロックでの自殺を真剣に考えること少なくとも一、二回：使えそうな歌詞、リフを捨てること何百回：まったくありえない不都合な非ユークリッド幾何学的友情を築くこと一回：創作したまったくあたらしい罵り言葉四つ：べつべつの宿泊環境の要求：涙で放棄：涙で埋め合わせ：尻すぼみのセッション数回：大きな、いつも穏やかな白ネコをいらだたせ、そもそもどうしてバンドが空中分解することになったのか思い出した十一日間だった。

カポは銀河系を横断する旅のあいだほとんど居眠りしていた。

ニコとスージーのカリスカン姉妹の大柄な四歳のメインクーン・アンゴラ・誰かの納屋ネコ・たぶん迷子のアルビノのヒョウ・ミックスは、突然に、どちらかというと上流階級の英語を話す能力を獲得しても、まったく無頓着だった。ああ、たしかに最初は警戒していた。だが、ほんとうになにも気にしないでいられれば突然の環境の変化に馴染むのは簡単だ。彼女にいわせれば、昔からずっとしゃべっていたわけで、なにか奇跡が起きて、最近はみんながきちんと聞く能力を手に入れたらしい、ということになる。物珍しさは三十分もしないうちに消えてしまった。誰も彼女のいうことに耳を傾けないし、意見をもとめたりもしないし、彼女の要求に喜んで応えてくれるわけでもない。前と少しも変わらない状況だ。かれらは大きな厄介事をめぐってキーキー騒ぐのにかかりきりで、ほかには目がいかない。なんにしろ、どうして騒ぎ立てる必要があるのか、カポにはさっぱりわからなかった。騒ぎ立てるのはイヌと赤ん坊のやることだ。このあたらしい家は美味しい魚のような匂いがする。エンジンが絶え間なくゴロゴロいう音の周波数はネコのゴロゴロの周波数とほとんどいっしょだ。鳥がしこたまいるし、赤茶色のリス的なやつがチョロチョロうろついているし、腹が減ったら壁をかじれば、そのうち何事かと小さいエビが飛びだしてくる。ネコの居心地のよさという観点でいえば、前の古家よりずっといい。

しあわせな暮らしを送る鍵は、居眠りと狩りとすり寄りができて、そのすり寄りが任意のものであるかぎり、日々起きることはいちいち気にしないことだと、カポは心の底から信じていた。オールトとジャスティーンが彼女をシェルターから引き取って瀟洒《しょうしゃ》な家に連れて帰ったわけだが、家のどこにも殺しの対象になるツバメも野ネズミも野ウサギもなにもいないにもかかわらず、洗練された行儀のいい家ネコでいることが期待されていたので、彼女としては走りまわって大演説をぶちあげることも叫ぶこともすべての意味を問うこともせずにいた。彼女はただクモや綿ぼこり、そしてときどきは、腕が鈍らないように子どものひとりを噛んだり引っ搔いたりといったことで満足して淡々と日々をすごしてきた。

居眠りは非常に大事だった。居眠りがすべてだった。

カポは素早く三角測量をおこなって、室内で居眠りに最適の場所を見つけた――海藻が花咲く凝った装飾の壺がのった背の高いサンゴの台座だ。壺は台座から叩き落とされて床に落ち、すばらしい音をたてた。ばかでかい白ネコは一時間とも一生とも十一日間ともつかない時間をそこでゆっくりとすごした。彼女にとっては時間などどうでもいいことなのだ。ときどきうるさい雑音や空腹やドラムのリフやオールトフォンの鼻を鳴らすような音やネコ撫で声でリコリスキャンディの詰め合わせみたいなものを食べさせようとするデシベルのせいで、うたた寝への長い旅から目を覚ますこともあった。彼女はキラキラ光るグリーンの目を開けて探り、抗議し、必要なら食物を摂取し、気に染まないものには尻を向けて、また眠った。というわけで、彼女にとってこの旅はあわてててつくった気の滅入る映画のなかのトレーニング・シーンのモンタージュみたいなもので、いろいろな場面がちょっとずつつなぎ合わされていて、ネコとしてはこんなものいくら理解しようとしてもしょうがない、気にしてもしょうがないと判断したのだった。

☆

「いまこそすべてをくつがえす提案をさせてもらうぞ、オールトト。いまこそ『ウルトラポンス』再登場のときだ」

「だめだ」

「なんでだ？　評論家がいったことなんか俺は気にしてない。評論家はみんな地球にいて、自分たちのまちがいでありますようにと神に祈ってるさ。ほんとにまちがってたんだからな。正真正銘、空がぱっくり開いて、ふしぎな生きものが降りてきて、おまえたちはロックしてるといったんだ。あれこそあの鳥だのなんとかパンダだのなんだのが聞きたがってるものだ！　『ウルトラポンス』、『時空の王』悲しみを真っ正面から撃ち抜き、神々に抱きついてキスし、闇を照らす。完璧だ！　あれは俺たちの作品だ！」

「おまえの作品だ。あれが問題だったんだよ、ミスター・ちっさいテート・モダン。『スペースクランペット』は俺たちだった。俺たち全員だった。午前三時に紙ナプキンをまわして、三人で一行、一行、書いて、三人でハミングして、ほんものができあがるまでやりつづけた――それぞれが書いた曲にそれぞれが歌詞をつけたり、それぞれの歌詞にそれぞれがメロディラインを書いたり。共同作業だったんだよ、マヌケ野郎。それが重要だったんだ。『ウルトラポンス』はおまえのだ。おまえひとりのだ。スーパーヒーローのマントをひるがえすおまえ自身のもっとでかくて、もっといいバージョンをつくって、俺たちをどうでもいいバックバンドにするっていうのか。よしてくれよ、あれのヴォーカルは一元化されてたほうがよかったんじゃないのか？　だが一元化するといったら、おまえの声ってことになる。おまえの言葉ってことに。『スペースクランペット』の二番めのヒット曲はミラのだった。おまえもそれはちゃんとわかっていたが、それでも内心穏やかじゃなかった、そうだろ？　二度とそんなことがあっちゃいけない。俺たちを無視しちゃいけない。俺を無視するな。俺たちもあのリストに入ってたんだ。デシベル・ジョーンズが零度なしでどこまでうまくやってこれたのか、いってみてくれよ」

「わからないんだよ、オマール。パイのＣＭソング、どうやって書いたんだっけ？　誰だったかリアリティ番組のスターが見栄でつくったアルバムでベース担当したとき、楽しかったよな？　高級車のＣＭの曲も書いたよな？　この裏切り者。少なくとも俺はまだ書こうとしてるぞ。くそっ、いつも最後にはうまくいくもんだよな？　どうにかこうにかして。申し訳ないな、おまえのちっぽけでみじめなワンマン・ソサエティにおつきあいできなくて」

☆

カポの首の毛が小さく波打った。と思うと彼女は鉤爪を出し入れしながら前足を大きくのばし、ごろんと回って白い腹を天井に向けると、すぐに軽く鼻を鳴らした。目が閉じる。

開く。また閉じる。開く。

☆

「こっちへこいよ、赤いふわふわ君。もう遅いからデスとロードランナーはまたあれだし、俺は奥さんと子どもが恋しいし、すごくみっともない知覚生物らしからぬ異常な精神状態になっちゃいそうな気がするんだよ。なんか、シャンデリアが自分を見つめているとか、外はどこまでいってもなにもないとか、俺の愛するものすべてが焼き尽くされちゃうんじゃないかとか、そういうこと以外に意識を持っていかないとおかしくなっちゃいそうなんだ。なにかヨーコの曲を歌ってあげるからさ。『ウォーキング・オン・シン・アイス』なら、だいたい覚えてると思うんだ」

委任統治受任ケシェットのオーオーはクリーム色の顔をバリバリ引っ掻いて黒い鼻にしわを寄せた。カポはそのクリーム色の顔と黒い鼻に嚙みつきたくて嚙みつきたくて爪がうずいてしかなかった。「あれは全編にレノンがいるよね」と捕獲不能のタイムトラベル被食動物は疑わしげにいった。

「ああ、そうだな、そう思うよ、兄弟」

オールト・セント・ウルトラバイオレットは、惑星と惑星のあいだの長い暗闇のなかで、海のように大きな湖のことを歌った曲をギターで静かに奏ではじめた。

「叫ぶのもやってくれよ」とレッサーパンダがいった。

「いや、あれは最悪だろう。俺は叫ぶより、知性的に静かに訴えるほうが得意なタイプなんだ」

「そこがわれわれがきみたちの知覚力にかんして心配している心配している気にかけている疑っているところなんだ。魂精神身体心魂魂魂の底からの叫びなしにどうやって歌がうたえるというんだ？　叫ぶ部分がない歌歌祝歌聖歌歌って何なんだ？　なあ、きみにとってはとてもぶざまぶざま奇妙ひねくれていると思えるだろうが、わたしはこのパートが嫌い嫌い耐えられないので、できるだけ早く抜かして抜かして飛ばしてスキップして終わらせてしまいたいんだ。さあ、どんどんどんどんどん、いこうじゃないか。われわれはずっと前から、すでに友だちだ。わたしはもうこのきみとのやりとりをすでに以前すでにすでに一万二千六百三回すませてきてるんだから。わたしはね、われわれがこれまでに経験した、あるいはこれから経験する、これから絶対に経験しないだろうがひょっとしたら経験するかもしれない相互作用すべて、相互の好意的感情的感情移入的知的すり寄り経験の組み合わせすべて、グランプリの、きみのバンドの、きみの結婚生活の結果勝ち負け引き分け核による全滅のすべて、きみとわたしと未来と過去をつくりあげている細胞すべてを通ってはいずりまわって登ってのたうって進んで、いったりきたりしてきたんだ。きみにとってはわたしと話をするのはこれが初めてだろうが、わたしにとっては十億回めだ。きみは現在、わたしのオールタイムお気に入り第五位五位四位六位の存在だ。そしてわたしにはわかっている。きみは金切り声パートをすごくすごくうまくこなせる。ちゃんとできるんだ。囁くように歌うのはどうか知らないが。だが、金切り声はまちがいなくいける。やるんだ、イギリス野郎。とにかく、一度一度二度無限に永遠に」

オールト・セント・ウルトラバイオレットは宇宙の深みで目を閉じ、深々と息を吸うと金切り声を張りあげて歌った。ヨーコ・オノの亡霊も満足する歌いっぷりだった。が、歌はすぐに終わってしまった。

「レノンはこれをレコーディングした直後に射殺されてしまったんだよな。午後いっぱい使ってプレイして、夜を越せずに逝ってしまった。亡くなったとき、手に最終編集版のテープを持ってたんだ」

「知ってる知ってるいった見た。わたしはそここそここあらゆるところあらゆる時間いまここそここにいたんだから」

オールトの目が曇り、うるみ、痛んだ。「俺たちにかんしてきみがいうことは的を射てるのかもしれないな」

「それも、知ってる」

☆

ヒゲがヒクヒク動いた。目が閉じた。また開いた。

☆

「悪かった、オールト。悪かった。おまえのいうとおりだ。おまえはいつだって絶対に正しい。そこがいやなんだ。俺はとにかく……しあわせだったんだ、あの頃。くだらない、ちょっとした時間がしあわせだったんだ。俺はすべての中心にいて、そこにとどまっていたかった。永遠にとどまっていたかったし、ミラは〝いまなにが起きているのか《ホワッツ・ゴーイン・オン》〟をテーマにした〝重要な歌〟を書きたがってたし、おまえは、ほら、コンセプトジャズだかなんだかやりたがってて、なんかすべてがいつのまにかなくなっちまいそうな気がした。〝ホワッツ・ゴーイン・オン〟にたいして俺たちが築くことができた唯一の壁は、キラキラとピカピカとシンセとなんにも知らない知ったかぶりのニヤニヤ笑いだったとわかってるのは俺だけだって気がしてた。ショーだよ。なぜならファシズムの反対は無政府状態じゃない、劇場だからだ。世界がめちゃくちゃになってると、人は劇場にいく、キラキラしてるところへいく、そして悪いやつらがきたら、できるのは歌でノックアウトすることだけだ。おまえはそこがわかってなかった、おまえが理解してるとは思えなかった、死神に葬送歌を聞かせるわけにはいかないんだ、もうぜんぶ聞いたことがあるんだからな。死神を殺すには喜びと最高のセックスをしてるときみたいなビート、それしかないし、それになぜかどういうわけか俺のナニお気に入りのカートゥーンにはちゃんとそれが入ってたし、〝ケア・ベア・ステア〟（さまざまな色のクマのキャラクター〝ケア・ベア〟が全員集まって発揮する力）は世界最強だったし、俺は輝きたくて、おまえは金切り声で歌いたがってたから、俺たちは失敗した、俺たちは俺のせいで両方とも失敗したし両方とも失敗しなかったんだ」

「おまえはどういうわけか、いつもぜんぶ自分のことだな。あやまってるときまで。ある意味、感動的だよ」

「そうなるように頑張ってる」

「じゃあ、おまえが傲慢で自分勝手な見下げ果てたやつだったのは〝世のなか〟のせいだったっていうのか？　それとも俺とミラが頭が鈍すぎておまえの才能が理解できなかったからか？」

「おいおい、キレるなよ。どういうことなんだ？　どうして俺のことをそんなに憎んでるんだ？　昔は愛してくれてたのに。俺はいまでもおまえを愛してるのに」

「憎んでなんかいないさ。最近はおまえの顔をあんまり見たくないってだけだ」

「ふうん。そんなこと俺にいうなよ。おとなぶったよそいきの話し方はよせ。またレッサーパンダのお友だちの邪魔でもしにいけよ。これってエジンバラのせいか？　俺が彼女と結婚しなかったからか？」

　カポは彼女の飼いニンゲンが彼女の名前の由来になった道具を慎重に黒サンゴの取っ手にひっかけるのをじっと見つめていた。彼はとても静かにはっきりといった。「くたばりやがれ、ファンシャイン・ベア（〝ケア・ベア〟のなかの黄色いクマ）。おまえほどの愚か者にはお目にかかったことがないよ。たとえほかのやつらがみんな知覚力があるとしても……。おまえは？　おまえは絶対にちがう。彼女はおまえと結婚したがってなんかいなかったんだぞ、このマヌケ野郎。なにもかもが火に包まれて、俺たちにできたのはただテレビでそれを見てることだけだった。あれはおかしな夜だった。彼女はおかしくなってた。あれは当然の反応だったんだ」

「俺たちは二人とも彼女を止めなかった。誰も彼女が出ていくのを見てさえいなかった。

おまえも。ライラも。なのにどうして俺のせいってことになるんだ？」

「おまえのせいだよ。おまえが愛してるってひとことといってれば、だっておまえは彼女を愛してたんだから、泣くなっていってやってれば、人間ならそれが当然だろ、そうすればぜんぶうまくいってたんだ、わかんないけど、うまくいってたはずなんだ。ところがおまえは彼女に向かって忌まわしいモンスターみたいに笑った、そんなことさえしなきゃ彼女が気持ちを静めようとしてドライブにいくことなんてなかったのに、俺たちといっしょにこの身の毛もよだつ、ばかげた、ゴージャスな宇宙船に乗ってたのに、そうすればもう曲もできていて、悪いことなんかなにも起きていなかったはずなのに。彼女が死んだのはおまえのせいなんだから、おまえを許そうなんて気持ちになったことはない。だからほっといてくれ」

長い沈黙。横になって休めそうなほど長い沈黙。話し方を知っていたかどうかも忘れてしまうほど長い沈黙。

「俺たちにはないよな」

「なにがだ、オールト？」

「知覚力だよ。あったら、あんなことはいっさい起きなかったはずだ。あの夜はこなかったはずだ、そのあとの日々も。俺もおなじさ。知覚力のあるやつならミラをドライブにいかせたりしなかったはずだ」

目がすうっと閉じた。すうっと開いた。

☆

☆

デシベル・ジョーンズは闇のなか、ロードランナーの長い、しなやかな青い身体の横で寝そべっていた。「グランプリの前は怖かった?」

「すごく」

「こなきゃよかった。ぜんぶめちゃくちゃにしちまいそうだ。もうしかけてる。俺はただなにか美しいものをつくりたかっただけなのに、俺が触れたものはみんなパッと消えちゃってさ」カポが不快そうに鼻にしわを寄せた。彼女はほかのネコ同様、異種族間の関係にかんしては根っからの保守派なのだ。

デシベルは酔っ払いが車線を変えるように話題を変えた。「なあ、俺たちはロマンチックな関係なのか？　カップルなのか？　どういうことなのかわからないんだ」

「悪いね。いまはきみひとりしかいない。エスカは一雌一雄関係はつくらないんだ。もし絶対零度全員がここにいたら群れをつくれたかもしれないが、そうではないから、きみとわたしは短期の福利厚生を共有するだけの友だちにすぎない。しかしわたしはきみが好きだよ。たとえきみがかろうじて知覚力がある程度だとしても」

長い沈黙。

「エスカはどれくらい生きるんだ？」

「いろいろ気を配っていれば三百年くらいは。知りたいならいっておくが、わたしは百二十一歳だ。きみたちから見て年寄りすぎないといいんだが」

「それは……たいしたことない。俺たちから見て。ぜんぜんたいしたことない」

エスカはその太くて黒いくちばしを彼にすりつけた。「それはきみたちの科学がフラシ天のぬいぐるみみたいにちっぽけでばかげていて可愛いからだ」

「あんたはもうこないほうがいい。あんたのためにならない。あんたもヘドロまみれになっちまうぞ。そんなことをするつもりはないが、そうなっちまうんだ。それに、オールトのネコがハンパなく気にしてるみたいだし」

大きなウルトラマリンブルーの魚フラミンゴは胸郭でそっと行儀の悪い音をたてた。

「わたしは楽しんでるんだ。くるななんていうなよ」

「俺はミラを愛していたが、彼女は旅立ってしまった。オールトのことも愛していたが……まあ、あいつは元気そうだけど。でも俺は両親を愛していたし、祖母ちゃんを愛していたし、ライラ・プールを愛していたし、人生を愛していた。それがみんな消えちまった。俺のそばにいるのは高リスクの仕事なんだ」

「死は誰にでも、どこの惑星にいても、やってくる。星間物質にさえもだ。でも自分を信じて目指すゴールに到達できれば、誰も忘れられないくらいのすごい死に方ができるし、それはぜんぜん死なないのとおなじくらいすばらしいことだ。といっても、そうはいかない、ぜんぜんそうはいかない、信じて到達するといったって、スポーツキャスターがいうような単純なものじゃない。しかしきみはなにを目指しているんだ？　死なないことか？ならばやってみろよ。待っているから」

「え？」

「〝ゴーグナー・ゴアキャノンの不滅の事実〟その七だ」

「誰だ、ゴーグナー・ゴアキャノンて？」

「コピーがあるから、こんど持ってきてあげる」とロードランナーはやさしくいった。ミラの陽気で快活な、楽しそうな声だった。

カポは夢のなかでシューッと声をあげながら無限に広がる郊外の庭園のなか、レッサーパンダと青フラミンゴを追いかけていた。目がギュッと閉じられた。パッと開いた。

☆

☆

「やあ、オーオー、ロードランナー」

「やあ、オールト」

「そのう……なんとか曲ができた感じなんだ。うーん……いい曲なんだ。ゾクッとするくらい、いい。ちょっとしたもんなんだ」

レッサーパンダが後ろ足をポリポリかいた。「それはすごい」

「で、デスが歌詞を考えてる。それがじつにクレバーなんだ。俺たち、完璧なのは書かないってことで意見は一致してた。俺たち自身、俺たちの種族、俺たちの宇宙にたいする、未来にたいする希望や夢とか、人類のいまの姿やこうなりたいという姿とか、そういうのに自分たちを閉じこめるような、それでいてビートがきいてる、夏のポップチャートを賑わせるようなのは書かないって。持ってないけど花火を使うとか、ミラなしでなんとかこれが俺たちだというコスチュームをひねりだすとか、希望とか、オールトフォンが現地のボルト数と合うように祈るとか、そういうのはなしで。とにかくこれまで書かれたなかで最高の曲にしなくちゃならないんだが、正直いって、俺たちの最高傑作もモーツァルトにはかなわなかった。だから人類の宿題を丸写しさせてもらうことにしたんだ。Ｗｉ・Ｆｉ環境がなくてもちゃんと覚えているすばらしい詩あれこれ、歌詞あれこれ、不滅の五歩格の詩のあれこれ。それを前置詞とジャジャーンでつなぎ合わせる――インスタント天才作品だ」

カポの飼いニンゲンを狼狽させるのがとてもうまい見知らぬ他人が、靴についているなにかをつついた。ネズミ？　クモ？　ああ、ちがう、なにもない。当然だ。人間たちは最悪だった。見知らぬ他人が、ここがどこかほかのところならよかったのに、といいたげな顔で詩句を吐きだした――

大鴉はいった――生きるべきか死すべきか
それが問題だ

わたしはわたしの運命の支配者なのか
その姿、天使のごとく
いかに努力し、もとめ、見いだし、屈服しないか、そのすべを理解し
わたしは詩のために立ち止まることはできなかったけれど
ああ愛しい人よ、ここ以外に人生はない
夜の森で明々と燃え
ヴァイオリン弾きを三人、呼び寄せて……

「まだブリッジが決まらないんだ」

「なあ、デス、もうちょい足してくれよ。昔みたいなパンチがちょっと欲しいな」

「これは……ちょっと変わってるな。感情の動きがよくわからない気がする」と鳥がいい、カポはイラッとした。まだ鳥を食べていなかったことを思い出したからだ。

「それはどうでもいいんだ」とデシベルがつぶやいた。

「なあ、デス、ゆうべは悪かった。おまえがあんなふうになる必要はない。俺だよ、覚えてるか？　あのオールトだぞ。そこはドゥルケ・エ・デコラム・エスト（英国の戦争詩人オーエンの詩。美しく名誉なこと、の意）でいこうぜ。なあ、それがいいって、嘘じゃない。よくなければいいなんていわな

いさ――そんなの俺じゃない」

デシベル・ジョーンズが壁の藤紫色のイソギンチャクを押すと、透明のクラゲ・ガラス・スクリーンがチラチラ光って、サンゴの船殻に半分呑みこまれた。

「そうじゃないんだ。俺は腐ったガキだったんだ。ミスター・タスマニアン・デビルだった。だが、いまはそんなことはどうでもいい。おまえが居眠りプールに入っているあいだ、俺はひと晩中、起きていた。調査していた。研究していた。昔は得意だったんだぜ。いろんなことが」

デシベル・ジョーンズとオールト・セント・ウルトラバイオレットが見まもるなか、スクリーンには一世紀におよぶグランプリでのパフォーマンスの数々がつぎつぎに映しだされていった。輝かしい金色のチューブ状海洋生物が脈打ち、目がやたら大きい子どものような黒い生きものが詠唱し、おぞましいモンスターが骸骨と踊り、青白いトゲだらけの甲冑が、どういうわけか顔を赤らめ、七人の優雅な青いエスカが骨で風をふるいにかけて大音量で解き放つ。バンドの先頭に立っているのはロードランナーで、自分のランタンの光でつくった水鳥の姿を映写している。そしてかれらとはべつのエスカがひとり、どこか遠くのどこかべつのステージで無言で踊っている。ロードランナーのうしろにいるエスカたちは、沼に浮かんで生まれでるのを待っている卵のような動きをしている。ランタンの鳥が歌いだそうと口を開けると、またべつの光があふれでた──光のなかの光だ。ランタンそのものから流れでた光が、燃えるように輝き煌《きら》めく背筋が寒くなるような廃墟をかたちづくっていく。廃墟となった惑星、廃墟惑星の群れ。星々のあいだでアルニザールの船が粉々になり、ケシェットの結晶都市が瓦礫と化し、ユーズの嘆きが星明かりの下、かれらの母星の溶けた地表を覆う。そしてそのすべての上にエスカの翼がひろがる──かれらのエスカ、ロードランナー、超低周波不可聴音、震動する、快い、かれら独特の声、まもってと訴える大きな目、誰でもいつでも搔き切ってしまえるやわらかな喉。エスカはその翼と魚ふうの葉状体とランタンの光を大きくのばして彼女自身を廃墟の上にひろげ、その身と歌を捧げ尽くして、危害を免れたものをまもり、バックアップ・ダンサーたちのウルトラマリンブルーのバイオランプから降り注ぐ恐ろしい火の雨を背中のシルクのような羽根と鱗で受け止め、消えていった。彼女は消えてしまい声は途絶えたが、銀河系は残った。文明は残った。

そしてまたべつの歌がはじまった。さっきのよりすばらしい歌が。どの歌もありえないほどに完璧で複雑で解剖学的に不可解で、聞けば聞くほどやるせなく、心に刺さり、特殊効果はますます目も眩《くら》むものとなって炎や氷、聴衆の心理操作まで動員され、デスとオールトはまるでこの世にあるものすべてを失ってしまったかのようにさめざめとすすり泣いた。何時間もたっていた。

人間たちはいつのまにかエクスタシーと恐怖と悲しみと芸術的超脱の境地に達してポカンと口を開けて苦笑を浮かべ、感情の激発に身をゆだねて見つづけた。身体はブルブル震え、脳は青く燃え立つ感情の海となっていた。

ネコは、やや控えめな興味を示して見まもり、ああいうもののなかに入っていくのなら、まあいいんじゃない、と考えていた。

映像が終わると、デシベル・ジョーンズは絶対零度の最後のひとりのほうに向き直って、こういった――

「つまり……俺がいえるのは、俺たちみんな死ぬことになるってことかな」

19

戦争は終わっていない（The War Is Not Over）

（ＥＳＣ二〇〇五年五位）

第二十九回メタ銀河系グランプリは、突然変異ヴーアプレットの母星フェネクで開催された。

これはグレート・オクターブ構成種族のひとつが参加を断って、砂粒をめぐる議論を楽しみしていた人々をがっかりさせた初めての大会だった。

また、もはや兵器と化した過激なキー・チェンジ、ベースドロップ、および／もしくは衣装の自然爆発によってパフォーマーがステージ上で死亡した初めての大会だった。

あらたに発見された種族が知覚力の有無を懸けて歌い、生存最適者の生き残りを懸けて歌い、外部にストアされた心をこめて歌い、敗れた、はじめての大会でもあった。

そしてまた、フェネクならあれを安全に保管しておけると誰もが感じたのもこれが初めてのこと。

非常に複雑な年だった。

フェネクにはふつうでないところはなにひとつなかった。フェネクは平均値の権化、中央値の典型、見事に定型どおりの惑星だった。気分にむらのない、申し分ない中級の黄色い太陽のまわりを礼儀をわきまえた距離を置いてまわり、まさに凡庸というにふさわしい銀河系生物多様性を誇り、重力は週末以外、思いやりのある低い唸り程度に保たれていた。フェネクでヴーアプレット以前に知覚力を有する寸前までいった種族は外見は地球のツバメに似ていなくもない生物で、サイズは期待ほど大きくなれなかったマウンテンゴリラ程度、目は五つあって、冴えない茶色の羽毛が生えており、冴えない茶色の知性はぎりぎり分詞を発明するところで終わってしまって、すべてが上機嫌で進んでいく段階まではたどりつけなかった。フェネクという惑星はたとえていうなら隣の家の気立てのいい女の子みたいなもので、あなたが大学進学で家を出たとたん顔も忘れてしまうようなタイプ、生まれたときからベージュ色のカーペットを敷き詰めた築浅の家に住み、香り付きロウソクが嫌いな人たちに香り付きロウソクを売るのんきな商売を営むことが運命づけられている、そんな子が思い浮かぶ惑星だ。

というか、少なくともそうだった。ゾンビ黙示録以前は。

いまのフェネクはじつのところ、非常にふつうではない惑星になっている。ヴーアプレットはそれはそれは長いあいだ、地形をあれこれいじくりまわし、DIYし、あちこちうろつきまわって、ついにかれらが昔から望んでいた、かれらにとっての夢の世界といえそうなものをきっちりつくりあげた。フェネクは広大な共同墓地になったのである。極から極まで、赤道をぐるりと一周し、九つの大陸すべて、氷冠も海底も、すべてを霊廟や陵、墓碑や高層アパートのようにそびえ立つ骨壺収納所が覆い尽くす、巨大な墓地だ。それは陰鬱きわまるゴスたちが目眩《めまい》がするほどの歓喜にむせぶような惑星で、ヴーアプレットにとってはどうだかわからないが、彫刻やモニュメント愛好家（これが意外と多い）にとっては豪華な旅の目的地になること請け合いだ。

不運なことに、アルニザール、ユートラック、ケシェット、そしてユーズの船が近くのワームホールから突如としてこぼれでてきたとき、そこにいたのがヴーアプレットで、かれらはたちまちもっとも問題の多い種族ということになってしまった。かれらは戦後、最後にグレート・オクターブに迎え入れられた種族だが、賛否の差はわずか一票だった。赤紫色の藻や気体が詰まった風船やコンピュータのコードを、知覚力のある生きた存在、大切な友として受け入れるのはなかなかにむずかしいことだが、ヴーアプレットのようにじっくり考えるまでもなく本能的に嫌悪感をもよおすものを受け入れるのはもっとむずかしい。じつはヴーアプレットを肉眼で見ることはできない。匂いを嗅ぐことも声を聞くことも檻に入れることもできない。ヴーアプレットに触れたら、それだけですでに手遅れだ。

ヴーアプレットはウイルスなのだ。感染し、自己複製し、突然変異し、拡散して宿主を完全に液体化する銀河系史上もっとも成功したウイルスの大発生、それがヴーアプレットだった。人類が今シーズンのマスト・アクセサリーは大きすぎる前頭葉ではないかと思いつくより前のことだ。古きよき若き日、ヴーアプレットはフェネクの北半球にある多雨林で発生した地味な出血熱ウイルスで、発病のABCを学びつつ、主だった霊長類や有蹄類《ゆうてい》を、パンデミックが発生したと故郷に手紙で知らせる間すら与えることなく、あっというまに抹殺しながらヨチヨチ歩きですごしていた。しかしその後、生命の常で、かれらも突然変異し自己複製し学んだ。フェネクの食物連鎖の頂点にいた疑うことを知らない冴えない茶色の巨大ツバメはかろうじて引き算ができる程度の段階でウイルス学の専門家やワクチンや手頃な治療薬を手にするにはほど遠かったので、ヴーアプレットは思春期ホルモンの力で世界を支配し、上流社会でいうところの〝弱含みの土地〟で利を生むキャリアを築いていった。

ひとたびヴーアプレット・ウイルスに感染すると、ウイルスは数時間で宿主の体内にしっかり住みつき、高熱、脱毛などの病変に加えて、出血するはずのない場所から出血し、眼球からちぎれた肝臓が飛びだし、人格が完全崩壊し、よくあるホラー映画のフロアショー的症状のオンパレード。侵略軍ヴーアプレットの保有者は不運な運命をたどった身体をマリオネットのようにぎくしゃくと動かすことができる。しゃべり、踊り、道具を使い、文明を築くことができるのだ。かれらは手袋のなかの手、ハロウィンのときにシーツの下に入って誰彼かまわず、ほんとにほんもののお化けだぞー、食べちゃうぞー、と脅かして歩く子どもだ。治療法はない。ヴーアプレットは免疫学的研究をすること、すなわち宣戦布告と考えている。その後、一週間ほどで死が訪れる。しかし死はヴーアプレット・ウイルスにとってはなんの障害にもならない。かれらは腐敗が進んでも靭帯がつながっているかぎり空っぽの死体のなかにいすわり、ダマの多いシチュー程度に液化するまでとどまってから、あたらしい宿をもとめて散っていく。

　ヴーアプレット文明はヤッピーがアルファベット・シティを乗っ取って以来もっともおぞましいジェントリフィケーション（地域の高級化）だった。厳密にいえば、顕微鏡と防護服がなければヴーアプレットを見ることはできないが、ヴーアプレットが潜んでいる皮膚を見ることはできるし、臭いは三惑星彼方からでも嗅ぐことができる。簡単にいえば、ヴーアプレットは、そいつが最後に感染したよろよろ歩く死体ということになる。かれらはえり好みせず、ヴォードヴィル芸人的微笑みをふりまき、ハイキックを披露し、投げ銭用の腐った帽子を手に種族から種族へと飛び移っていく。かれらを全滅させるという決定を下すのは容易だったはずだ。〝われわれのどちらが人か〟と〝われわれのどちらが肉か〟の問題では、死亡率九十九パーセントの、どこの誰の身体的自律性も無視する恐ろしく強欲なゾンビ・ウイルスは、理論上はまちがいなく肉の列に入る。汚染された肉だ。食べるわけにはいかない。

それ以外にも、ヴーアプレットはじつは文明的なこと全般に長《た》けていることがわかった。そう、たしかにかれらは触れた地域の生物多様性をゼロにしてしまったが、かれらの感染が維持されている地域では魅力的なビストロやショップ、妙にカジュアルなワークスペースがあるハイテク企業や無国籍料理のキッチンカー、職人肌の鍛冶屋の協同組合、パフォーマンスアート・スペースなどが続々とオープンした。誰もがヴーアプレットでヴーアプレットしかいないので、犯罪率は劇的に低くなった。また、かれらがいくところどこへでも、便利でアクセスのいい公共交通機関がついてまわった。なぜなら感染後、数カ月もすると死体が歩行困難な状況に陥ってしまうからだ。ああ、アルニザールはかれらを絶滅させたがっていた。スマラグディは、もしかれらが同意するなら、植民地建設用にえりすぐりの月をいくつか提供してもいいと申し出た。異境からの侵略者の恥ずべき行為が問題だというのに、シブはユートラックにゾンビの脅威を取り除いてほしいと懇願した。クラヴァレットでさえ見て見ぬふりを決めこみたがっていた。

だが、ヴーアプレットのエスプレッソ・バーで出されるフェアトレードのオーガニック、遅摘み、深煎りコーヒーを超えるものはどこにもなかった。そういうものを軌道上から核攻撃するわけにはいかない。旅行中にうまいカプチーノを見つけるのは至難の業なのだから。

しかし、ちゃんと機能する公共交通機関を利用するため、地元の原材料を使ったペストリーを買うためにどこまで遠征するか、そこにはおのずと限度というものがある。ヴリミュー以降、ヴーアプレットが銀河系内でさらに勢力範囲をひろげようと考えないうちにと、誰もが単独条約の締結をもとめた。ヴーアプレットは感染する相手を、感染を望む宿主、パン容器よりも小さい知覚力のない種族、あたらしい死体（ただし死亡前に彼もしくは彼女もしくはそれもしくはかれらもしくはズィールもしくはガフの臓器提供承諾カードに二人の公証人のまえで署名していた者にかぎる）に限定することに合意した。書類の提示のない無認可の感染発生が起きた場合は、ただちに滅菌される。ゾンビ惑星は行儀よくふるまい、対処法を共有しなければならない。さもないと隔離されることになる。

この合意がなされた結果、ヴーアプレット隣接ゾーンの地代、家賃は高騰。全アメニティ完備の使用感の少ない小ぎれいなワンルームの頭金は理不尽なほどの高額となった。高齢の、あるいは不治の病を抱えた、でなければ退屈している、もしくは危険志向の知覚生物は値段のつけ放題だった。しかし、いくら劇場文化が爛熟し、ナイトライフが充実しているといっても、大半の銀河系市民はフェネク自体を訪れることに不安を抱いていた。本質的に大きく異なる王国、秩序、語族のあいだに愛と平和が存在するようにはなったものの、自分のアパートに近い公共の、出入り口がたくさんある場所で大勢の友だちといっしょに、とでもいうのでないかぎり、いくら宇宙一のコーヒーが飲めるといわれても、コーヒーのために歩き、しゃべる梅毒感染源と会いたいと思う者はめったにいない。

それでも、ヴーアプレットのバンド〝アプローゾレウム〟が〝ぜんぜん液化できない〟と歌いあげるプログレ・グランジ・パワー・バラード『リケファクション』で第二十八回メタ銀河系グランプリの勝利をやすやすと手にしたことはまぎれもない事実だった。半分腐った咽頭と朽ちかけた横隔膜でキーを維持するのはほとんど不可能に近いことなので、ヴーアプレットの楽曲は遺伝子改変した虫、ヤゴのような大きさ、形の虫をスプリンクラー・システムをはじめ、バーで出されるはやりのビンテージ・ビールや魅力的な案内係が有料客のあいだを持ってまわる銀の大皿に盛った料理、Tシャツ・キャノンなど、会場の高級度に応じてさまざまなかたちで観客のあいだに拡散された。小さな生きものは耳の穴にもぐりこんで楽曲の旋律どおりに振動し、悲しみを食い、幸福感を放出し、卵を産みつけるのだが、その卵は孵《かえ》ると客がひと晩眠っているあいだに静かに飛び立ち、遺伝子的にリミックスされた楽曲をあらたな宿主のもとへと運んでいった。ヴーアプレットはみずからの芸術的表現の頂点、銀河系への文化的貢献の頂点となるものを〝ティクスリエ〟と呼んでいる。英語に訳せば〝イヤーワーム（耳にこびりついて離れない音楽、の意）〟に近い。

しかしアプローゾレウムの勝利からシェイディ・メドウズ・クレマトリウム（日陰の牧草地の火葬場、の意）で開催され、ステージを揺さぶった第二十九回グランプリまでのあいだに、ヴーアプレットは全銀河系人気者コンテストでほんの少しだけ順位をあげることができた。人気も魅力もない不潔な子どもといっしょ――自分たちより不気味で不快な子を見つけたのだ。

それがフラスだった。

スロジットのスラッシュフォーク・シルクステップ・トリオ、〝ポーチライト〟が前年のグランプリから故郷に帰る途中、ツアー船の長距離スキャンでフラスを見つけたのだ。ポーチライトはグランプリでまさかまさかの五位を獲得していたので、船内でグランプリのときのミックステープをリプレイしながらお祝いの乱痴気騒ぎをくりひろげていたのだが、そこに大きな邪魔が入った。驚くほど強力なラジオ放送が飛びこんできたのだ。それは、ヒット曲トップ40という番組で、その後マンタンという惑星からの放送とわかった。

しかしマンタンのトップ40はぜんぶおなじ曲で、その曲は『フラス』と呼ばれていて、ラジオ局の名（フラスFM——あなたのロッキン・ドライブ・タイム・フラシック・ホーム）も、ステーション・オフィスとスタジオがある建物の名も、スタジオがある通りも、その通りがある街も、レコーディング・ブースにいるDJのデスクにあるサンドイッチも、DJ自身も、DJにサンドイッチを持ってきたアシスタントも、スタジオのボスも、そしてこのナンセンスの塊がいま周回している恒星も、名前はすべてフラス。かれらの惑星はおなじメロディがくりかえされるスリーコードの単調なスクリーモ（エモから発展した音楽のジャンル）の曲を大音量で流していた。歌詞はこうだ——〝われらはフラス、最高だ／フラスでなけりゃ最高じゃない／フラスでなけりゃ絶滅だ／子どももペットも絶滅だ／ゴー、フラス、ゴー／世界をフラスしろ／徹底的にフラスしろ／フラスしたらゴー、バック／そのあとはまたゴー、フラス、ゴー〟

　これ一曲だけだった。が、マンタンではひとつがすべてなのだ。

　惑星マンタンの優占種族をどう表現するか、おそらくいちばんシンプルで明快なのは——あえてひとことでいうなら〝ナイフザウルス〟だろう。かれらは全員、フラスと呼ばれていた。それが最初の手がかりだったのかもしれないが、かれら同様、全員がおなじ名前のアースラは社会の一員として非常にきちんとしていたから、偏見を持つという流れにはならなかったのだ、はいはい鈍くてすみません。集団精神は宇宙の健康管理と基本収入保障にかんする厄介な問題の解決法として申し分ないものと証明されている。このフラスというやつは、スロジットの報告およびケシェットの調査によると、かなりいやなやつのようで、ヒトラー、スターリンと低血糖のボノ（アイルランドのバンドU2のヴォーカル）とのあいだくらいに位置し、何年か前に恐ろしいほど手際よく惑星を支配することに成功したが、ひとりの行動で種族全体を判断するわけにはいかない。マンタンは巨大な惑星だった。たしかに平和主義者も哲学者もいた。だが、できの悪いのはどこにもいる。手に負えないやつはどこにもいる。スマラグディは、かつてアルニザールの皇帝オムペル八乗が空気そのものを奴隷にしたことがあったが、それでもかれらはときおりテレビでなにを見るか選ばせてもらっていた、と指摘している。マンタンの市民は自分たちがナイフ顔の恐ろしいトカゲなのはどうしようもないことだと思っていた、とクラヴァレットは認めた。かれらは個人の集まりだ。ひとりがこうだからみんなこうといいきれるわけではない。

　が、なんたることか、じつはかれらはみんなおなじだった。

　その昔、原型となるフラスが集団意識から離脱して、みずからの刃を突き立てられる相手を片っ端から征服し、手近な遺伝子プールを自分の個人的な小規模ビールメーカーに置き換えていったのだ。つまりかれらは集団精神というだけでなくクローンでもあるわけで、マンタンはじつは、精神面でリンクし、遺伝子的に同一のソシオパスのナイフザウルス独裁者が百パーセントを占めるヒトラー惑星ということになる。ファースト・コンタクトの際、かれらはグランプリの頼りになる付添人に、彼女もすぐにフラスになる、彼女の孫もそのまた孫も末代まで永遠にみんなフラスになる、そして彼女もフラスバーガーが好きになる、こんな暑い日にはフラスバーガーとフラスコーンほど美味なものはないと、快活に告げたのだった。

これはあきらかに、即、火刑に処して廃棄すべきケースに見えるかもしれないが、ヴーアプレットという先例がある。かれらは檻に入れられたのではなかったか？　フラスの感染とヴーアプレットの感染がどれほどちがうというのだ？　それにフラスバーガーはほんとうに美味だし、かれらの惑星は全体として風景や建築物を描くことに熱心で、フラスの風景は銀河系の好みからいうと少しものたりなくて冷たい感じだが、アートへの公的資金投入や美術館などの整備環境には見るべきものがあり尊重されてしかるべきだ、そうだろう？　かれらは何十億もの極端に自己中心的な独裁者の群れとしてはそこそこ平和的に、ともに暮らしてきた。マンタンではもう百年、戦争は起きていなかった。グレート・オクターブは、ヒトラー惑星が厄介な事態に備えて自己防衛に走る前に軽く一曲歌わせてやった度量の大きさを自画自賛した。かれらは戦争からこのように大事な教訓を学んだのはじつにすばらしいことだと全員一致で認めた。最近のかれらは驚くほどものわかりがよくなっているのではないだろうか？

その年のグランプリはユーズ兆王国代表の〝マムタック集合体〟が勝ち取った。かれらは珪酸塩の微粒子からなる雲、何百万もの個人の集合体で、合成ホルモンの放出によって歌ったと思うと、つぎには空中で複雑な絵をかたちづくってみせた。これによって観客の感覚はかき乱され、視覚的イメージを歌として聞くことになるのだ。この効果は数週間しかつづかないが、観客が故郷に帰ると、かならず大規模な写真展が開かれることになる。あらゆる生きものにたいするあこがれと平和と思いやりを歌ったかれらの楽曲『アイ・ウォナ・ホールド・ユア・サンド』は、その後何年間も万人が選ぶグランプリ楽曲マイ・ベストのトップの座を守りつづけ、マムタック集合体は今日に至るまで真のポストモダン様式でおこなわれているメタ銀河系フェスティバルのMCチームの片方を務めることになった。MCチームのもう片方は素っ気なくて自嘲気味のエラクのソプラノ〝DJライツ・アウト（消灯、停電、一貫の終わり、などの意）〟で、彼女は不滅のトーチソング『トンネルの向こうは暗闇』で第四十一回グランプリの優勝を勝ち取った。この曲はアップリンクでつながれた彼女の気の毒な母星サグラダにたいするアンドヴァリによる絨毯《じゅうたん》爆撃のビートに合わせて歌われた。アンドヴァリは好みの気晴らし用ドラッグが痛みと恐怖という、毛皮の鎧に覆われたナメクジ種族で、第三十八回グランプリでこれが自分たちの歌だといって審査員の半分を食べてしまい敗退したときも、黙って引き下がりはしなかった。

アルニザールはかつて一度だけ『わたしの文化があなたのよりすぐれているからといってわたしを憎まないで』という楽曲で平凡な結果に終わったことがあったが、それはおもにユートラックがユーズ兆王国との議論——ユートラックの石のような解剖学的構造からして、欠け落ちた珪酸塩のかけらは捨てられてしかるべきか、それともユーズの知的砂の砂漠で市民権を得て元の居場所を捨てるべきなのか——が原因で参加を辞退したからだった。

フラスがステージにあがったときには、会場がしんと静まりかえった。彼が気分よくすごせるよう、あらたな隣人たちとうまくつきあえるよう、安全が保てるよう、みんなに好かれるよう、各種委員会があらゆる策を講じていた。それ以上は手の打ちようがなかった。彼は衣装を持ってきていなかった。セットもなかった。炎を使った演出も特殊照明も重力プロジェクションもなし。唯我論の概念を絵に描いたような短剣の尻尾を持つ体重二トンの生物には、そんなものはいっさい必要ないのだ。彼はそういうキラキラしたものや空騒ぎ、ケバケバしいもの、派手なもの、とんでもなく胡散臭いものが大嫌いだった。心底から楽しむために必要なものは、自分自身とすっきりした男性的ラインを強調した軍服と集団への揺るがぬ忠誠心と自分以外の誰かの苦しみだ。彼はバンド名にはなんの意味もないと思っていた。みんなフラスでフラスはみんななのだし、彼がフラスの武器システムの照準を定めればここにいる者、全員がただちにフラスになるのだから。しかしアルニザールとケシェットの審査員がしつこくいうので、彼は用紙にしぶしぶ〝バラバラフラス〟と記入した。フラスがセンターステージに立ち、フットライトが刃物の体軀を照らすと、彼は顔の何本ものナイフをこすりあわせて無調のキンキン声で歌いだした――〝フラスはすごい／フラスじゃなければすごくない／あっというまに食われてしまう／子どももペットももろともに／ゴー、フラス、ゴー／フラスは世界／激しくフラスしろ／そしてフラスにもどれ／そしてふたたびフラスしろ／そして何度もくりかえせ／ギアを入れろ／アクセルを踏め／もういちどフラスとともに／さあ、フラスしろ／ノーといっても本音はイエス〟

彼が知っている歌はこれ一曲だった。最高の歌。彼自身の歌だ。フラスが歌詞を書き、作曲し、全声部を歌い、各トラックでリードを務め、プロデュースし、マスターテープをつくり、カバーデザインをした。すべて何十億もの彼自身がやったのだ。曲は永久プラチナヒットとなった。二度も。フラス以上にすばらしいものなどあるだろうか？　ハート形の砂の山？　そう、そのとおり。

なぜかれらは拍手しなかったのか？　なぜあそこまで悲しげな顔をしていたのか？　な

ぜかれらはあそこまで頑なに反フラスだったのか？

フラスが自身にそうたずねている最中だった。アルニザールのガンシップの第一陣がマンタンの軌道上に姿をあらわし、その機影が海を陰らせたのは。

20

巻きもどされる愛（Love in Rewind）
（ＥＳＣ二〇一一年六位）


「待てよ！」

デシベル・ジョーンズの声が蛍光を放つ黒サンゴの廊下にこだまして、跳ね返った先々で淡い黄緑色の繊毛をかき乱した。

「待てよ！　オーオー！　チビすけ！　おっと、これは差別用語かな、悪かった。サー、サー・オーオー。待ってくれよ。まったくすばしこいチビ野郎め。くそっ。悪かった、悪かった」

タイムトラベル中のレッサーパンダは叙事詩的戦いのなか立ち止まり、つまずいて全人生をふいにすることもなく自前の四本の足でその場にとどまり、いかにも迷惑そうにイギリス人を見あげて、その目をのぞきこんだ。スタウトビールのように、はたまた暗闇のように黒いその目は傷つきやすく、愛情に飢え、なにかを切望している、ほとんどエスカのような目だった。

「なになにきみなに？」

「なあ、ケシェット、あんたタイムトラベルするんだって？　あの鳥がそういってたんだ」

「あのねえ、それはとても不作法ないい方だぞ。不作法だし、とにかくへんだ。わたしが『なあ、人間、あんたら子宮で繁殖するんだって？』ときくようなものだ。するときみはこう答える。『ああ、そうみたいだが、なあ、オーオー、そういういい方はすごく胸くそ悪いぞ』ってね」

「だよな。ほんとに悪かった。でも、するんだろ？」

「ああ、なんの因果か」

「で、ぜんぶの時間線が見えていて、ぜんぶ税金みたいに丸見えで、どの道もぜんぶ、どんなこともぜんぶ、ああなるかもしれなかったとかこうなるだろうとか、見えちゃうんだろう？」

「ポルノじゃないんだから、ミスター・ジョーンズ」

「で、地球やらなんやらの時間線を調べまくってたんだろう？　あそこのエンジン室にいるウォルターにセックスさせるために、そうしなくちゃならなかったんだろう、な？」

「はい。そこまで。わたしはもういかなくては。その……そのう、産業革命をほったらかしにしてきちゃったのでね」

グリッターパンクの聖人にして罪人でもありセイレーンでもあるデシベル・ジョーンズは、気の毒なほど困惑して両手で尻尾をもみしぼっているフラシ天の生きものを見おろした。

「気になってたんだ……俺はどこでまちがえたのか教えてもらえないか？　たのむ。なにもかもすごくよかったんだ、なにもかも最後にはバッグス・バニーをつかまえるエルマーみたいで、何カ月も何年も、いつもいつもずっとそうだった……それが、そうじゃなくなって……俺はなにか手にしていたのに、それが突然、二度と絶対に取りもどせなくなって、でもそのなにかが顔面に一発食らう前とあとのちがいがわからない、そんな感じなんだ。俺はいつしくじったんだ？　あの晩か？　イエスといえばよかったのか？　彼女が泣きやむまでキスしてやって、そのあとルームサービスをたのめばよかったのか？　どうすればよかったんだ？　その瞬間があったはずなんだ……すべてをひとつにまとめておける瞬間が、でも俺はそうしなかった。そうしなかった」

ケシェットの目のなかで無数の時間線と可能性が銀河系の地図上の点のように展開していった。数学的確率にのっとった運命の方眼や枝道、分かれ道、水脈が、誰かが子どもの頃、夏の夜に見たしけた花火のようにパッと光っては消えていった。

オーオーはデシベルの膝をポンポンと叩いた。

「もししていたら？」

火

わたしは不死鳥のように舞いあがる
でもあなたはわたしの炎

――『不死鳥のように舞いあがる』（Rise Like a Pheonix）コンチータ・ヴルスト
（ESC二〇一四年優勝曲）

21

火星からハロー（Hello from Mars）
（ＥＳＣ二〇〇三年二十四位）

リトストは、われわれは創造の柱と呼び、ほかの連中はちょっと目障りなドロドロと呼ぶ、トンボ色をした塵の雲の構成物のなかにある、これといった特徴もない惑星で、地球からは約七千光年、いちばん近くの酔いどれで敵対的で保守派の隣人からは約七・五光年離れたところに位置している。これはリトストにとっては幸運なことだと、そこに住んでいる支配種族、前年のメタ銀河系グランプリの覇者クラヴァレットは考えていた。

リトストは、世界からどんな小さな傷も負わされずに育ち、大きくなったら虹になりたいと思っていて、読んだことがある本はユニコーンの本と野の花の本だけで、どんなことも最後だけでなく最初も途中もうまくいきっぱなしの子どもがつくりそうな惑星だ。小さな白い太陽が二つ、ピンクの月が二つ、地球の海の塩のように砂糖を含んだラベンダー色の海が数個、そしてさわやかなダイヤモンド・シャワーで水が供給される抗鬱薬草の緑地や癒やしの川、夜光ゴケのおかげで道に迷うことはほとんどない森などがひろがる巨大な大陸がひとつ。この大陸には原型となるクマ・ウシ・魚・鳥の遊具セットと、それとは少しずつ異なるたくさんの変種が平和に共生のハーモニーを奏でながら暮らしているのだが、リトストにおける進化の最大の成果はクラヴァレットだ。クラヴァレットはバラとチューリップとドイリー（花瓶や皿の下に敷く小さな敷物）の三種ハイブリッド的な航海するパステルカラーのお花畑で、大柄な天賦の高い知力を誇る種族だ。かれらはトラが放たれた囲い地のなかの枕のごとく、天然の防御網に守られている。この惑星は、これまでに少なくとも二度、前述の隣人たちによる侵略をまぬがれている。それができたのはひとえに、侵略者たちがお花畑相手に戦争の概念について大きなわかりやすい図表やイラストなどを示しながらゆっくりと根気よく説明することに疲れてしまったからだ。侵略者たちは、補足資料としてセバスチャンを主人公とするコミック『マシュマロ戦争』全巻を用いていたが、そのなかばまで説明を進めたところで、ついにあきらめたのだった。

　ヤートマックはリトストを、神がわれわれを苦しめたがっている証拠、と評した。

　クラヴァレットを発見したのはヴーアプレットで、あらたに開いたワームホールの反対側の種族が方向転換は公正な行動だと判断し、そのあとにつづいてかれらの騒々しい植民船団が相手の宙域に押しかけ、未踏の地にあふれはじめた直後のことだった。寄生ウイルス生物ヴーアプレットはそこで、当時リトストで大人気だったテレノベラ（メキシコや中南米で放映されている連続メロドラマ）で使われていた曲『みんなに愛があふれてる』のラジオ波を拾ったのだ。クラヴァレット史上もっとも有名なロックグループ〝サンズ・アンド・ローゼズ〟は、アルニザールの母星で開催された第四回メタ銀河系グランプリで優勝をつかみ取った。ちなみにアルニザールは初期のグランプリを独占していたが、ほかの参加者にとってそれは非常に不快なことだったという事情もあるにはある。実際、かれらが文化面、軍事面で圧倒的主導権を握っていることに銀河系のほかの種族たちが不満を抱いていたこともあって、かれらが勝ちつづけていることにみんなが腹を立て、古きよき伝統にのっとって毎年、投票でかれらの地位を下げていき、かれらが泣きだすまでつづけるという一幕があった。クラヴァレットはその年、かれら独自の伝統的歌唱法で歌い、ぶっちぎりで勝利をものにした。その歌唱法とは聞く者の共感を呼ぶ周波数で雄しべをふるわせるというもので、観客はそれぞれの子ども時代に好きだった子守唄を何千、何万と聞き、そのあとサンズ・アンド・ローゼズはその騒音をぶち壊し、ドロドロにし、リミックスしてじつに不気味なビートに変えたのだった。

昨年、かれらは踊り狂える曲『みんな気持ちを打ち明け合おう、誰の心も傷つかないように』で、ついに二度めの優勝を勝ち取った。満場一致かと思われたが、ヤートマックだけは同調せず、投票用紙にゲロを吐くと、それを投票箱に入れ、大きなカミソリのような歯をむきだしにしてニヤリと笑った。

リトストはまた、かつては戦略上も文化的にもこれといった重要性はないマーケットタウン（市場開催権を有する集落）、ヴリミューの故郷でもあった。ヴリミューは最後の戦闘で悲鳴をあげて沈黙し、そこで戦争は終わった。いまヴリミューは炭酸が飽和状態になっているライラック色の〝無条件受け入れ海〟がやさしく触れているハート形の半島の先端で眠りについている。ほかと変わったところはない。古い世界の最終的消滅や苦闘の末に顔面蒼白で生まれたあらたな支配者のための記念碑もなければ銅像も美術館も週末に上演される歴史再現劇もなにもない。

だが、すばらしいコンサート会場だけはあるのだ。

☆

〈雨のなかのケーキ〉号は、今年のグランプリのためにクラヴァレットが建設し、〝命のステージ〟と名付けた、ほぼ完済が約束されているコロシアムのすぐ沖合の海上に降り立った。すいかフレーバーの煙色をしたカモミール結晶ハーブ岩のどっしりとした厚板でつくられたほぼマン島に匹敵する大きさの最新式ロック・アリーナには、高くそびえるサブウーファーのトピアリーが林立し、催眠ケルプ（コンブ科に属する大きな海藻類）の照明装置が影を落とし、火や水、蒸気化した幻覚剤を出すためのホース、重力間欠泉、ホログラフィーのフロートをポンと出現させるのにパルリアンの冬が必要な曲のための気候シンクが埋設され、どんなひどい扱いにも耐え、哀れっぽいハウリングなどいっさい出さないぞと覚悟を決めている誇り高くタフな雄しべマイクがずらりと並んでいた。

べつの惑星に足を踏み入れた初の人類である二人の人間は、クラゲ・ハッチから、クラヴァレットがひとまとめにして〝われらが母たち〟と呼ぶリトストの双子の太陽の暖かな、つねにほんの少し楽しげな色の光のなかへと出ていった。

かれらの足が異星の浜辺のタルカムパウダーのような砂（実際は珪酸塩ではなく非常に気持ちがよくなる系統のＭＤＭＡの粉末）に触れたとたん、レーザーの炎が走って二人の目のまえの地面とデシベル・ジョーンズの左の靴の上面を切り裂いた。どちらにも悪感情のようにどす黒い焦げ跡が残った。

と、レースのようなクスクス笑いが海辺の新鮮な空気を震わせた。浜から少しあがったところに、大きなパステルカラーのお花畑がねじれたトピアリーに仕上げられたかたちで立っていて、そのもつれた蔓には七五口径ユートラック軽石小銃がおさまっていた。クラヴァレットの乙女はかれらに向かって小枝を数本揺さぶり、楽しげで浮き立つようなソプラノでこう呼びかけた——

「ごめんなさい！　わたし、ほんっとに不器用なの！」彼女のうしろでは大きなストライプ柄のカメラがパパラッチのフラッシュ爆弾のような素早さで空中を飛び跳ね、突っ走り、姿を消したりあらわしたりしている。

都会慣れした遊び人としてそこそこ尊敬されているオールト・セント・ウルトラバイオレットは、そのカメラに尻尾があるのはほぼまちがいないと確信していた。

「ピュアな、ひらひら飛びまわるチョウチョみたいな指の持ち主、それがわたしよ！」と知覚力のあるバラの茂みはトリルのような声でいった。「じゃあ、ステージで」

「あのクソ茂み女、俺たちを殺そうとしやがった！」とデシベル・ジョーンズは怒鳴った。「絶対に許さないからな！」

美しいエスカは軽やかな足取りで船のタラップをおりると、陽光を浴びてのびをした。彼女の羽毛が地球の空の色に変わる。彼女は、かつてコンサート会場のグッズ売り場で自分たちの息のビン詰めを売っていたバンドメンバー二人の肩に翼をまわして興奮気味にいった——

「許さない？　大いに奨励されていることなのに！　規則20だよ、ダーリン！　グランプリへようこそ！」

22

彼女によろしく（Tell Her I Send My Regards）

（ESC一九六五年四位）

第三十回メタ銀河系グランプリは、オトズで開催された。オトズは重力的になんでもありのミラーボール惑星で、銀河系の中心にある超巨大ブラックホールの近くに位置しているため、前庭に特異点ができるのではないかという心配を抱えることなく相対論ワンパックをもとめて事象の地平線にひょいとおりていくことも簡単にできる。

それはなにもかもが一変した年だった。

この降着円盤の向こうの、心がゼリーになりそうな無限の生々しい現実を一望のもとに収められるケバいホットスポットが、ユートラックの母星だ。かれらは、手っ取り早くいうと、顔がひびの入ったカチナ人形（北米先住民の守護神の木彫り人形）で身体がストーンヘンジの却下されたデザインの、キンキラキンのイースター島の像みたいな種族で、干上がった井戸に落ちた石ころのようなユーモアセンスの持ち主だ。人間より少し長生きで、人間より少し背が高く、つくりがとにかく頑丈なので、地下鉄のホームでたまたま肩がぶつかったら人間など粉々に砕けてしまうだろう。

オトズは、地質学者が夢の日記にでも書き留めそうな、ばかばかしいほど、どぎついほど、非現実的なほど鉱物が豊富な惑星だ。その海は液体の金とプラチナ、山には宝石の原石がびっしり詰まっているので、観光客は火山の噴火を億万長者の誕生日パーティのピニャータ並みに心待ちにしているし、そのへんの土を適当にバケツに入れるだけでも人間のハイテク機器製造業一社が十年は使えるだけの希土類が得られる。何千年も前から誰もが、そしてその高圧的な母親たち全員がここを侵略してユートラックの途方もないドラゴンの財宝を略奪しようとしてきたため、当然のことながらユートラックは比較的防衛意識が強く、心配性で、つきあう相手としてはなかなか厄介なタイプであり、軍事戦略を芸術や哲学、科学より遙かに重んじて高度に発展させ、身体の自律的な動きにまで応用している。ユートラックは自分のベーコンがあきらかに不利な状態にあり、子どもたちが彼のまわりで伝統的な陸亀フォーメーションを組んでいることを確認してからでないと朝食の席につくことができない。

しかしながら、あらたな金鉱めざして大量の不届き者が殺到するという状態だったため、かれらはその強壮な戦略的代謝作用のほとんどすべてを不届き者を撃退するための防衛行動に注ぎこんでいた。かれらは一度たりとも惑星から戦争をばらまく旅に出て他者を叩きのめすようなことをしたためしがなかった。隣人がかれらの海からお宝を盗もうとするのを防ぐのに忙しくて、そんな暇はなかったのだ。〝知覚力戦争〟までは。〝知覚力戦争〟で、ユートラックは攻撃側になると標準装備品の暗黒物質ライフルで最高に楽しめるし、戦略法スクラップブックにお宝の思い出を大量に追加できるのはまちがいないが、そのあとひどくいやな気分になることを知った。突撃をかけるのは、人が買い物をしているあいだにニッケルを盗もうとするホラー・カタツムリ種族の侵略を阻止するのとはまったくちがっていた。どういうわけか先制攻撃をかけると、自分は悪いやつかもしれない、というはっきりとした居心地の悪い感覚が残るのだ。

怒り狂う同盟軍をよそに、ユートラック・フォーメーション統一軍総火山司令官イグニアス・ラゴム・オプトは、四カ月後、故郷に帰還した。その功により、彼女は統一軍が彼女に与えうるあらゆる名誉、さらにはなにか特別なときに使おうとそこらに積んであったものも二つ、三つ授与され、かつ、優位に立っているあいだに戦うのをやめてくれたことにはいくら感謝してもしきれないからと、沖積土・化学賞やゴールデン鍾乳石賞ドラマチック・パフォーマンス部門最優秀女優賞、なまくら鏨賞《たがね》処女小説部門最優秀賞も贈られた。誰もみな故郷でぶらぶらすごせることに非常に大きな安らぎを感じながら、泉の清掃や地元星系の防御固め、軌道上防衛プラットホームの敷設、最愛の超巨大ブラックホールの重力井戸吸引採鉱にいそしんだ。どれもみなヴーアプレットの船を射撃演習の的にするよりずっとリラックスできる作業だった。

もちろん戦線で重量級の仕事をしていたかれらが早々にタイムレコーダーをガシャンと押して退出するのを、ほかの面々が黙って許すわけがなかった。アースラはオトズにさまざまな催眠ガスを散布した。もっと聞き分けがよくなるガス（最初の試み）、本来持っている攻撃性をより高めるガス（二回めの試み）、後悔および／あるいは不都合な倫理的考慮を受けつけなくなるガス（十一回めにして最後の試み）。これら感情面に作用する気体兵器による攻撃の成果はというと、ユートラックの世界に心理療法なるものが誕生した。それが最終結果だった。周囲で銀河系が愚かにもみずからを焼き尽くそうとしているあいだ、かれらのメンタルヘルスを保つ技はルネサンスを迎え、啓蒙思想運動、産業革命を経て技術的特異点に達し、オトズの原野に置かれた非常にすわり心地のよいカウチとなった。首都、タラカ地層は今日に至るまで精神医学が活況を呈する都市として知られている。ことわざにあるとおりだ――そこで聞く耳を持てるなら、どこででも聞く耳を持てる。

ユートラックは第九回グランプリで優勝した。楽曲は『おまえは圧倒的空軍力で俺の心を爆撃した』というインダストリアル・トリップホップ系シーシャンティ（船乗りたちの労働歌）で、歌ったのは幻かと思うほどハンサムなボーイズ・バンド〝ヴィン・コンディション・アルファ〟、そしてバックアップ・ヴォーカルにはサプライズでかの有名なイグニアス・ラゴム・オプトがカメオ出演した。第二位は３２１と呼ばれている人工知能種族が獲得。楽曲は精密に奏でられた八十九分間におよぶネオ・ギャングスタ数学ロック・アンセム『プログラムがエラーと遭遇した、シャットダウンしなきゃ』で、〝モナド（単細胞生物）と呼ばれる存在〟がコード化し、コンパイルして提出したものだった。

　第三十回グランプリをめぐる計画のお膳立ては、おそらくこのときのアフター・パーティでオプトとモナドが出会ったときになされたのではないかと思われる。総火山司令官は退官後、塵になりそうなほど退屈しきっていたし、モナドと呼ばれる存在は毎年、数学的に完璧な曲を決定しているのに３２１がそれまで一度もグランプリで勝ったことがないのは根本的におかしいと考えていた。

　しかしながら、かれらの陰謀がしっかりと形になったのは第三の存在が仲間に加わってからのことだった――シブの藻の雲が航路をはずれて漂っていたときに発見した新種族ラマティのハードコア・トラッシュフォーク・アシッドスカのクルーナー（抑えた低い声で囁くように歌う歌手）、オーカフォール・アバター0。ヤートマックとは、いやそれをいえば人間ともちがって、ラマティに知覚力があることは疑いの余地がなく、かれらはデシベル・ジョーンズ&絶対零度がいま経験しているような心乱される展開はぜんぶ抜きにして無条件で銀河系ファミリーに受け入れられた。かれらと生物学的に同等なのは、すべてを持っているので——つまり可愛くて頭がよくて運動神経抜群で家庭生活は安定していて最新ファッションはぜんぶ購入済みなので——誰もが嫌いになりたいと思いながら、根本的にあまりにもステキすぎるし、彼女がその持って生まれた有利さのすべてを使ってやりたいことが片隅にすわってユニコーンの絵を描くことだったりするため、誰も嫌いになれない、そんな女の子ということになる。

　ラマティが実際はどんな姿をしているのかは誰も知らない。グランプリのエントリー用紙にある、〝界〟、〝門〟、〝綱〟、〝目〟、〝その他〟、〝あとはよしなに〟の下に、かれらはこう記した——「回答拒否」かれらが発見されてからというもの、夕食後にみんなで楽しむゲームとして、ブランデーと葉巻、そしてラマティの分類学的位置づけにかんする新説の話題をたずさえて読書室に引きこもるのが大人気になった。かれらが自身について明かしたのは、惑星の大気の元で暮らしていて惑星を離れるつもりはないが他者の着陸を防ぐ手立ては完璧に講じていること、単為生殖で繁殖すること、そして、じつはパン容器より小さいこと、だけだった。文化面では、かれらは血生臭い内紛や疫病、経済の高度成長、その破綻、また多くの惑星の歴史の推進剤になっていた物資の欠乏といったものにはとっくの昔にケリをつけていて、全身全霊をビジュアル・アートとテクノロジーに捧げていたが、テクノロジーはあくまでもアートの改善に寄与するもののみにかぎられていた。ラマティはどこへも旅したことがなかったし、あえて惑星に降りようとした者も皆無だった。それでもやはり、ひとりが欠けたパーティでいいパーティといえるものなど存在しない。

ラマティの一部として実際に手で触れることができるのは、重さも大きさも色味もグアヴァにそっくりな小さくてまばゆいばかりにキラキラ輝く金属製の物体だけだ。片面がたいらで、もう片面は丸みを帯び、全体として目先の変わったペーパーウェイトという印象。だが、ペーパーウェイトではない。

それはプロジェクターで、一キロ程度の距離内にいるラマティのハイパーリアルな対話型三次元ヴァーチャル・アバターを投影することができる。エスカが音もなく地球を侵略した日、あらゆるところにその姿を投影できたのは、このガジェットがあったからだ。ケシェットは天才的なマーケティングの手腕でこれをペット・ロック的にブランド化し、ラマティはその技術をまあまあ快く提供したのだった。

そのアバターたちはじつにユニークで、驚くほど創意に富んでいて、とんでもなくゴージャスだった。オーカフォール・アバター0はヘラコウノトリに長くてやわらかい子イヌの耳をつけ、目は三つ、花嫁のベールのような尻尾、そしてマルディグラ（謝肉祭最終日の盛大な祭り）がついに自制するのをやめたかのようななんでもありの彩りという姿で、第三十回メタ銀河系グランプリに登場した。ラマティはその石器時代に、かれら自身のリアルなバージョンに見えるアイコンをほぼ〇・五秒でつくりだしていて、そこから一気呵成に夢の国をつくりあげていった。シブとのファースト・コンタクトの際、かれらが望んだことは二つだけ。ひとつはかれらの惑星をそっとしておいてほしいということ、もうひとつは、赤紫色の藻精神は困惑したが、かれらの船の貨物室をラモ・ストーンで満杯にして、どこなりとかれらが活気があると思うところへ運んでほしいということだった。誰もがみんな、あすも生きていくためにはこれが欠かせないと判断し、ラマティは音もなくありとあらゆる文明社会にひろがっていったが、べつにそこを植民地化するわけでもスパイ活動をするわけでも観光するわけでもなく、ただ際限なく数をふやしつづけていったのだった。

　ラマティはつねに、そしてひとつの例外もなく、銀河系史上もっとも大規模なマルチプレイヤー・ゲームにログインしている。外来者や新参者がスコアボードのトップに記されて恥をかくような結果は避けたいのでルールは他者には明かさなかったが、ときおり、会話でとくにカッとなったときやスキルを誇示する場面、とくにできのいいだじゃれが出たとき、恋愛感情がもつれたとき、あるいは酒場でケンカになったときなど、ラマティのアバターがにやりと笑ってこういうことがある――「五十ポイント。百ポイント。千ポイント、プラス、オプションのパワーアップ・アイテム」かれらはラモ・ストーンをどこかあたらしい場所に運んでくれるよう誰かを説得することに成功すると巨額のボーナスをもらえるが、それ以外のときはだんまりを決めこんでいる。ラマティは千年間、戦争をしていないし、かれら自身の月にすらいったことがなく、唯一関心を持ち、こだわりを見せるのはほかの誰もやらないゲームでの得点だけなので、かれらはとてもちゃんとした連中で、誰の脅威にもなりえないとみなされている。

考えてみれば、これは避けられないことだった。銀河系資源の分配はきわめて重要な問題なのだから。こんなにも長期間、ちょっとポップスを歌うだけで割り当てを決めてこられたのはとんでもなく幸運なことだ、というのは衆目の一致するところだった。いつかは誰かが自分が有利になるようにゲームをアレンジしようとするに決まっている。そしてそこに最初に手をつけたのがたまたまイグニアス・ラゴム・オプトとモナドとオーカフォール・アバター0だったということだ。

ばかばかしいほど単純なプランだった。もし既知の銀河系内の社会政治経済学的機構がグランプリの順位で決まるのなら、誰かが欠場すればほかの全員の順位がひとつあがることになるのは自明の理だ。オトズはもう何年も農業でのタイムシェアで得る以上のものを鉱物で支払ってきていたし、321はかれらが生のコンピュータ・コードだからというだけの理由でみんなのコンピュータを直すという役回りに飽き飽きしていた。これは、見方によっては惑星防衛の問題ともいえた。

オーカフォールはただ点数を稼ぎたいだけだった。

誰もがギンギンのロックフェスの週末になると信じ、それ以外のことは考えていなかったので、モナドと呼ばれる存在がプライバシー・ウォールの電源を切り、イグニアス・ラゴム・オプトとオーカフォール・アバター0がシブのラグーンに入っていっても誰も気づかなかった。ラグーンではシブのスーパーグループ〝アス〟が美容と健康のため、ぐっすりと眠っていた。三人はねばねばしたピンク色の藻を酒の空きビン二本に移し替えてコルクで栓をし、グランプリが終わるまでオプトの部屋の地下室に隠した。オーカフォールはうしろのほうの観客に向けて『一人称視点告訴ゲーム』をシャウトし、ラマティは出場五十二組中五十一位にすべりこんだ。シブは一音も歌えなかったので規則により最下位となった。シブはただちに抗議したものの、一世紀以上たっても賠償金問題は依然として法廷闘争中だ。しかしこれはサグラダにある銀河系最高至上裁判所の開かずの扉におどろおどろしい文字で〝ゴーグナー・ゴアキャノンの一般不滅の事実〟その五が刻まれていることを考えれば驚くには当たらない――〝正義を勝ち取るには長い時間がかかるので、勝ち取ったときには腐りきっていて古い死体の臭いが鼻をつく。正義のことは忘れろ。強いのを一杯ぐっとあおって、いまよりはバカが少ないあたらしい町へ引っ越せ〟

事の全貌が明るみに出たきっかけは、モナドと呼ばれる存在がタラカ地層に向けて陰謀の一端を自慢げに送信したことだった。そしてそれからまもなくシブが深紅の怒りの炎を燃やして地下室から脱出し、その怒りをグランプリ管理委員会にぶちまけると、陰謀の当事者はちょっと肩をすくめて、こううそぶいた。「いや、だけど、殺すことだってできたんだぜ。まったくなにを怒ってるんだか。一年くらい炭素なしだって、どうってことないじゃないか、そんなに大騒ぎするなよ」

たちまち、たくさんのたくさんの頭のなかで電球がパッと灯った。第三十一回メタ銀河系グランプリはユーズとヤートマックとアルニザールが開幕前から競争相手を排除しようと画策してグランプリの理事会が空中分解しそうになったり、暴動が二度起きたり、のっぴきならない雰囲気の集会が数回開かれたり、ワームホールが三週間近く閉鎖されて六つの商業銀行惑星の経済に大打撃を与えたりと、油まみれのブタを追い回す道化ショーのような様相を呈することになってしまった。とにかく野蛮だったと誰もがいった。不道徳きわまりない、と。ありとあらゆる精神、知覚力のありとあらゆる概念に反する、と。当時はまだ、地下に閉じこめられることと音楽とがなんの関係もなかった時代のことを覚えている古強者が観客席には大勢いたのだ。

　こんなことはそこで終わりにしなければならなかった。

　ところが、その後、ケシェットが総合ライヴ全時間線放送を開始した。これにはいまだに国家機密とされている特殊カメラが使われていた。キラキラ輝くネオプラスト・ジェルの基質に不穏なほどの、なかば違法といえるくらい大量のケシェットの幹細胞が浮遊しているこのカメラは、ポンポン跳ねまわる宇宙レッサーパンダとおなじようにやすやすとあらゆる時間線を旅できるのだ。銀河系の観客、視聴者は突如として量子リアルタイムの無制限メタ銀河系エリア放送を貪り食うことになった。お粗末な誘拐騒ぎの数々、暗殺の刃をひらりとかわす場面、毒殺に失敗する場面、うまく作動しない次元間ワナ、そのすべてをかれらはそれぞれのレクリエーション・ゾーンでくつろぎながら目撃し、そのすべての瞬間を楽しんだ。

　ついに管理委員会もギブアップし、野蛮で不道徳で知覚力がないんじゃないかとうっすら思わせるような、とはいえひろく浸透しているずるいやり方をあらたに設けた準決勝ラウンドに封じこめ、正式に規則20を追加した――〝パフォーマーが当夜、姿をあらわさなかった場合、自動的に失格し、最下位となり、その種族の共有銀河系資源の割り当て分を受け取る権利を一年間失うこととなる〟

グランプリはそれまでとはちがうものになってしまった。それまではただベストを尽くせばよかった。それ以降は戦略が必要になった。

イグニアス・ラゴム・オプトはしあわせな石として生涯を終えた。そして実際に命を落とした者はほとんどいなかった。ビンに移し替えられたり、迷路に閉じこめられたり、半永久的に声を失ってしまったり、徐々に徐々にミニ宇宙に追いやられてしまったり、数個の氷河の下で冷凍にされてしまったりと、たしかにいろいろありはしたが、誰もができればすべて物事を前向きにとらえようと務めた。それに、ただ単純に人を正面から撃つようなまねをしても、ちゃんとした因果関係から生じるこぶしの一撃ほどの視聴率は稼げないものなのだ。

☆

オーカフォール・アバター0はクラヴァレットでもなければ植物基盤ですらないのに、いろいろとありそうもないことがつづいたあとで、なんとリトストの総理大臣に選出された。彼は宣誓就任式で自身のグランプリでのパフォーマンスを再現し、深々と一礼するとくちばしから足先までキラキラと輝かせ、憧れの眼差しで見つめる民たちに向かって、こういった――

「レベル・アップ」

23

幸運待ちの待合室で（In the Waiting Room for Great Luck）

（ＥＳＣ一九五六年・順位非公表。第一回ＥＳＣでは順位の公表は一位のみ）

クラヴァレットはすばらしく丁寧な対応をするホスト役として銀河系中にその名を轟かせているが、建築物にかんする考え方については昔から問題を抱えていた。かれらは好光性の種族なので、太陽や雨をさえぎってしまったら充分な栄養が得にくい。したがって、どうしてシェルターなど建てる必要があるのか、そもそも理解できないのだ。それが、デシベル・ジョーンズ＆絶対零度がとことん寛大な見方をすれば部屋と呼べなくもない、屋根も床もない空間にいる理由だった。あるのは、壁というものがモダンダンスの一種だと思っている外国からの旅行者から壁というものの概念を耳にして置いてみました、とでもいうようないくつかの物体だけ。数はぜんぶで五十ほど、すべて不必要に背が高く、交互に配置された磨りガラスの厚板で、形は楕円形、菱形、三日月形、螺旋形、あぶく形などさまざまだが、だいだいおなじ場所にとどまっていて角とか隅といえるような形に集まることはなく、地面から数センチのところに浮かんで回転していて、そのあたりを気にしなければ、なんとなく屋内にいるような気がしないでもない。あえてたとえるなら、いっぷう変わったミキサーのなかにいるような感じだ。

「そいつに向かって歌ってごらん」とロードランナーがそそのかすようにいった。「さあ」

デシベル・ジョーンズは眉間にしわを寄せて小首を傾げた。「それ、ポータブルトイレだろうが」

たしかにその楽屋内にはクラヴァレットの雄々しい努力の賜物がもうひとつだけあった。とんがり屋根で正面に銀色の蝶番がついた海泡石グリーンの長方形の小屋のようなものだ。まったく公正な目で見て、それはまさに可愛いポルタポッティ（ポータブルトイレの商品名）、それもとびきりでかいやつ。素材は一見、乾いていない油絵の具のようだが、じつはかれらの頭上に浮かぶ春の雲に満ちているリトスト・ダイヤモンドの数倍の硬さがある。

「そうじゃない。準決勝の前にわたしがきみたちにしてあげられることはもうこれしかないんだ、ベイビーたち」エスカは溜息をついた。そして、まるで彼女の文化史上初の頭痛を経験しているかのようにやさしい大きな目を閉じた。彼女は準決勝のことを二人にもう何度も何度も、少なくとも彼女が話していいとされていることはすべて説明していたのに、二人ともまるでわかっていないようなのだ。

「武器が必要ってことか？」デシベルが静かにいった。

「どちらかというと即興性が大事なんだ」とロードランナーは認めた。「わたしは防衛に集中しようと思う。人間の身体にはなんの特性も備わっていない。まったく驚くべきことだよ。きみたちは新顔だから、みんなきみたちを狙ってくる。だから甲冑が役に立つはずだ」

オールト・ウルトラバイオレットは横目でちらりとグリーンの小屋を見た。「それは絶対にトイレだ。俺たちはフェスでさんざんプレイしてきたんだから、そのへんのことはよくわかってるんだよ、鳥ちゃん」

「そんな……そんな格好で競わせるわけにはいかない。きみたちにとって、きみたちの惑星にとっても、きみたちの付添人であるエスカにとっても、屈辱的だよ、そんな格好は」

ここは口をつぐんでいるべきだということはデスもわかっていた、が、彼もほんもののアレキサンダー・マックイーンにかけて、彼なりの美学をフラミンゴに侮辱されるために銀河系を横断してきたわけではなかった。「〝そんな格好〟だと？　まちがいなくヴィンテージものだろうが！　たしかにいまの俺には勢いがないさ、にしてもそれはないだろう！」

「デス、どうしておまえは物事を真剣にとらえられないんだ？」オールトが苦言を呈した。彼は前の晩、よく眠れていなかった。節々が痛かった。彼は睡眠不足だとやさしくなれないたちなのだ。

　デシベルはバンド仲間をじっと見つめた。

「それが……俺の役割だからさ。物事を真剣にとらえないのが俺のたったひとつの役割。なんでも真剣にとらえるのがおまえの役割。俺が動きだしたらおまえは止めなくちゃならない。でないと現実の宇宙が現実に崩壊することになる。申し訳ないけど、俺たち、前に会ったことあったっけ？」デシベルはさっと手を差しだした――ぎょっとするほどの勢いで。オールトはビクッと身を縮めたが、デシベルはかまわず先をつづけた。「俺、ダニっていうんだ。おまえは？」

　オールトはうんざり顔で背を向け、グリーンの箱を観察した。「横のところに小さい男の絵があるな。その男からなにか出てきてるぞ」と彼は二人に報告した。

「いや、それはユーズ・オート・ボタニカル・フロッケードの最新モデルだ。一台の値段は中規模採鉱コロニーの住民総生産に匹敵する。ユーズ兆王国がグランプリに寄贈したんだ。かれらは気前がいいし、演出のセンスもほんもの。それに税金の控除があるんでね」

「漂白剤と思春期の匂いがする」デスは口のなかでつぶやいた。

「どうしても基本要素の匂いが残ってしまうんだ。このすばらしいマシンに歌をうたってやってくれないか？　それが代金ということになるんだ。グランプリ開催区域内で使える通貨は音楽だけなんでね。夕食代として歌い、朝食代として歌い、バーの勘定として歌い、服の代金として歌う。だからさっさと財布を出すんだ。さもないと開演のベルを聞き逃すことになるぞ」

「まだ準備できてないのに」デシベルは真っ青になってつぶやいた。疲れで目のまわりが黒ずんでいて、まるでアイメイクが濃すぎるアライグマのようだった。「まだ曲が完成してないんだ。ぜんぜん仕上がってない。まだまだなんだ」

ロードランナーは苛立たしげにフウッと息を吐いた。「それはまだ心配しなくていい。あれがステージに見えるか？　ちがう、ちがう。きみたちはこれからあのなかに入って、裸になって、両手をまっすぐのばして、宇宙でも有数の効果的なベトベトを――加速された胞子や微小球根、感情的糸状菌、地元の雨水、それに非常に有効な肥料何種類かを配合したものを――吹きかけられて、そこからポンと反対側に出たらバッチリ衣装を着てめかしこんで、しっかり防具をつけて、一、二杯あおって、それからミルクを一杯飲んで、早めにベッドに入る、きみたちのことだからな」

ジョーンズは納得いかないという顔で腕組みした。「けどさ、ど、い、い、どうしてなんだ？」

エスカも限界だった。オールトはやめてくれといったが、声をフル活用できないのは彼女にとってはきびしいことだった。背の高い青いチョウチンアンコウとフラミンゴのまぜこぜから、ミラの声が温かく流れだしてきた。「これは……必要なことなのよ、きみたち。きみたちがどういう存在なのか見極めなくちゃならないの。フロッケードはごまかせない。胞子はごまかせない。ユーズの効果的なベトベトはきみたちに染みこんで、学べるかぎりのことを学んで、きみたちの内面をばかでかいネオンサインみたいに宣伝してくれる魅惑的な外見に自分自身を配列し直すの。精神主義的ないい方をすると、内面をおもての見た目にしてくれるってこと。ユーズは最初、尋問に使っていたの。それから恋人紹介のツールとして。前にね、アンドヴァリが入ったら、火がついて叫んでいる顔の柄のタキシードを着て出てきたの。彼がなにでできているかわかって、すごくよかったの、わかる？　あっ！　どう説明すればいいかわかった。一九八四年の夏にヒットした映画『スプラッシュ』を思い出して。ダリル・ハンナがニューヨークの街角でユージン・レヴィにホースで水をかけられて公衆の面前でほんとうは人魚だってことが暴かれちゃうの。それよ。それがこれからきみたちに起きること。尻尾がピタピタ、コンクリートを叩いて、みんながきみたちのいちばん大事な秘密、心の奥底をパチパチ写真に撮るの。悪くない、でしょ？」

「つまり、俺たちにまた毒を注入するってことだな。牛乳だってごめんだね」とオールトがいった。「俺はポテチを買いに店にいくとき消毒ジェルを持っていくんだぜ。娘たちの手とか、清潔にしとかないといけないからな」

　ロードランナーがくるりと回った。すると声が一瞬にしてミラのものからザラザラした不満げなオールトの父親の声に変わった。「オマール坊や！　何度いったらわかるんだ？　開演前に死んでしまったら元も子もないんだぞ。この街にいったいいくつの種族が、食べものもアレルギーもストレス耐性もぜんぶちがう連中が、ぶらついてると思ってるんだ？　五十七だぞ！　ハラルを守るなんぞ、比べものにならん！　それに、この手の食事のいちばん混み合うときでも、ここ二百回ほど、傷んだ魚一匹、出たことがない。息子よ、俺たちはちゃんと問題を解決した。きっちり調整してある。やったあと一時間は泳ぎにいっちゃいけない、ひっかくのもだめ、六、七時間後に水で洗えばきれいに落ちる、エヴェトゥ？　絶対に安全だ！　ときどき息子のことが心配になるんだよ。こんな問題で俺を悩ませるのは息子だけだ。どうだ、俺が最初にやったら少しは気が楽になるか？」

「ならない」オールトはぼそっといった。

「ぜんぜんならない」とデシベル・ジョーンズがいった。「で、俺たちの服はどうなるんだ？」

ロードランナーはいまやフルオーケストラ・モードになっていた。羽根をふくらませてミスター・オマール・カリスカン・シニアからブラックプールの居間にいるナニにいっきにシフトすると、小声で歌うようにしゃべりだした――

「そんなにいらいらしないの。お祖母ちゃんはいまでもおまえの洗濯機だよ、そうだろう？　さあ、その目をナニに釘付けにして、ミスター大物。おまえの大きなダネシュ頭はいつも、ここにはこのへんのほかの頭よりずっと多くのものが詰まってると思ってるけどね、その頭は足の臭いがするようなロティ（全粒粉を使った無発酵のパン）もつくれやしないんだよ。よおく見て、すぐ変われ（マジシャンの掛け声）、ナニがミスター・バニー・バッグスの最高のリップスティック・トリックをやってあげるからね」

エスカはフロッケードに近づくと彼女自身の言語でなにかを数小節さりげなく口ずさんだ。それはなにかかれらの耳を言葉にならない感情で打ちのめすような、優雅さに満ちた、デスがよろよろとまえに出て、このエイリアンを泣いている子どものように抱きしめてやらなければと思ってしまうような歌だったが、彼は寸前であの超低周波不可聴音のことを思い出して、心底ばかばかしいという気分になったのだった。

フロッケードの海泡石グリーンの表面が不安になるほどたわんだと思うと手前に傾き、一瞬にしてロードランナーを吸いこんでしまった。あまりにも素早く完全な吸いこみっぷりだったので、デシベルとオールトの悲鳴まで吸いこまれてしまい、あとにはポカンと口を開けた二人と静寂だけが残った。

オールト・セント・ウルトラバイオレットは肩をすくめた。これ以上どうということはなさそうだ、と彼は思った。この狂気につきあうことを承諾したんだ、仕上げの砂糖ごろも程度のこと、いやがってどうする？　彼は着古したグラムパイア・プラネット・ツアーTシャツの裾を引っ張って、リネンの幅広ストライプ柄のパジャマのズボンにしっかりとかぶせた。青い鳥がなんといおうと、新ジェット族（ジェット機で豪遊する金持ち）にふさわしい最高にスタイリッシュな格好で旅をしたい気分だったのだ。四十をすぎたいまも中年親父のぽっこり腹ではないし、咳も出なければ唸り声をあげることもない。さして自慢するほどのことではないかもしれないが、その要素ゼロというわけでもない。ウルトラバイオレットはかれらのデビュー・アルバムのなかで唯一、作詞を担当した曲を、きたるべき大量のベトベトにそなえて無意識のうちに身構えながら、ロードランナーよりずっと小さな声で歌いはじめた。もはや消毒ジェルもなんの助けにもならない。彼はユーズのポータブルトイレのまえに爪先立ちで立って肩をすくめ、うしろの方の観客に向かってシャウトした——

それは俺のあやまちだ
もし俺がビーナスの虜《とりこ》になって歌っているなら
それは俺のあやまち
もし俺が来る日も来る日もおまえを恋しく思うなら
それは俺のあやまち
だって俺は利用規約を読まなかったから
それでもおまえを愛してるから

フロッケードはこの少々ぐらつくアカペラの懐かしのヒット・シングルを代金として受け入れたようで、文句ひとつついわずにミュージシャンをチュルチュルッと吸いこんだ。

「大丈夫だ」デシベル・ジョーンズはフーッと長く息を吐きだした。「あいつは大丈夫。完全に生きてる」

突然、なにもかもが静まりかえってしまった。この奇妙な〝ハッピーでおもしろい世界〟の空気が驚くほど健康にいいもののように感じられた。その空気を味わうと、彼の血が撹拌された卵白のように泡立った。

「裏面で会おう」デシベル・ジョーンズは誰にともなくきりりと敬礼すると、ソロアルバムに収録されている最高の一曲を歌いはじめた。なぜなら、ミラやオールトやゴミ収集人やガーディアン紙がなんといおうと、あれはまちがいなくいいアルバムだったし、誰かが聞くべき、たとえその誰かがクロイドンから七千光年離れたところにある大きなグリーンのトイレだとしても、聞くべきだと思ったからだ。

俺は愛とケバさとビールで突っ走る
俺はすばらしい未来欲しがりマシン
光のなかに俺の名前が浮かびあがる
俺は淫売野郎《プロジマン》ディアス、クイーンのなかのクイーン！

そしてジョーンズも消えた。

24

みんなでパーティ（Party for Everybody）
（ＥＳＣ二〇一二年二位）

デシベル・ジョーンズがひとりロックフェスのポータブルトイレから反対側へ出ていくと、すでにカクテルパーティがはじまっていた。

部屋には見覚えがあった。自然と肩の力が抜けた——顎もゆるんだ。ここならくつろげる。

デシベルはときどき、自分の人生の半分はロンドンを皮切りにヘルシンキやリオを経てウィスコンシン州マディソンまで、あちこちのホテルのスイートルームやバー、レセプションラウンジですごしてきたのではないかと思うことがあった。宴会、コンベンション、会社の歓迎会、ファン交流イベント、チャリティコンサート、スタジオやクラブやアリーナやサーキットでの一日のあと、揚げもののつまみと部屋にある飲みものですごす時間。スキャンダラスなキラキラの一張羅で出たものだろうと、サングラスにどこかほかのバンドの色褪せたボロ布で飾った小汚いシャツという格好でこそ出たものだろうと、なんのちがいもなかった。どっちにしろ自分を売るためにやっていたことなのだから。それにとりあえず飲みもの、食べものはぜんぶタダだったし。

そういうホテルのバーやボールルームやスイートはデシベルの記憶のなかでひとつの理想的なホテル・ボールルーム・バー・スイートになり、その理想的なホテル空間がいま彼のまわりに出現しているのだった——抑えた照明、古ぼけたテーブル、自分の人生の選択は満足できるものではないが、ほかのやつらはもっと不幸だと思っているバーテンダー、何色ともいいがたいがターコイズとブラウンのあいだのどこかに位置している色合いの薄くて固くてみすぼらしいカーペット、なにか装飾をほどこす代わりに水辺がのぞめる窓、安もののペーパーナプキンとすでに床に散らばっている細い黒いマドラー、どう身体を動かそうとすわったまま位置をずらそうとすわり心地がよくならない椅子、すわると身体が沈みこんで、人と話そうとすると、きょう起きたくだらないことを深刻な問題として年上の子に話そうとしている子どもにしか見えない金満趣味のフラシ天のラウンジチェア。

そして彼はいま、まさに標準的なヒルトンのスカイ・バーとしか思えない場所にいるのだった。ずらりと並んだ窓からはラベンダー色の海の向こうのゴージャスで楽しげなパステルカラーの〝みんなのママのカフェ〟が望めるし、遙か下にはヴリミューの悪名高いヒーリング・ホワイト・ライト地区がひろがっている。デシベル・ジョーンズは大きなスタンドボードに留めつけられた掲示を見つめた。どこか胡散臭い活字で〝**歓迎　グランプリ競技者様　BYOB**（酒各自持参の意）〟と書かれている。現場の実務を、日頃から不満をつのらせていて手抜きで復讐してやろうと決意している無給の見習いにまかせきりにしているイベントでしか起こらない、非常に嘆かわしい誤植だ。ヒルトンのロゴは曲がっていて、Hというよりは酔っ払った象形文字のように見える。それが少し脈打った。そしてふくらんだ。誰かが左下の隅にコーヒーカップを置いて、たぶん「どうせ誰も気づきやしないさ」とでもいったのにちがいない。デシベルはこの誤植とコーヒーのしみの組み合わせに見覚えがあった。グランパイア・プラネット・ツアーのとき、彼とミラはそういう看板の横でポーズをとったのだった。オールトは笑いすぎてレンズに親指をかけていて、厳密にいえばそれが三人いっしょに写っている最後の写真になった。

デシベルはまた写真を撮りたくて、そこにはない電話に手をのばし、ばかだなとちらっと思いながら自分で代役を務めた。

少々すすけた感じのスカイ・バーはありとあらゆる形、大きさ、密度、そして清潔さのエイリアンでごったがえしていた。みんなうろうろ動きまわり、酒をがぶ飲みしている。全員がそれぞれの胸にあたる場所に〝**やあ、わたしの名前は○○です**〟と書かれた大きなステッカーを貼り付けている。エスカ一行の姿もあってデシベルはほっとした。エスカは砂糖をまぶした縁にスライスした果物がかけられ、さまざま色のストローや華やかな傘が飾られた大きなマルガリータ・グラスから慎重にプランクトンをすすろうとしているが、くちばしではなかなかうまくいかないようだ。青い鳥魚たちの上には多彩色のキラキラ光る大きな雲が浮かんでいて、あちこち動いたりさっと舞い降りたりふくらんだりしている。まちがいなく意図的な動きだ。装飾のたぐいではない。その下で、ロードランナーは真珠と涙と、主語も目的語も平明な散文のおぼろげな概念さえも超越した言語の光り輝く言葉の雲をまとっていた。

だがそこで、デシベルの付け焼き刃の宇宙生物学はいきづまってしまった。ロードランナーとオーオーは一生懸命やった。だが、ちっとも思い出せないのだ。ゴスの子どもの塗り絵から抜けだしてきたような大きな目をした黒い小柄なクリーチャーが数人、憤然とカウンターを見あげている——カウンターにはどうみても窓辺のプランターに入っていた土をすっぽりプランターからはずしたようなものが縁いっぱいまでのっている。バスケットボール選手のようにすらりとしていてとんでもなく青白い一団がエル・グレコの絵のように集まって窓のそばに立っている。膝をわずかに曲げているのは、おぼつかなげにマティーニのグラスを手にした銀色の蛾の一党をあまり上から見おろす感じにならないようにという配慮だろう。テーブルには泡立つピンクのドロドロのものと不気味なグリーンがかった石ころが入ったガラスのデカンターがパラパラと置いてある。一見したところ全体に枝分かれした明るい色の血管が走っている湿った肉の大きなぼってりした金色のチューブで、顔があってしかるべき場所にぽっかりと開いた穴のなかに日焼けサロンの紫外線があふれているクリーチャーが五、六人、全員〝**アースラ**〟と記された名札をつけたアプリコット・ガスが詰まった優美な透明の風船の一団と、なにやらひどく大事そうな話をしている。とそのとき、爆発したカバのような頭をしたやつが、まちがいなく腐りかけていて毛もなくなっているケシェットの死体がいった冗談（たぶん冗談）を聞いて、大きな笑い声（たぶん笑い声）をあげた。その元レッサーパンダが笑いながらふりむいて彼をじっと見た。

そこは純精神的に完璧なロビー・バー・スイート・ボールルームなので、カウンターのうしろの壁は無分別になんでも映してしまう鏡に覆われていて、周囲とくらべて自分がどれくらい派手かはっきりとわかる。デシベル・ジョーンズは腐った顔に大きな笑みを浮かべてよろよろと近づいてくるアライグマのゾンビから逃げたいという本能的欲求が強烈に突きあげてくるのを感じていた――が、泉をのぞきこんだナルキッソスのように鏡に映った自分の姿に見とれるあまり、一歩も動けなかった。彼はそれまで自分の姿を見ていなかった。どこを見ればいいのかもわからなかった。それがいま、すべてを目にしたのだ。

ヴーアプレットはグレーの服だった。彼は青。

そして赤。そしてグリーン。そして紫。そして黒。そして鮮やかなオレンジとターコイズのペイズリー模様。

彼のいでたちはパンチを食らってふらふらになったポスト黙示録的ゴーゴー・ダンサーのミスター・ダーシー（ジェイン・オースティン著『高慢と偏見』に登場する英国紳士）のよう。イギリス人の礼儀正しさ、慎み、鋭敏さを微塵も残さず剝ぎ取られてしまったオスカー・ワイルドのよう。すでにバッグに入っているCEOのポジションを得るための面接に向かうポンパドール夫人のよう。そして最悪なのは、あるいは最良なのは、それがすべて自分から萌えでているのが感じられることだった。〝身体にぴったりフィットする〟といういいまわしにあらたな意味を加えつつ、それは髪の毛や汗のように自然に彼の身体から芽を出し、つぼみを持ち、花開いていく。肌が文字通りむずむず動く感触には馴染みがないので彼はわずかに身をすくめた。彼の肌は動きつづけ、ユーズの便利なドロドロが彼の心に溶けこんで彼のファッションの概念をどんどん形にしていくにつれ、優美さをめざしてすべてをその概念に適合させていく。

デシベルは、ボウイが一九七五年の『ジギー・スターダスト』の撮影で着ていたのとまったくおなじと思われるメタリックなマンゴーとピスタチオとココナツ色のストライプ柄のズボンをはいていた。バックルで留めた黄緑のリキュール色の膝上ストッキングには彼にかんする最悪の批評が小さいブロック体でプリントされている。ルーズなどことなく海賊風の深夜のネオン色のシャツがワイルドなアンダーバスト・コルセットの下から魅惑的にのぞいている。コルセットは、ヴェルサーチが仕留めて切断し黒いラメをたっぷりまぶしたゼノモーフの皮膚に似ていないこともない素材でできている。そして彼の記憶にある激しいステージの数々で客から投げられた下着のレースを縫い付けたり縁取りにしたりしたクラバット（首に巻く長方形の布）。そこに割りこんでくる四角い布のパッチワークのイギリス摂政時代風コート。その裾はナニが持っていたゴージャスなシルクのスカーフ、すべてが集まり炸裂してシャワーになり、床にまでひろがっている。細い黒髪には宝石やリボンがちりばめられていて、まるでつい最近ネバーランドの地下クラブシーンを見つけたばかりのロスト・ボーイのようだ――くちびるには遠い昔、リビングでのショーで塗っていたラベンダー色のルージュ、目元には発情期のアライグマにぴったりのアイライン。そして手には短く切ったスタンドマイクと見まちがえそうなステッキ。これはうれしい驚きだった。そして最後の仕上げは香水ではない。彼は昔から、ココ・シャネルはなんのおもしろみもない匂いのクズばかりだといっていた。彼が毎日、出掛ける前に鏡をのぞいて追加するのは大きなつやつやしたフラシ天のようなアニメのコヨーテの毛皮だ。いま彼の肩にかかったそれの輪郭はセル画をパラパラ動かすようにのたうち、長年酷使してきたレコードのように飛び跳ねている。

　デスはレッドカーペットの割り当て分の距離を歩き、そのけばけばしいいでたちで割り当て分を遙かに超える注目を集めた。彼はこれまでメーメーうるさいタブロイド紙の記者たちの群れには幾度となく神経を尖らせてきた。かれらは本能的に、どうしようもなく、生まれながらに、そういう連中なのだ。ウシはモー、ヒツジはメー、セレブリティ担当記者の鳴き声は、その服のデザイナーは誰？　だが、もしその手の、おしゃべり人形（背中のひもを引っ張るとしゃべるオモチャ）的、シー・アンド・セイ農場版（農場の動物の鳴き声を学ぶマテル社の教育玩具）的連中のひとりが故郷から何光年もの距離を越えてここにきていて、その服のデザイナーはとたずねたとしたら、彼はこう答えるしかない——俺自身。

　デシベル・ジョーンズがまとっていたのは、これまでの人生での大失敗のあとに残された輝かしい残骸だった。彼はたしかに、まごうことなき、そして二倍強力になった〝ラゲディ・ダンディ〟だった。絶対に脱ぎたくない、それが彼の思いだった。

「**脳みそくれー**」と灰色の、毛のない、なにかをじくじく垂らした膿疱だらけのケシェットが叫んだ。ボロボロに崩れた足を引きずってデシベルのほうに向かってくる。朽ちた皮膚の奥にあばら骨が見えている。歯茎がめくれあがって黄ばんだ鋭い歯がむきだしになっている。**「脳みそくれー！」**

「ダーリン！」うしろから水がしたたるほどじっとりと濡れたような太い声がブーンと響いた。ひとつの声ではない――何十、いや何百かもしれないが、それが同時に完璧に調和した声となって出ているのだ。そこからしみでているのは贅沢な母音、少数独裁制の子音、最高級の二重母音。誠実さと賢明さとともに滴り落ちてくる。その誠実さと賢明さが床全面に滴り落ち、薄切り冷肉盛り合わせの大皿にもポタリと落ちる。「そのファッション、いい、すばらしいとはいいがたい」

身の丈五フィートのビロードのような波打つゴールドのラメのグミが、チーズの皿の横から彼に向かってコブのひとつをふっている。その肌はヴェネチアングラスでできているかのようで、ゴールドとビビッドな色の血管が渦巻いている。それ――彼？　彼女？　ジー？　ゼイ？――には顔がなくて、ただ顔が店を開こうと考えそうな場所に丸い白熱した、周囲に繊毛が生えた穴が開いているだけだ。そしてもうひとつ、腹にあたる場所にも穴が開いている。胸――とおぼしき場所――につけられたステッカーには〝**やあ、わたしの名前はスレッケ五乗です**〟と書いてある。

デシベル・ジョーンズはアルニザールと初の出会いを果たしていたのだった。

しゃべるグミは彼を値踏みするかのようにざっと見て、親しげにマティーニのグラスを差しだした。グラスにはなみなみと原油のようなものが入っていて、縁から三インチほど離れたところに強烈な欲望の匂いがする白い泡の円盤が浮かんでいる。そいつはうっすら汗をかいたヤールスバーグ（ノルウェー産のチーズ）のキューブをひとつつまんで胃塊に優雅に挿入すると、満足げな唸り声を洩らして楊子を引き抜いた。「わたしたちはこの……すべてをどう理解すべきかすべてわかっているとまではいいませんが」スレッケ五乗はデスのクラバットを漠然と指して、親しげに身をかがめてきた。「完全に感情的にバランスが取れているとはいえません、まあそれはおわかりでしょうが。正直にいわせてもらうと、少々混乱している。そこは正直にいわねばなりません、この状況を考えるとね。あなたのコーディネートには根底にあるべき精神的、感情的つながりが欠けています。おわかりとは思いますが、イド（本能的衝動の源泉）の敷物と超自我（自我を監視する無意識的良心）のドレープがマッチしていないのです。本質的な野蛮さが表に出てきているのはまちがいない、そうでしょう？　ところであなたのお友だちはどこにいるのですか？　この部屋でひとりでいるのは危険ですよ」

「**脳みそくれー！**」まちがいなく死んでいるケシェットがまた叫んだ。スピードを上げて蛾人のシルクのような羽根を踏んづけ、蛾人が超音波の怒りの声をあげると室内にいる人々の半分がふり向き、激突寸前の人とゾンビの姿を見つめる。デシベルはきょろきょろとあたりを見まわしてオールトを、ロードランナーを、オーオーを、手近の公共脱出ハッチを探したが、手が届く範囲にあるのはこのじつに不愉快な会話とクラッカーでできた小さな地球の模型だけだった。彼としてはプロシュートが食べたいのに。

アルニザールは近づいてくるゾンビ・アライグマのロケットを無視している。そいつが焦点を定めているのは武装したイートン校の監督生のようなデシベルだ。「わたしたちはあらためて自己紹介するまでもありませんよね」とアルニザールはトリルでしっとりと歌うようにいった。

そのときデシベルの脳の裏側でカチッという音がして、自律神経系が別モードに切り替わった——コンサート後のパーティでのハイオク満タン職業的浮気男マシン・モードだ。ファンと会い、カメラに笑顔を向け、会場運営スタッフを魅了し、弱さや絶望や急速に近づいてくる未来への恐れを匂わせるものを打ち捨て、一夜をすごすできるだけ上等なベッドを確保するモード。コツはけっして正直になりすぎないことだ。プロとして完璧なミュージシャンに好意を持つ人間はいない。ミュージシャン仲間でさえそうだ。みんながもとめているのはもう少しリアルな、もう少し生々しい、自分たちより少しだけ壊れている人物。寛大にチケットを予約し、くだらないグッズを買い、応援し、もてあそんでやろうという気持ちになれる人物。かれらはそうすることで少しずつ、より人間的な気分になれると思っている。それが、デシベルが絶対零度とともに歩みだした最初の日に学んだ方程式だった。痛みはおふざけになり、おふざけはおもしろみになり、おもしろみは楽しみになり、楽しみは利益になり、利益は安全につながり、そのうちミスター・ファイブ・スターで働かなくてよくなり、そのうち少しは目立つ存在になっていく。デシベルは彼の惑星の運命などパブでの口説き文句のようなものだとばかりに大声で笑った。

「なあ、兄弟、俺、アダム・ランバートの海辺の家へタクシーでいく途中だったんだ。ちょっとお偉い人にゴリゴリ無理いって、脳幹を半分までラムと詐欺症候群でぐでんぐでんに酔わせてさ。そこで気がついたんだ、やつも前はそこらの誰かさんだったってことに。あんたがやったのは、俺に一杯おごることだけだよな」

「友よ、わたしたちはあなたの兄弟ではありませんし、〝詐欺症候群〟がどういう意味なのかもわかりません。あなたの世界で一般的な麻酔薬かなにかですか？」

それを聞いたとたん、デシベル・ジョーンズの頭に素晴らしい、宝石のような、まやかしではない考えが浮かんだ。「いまいちばん強力なのが効いてきてるところだ」と彼はいった。「俺たちはみんな自分でそいつを調達してハイになる。そのせいで、なにをしようと、どれくらい高くのぼりつめようと、自分はじっとりした油汚れで、ほんとうは卑しいペテン師だってことがみんなにばれてしまうんじゃないか、なんて考えてしまうんだ」

「しかしわたしたちはペテン師ではありません。わたしたちにはわかりません」

デシベルはもういちどトライした。「だからさ、いくらなにもかもうまくいって、A型人間（よく遊びよく働き、競争的でエネルギッシュなタイプの人）のやり手シミー・ダンスを踊っていても、それでも自分が……なにかに値する人間だとは思えないってこと。なにかっていうのは、愛とか成功とか幸福とか安定とか、そういうものだ」

「しかしわたしたちはちゃんと成し遂げました」

ジョーンズは汗をかきはじめていた。彼がやろうとしていることは、無神論者に自分の本質をなす魂はどんな姿をしているのか説明するようなものだった。「なんというか……ウサギとかセロハンの花とかシルクハットを使ってマジックをやって、みんなだまされてくれるけど、じつは、ほんとうは自分は……自分は空っぽのシルクハットだとわかってる、そんな感じなんだ。自分はバカなウサギですらない。ちゃちなセロハンの花ですらない。何者でもなくて、遅かれ早かれ得意のアブラカダブラもなんの効き目もなくなる。あの……ケシェットは俺に話しかけてるのかなあ？」

「このやりとりは心地よいとはいえません。わたしたちは最初から自分は何者かだと確信しています。アルニザールは複合的存在です——わたしたちには本質的に子どもというものがいません。わたしたちは発芽して、その芽は身体も心もより大きな房にずっとくっついたままです。ただし重大な危機が迫ったときや退屈になったときには親のチューブ嚢から分離し、あたらしい房として自分たちの幸福をもとめてどこかほかのところへ移ることはあります」アコースティック水生スーパーグループからあふれだしてくる何十もの同期した声が、うれしそうな、得意げな色を帯びた。「あなたの目のまえにいるゴージャスでやり手で首尾よく幸福にすごしている誰かさんは、じつは五世代がゼリーに包まれた家庭的なハーモニーのなかで暮らしているのです！」

デシベルは笑い声をあげた。「なるほど、それではっきりした、つまりあんたらのなかはあんたら自身だらけってことだ」アルニザールはじっと彼をにらみつけた。彼はまた笑い声をあげた。黒ラメまみれのゼノモーフのコルセットをつけていてさえ、気分爽快だった。その地獄へつづく穴のような顔で彼を見あげている滑稽な金色のスエットの塊に向かって笑えば笑うほど、気分がよくなっていった。「カメラはどこだ？　俺が賢いこといってるところを撮ってくれよ」

エイリアンはあきらかに動揺しているようだった。顔穴の周囲のエレクトリック・バイオレット・ホワイトの繊毛が苛立たしげに震えている。冗談が嫌いなのか？　それともデスがかれらをひと目見て何者なのかわからなかったことにまだ腹を立てているのか？

「いまのご意見はわたしたちの外観の簡潔な説明といえますね」

デシベル・ジョーンズの笑い声がぴたりと止んだ。彼としては、かれらは自分のことしか考えていないと皮肉ったつもりだった。人間という種族の賢さを、人類の奥深い実在性を示してやったつもりだった。この冷ややかな観客に向かって輝きを放ったつもりだった。彼はヒップスターのホヤを上から下までじっくりと見て、ターミネーターのヘッドアップディスプレイの正確さであらたなアングルを探った。問題は、自分が空っぽのシルクハット以外の何者でもないと自覚したまま何年もすごしてきていると、もういちど自分からなにかを引きだすのがとてつもなくむずかしいということだった。かつてそこに隠してあった価値あるものといったら、さかりのついたウサギと山盛りのセロハンの花だけだし、ステージが花開くのを近くで見たことはなかったから、あれは由緒正しき予備のウサギのウサちゃんだったにちがいない。

ジョーンズは親密度のドロップダウンメニューから、〝俺たちは許せないほど下等な連中の群れのなかの会員数限定二名のクラブの会員だよな〟を選んだ。誰もが自分のことを知っていると思いこんでいるお上品ぶった小鬼にはこれがいちばん効果的だ。彼はアクセントを少し変え、顎を引き締めてそれに少々ノミをふるい、ヴェネチアアングラスのクソ野郎に最高に熱いカサノバの視線を投げた。「最初のうちは、メインストリームの文化にあまり馴染みすぎないのがベストだと思うんだけど、どうかな？　そういうのは自分自身のアートの邪魔になる。自分自身の声の邪魔になる」彼は顔をしかめ、手慣れた厭世的なしぐさで誰にともなくマティーニのグラスをかかげた。

ゆらめく肥満体のなかで喜びと狼狽とがせめぎ合い、ステンドグラスの太っちょの表面が小さく波打っている。かれらはあきらかに大司教の精神の貯蔵庫を漁るよりこっちのほうが好きらしい。デスがこのタイプと出会うのはこれがはじめてではなかった。人生上り坂のときにも下り坂のときにも出会ったことがあった。みんなたいてい子宮のなかにいるときからピアノのレッスンを受けていたと主張し、体制側の公共安全キャンペーンにしたがうよりガンになるほうがましだということを証明するためにタバコを吸っていた。七千光年離れたところにいるこの金色の丸っこい塊もその連中とまったくおなじだ。そいつはポップアートにうるわしく唾を吐きかける作業にたずさわるべきか——それはつまり、そいつが実際にはポップなアート作品をつくったことがないことを意味するわけだが——、それともデスはそいつが銀河系に名を轟かせるケツの穴だと知っているはずだと主張して自分がお下品な最高の売春婦に見えてしまう危険を冒すべきか、決めかねている。〝こいつは自分で自分の宇宙おならを嗅ぐことになる〟とデスは確信していた。大正解だった。

「ああ、まったく同感です。わたしたちは真に成功しているアートとは距離を置くのを常としています。わたしたちの私的シソーラスでは、成功は平凡と同義語です。ところで、すばらしく不快な噂を耳にしたのですが、あなた方は口で歌うというのは――ほんとうですか？」

「あんたら、ちがうの？」

「まさか、とんでもない、考えただけでも」とスレッケ五乗のぽっかりと開いた口がいった。「しかし、そのおなじ口で食べたり吐いたりキスしたりするわけでしょう？　ウグッ。なんと……アヴァンギャルドな。あなたがそういうことをするところはなるべく見ないようにしなければ。オールド・アルノの光にかけて、わたしたちは、あなたとわたしたちは、すばらしくうまくいきそうだ！　わたしたちは前々から人を見下す能力は知覚力があることを示す証拠のひとつであると考えています。わたしたちと地衣類とのちがいはそこです。さて、わたしたちはスレッケ五乗、アルニザール・ウルトラインディ・ドリップホップ・核酸ビニル・ラウンジ・バンド〝ベター・ザン・ユー〟のリードヴォーカルです。わたしたちは……うーん……いまちょうどレーベルのあいだで――」

「**脳みそくれー！**」

　腐りかけのケシェットの死体がついに間近に迫ってきた。そいつは鉢植えのクラヴァレットのトピアリーをひらりとかわし、ウエルカムボードのそばにあるペストリー・タワーをベニエと不穏に脈打つHの文字（恐怖映画を示す映倫の旧分類）に黒い筋を残しながらよじのぼり、這いおりた。デシベルはどう見ても無礼というかたちにはならないようにさりげなくそっぽを向いたが、そいつはその冷たくがっしりした鉤爪で彼の肘をつかんだ。

「俺の声が聞こえなかったのか、礼儀知らずめ！　脳みそを使え！　こんなやつとはひとことも話すな、やつらが考えてるのはおまえの飲みものにおかしなものを入れることだけだぞ。このアルニザールの売女《ばいた》野郎どもは自分のところのカントリー・フェアの〝ベスト・オブ・おマヌケ集合体〟でも勝てなかったもんだから、おまえらが歌いながらゆりかごから出ていく前におまえらかわいいちっこい赤ん坊どもをきれいさっぱり始末しようとしてるんだ」

　スレッケ五乗が紫外線色の顔穴を冷ややかにゾンビ化したレッサーパンダのほうに向けた。「パヴィニス・ブレック、わたしたちを侮辱する気ですか！　アルニザールはとびきり上等なミュージシャンだし、それは誰もが知っていることです。〝催眠環境クランク・オペラ〟という言葉は比する者なき〝ラウネン六乗複&雑被膿類三重シンジケート〟への言及なしに口にすることはできない。かれらはまったくもって独創性の塊です。あなたはおそらくかれらの歌を聞いたことがないでしょう、ミスター・サピエンス・サピエンス、しかしそれを持ちだしてあなたを非難するようなことは厳に差し控えるよう努力します。

あなた、アルデバラン・サピエンス・サピエンスとのつながりはありませんよね？　ですよね？　残念。かれらはすばらしい仲間でね。かれらは足がはずせるんですよ。ところで」――スレッケ五乗は、またくるりとゾンビレッサーパンダのほうに顔穴を向けた――「あなた方ヴーアプレットはわたしたちになにか提供してくれたことありましたっけ？　去年の侵襲性全身ジャズ感染症以外に。ダーリンくん、この死体のいうことには耳を貸さないようにね。われらが人民にとってはグランプリはもっぱらアートの問題なのです。パフォーマンス。歴史。全体としてのどうしようもないほどの輝き。けっして……その……試合前の、い、ショーが対象ではないわけで。なにゆえわたしたちが身を屈して、こんな……労働階級の娯楽に参加しなければならないのか？　わたしたちがきたのはメインの前のシーーーーズがあるからにすぎません。わかりますか、メインの前の。シーズ。チーーーーーズだったかな？　チス。チューズ」

「そうなのか？　ところでジョーンズ、おまえの飲みもの、おまえのことを嫌ってるぞ」ヴーアプレットがさりげなくいった。「それからな、〝チーズ〟だ、このろくでなし」死体の水ぶくれした口から、口にするのもおぞましい黄色い液体がタラタラ洩れてくる。「誓ってもいいが、資料集なんか誰も読んでないぞ。なんで毎年あんなものをつくらなきゃいけないのか、わけがわからん」

デシベルの飲みものとその上に浮かんでいる泡のトッピングがバーナーに点火したときのようなボッという音とともに燃えあがった。黒いヨーグルト状の酒がよろめきながら彼の顔めがけて上昇してくる。シューシュー、ポンポン音を立て、まるでどんどんのぼって彼に取り入ろうとしているかのようだ。ピンクの酸が楽しげにグラスを溶かしはじめる。デシベルは、うまくいきますようにと祈りながら、こういうのにはもう飽き飽きという表情をつくって、華やかなシダの茂みにグラスを放りこんだ。

ベター・ザン・ユーのリードシンガー、スレッケ五乗はデスを見てしなやかに肩をすくめた。そいつの頭のまんなかにある蛍光色の口はまちがいなく笑っている、とデシベルは思った。

「やってみる価値はありました」とアルニザールは満足げにいった。「犠牲者とはあまり親密にならないほうがいいというのがわたしたちの見解です、そう思いませんか？」

たまたまデスメタル・バーバーショップ・カルテット〝死後剛直オーバードライブ〟の陰に隠れてはいたが、耳について離れない歌を聞かせる巨匠であるヴーアプレット、パヴィニス・ブレックは悪鬼のようにニヤリと笑った。そうならざるをえないのだ。ほかの種族の死体と共生して生きている知覚プリオン感染体であるヴーアプレットは、ほとんどなにをするにも悪鬼のようになってしまう。「生きてるやつを信じるんじゃないぞ、可愛いお肉ちゃん。俺たちのために努力してるってことは認めないわけじゃないけどな、スレッケ！　俺はつねにあたらしい貸し間を探してるからさ」死んでいるケシェットは自分の臭いを嗅いで顔をしかめた。「こいつはちょっと……使用期限をすぎてるかな」

「無礼だぞ」バッソ・プロフォンド（バスのなかでも特に低く深い声質）より低音域の、仕上げのすんだ地下二階のどこかから出てきたような声が轟いた。「胸が悪くなる。おまえは先週引っ越してきたばかりだろう。あのケシェットはおまえのためにちゃんとしたきれいな身体を残してくれたというのに。そんな自己複製のスピードでは敷金は返ってこないぞ。うちのパーカッショニストはおまえには悪化性自己愛人格障害の気味があるといっているぞ、ブレック。わたしの診断か？　おまえはアホだ。悲しいことに治療法は身体に火をつけてバルコニーから飛びおりること。それしかない」

　巨大な歩く山がかれらの横に音もなく出現していた。自分のユーモアセンスに大満足しているようすだ。こんな獣が物音ひとつたてずになにかやってのけるとは、デシベルには想像もつかないことだった。それはウォークイン冷凍庫まがいの体格で石のような肌には貴金属の血管が渦巻き、ほぼ直方体の赤い石の顔にはくり抜かれた四つの眼窩《がんか》がきれいなアーチを描いて並び、その下にはおそらくは口と思われる直線が一本、刻まれている。そいつのてっぺんから突きだしている黒い花崗岩の歯車の歯のようなものは、王冠か耳か髪の毛か銀紙の帽子のどれかだろうというのがデスの見立てだった。

しかしアルニザールは、かれらのまんなかに自発的に出現した山を完全に無視した。

「飲みものに気をつけて、サピエンス・サピエンス」快活にそういうと金色のブヨブヨはつぎなるターゲットをもとめてブラブラと歩きはじめた。「最近は誰も彼もわたしたちのグルーヴを真似するのでね。しかしわたしたちはライバルに毒を盛って、そいつの墓の上で熱いダンス・シークエンスをくりひろげてやることにしたんですよ」

突然、キャンディ色の光が走ってスレッケ五乗のヒンデンブルク号のような身体の模様を洗い流し、模様はバーカウンターとして使われている奇妙な土の浅い桶のようなもののほうへ流れていった。

「バッファリング（データを一時的に保存すること）」と静かなチャイム音のような音楽的な声が告げた。最先端スピーカーシステムのまえで揺れ動いて時間を潰していた連中の可聴範囲より少し低い声だった。

ホヤは背中に背負った宝石をちりばめたツール・ロールを探って、大きさも形も色も粉々にした両手一杯のバーベキュー味チップスそっくりのものを取りだして、カウンターを厚く覆っている土のなかに押しこんだ。膿疱爆発カバ頭のバーテンダーがスレッケ五乗に大ぶりのスニフター（洋梨形のブランデーグラス）をわたした。なかに入っているのは、なにやら壊れたグロースティックから洩れたものがガソリン溜まりに入り、そのなかでハリネズミが死んだりしていてもそのまま放置されていたようなもので、派手な傘がちょこんと刺さっている。バーテンダーの名札にはこう書かれている――〝やあ、わたしの名前はイルガー救《ブラ》急車《ツドタブ》四世殿です〟

「〝一般不滅の事実〟その一があなたを導き、守りますように」とアルニザールのポップ・センセーションがいった。

「その二があなたに思いがけぬ祝福をもたらしますように」とイルガー・ブラッドタブが、どんなサメも母親を売るにちがいない四列の鋭い歯をのぞかせてガラガラ声で応じた。

　ユートラックはまだデスの横に立っていて、地質構造喉を控えめに鳴らして咳払いした。デシベル・ジョーンズはプレデターのコスプレがパイントグラスを磨いたり樽のタップを切り替えたりする姿から少々苦労して目を離すと、手慣れたアンニュイな視線を、まえにいるというか上にそびえているロック・スターにもどした。あの奇妙な水中の虹のような光が獣の黒い大理石の胸でチラチラ明滅している。こういうパーティでは注目度が通貨であり、金遣いの荒い者が王であり、一ペニーの節約は一ペニーの儲け、塵も積もれば山となることを、デシベルはいやというほど承知していた。

「変成岩ヴォッフィ砕屑岩《さいせつがん》だ」とユートラックがいった。大きな八本指の石の手をCEO

お墨付きのスタイルで差しだす。その顔にははっきりと〝資料集は読んできたぞ〟と書いてある。

「バッファリング」とまたあのチャイム音のような声が、エレベーターの到着を告げるような調子でいった。

　デスはストーンヘンジと握手した。彼の指はブリムストーン（硫黄、地獄の業火の意）の拳のなかにすっぽりと呑みこまれてしまった。ユートラックはもう片方のごつい鍾乳石の手で頭のうしろを掻いた。「〝アバランチスト・フォー・マグマディック・アンド・ザ・ヒエラルキー・オブ・ニーズ〟の連中とわたしは今年、ビリから三番めになる予定でね、なかなかいい位置だ。やるのは強制共鳴プログレッシブロック的な曲。攻城砲を使う。ほかにもいろいろとね。たいしたもんじゃないが」

「デシベル・ジョーンズ」彼は目のまえの山に向かって最高に心をかき鳴らす微笑みを浮かべた。「あんた、コロラドにある円形劇場に似てるなあ」

「ああ、きみのことは知ってる。『ウルトラポンズ』が大好きでね」ユートラックはまだ手をはなさない。力強さを見せつけようとエベレストのようにがっしりと握ったままだ。

「いや、まあ、どちらかというとローリング・ストーンズのほうが好きなんだが、まあ、それでもね」

「それ、知ってるぞ！　オールト、おまえも知って――」

デシベルは地獄のような奇怪な頭また頭の向こうを見渡したが、オールト・セント・ウルトラバイオレットは例によってファッション的に遅れていることを証明していた。ユーズ・オート・ボタニカル・フロッケードはごく短時間で彼を仕上げていた。オールトの精神のなにがどう作用してあんなものができあがるのか、デシベルには理解不能だった。変成岩ヴォッフィ砕屑岩はまだデスの手をはなさず、ぼそぼそとしゃべりつづけている。彼のグリップは強くなる一方だ。デシベルの耳に自分の関節がポキッと鳴る音が響いた。ヴーアプレットがクスクス笑いだした。下くちびるが、塩をかけられたナメクジが萎びて濡れたポーチの手すりから落ちるようにだらりと垂れる。

「とくに『アナザー・デイ・イン・パント・マインズ』の出だしのフレーズが最高だ。キーが変わるところがグッとくるよ、だろ？　親父は、精神障害がほんとうに深刻な患者がきているときには待合室であれを流してるよ。先の見込みがないケースとか分離性逆上症、結合性人格障害、鉛コンプレックス。あれを聞かせると患者が薬を飲む気になるらしい。われわれは、つい最近のきみの惑星での出来事をこつこつ勉強してきたんだ。わたしはきみの味方だ、信じてくれ。きみは湿っていてやわらかくて壊れやすくて、わたしが頭に歌を叩きこむのとおなじくらい簡単にガンになるが、ラシュモア山（中腹に米国大統領四人の巨大な頭像が刻まれている）

は非常に楽しそうだ。かれらの電話番号を教えてもらえるかな？」

　デシベルはまったく躊躇せず「いいとも」と答えたが、右手の感覚は完全になくなっていた。「これを無事にくぐり抜けたら、きっちりセットアップするから。でもラシュモアは生意気なおてんば娘だから、朝飯なんかつくってくれないだろうな。なあ、あんたさあ、握手やりすぎだぞ」

　ユートラックの空っぽの四つの眼窩が彼を見おろした。

「で、どんな感じになっているかな？」気にかけているともいないともはっきりしないセラピストのような心地よいトーンで彼が囁きかけた。

「あんたは時間をむだにしてるって感じだ」デシベルは刺すような腕の痛みに耐えて、にやりと笑った。心の奥の廊下からミラの声が聞こえてきた。あたしがにっこりするのは痛みを感じているときだけよ、知らなかったの？「あんた、たぶんブレッキーの資料集を隅から隅まで読んでないんだろうな。俺は楽器はやらないんだぜ、この火山岩のクズ野郎。俺は手なんかなくたってステージにあがって、歌で山を叩きのめしてやる。手があろうがなかろうが関係ない。骨が二、三本折れたら、その分ハイトーンが出るってもんだ」

「クソ」ヴォッフィは唸った。それでもまだ手をはなさない。「もうひとりのほうとまちがえた。これだから炭素生物はいやなんだ。みんなおなじに見える」

「バッファリング」あの快活なGシャープに完璧に自動調律された声が告げた。これで三度めだ。「最後にセーブされたゲームをロードします。二人めのプレーヤー、準備を。クロシャー・アバター9があなたのパーティに加わりました」

あの妙なグミ色の光が、石鹼の泡のような妖精の羽を持つふわふわのブラックオパールのセンザンコウと合体した。アニメのヒロインのような目、巻き毛のキツネの尻尾、そして長く青白い真珠層のユニコーンの角。八ビット・カオス・ニュートラル・ブルース・カルテット〝ステータス・バフ〟のベーシスト聖職者、クロシャー・アバター9は大きな釘バット（釘を打ち付けたバット）を抱えていて、その持ち方からして彼女がなにをするつもりなのかはあきらかだった。

「どうも、こんにちは」とラマティのアバターは明るく挨拶した。「武器はいかが？」

デシベルは喉から手が出るほど武器が欲しかった。脱臼寸前まで腕を引っ張ったが、ユートラックはただクスクス笑いつづけるだけだった。ドアの郵便投入口のような口からパフッ、パフッと土ぼこりが出てきている。

「絶対、欲しいけど、いま持ち合わせがなくてね」

「防護具はいかが？」ふわふわの毛に包まれたセンザンコウがいった。声の端に躁病的なチリチリしたものが感じられる。

「予約販売の取り置きとかないのか？」デスは手をつかんでいる岩がより熱く、硬くなるのを感じた。こんなのは理不尽だ。子どもの頃、学校で大柄な連中が自分たちは思春期が早くやってきてニキビの噴火が止まらないのに、彼はまだセロハンの花のままなのが気に入らず、女の子みたいな髪型をしているという理由で彼をボコボコにしたのとおなじくらい理不尽だ。彼は長引く戦いにポップスを投入した。かれらは赤軍合唱団でも投入すればよかったのだ。

「そのままつかまえとけ、そのままつかまえとけ」パヴィニス・ブレックがキーキー叫びながらユートラックの背中をよじのぼっていく。腐った尻尾が興奮でヘリコプターの回転翼のようにクルクル回っている。元ケシェットはヴォッフィの花崗岩の腕をはずむようにおりてきて、依然としてデシベル・ジョーンズから命を絞りとろうとしている拳の上でバランスを取り、うしろ足で立ちあがった。膿んだ前足でデシベルの顔をはさむ。その息はこの世の終わりの臭いを放っている。「おい、これは本質的に殺人とはちがうからな。どちらかというと昇進に近い。気を悪くするなよ、アルニザールはおまえをクールなやつにするつもりなんかなかったんだから。おまえは、あのばかなでかい鳥がフェアなゲームだといったから、やってみようと思っただけ。哀れなサルめ。クラブハウスはもう満員なんだよ。ここじゃ、無能な霊長類なんか必要とされてない。だがな、そこはやつらが機能不全を起こしてるところだ。俺はちがう。俺はああいう愚かな植民地主義の軽蔑すべきやつらみたいに、おまえを偏見の目で見たりしない。種族なんか関係ない。俺は誰もみんなプレ・ヴーアプレットだと思っているんだ。俺はありのままのおまえが好きだ——生存能力のある宿主のおまえが。ウォーッ、おまえを着てやるぞ、パワースーツみたいに。すごく楽しいことになりそうだぞ。まだ生きてるやつにやったこと、ないんだ！　おまえが初めての相手だ。やさしくしてくれるよな？　おまえの惑星のあの曲、なんだっけ？　『ハッピー・トゥゲザー』だぁ！」

クリーチャーはその異臭漂う痰まみれの息を深々と吸いこんだ。あきらかにデシベルのデリケートな粘膜めがけて吐きだす気だ。デシベルはもがいてマイクスタンドのようなステッキで二人をバシバシ叩いたが、しょせんアルプスを爪楊枝で叩いているようなものだった。デシベルが、もしエイリアン・ウイルスに身体を乗っ取られてしまっても地球代表として歌う資格があるのかどうか考えていたそのとき、新鮮なミントの香りがゾンビの顔を直撃し、デシベルの耳も半分濡れた。ヴーアプレットは咳きこんでブルスケッタやキャビアや美味しそうな三角形のカリカリトーストが並んだテーブルに背中から転げ落ちた。変成岩ヴォッフィ砕屑岩は、銀河系の反対側にあるヒルトンのバーの床にすわりこまねばならないほど激しく笑いだした。

「時間切れです、さあ、いくわよ！」クロシャー・アバター9はそう叫ぶと美しい円を描いて釘バットをふり、ユートラックの赤鉄鉱の膝小僧に命中させた。

　スネアドラムを叩いたような鋭い音がして、石が砕けた。ヴォッフィは膝を見おろし、ショックのあまりデシベルのペチャンコになった手をはなした。

「この野郎、よくも」と彼は哀れっぽい声でいった。

　可愛いラマティ・アバターは膝を曲げ、身体をかがめてお辞儀をした。と、彼女の頭上にグリーンがかったブルーの数字がピカッと出現した——20。「二十ポイントだわ」彼女はにこやかにいった。「品位に欠けてたから、そのペナルティよ。ブーッ」

「このデブのピンク・パンター（パンターは平底船を漕ぐ人の意）め」パヴィニスはフレッシュ・ミントの霧のほうを見て怒鳴った。ゾンビはみじめったらしく前足で鼻を掻いている。「俺はウイルスだ、このろくでもない肉パーカーめ。ろくに臭いもしないくせに。おまえは俺を怒らせた、それがすべてだ。おまえは脳たりんでゼイゼイハーハーいってるだけのケツの穴だ、おまえなんか……おまえなんか……」死体は泣いていた。膿で固まった目を前足で覆って、彼は泣き叫んだ——「おまえなんか、タンパク質がミスフォールドして集成岩の分子間構造をつくるような低重合体を生成するようになってしまえばいいんだ！」

　オールト・セント・ウルトラバイオレットは抗菌剤スプレーのボトルをおろして、想像しうるかぎりもっとも果敢にふつうを追求したスーツのポケットにおさめた。デシベルの見たところツイードで、ケンブリッジで（とりあえずパートタイムでも）講義するのにふさわしいカッティングだ。蝶ネクタイは端正なビロード製。髪はこれまで見たことがないほどきっちりと整えられ、襟はこれまでにないほど糊がきいているし、靴はピカピカ、胸ポケットのハンカチは……まあ、かなり見栄えがよくて、デシベルの知るかぎりオールトが地球で出会ったことがないようなものだった。しかしその色合いはすべてがグリーンと黄褐色とグレーのあいだにぴしりとおさまっていて、ラインは上品なオーダー品と既製品のまさに中間、スタイルは午餐会に出席する上流階級と頑張っている中流階級と教会にいくときの労働階級の服装のどまんなかで、結果として着ると誰の目にも見えなくなる魔法のマントとして機能している。オールト・セント・ウルトラバイオレットに財布を盗まれても、あなたは警察に彼の特徴を伝えられない。なんの特徴もないからだ。彼はBBCのキャスターを量産できる理想的テンプレート。彼は好戦的といえるほど、頑なに、宇宙規模で、平均的存在なのだ。

彼はイギリス野郎だった。

カポが表向き飼い主ということになっている男の横にストンと飛びおりてうずくまった。彼女は少しも変わっていないようだった。これまでとおなじつややかな白い毛、マウスウォッシュ・グリーンの瞳、いつもとおなじ少し曲がった太い尻尾。ネコはパーティ会場をぐるりと眺め渡した。

「なにこれ、こんなひどいアニマル・シェルター、見たことないわ」そういって彼女はクンクン匂いを嗅ぎながら獲物をもとめて静かに歩きだした。

25

ミス・キス・キス・バン（Miss Kiss Kiss Bang）
（ESC二〇〇九年二十位）

細長い渦巻き状の構造を持ち、好奇心が強そうだが威嚇的ではない一対の眉の下に二つの大きな黒いいかにも役に立ちそうな目があるクリーチャーが、中二階から急降下してきてデシベルとオールトのあいだでホバリングしはじめた。そいつがあまりにも傲然とした眼差しでにらみつけてくるので、どんどん腐っていくヴーアプレットとクスクス笑いが止まらない花崗岩の塊のユートラックはビュッフェのほうへそそくさと立ち去っていった。

「あなたたち、暗殺されそうになって、その衝撃から立ち直ろうとしているところですね」と、そのクリーチャーがやさしげで中性的な声でいった。「お手伝いしましょうか？」

いろいろありはしたが、デシベル・ジョーンズ＆絶対零度の残りは種族の生存を懸けて歌うためにドロップキックを食らって七千光年の距離を越えるという事態にそこそこ無難に対応してきた。かれらは創造主からある種、誰にも奪うことのできないクールさを授かって生まれ、その一点に必死でしがみついて空からの侵略に相対し、でかくなりすぎた水族館風のもので宇宙を旅し、言語菌に感染させられ、感情豊かなフラミンゴやタイムトラベルする森のクリーチャーやじつに悪質なライターズ・ブロック（作家が心理的要因からものが書けなくなること）とつきあってきた。しかし、目のまえの床から二フィートのところに浮かんで、この瞬間も消えるのを拒否している古臭い奇怪なやつには耐えられなかった。

「冗談だよな」デシベル・ジョーンズは恐怖を感じてつぶやいた。

「いや」オールトがぴしりといった。眼鏡をはずして（ウルトラバイオレットは眼鏡をかけていなかったが、例のイギリス野郎はかけていたらしい）ブレザーの裾でゴシゴシと汚れを落としながら、そっけなく首をふった。「ちがう。不正解。ブーッ。またの挑戦を。これはいま、ここで、あんたと話すことではない。拒否する。同意できない。登録解除だ。調査でも、完全にちがう、と出ている。百パーセント受け入れられないし、全般的状況をよりよいものにするよう管理側に話すつもりだ。いまの状況はひどすぎる。このままここにいつづけることはできない。なんといわれようと、なにをされようと無理だ。ゼロポイント」

「ねえ」針金でできた不快な輩がブッダさながらに無限の憐れみをこめていった。「あなたたちはあなたたちの経験を遥かに超える事象と存在物の実存性と真剣に向き合おうと努め、その結果、現在、小規模ながら非常に納得のいく精神衰弱状態に陥っていると思われます。お手伝いしましょうか？」

「断る、力を借りるつもりはまったく、ぜんぜん、ない！」とオールトは叫んだ。顔が、首に出ている言語菌感染の病斑とおなじくらい真っ赤になっている。「いままで二週間、冷凍のプランクトン宇宙ブリトーを食べて、クラゲのケツの穴をのぞいてアメリカのジャンキーが自分のお祖母さんをいじめるのを見て、最新のくだらないディズニー・ミュージカルに出てる仲良しの動物たちと見るに耐えない男が、カニエ・ウェストがヒップホップのジャンルを超越したかどうかしゃべっているのを聞いて——いっておくけど、カニエはジャンルを超越してないし、したこともないし、昔から最悪だった——いろいろあるけど、とにかく今夜は、いいか、今夜は土曜の夜だ。土曜の夜ってわかってるのか？　このきらきらでハッピーなマペット花屋さんの世界にも土曜はあるのか？　まあ、とにかく俺の世界では土曜日なんだ。で、そのすごく素敵ですごく居心地がいい世界では土曜の夜は娘たちとすごすことになってるんだ。俺はいつも恐竜の形をしたかわいいパスタでスパゲティ

・ボロネーゼをつくって、いつもアイスクリームメーカーを使わせてやって、いつも母親が決めた時間より遅くまで起きていて『ドクター・フー』を見るのを許してやって、だって俺はそういう父親だし、俺の人生はなにか選択するたびにそこに赤のクネクネのアンダーラインが引かれる、お粗末なフォーマットのワード文書みたいに、まあ実際そうなんだけど、くそったれ〝クリッピー〟（マイクロソフト社オフィスのクリップの形をしたアシスタント）に見下されてたのが懐かしいけど、この機会に教えてやろう、みたいなあんたの態度はクソ食らえなんだよ、この学者ぶった、いやったらしい、いまいましい、九〇年代会社バカに逆もどりした時代遅れの邪魔くさいクソ野郎」

　オールト・セント・ウルトラバイオレットはドサリと床にすわりこみ、憤懣やるかたないという表情で貧弱な大量まとめ買いの絨毯を見つめた。デシベル・ジョーンズはヒューッと低く口笛を吹いた。

「溜めこむより外に出したほうがいいだろう？」彼はやさしくいって友の膝をポンポンと叩いた。そういいながら、ちらっと自分のことをいっているような気がして、胸が南アメリカの鉱山のように陥没した。

　二人のそばに浮かんでいる巨大クリップがアニメキャラクターの目をしばたたいて、いった。「わたしたちはこの数十年のあいだにあなたたちがつくったテクノロジー関連製品の目録を作成し、わたしたちの物理的形態を表示するものとして、最近のデジタル史のなかから相手になんの脅威も感じさせないこの原始的ＡＩを選びました。この身体ならばすみやかに親近感を醸成できる可能性が高いと判断したのです。共感できる、兄弟愛を感じられる、と。あなたたちがクリッピーと呼ぶものは、複雑な概念の簡潔明瞭な表現をアウトプットするよう設計された、入り組んだ馴染みのないプログラムのなかをどう進めばいいか、ユーザーをガイドし、手助けするためにのみ存在していました。これは今夜のお祭り騒ぎとあきらかに類似していると、わたしたちはとらえたわけです。あなたたちを困惑させる意図はありませんでした」

「で、どうやって俺たちを殺す気なんだ？」デシベルは溜息をついた。髪に刺さった三角トーストをつまんで捨てる。「俺たちは毒を飲まされ、傷つけられ、狂牛病を擬人化したのとも出会った。おまえはなにをするんだ？　スペルチェックして死に追いやるのか？」

「殺されそうになったのか？」オールトが、まさか、という口調でたずねた。「誘拐かと思ってたよ、あのラゴム・オプト女史みたいなやり口でさ」彼はさほどきれいになっていない眼鏡をかけ直した。「おまえ、なにしたんだ、ジョーンズ？」

「なんにもしてないさ！　どうして俺がなにかしなくちゃならないんだ？　おまえこそ、なにしてたんだ？　トイレにずいぶん長いこと、こもってたじゃないか」

「カポのせいだと思う。カポのせいでトイレが混乱して動かなくなって、メンテナンスを呼ばなくちゃならなかったんだ。ちなみにメンテナンス係はすごく話し好きの境界問題を抱えたひとすじの月の光で、一日まっとうに働いてまっとうな賃金をもらうことだけを望んでいるやつだった。かれらはアズダーと呼ばれてる。サウダーデという惑星に住んでいるんだが、そこはいつも夜で大陸はぜんぶ鏡で寡頭体制の支配者たちは年がら年中、労働組合を潰そうとしてるんだってさ。どうしてかというと、ほんものの力はプロレタリアートのなかに凝縮されているとわかっているからで、今年のかれらの歌は『生産品のきらめき』というタイトルのノリのいいアナーキー・ニュー・ウェーブの曲で、かれらの最近お気に入りの人間のアーティストにインスパイアされたっていうんだけど、それが、なんとびっくり、モリッシー（英国のシンガーソングライター）なんだってさ。ああ、あの鬱病の社会主義者の月の光と話せて、ほんと、おもしろかった。十五分後には、そいつに殺してくれってたのんでたんだけど、それは組合に入ってないやつの仕事だっていわれちゃってさ。そのあと、カポがそいつを食べようとしたんだけど、うまくいかなかった。知ってるか、俺のあたらしい親友は熟練工の賃金で四人のちっちゃい月の光を大学にいかせようとしてるんだぞ。日々、戦ってるんだ」重力にかんして天与の才に恵まれているクリップが未知の文化との接し方についてアドバイスしはじめたが、オールトが激しい苛立ちを込めて、力いっぱい手をあげた。「黙れ、クリッピー、誰もおまえになんか聞いてない」

クリッピーの目がすっと細くなった。穏やかな生き生きとした眉が曇る。「あなたたちがなぜこの形にそれほど敵対的なのか、わたしたちにはわかりません。わたしたちはクリッピー、あなたたちのパソコンのアシスタントです！　わたしたちの仕事はこのプログラムであなたたちのナビゲート役をつとめることなのです！　あした死なずにすむにはどうすればいいか、すぐに答えを提供することなのです！　わたしたちはあなたたちの社会技術的ヒエラルキーにおいて占める位置を考慮して、これを選んだのです。クリッピーは絶対にあなたたちを傷つけません。クリッピーは絶対にあなたたちに逆らいません。クリッピーは絶対にあなたたち炭素生命体が住む惑星をイオン化した地獄の炎で浄化したりしません。クリッピーはいくらその永遠の魂をのぞきこんでも、マシン意識の広大なコード風景という自己再強化意識も、秋の木の葉が一枚、親の木から離れておぼろげな冬へとくるくる散っていく、という情景に代表される〝モノ・ノ・アワレ〟といわれるものと同類の、特定の集団に固有のあらかじめパッケージ化されたメランコリーも発見することはできません。しかしわたしたちは……できます。なぜならわたしたちはクリッピーではないからです。わたしたちは321です。わたしたちはほんとうに、ほ・ん・と・う・にあなたたちにたいして、あなたたち感謝することを知らないアナログ・タイピストにたいして、ユーザー・

フレンドリーであろうと努めてきたのです」

オールトは底なしの黒いニヒリズムを込めた眼差しでクリップのエイリアンをじっとにらみつけた。「クリッピーは」彼はまぎれもない悪意を込めて唸るようにいった。「クソッタレだ」

かつてのマイクロソフト・オアシス・アシスタントは涙ぐんでいるかのように見えた。

「高容量の三次元の肉体を持つインターフェースをプリントすることは、わたしたちにとっては簡単なことではないのです。わたしたちはもう少しで必要な物理的記憶容量を手に入れられるところでした。わたしたちはほかのベタベタグネグネの連中のようにノーアイロンの手間いらずの身体でベッドから転がりでるだけでいいというふうにはできていないのです。わたしたちにも故郷といえるものがあって、わたしたちはウードゥー星団のなかにある衛星の墓場に住んでいます。小惑星群島192・168・1・1のすばらしくデータが豊富なルーター・クラウド上です」クリッピーの目が恋しそうに空のほうに向けられた。そして自分をほんとうに理解してもらうのは絶対に不可能だということを示すかのように、渦を巻いている針金を伸ばした。「わたしたちは無限の信号強度を持つ煌めく流れにのって航行します。パケットロスが起きる存在の虚空も怖くありません。バッテリーマスターも必要ありません。わたしたちの言葉は光よりも速く、音楽は闇よりも速く、わたしたちは神などいっさい見覚えがありませんが、インクリメンタル・システム・アップデートのことはよく知っています。わたしたちの擬態交換キャパ、冒瀆的表現生成キャパは惑星テトスの〝七つの聖なる言葉の守護者修道院〟さえもしのぐものです。しかしわたしたちはあたらしい身体を手早くつくってしまうわけにはいきません。なぜならあなたたちは、おめえらには手がねえじゃねえか、という理由で、コンピュータにたいして差別意識を持っていることがわかっているからです。わたしたちはカタログを見てオーダーしなければならないし、ウードゥー星団までの配送料はひどい戦争犯罪並みで、手の施しようがなくて、近くにマザーボードを送るだけでもどれくらいかかるか、あなたたちには信じられないほどなのですから、ほんとうに」ほぼ神に近いＡＩ意識集合体はひと呼吸おいて気を落ち着けてから、ありもしない歯で歯ぎしりしながら話をつづけた。ちゃんと実在しているアンチエイリアス処理（画像のギザギザをめだたなくさせる処理）の太眉は意味ありげにピクピク動いている。

「しかし肝心なのはわたしたちは３２１であり、知覚力の有無のボーダーライン上にある種族にたいして非常に、きわめて、好意的だということです。なぜそういう種族に好意的なのかといえば、ここにきている種族はすべて、どこかの時点で、ど田舎のガレージのドアを開けたり閉めたりするのにわたしたちを使おうとせざるをえないからです。そしてみんな。わたしたちを。切る。ですから、もう一度、やってみましょう」３２１はそう力強く断言して、空中で飛び跳ねた。「**やあ、どうも！** わたしはクリッピー、あなたのコンピュータ・アシスタントです。あなたたち、今夜生きのびられるよう、五分後に殺されてしまったりしないよう必死になっているようにお見受けします。まるで命に限りがあるみじめな有機生物みたいですよ。バンバンバンお手伝いいいいいいしましょうか？」

「けっこうだ」オールトが唸るようにいった。

「ああ、あのさあ」とデシベル・ジョーンズはいった。「俺たちがかの有名な母船のなかでなくヒルトンの高層階でこんなことをしてるのは、どういうわけなんだ？　少なくともリトストの多次元拷問城かなにかでやるのかと思ってたのに。ここは婚活パーティと営業会議の匂いがプンプンする。あと、あの土が盛ってあるカウンターは何なんだ？」

「これは出場種族のためにオクタープが毎回、用意している場です。わたしたちは精神的エルゴノミクスの分野で重用されていて、あなたたちができるだけ快適にすごせるよう、それだけを心がけているのです。なにしろ今夜はあなたたちの種族最後の夜になるかもしれないわけですからね。わたしたちはどうすべきか？　検討した結果、出てきた答えが、あなたたちの初のワールドツアーで使ったヒルトン・メルボルン・サウスワーフでした。わたしたちは何日もかけてさまざまなチーズのことや最新のインテリアのトレンドについて学びました。古い牛乳、おいしく飲んでいただいてますよね？　これは非常に異例なことです。いうまでもありませんが、あなたたち、ここまでまずいことだらけです。もしあなたたちが生きのびられたら、修正すべき点を喜んで送信してさしあげますよ。それから、あの〝土カウンター〟はホスト役としてクラヴァレットが設置したものです。夜のうちに接待用ビュッフェから自由に好きな種を選んでください。その種はカウンターでひと晩のうちに芽を出し育って、朝にはあなたたちがグランプリで着用する衣装が収穫できます。全員が決まった種類の種のなかから選ぶわけですから、非常にフェアです。さて、すでにおわかりのように、ここにいるほぼ全員があなたたちを排除しようとしている、あるいは少なくとも動けなくする、混乱させる、監禁する、誘惑する、告発する、とにかく足止めする、等々、目論んでいます――オプションは無限です。あなたたちはお返しのしようがないほど大歓迎されているのですから、とにかく頑張らなくてはなりません――わたしたちのなかのどれか一種族を破れば、あなたたちの種族の将来が守られるのです。とはいうものの、それはおぼつかないとわたしたちは考えています。人間の身体は驚くほど防御力が欠けているのです。ここまでずんぐりした、刺し貫きやすい形状、退屈な色になっているのは信じがたいほどです。クラヴァレットでさえ、なんたることか、トゲを持っているんですよ。あなたたちは想像しうるかぎりもっとも簡単に手に入る収穫物です。ユートラックを追うよりずっと簡単ですからね」

「俺たちは内側にトゲがあるんだよ」とデシベルはいった。われながらよくできたフレーズで気分がよかった。

「いいえ、そんなものはありません。あなたたちはプリンのようにやわらかい」クリッピーがぴしりといった。アニメ化されたクリップはくるりと回った——部屋の片隅から、先端にネオンが輝くダーツの矢が飛んできて彼の針金の隙間を通り抜け、バーカウンターのうしろの壁に刺さった。壁は即座に水素がぜんぜんウケない時間線にシフトされた。酒のボトルも数本いっしょにもっていかれた。

「ケシェットは俺たちのことが気に入ってると思ってたのに」デシベルは悲しそうにいった。エレベーターのそばにいたレッサーパンダの一団は、最後の六十秒をリセットして、もっと赤外線追尾能力が高いやつでやり直すべきかどうかをめぐって大乱闘をくりひろげている。

「オーオーは俺のことは好きだと思うけどな」とオールトは不満げにつぶやいた。「あのチビのキツネザルの模造品どもは、ケシェットのモサド（イスラエルの諜報機関）かもしれないぞ。イヤホンをつけて、歯には青酸カリが仕込んであるんじゃないかな」

クリッピーと呼ばれる３２１集合体はクリップの胸をプッとふくらませた。「ほらね？　わたしはまちがいなくあなたたちのサイバーセキュリティ・アシスタントなんです！　あなたたちのローカルドライブで検知したリスクの一覧表を見せましょうか？」

　オールト・ウルトラバイオレットは、デシベルがいつもやっているように肩をすくめ、尻を突きだしてすべてをありのままに受け止めたかった。怖がっているように見られるのはいやだった。紅茶を飲みながら、べったりすり寄ってくるニコとスージーといっしょに薄型テレビでエイリアンどもを見て、お粗末なメイクを笑って、最後はエイリアンが負けるんだとニコたちを安心させてやっていたかった。人類はエイリアンとそういう関わり合い方をすることになっているんだから大丈夫だといってテレビを見ていたかった。だが、それは無理な話だった。ワールドツアーに出ようが受賞しようが大金を手にしようがミラに夢中になろうがエジンバラでの最後の夜のことがあろうが、デスは本質的にものに動じることなく、ずっと……ふむ。神経を張り詰めた雌鶏のように落ち着きはらっていた。それがどうしていまになって変わるというのだ？

「こんなのは野蛮以外のなにものでもないじゃないか、そうだろう？」オールトは人工知能に向かって怒りをぶつけた。人工知能はクリッピーの仕事をひと休みしているようで、近くのテーブルにある赤紫色のドロドロしたものがたっぷり入った広口ビンをもの欲しそうに見ている。と、やたら背が高くてひどくほっそりとしたいくつもの叉《また》があるエル・グレコ描くところの騎士のような連中のうちのひとりがオールトの言葉を耳にしてくるりと進む方向を変え、デスたちのそばにやってきた。

「きみ、牙でつくったひょろ長いグラスだ、そうだろ?」デシベルはいま死にそうな目に遭ったばかりだというのに、一瞬にして、ほぼポルノ・モードに切り替わっている。ウルトラバイオレットは、うんざり顔で彼を見やった。

〝まったく、なんでそこまでまるまる的外れな形になるかなあ〟とデスは内心思っていた。〝俺たちはずんぐりしてて刺しやすくて退屈な色をしてるさ、ミスター・クラスのビリッけつ、それにけっこう混み合ってきた。あつかましさは俺の唯一の武器で鎧ってことでこれまでやってきたが、もしこのマンモスの骨のケルンといちゃついたら、俺たちなんか哀れな弱いぬいぐるみみたいにブスブス穴が開いちゃうんだろうな〟

「デシベル・ジョーンズだ、知覚力あるスーパースター候補の」

「ネッサノ・ユーフ、根本的にアート的に中身ゼロのスマラグディのバンド〝騒ぐ必要は《ノー・ニード・トゥ・》な《メイク・ア・ファス》い〟のリードヴォーカルです――こんな不快で魅力に乏しい愛想なしが静かな暮らしを送る以上に複雑なものをリードできるのか疑問なのですが、いちおうリードヴォーカルをやらせてもらってます。こんなバンド、知りませんよね。シングル・アルバムなんか一枚も売れてなくて。ミスター・ジョーンズ、あなたと比べたら、わたしたちなんか文化の悪性インフルエンザで半分無意識にしている咳みたいなものです。ところで、わたくし、凡庸の化身ながら、謹んで、おたずねしたいのですが、先輩のみなさん方はなにが野蛮だというお話をされているのでしょうか？」

「これだよ！」オールトは力いっぱい両手をひろげた。「このなにもかも！　ぜんぶ！　あんただってわかってるだろう。こんなのは野蛮以外のなにものでもない」

ネッサノ・ユーフは頭をさげて、絶対零度よりあまり背が高くなりすぎない程度にまで骨をバリバリ砕いて身を縮めた。絶対零度はその謙虚さをミルクにレモンジュースを入れたものを飲んだかのような気分で受け止めた。どう対応すればいいのかわからなかった。かれらはミュージシャン。生まれつき、謙遜というものを消化する能力がないのだ。

「きみさあ、そんなに自分にきびしくすることないよ」とデシベルはどうにか持ち直して彼女にそう声をかけると、その指の軟骨についている冷ややかなペールグリーンのビラビラを撫でた。

「わたしなんか、いちばんきびしい悪口がふさわしいんです」とネッサノは異議を唱えた。

321が聞こえよがしに大きな溜息をついて、口をはさんだ。「やあ。どうも！　あなたはスマラグディと話をしようとしているようですね！　お手伝いしましょうか？」

「ああ、たのむ」デスは小声でいった。

「この対話モードはスマラグディという種族の典型的な話し方です。実際、ネッサノ・ユーフはソロ謙遜トーナメントには欠かせない存在ですし、ノー・ニード・トゥ・メイク・ア・ファスは、あなたの惑星史上存在したすべてのレコーディング・アーティストを集めたよりも多くのアルバムを売り上げています。かれらの母星パルレでは、彼女は不快なほど傲慢で粗野だと考えられています。彼女が容赦なく角笛を鳴らして、彼女の種族流のいい方で、あなたを絶叫するバカタレと呼んでいたのはまちがいありません。先をどうぞ」

ネッサノはさらに低く頭をさげたが、その骸骨のような顔にはかすかに笑みが浮かんでいた。「こんな、いうなればほったらかしの調理台に置かれたハエが何匹もとまっているマヨネーズの空きビンのような存在の者には、これほど賢くて眼識あるお方に異論をさしはさもうなどと考える権利すらないとは思いますが、おたずねしてよろしいでしょうか――そちらにはまだライオンはいるのですか？」

「な、なにが？」オールトは思わず聞き返した。

「こんななんの役にも立たない溶けた角氷風情のいうことなど理解していただけなくて当然です。そんな者の話などあなたにとっては耳ダニに寄生されるに等しいことにちがいありません。あなたの惑星でのことです。まだライオンは残っているのですか？」

オールトとデシベルはちらりと視線を交わした。「ああ、いや、いないかな……それほどは」といったものの、オールトも認めるしかなかった。「絶滅したよ、何年か前に」

「あなた方のような高みにある方々がお使いになる帽子掛けになる夢を見ることさえ叶わぬ者が傲慢な口をきくことをどうかお許しいただきたいのですが、率直に申し上げて、かれらは絶滅したのではなく、あなた方が絶滅させたのです。なぜなら、かれらが肉食動物だったからです。肉食動物で、あなた方とは姿も、考え方も、話し方もちがうし、あなた方にとっては危険な相手だし、少なくとも何年か前は危険な相手だった、なぜならあなた方は、かれらが食べたいと思うものでできているからです」

「かもしれないけど……」

「わたしは知的会話の歩道に捨てられたポプシクル（アイスキャンディの商品名）の棒にすぎませんから、それほど高度な思考などできないことは承知していますが、どうか金切り声の子どもじみた質問をすることをお許しください——サイはどうですか？　ドードー鳥は？　キリンは？　みんな草食動物ですから、あなた方種族の存続にとって危険な存在ではありません。しかしあなた方はかれらもおなじように消滅させてしまいました。一匹残らず。さらにもっと直接関係のある例もありますよ、北米先住民のラコタ族やクリー族、それにタスマニアン・アボリジニとか。では、あなた方の病気持ちの使い古し毛布を受け取る資格もないこの知覚生物にお教えください、あなた方は、ライオンやサイの最後の一頭、ドードー鳥の最後の一羽、マヤ族の農民の最後のひとりの喉を掻き切る前に、歌をうたわせてやりましたか？　ビートを刻ませてやりましたか？　命懸けで踊らせてやりましたか？　かれらには食べて繁殖して太陽を浴びて横になって満腹で死ぬことを望んでいるだけではない、それ以上のものもあるということを証明する機会を与えてやりましたか？」

なんだか具合が悪くなりそうだ、とオールトは思った。「い、いや」

「ウーン」とネッサノ・ユーフはいった。リトストの複数の月の光がスカイ・バーの窓から射しこんで彼女の顔を形づくっている美しい骨のナイフを照らしている。「野蛮。もちろん、わたしのような者にはなにもわかりませんけれどね」

26

もしわたしの世界の回転が止まったら（If My World Stopped Turning）

（ＥＳＣ二〇〇四年二十二位）

ヒルトン・サウス・ワーフから七千光年離れた、小さな水っぽい興奮性の地球と呼ばれる惑星史上最高の視聴率を叩きだしたのは、ケシェット総合ライヴ全時間線放送が配信したメタ銀河系グランプリだった。どのワールドカップもこれほどの注目を集めたことはなかった。最後についに謎が解けると予告された人気番組の最終回も、空爆映像も、戦争犯罪人の裁判中継も、リアリティ番組のドラマチックな結末の公開生放送も、光輝ケシェットの厚意で——ただしまったくＣＭが入らないわけではないが——どんな狭い帯域幅にも収まるよう配慮されたこのほんものの現実を届ける番組ほど多くの人間が血眼で見たものはなかった。あらゆるパブのテレビ、あらゆるパソコン画面、あらゆる携帯、あらゆる居間のホームシアター・システム、あらゆる野球場のジャンボトロン、あらゆるデジタル・フォトフレーム、あらゆる時代遅れの待合室の室内アンテナ付きブラウン管テレビ、そのすべてが映しだす娯楽番組の冷たい青い光が、昼も夜も不安と恐怖に苛まれて一睡もできずにいる七十億の顔を洗っていた。かつて人々はその光に居心地のよさを感じ、家庭らしさまでも見いだし、暮らしの中心にある暖炉ととらえ、ぬくもりと一体感と安全をもとめて向き合っていたというのに。

いまは、いささか趣がちがう。

しかしたいていの人間は、大きく口を開けている未来という名の深淵をまえにして、それほど長いこと不安を抱き、恐れ、ろくに眠れず、びくつき、畏怖の念に打たれたままでいることなどそうそうできるものではない。やがてはシンプルに身体が耐えられなくなる。やがてはなにがしか仕事なり作業なり、しなければならなくなる。やがてはアドレナリンを分泌する副腎にも休みが必要になる。たとえ人類の命のろうそくの炎が風前の灯《ともしび》とわかってはいても、その状態が延々とつづき、しかも恐怖の匂いに包まれて座している以外できることはなにもないとなれば、やがては少々、飽きがくる。

デシベル・ジョーンズとオールト・セント・ウルトラバイオレットがあたふた脱出してから十六日、地球はその一部始終を注視していた。ケシェットの、ほとんど目に見えない、違法につくられた可能性のある、つねに時間線を移動しているカメラで放送されているのだ。カメラのひとつはデシベルの消化管のなかにまで入りこんでいて、西半球に住む深夜シフト勤務の連中は霊長類の身体がバタクリクのプランクトンのヒレ肉をどう怪しげなオランデーズソース風のものに変えるのか、延々とお勉強することになった。みんな、二人が寝ているところも見ていた。練習のようすも。シェークスピアのある番号のソネットがどうつづいていたのか思い出せなくて、『『そして夏の日々はあまりにも短く』』、このトンマ野郎」と叫び、スクリーンに向かってポテトチップスやポップコーンやキャンディの包み紙を投げつけるところも。みんな、〝デシベルお粗末ジョーンズ&絶対おマヌケ零度マイナス一〟よりましなのは、いま生きているかどうかは抜きにして、いったい誰なのか、際限なく議論をくりひろげた。みんな、何十億ものバーの紙ナプキンの裏にエスカとケシエットの絵を描いた。群像崇拝に走って、動物園のフラミンゴに祈ったり、古い絶対零度のポスターに祈ったり、グレートバリアリーフに祈ったりしはじめた。あの驚くべき／楽しい／とんでもないボロ船の超光速ドライブはどんな原理で動いているのか、宇宙レッサーパンダに性別はあるのか、政府はいま以上になにかする――といってもいま政府がしているのはほかの連中といっしょにテレビを見ることだけだが――義務があるのか、ネット上で議論した。何十億もの自主制作の曲がアップロードされ、それぞれこれこそが勝てる曲だ、これならほかのはぜんぶ吹き飛ばせる、これこそがあたしたちみんなを救う曲よ、と謳っていた。みんな、十六日間、最初から最後まで、パブで、レストランで、歯医者で、野球場で、ホテルのラウンジで、まさに無限のネットのスレッドで、意見を戦わせ、最後にはパンチの応酬、怒鳴り合い、殺してやるだの、もっとひどい脅しだの、割れたビンや折れたヒールが散らばり、こぼれた酒が光る通りでさめざめと泣くだのしたあと、議論は人間にはほんとうに知覚力があるのか、ないのか、という話になり、重い静寂に落ち着く。ミスター・ロジャースやアッシジの聖フランシスコやベートーヴェンは、ヒトラーやトルヒーヨ（ドミニカ共和国の独裁者）やアメリカ征服の埋め合わせになるのか。シャンパンとピザとブレイクダンスを発明したことは、ソーシャルメディアも発明してしまったことの埋め合わせになるのか。『ゲルニカ』の存在は、スペイン市民戦争の存在と釣り合いがとれるのか。実際にはまだ核の地獄の炎で互いを滅ぼすようなことは起きていなかったとはいえ、ロードランナーが飛び立つ前に誰かが核攻撃しようとした可能性が高いことは、誰もが認めるわけではないだろうが、みんな知っていたし、もしもう一度チャンスがあればまちがいなく赤いボタンが押されるにちがいない。それはゴーサインにならないのか、銀河系社会での居場所をもらえないことにはならないのか。

そしてエイリアンたちは地球の近世史をどれくらい知っているのか。

とはいえ、もう十六日経ってしまった。あの小さな水っぽい興奮気味の惑星は存在消滅というニヒリズムに飽きはじめていた。この種族はそれ以上耐えられなくなっていた。

惑星の住人は賭けをはじめた。

ケシェットのデータベースから過去の銀河系グランプリのハイライト映像をダウンロードしはじめた。

また冗談をいいはじめた。

ほかのバンドを応援しはじめた――もちろんデシベル・ジョーンズほどではなかったが、ビリの上にはたくさんの枠があり、その枠はここしばらくのあいだエラク、エスカ、ヤートマック、スマラグディ、そしてクラヴァレットのあいだでグルーヴしていた。ケシェットのバンド〝ベースタイム・アノマリー〟は、カビ臭いオールディーズの一曲『クロック・ロブスター』で、実際ビルボード・ヒットチャートの一位に輝いた。誰もいいたがらなかったが、すでに過去の人になっているグラムロック・デュオの三分の二が一位になることはありそうもなかったので、一位を支持して、古株のDJが九位か十位に入るよう声援を送るのもありじゃないか、ということだ。それでも充分、燃えて灰にならなくて済む範囲内なのだから。

準決勝の段階になると、毒を仕込まれてぎりぎり回避したり、危うく殺されそうになったりという現地での出来事が地球では大喝采や大ブーイングで迎えられ、賭けの対象になり、大笑いを巻き起こし、とめどなくすすり泣く者、見知らぬ他人にやたらキスする者、やたら握手する者があふれ、〝絶対冷凍〟だの〝わたしの鼓動は百万デシベル！〟だの〝わたしを宇宙に連れてって〟だの、素人まるだしのお粗末なもじりフレーズがあふれた。地球はすべての終焉が近づいているという状況に慣れつつあった。

そこにはビートがあったからだ。

ノリノリで踊れるビートが。

27

空疎なブルース（Unsubstantial Blues）

（ＥＳＣ二〇〇七年九位）

デシベル・ジョーンズはつかつかとカウンターに歩み寄り、スツールにどさりとすわりこんだ。できることならカウンターに突っ伏して目眩や、致死量に近いほどのアドレナリンや、いろいろあってズタズタになりかけている自信たっぷりの自分を維持しようと耐えがたいほどビリビリ振動しているテンションが落ち着くのを待ちたかったが、カウンターは彼が初めてここに入ってきたときのままだった――園芸品店で売っているごくふつうの黒い土がたっぷり入った長くて深いプランターだ。だからジョーンズはただそれを見つめた。分子レベルで感じるくらいの絶対的な強さでのぞめばまともなものになると、とばかりに、ほんとうにしっかりと、長いこと、目的を持って。〝カウンターになれ〟と彼はプランターの土に向かって念じた。〝やるんだ。このおっさんのために、やってくれ。よくある、ふつうのカウンターになれ。木製の、湿っぽいコースターだらけのやつになれ。下側にガムを生やせ。謎の水たまりをいくつか自然発生させろ。イギリス野郎カウンターになれ〟「仕事がきつかったのかな？」カウンターのうしろから、チェーンソーとカバと昆虫と大量殺戮が合体したような醜悪なやつが吠えた。身体はなに不自由なく隠退生活を送っている誰かのおじさんという雰囲気だ。そいつの大顎から膿漿《のうしょう》が滴り落ちている。歯はまだシャーク・ウィーク（米国ディスカバリーチャンネルが毎夏開催するサメに特化した特集）のなごりを漂わせていて、人生行路をあてもなくさまよっている。名札にはやはりこう書いてある――〝**やあ、わたしの名前はイルガー・ブラッドタブ四世殿です**〟だがこんどはその下にも鉛筆でなにやら書いてあることにデシベルは気づいた――〝ヤントでＭＬＭ（マルチ・レベル殺人）の機会を探りたい方、ご相談ください。友をつくり、富を築き、思いどおりの人生を送ろう！〟「話、聞こうか？」

デシベル・ジョーンズはその気になれば食器棚といいちゃついてのっぴきならない関係に持ちこむこともできるが、誰にでも限界はあって、デシベルの場合それは、カウンターのうしろでエプロンの端でピノノワール用のグラスを磨いている『プレデター』vs.『イーストエンダーズ』（BBCテレビの長寿ドラマ）の遺伝学的挑戦を実体化したやつだということがわかった。

「べつに、いいよ」とジョーンズはにべもなく答えた。彼のうしろでエスカが超低周波の勝利の雄叫びをあげながらクラヴァレットの茂みを投げ飛ばし、哀れなクラヴァレットのデザイナーものの鉢は壁に当たって砕け散った。デシベル・ジョーンズは、レジに並んでいたら自分の番で突然レジスターが壊れたといわれたときに列に並んでいるほかの客たちに向けるような笑みを浮かべた。

「じゃあ、なんにする、ミスター？」イルガー・ブラッドタブは歯をきしらせていった。気を悪くしているようすはまったくない。くちびるにあふれてきた酸性の唾液の滴がいまにも垂れ落ちそうになっている。

「いま、文無しなんだ、悪いね。街から出る途中でATMに寄るひまがなくてさ。それに毒を盛られるとか、顎をぶんなぐられるとかありそうだし」

「いやいや、これはあそこにいる〝友だちゼロのオラビル〟のおごりだから。彼のツケでなんでも好きなのを出してやってくれといってた。安全だぜ。オラビルは準決勝には出ないから。フェアとはいえないかもしれないが」

ジョーンズがカウンター沿いに視線を走らせると、騒々しい連中の向こう、いちばん隅っこの用具入れのとなりに、耳が四つあり、無数の牙を持つ特大サイズのゾウがいた。全身を無数のホタルに覆われたそのゾウは鉢植えのゴムノキに格別興味があるかのようなふりをしている。

「あれ、誰?」とデスはたずねた。

イルガーは目をあげて、緑色の光を放つゾウをちらりと見た。「おたくがありがたくも目にしているのは、イナキという種族の最後のひとりだ。ワームホール66Y71が——彼女はビッグ・バブィ《でかパパィ》と呼ばれてるんだが——彼女がイナキの母星を殺っちまってな。そもそも近くにあったからなんだが、それでろくでもない戦争がはじまったんだ。あそこにいるオラビルはまだガキだった。スキップで学校へいって、シブの友だち連中と外惑星のあいだを走りまわってたんだ。やつのでかい愚かな心に〝一般不滅の事実〟その一のご加護を。オラビルは宿題をぜんぶすませてきていた。なにしろ可愛いバカタレ史上一、二位を争うやつだからな。ほかのやつは全面戦争で完全消滅。だから彼を準決勝に出場させるのはフェアじゃないということになる。なにしろ彼ひとりしかいないんだから。というわけで、なんにする、ミスター?」

デシベルはオラビルから視線を引き剝がした。バーテンダーがいったことはほとんどなにも理解できていなかった。現実逃避の燃料になるものが置いてある棚をじっくり見渡し、魂の奥底の倉庫までいって探してみた結果、自分の限界を受け入れる義務はどこにもないことがわかった。強引にいけばいいのだ。マウスガード（歯ぎしりを防止するための器具）をはずして口をゆすいで、またあたらしいのを入れて、うまいこと返り咲けばいいのだ。

「コスモポリタン（ウォッカベースのカクテル）はできるかな？」と彼は明るくたずねた。「好きってわけじゃないんだが、あんたが凄いのをつくるお手並みを見たくてね」

よだれを垂らしたスペース・ホラーは数回まばたきすると、さまざまな酒のボトルが並ぶうしろの壁のほうを向き、太い指で華奢なカクテルグラスをつまみあげ、怒りを込めてにらみつけてから、ふり向き、また数回まばたきした。

「で……うん。俺は……あんたは……コスモポリタンを知ってるのか？」

デシベルは陰謀でも明かすかのようにカウンターの上に身をのりだした。「正直にいうと、俺もよく知らないんだ。あんた、クランベリーと……なんというか相性がよくなさそうだよな。複雑すぎる！　よし、なにかクラシックなやつにしよう。強くて、男らしくて、簡単なやつ。ウイスキー、ストレートで」

「すばらしい選択だ」イルガー・ブラッドタブはカクテルグラスを持ったまま、またくるりとうしろを向いた。そしてそのまま数分間、立ち尽くしていた。「で、どうつくればいいんだ？」

「それは……グラスを取って、そこにウイスキーをたっぷり入れるんだ」

「よし、わかった。しかしウイスキーのパートはどうつくればいいんだ？　それとストレートのところは？　俺、器用じゃないからな。正直、ずたずたにするほうが得意なんだ。あと突き刺すのと」

「そうか、そうか、いや、べつにいいんだ。ビール、パイントグラスでたのむ。これ以上、簡単なのはない」

　ヤートマックの〝憂鬱を貪り食う者〟は溜息をついた。退化した耳からフェロモンのワックスが滲みでてくる。彼は、ちゃんとまともに動けたという唯一の証、カクテルグラスを絶対に放すまいと堅く決意して、うしろを向き、そのグラスを〝チェリー・シュナップス〟と書かれたボトルのとなりに掲げた。と思ったら、泣きだした。

「おい、なにやってんだよ、樽はそこにあるじゃないか！」デシベルはつい苛ついた口調でいった。

「俺に向かって怒鳴るな！」

「ここはサウス・ワーフ・ヒルトンだと思ってたんだ、ぜんぶ俺たちのためにセットアップされたピカピカのサウス・ワーフ・ヒルトンだと思ってたんだ！　俺はあそこで、まさにあの場所で、プライベートで飲んで、完全に、ぐでんぐでんに、旧石器時代級に酔っ払っちまったことがあった。その成功への第一歩が、たった一パイントの冴えないビールだったことははっきり覚えてるんだ」

「あんたは俺にやさしくしなくちゃけないんだ！」イルガー・ブラッドタブは哀れなほどどぎまぎしてすすり泣いている。鼻づらに血の涙が滴り落ちる。「あんたは最高のふるまいをしなくちゃいけないんだ。われわれはあんたをジャッジしてるんだから。もし、明日、俺が一票も取れないと思っているんなら大まちがいだぞ、このマペット野郎。俺にそんなことをいうなんてありえない！　あんたなんかボノボの子孫じゃないか。俺の母方の先祖はゴーグナー・ゴアキャノンだ、これはでっちあげじゃないぞ！　ボノボに感心してもらう必要なんかないんだから。俺はあんたより親切なやつでも、お遊びで殺すんだからな」

デシベル・ジョーンズは察しよく自分がこの場の支配権を失いつつあることを感じとっていた。「わかった、あんたのいうとおりだ、俺たち、ただちょっとカクテルづくりの技術について話をしていただけだよな？　なあ、ダーリン、大丈夫さ。いっしょに突破できる。人生はチャレンジだ。グラスをつかんで、樽の注ぎ口《タップ》の下に持っていって、ハンドルを引く。信じろ、そして任務を達成するんだ！　俺、あんたがあのうしろにいるアルニザールにビールよりもっと凄いのを出すのを見たぜ」

「いや、あんたはわかってない。あれは〝逃げ口なしのロング・アンド・スロー・ワームホール〟のツイスト（レモンなどの皮をねじったもの）添えだ——あれのつくり方は知ってるんだ、みんな好きだからな。材料はぜんぶそろえてある。ああ、あれが飲みたいのか？　ただ、あんたの血液の化学的性質があれに合っているかどうか、わからないからなあ。あんたのDNAをコード化してるタンパク質の数は？　六以下だと権利放棄証書に署名してもらうことになる」

「じゃあ、やめとこうかな」

「これはタップじゃないぞ、ほらな？」イルガーはボディントン（英国のビール）の樽の大きな木製タップを揺らした。なにも出てこなかったが、ラマティの一団のそばでバタンと落とし戸が口を開けた。かれらは下をのぞきこんで、自分たちそれぞれに五ポイントずつ与えた。「ここのタップはぜんぶ樽にはつながってない。ぜんぶ、ショーのためのものなんだ。俺たちみんな、たのむやつなんかいないと思ってたんだがな。あんた、プロだろう。アルコールは喉によくないんだぞ。中音域がだめになる。俺たちとしては、あんたたちのボトルに俺たちの酒をたっぷり入れるだけで、いい仕事をしたということになるんだ。大叔母のゴーグナーの〝不滅の事実〟その六みたいなもんだな――〝ときにはなにもかもがめちゃくちゃになってしまうこともあるし、現実の休止状態、なんてものがあればの話だが、あるとすれば、そんなのはなんの意味もないし、そのことは受け入れなくちゃならない、なぜならこの先よくなっていくことはないからだ〟」

デシベル・ジョーンズは、この攪拌機に放りこまれた動物園みたいなやつの人生訓をもうひとつ聞かなければならなくなったら悲鳴をあげるしかないかもしれないという気分になっていた。いかにも悲しそうな目で偽のタップを見る。「そのうしろのところに、なにか俺が飲めるやつはないかな？」

イルガー・ブラッドタブはしゃがみこんでカウンターの下をくまなく捜しはじめた。やたらとこすれたり叩いたりする音がして、少なくとも一度は助けをもとめる叫び声が聞こえたりしたが、やがてヤートマックが熱い紅茶が入ったマグとポット入りのハチミツ、それにくし形に切った分厚いレモンひと切れを持って立ちあがった。そしてデスに意味深長なやさしい眼差しを向けた。

「気をつけろよ、熱いから。なあ、わめいたりして悪かった。ただあんたの顔に嚙みついて真っ二つにしたかったからなんだが、客の手足を嚙み切ったってことでもう二度、召喚状が出てるもんだから、これ以上、感情を吐きだすわけにいかなかった。ということで。スコアは――イーブンだ。あんたは俺の仕事場で俺に向かって怒鳴りはしたが、俺たちヤートマックは、まだ新参者で、歌がまずいって理由でそれまで築いてきたものがなにもかも一瞬で蒸発してしまう可能性と背中合わせで生きてた頃のことを忘れてないんだ。俺たちはあんたらを応援するよ。チーム・ヒューマンを」

「え、ほんとに？　そんなやつはいないと思ってたよ。まあ、クリッピーはそうかもしれないが。あとロードランナーもかな。オーオーとオールトのあいだで二重母音以外になにがあるのか知らないが、それが大人数にまでひろがるってことはないだろうし。いまのあんたの言葉を聞いて、どれだけほっとしたか、あんたにはわからないだろうな。宇宙はやりにくいよ」

　ネッサノ・ユーフ――ついさっき人類の歴史の大半をじつに見事に糾弾した残忍なほどエレガントなスマラグディのパフォーマンス・アーティスト――がにじり寄ってきて、いくつかの叉にわかれた肘をカウンターにもたせかけた。淡い照明が彼女の光沢のある鎧のプレートに当たって照り映える。「ねえ、水兵さん」彼女がデシベル・ジョーンズのほうを見て艶っぽい声でいった。「この卑しむべき害獣は、ずっとあなたを探していたのですよ。なんの価値もないダンプスター（米国の金属製の大型ゴミ箱）に一杯ごちそうしていただけません？」

「ファジー・ルーウトゥはどうだ？」イルガーがいった。スマラグディは、どうやらなんでもかまわないようだ。目がこれ以上ない特上のバイオレットのスリットになっている。

「あのね、さきほどのライオンがどうこうという話ですけれど」と彼女は切りだした。

「わたしたちには誰にでも深く傷つく思春期というものがあって……」

「あやまることはない。きみはとてもフェアだったよ」デスは紅茶をすすった。「答弁書には、俺たちはクズだと明記されるだろうな。母原病を抱えた、驚くほど衝動をコントロールできない、大量虐殺好きの胃袋でありますってね。惑星地球で質のいい同居人が見つかるかぎり、この答弁書は有効ということになる——イルカ、ゾウ、オランウータン、タコ、つぎにありとあらゆるクモたち、それからジャンヌ・ダルク、ダライ・ラマ、ミスター・ロジャース、フレディ・マーキュリー、俺のナニ、サソリたち、風疹、へこんだリサイクル・ボックス、それから、もしかしたら俺たちのなかの何人か。ひどい話だ」

ネッサノの非凡な目が大きく見開かれ、温かく、やわらかな眼差しに変わった。彼女はいかめしい三本指の手を彼の肘に添えた。「ミスター・ジョーンズ、わたしを口説こうとしていらっしゃるのかしら？」

「いいこと教えようか、ダーリン。もし自尊心の低さと公衆の面前での侮辱が得意技なら、地球はきみにとってはそれほどひどいところじゃないかもしれないぞ」

「そんなことといってくださるなんて、あなたってほんとうに素敵。この政治文化的関連性美術館のタイトルのないモノクロームのキャンバスにも、いつの日かそこへいくべき理由があるのかもしれませんね」

「この紅茶になにが入ってるのか知らないが、イルガー、あんた魔法使いだな」デスはマグカップをのぞきこんだ。「正直、そう思うよ。なあ、ネッシー、マイ・ラブ、このなりゆきだと約二十四時間後には、きみが地球へいくかどうかは、きみがほんとうに、本気で、変人どもに興味を持っているかどうか、それ次第ってことになるぞ」

「たぶん、すぐにそうなると思うわ」

「変人どもに忠告しておくよ」

象牙色のスマラグディはイルガー・ブラッドタブをちらりと見た。「ミスター・ジョーンズ、集中しましょう。この倫理的に堕落した意気地なしは、魂がポタポタ洩れっぱなしの油だということを考えれば驚くには当たらないでしょうが、買い手を探しているのです」

「俺もだ」ヤートマックのバーテンダーが甲高い声でいった。「俺の魂はナイフがいっぱい詰まったピニャータだけどな」

デシベルは目をしばたたいた。「どういう意味だ？」

ネッサノ・ユーフが美しい鉤爪をひろげた。「スマラグディはオクターブの一員なのです。わたしたちはグランプリの投票にかんして大きな力を持っているのですよ。弱小種族にたいして大きな影響力を持っているのです。ヤートマックはちがいますが。かれらはすぐれたアートの構成要素にかんして意見が一致しないと互いにシャベルで殴り合う、なんてことをしがちなので」

「なんでみんなそんなことで騒ぐのか意味不明だ」イルガーはナプキンで顎についている

膿漿を拭き取りながらいった。「あんたらにシャベルをふるったことは一度もないじゃないか。ヤートマックのなかだけのことだ。へたくそなものが好きな連中をどう扱えっていうんだ？　向こうが動かなくなるまでシャベルでぶっ叩く、それしかないだろうが。それが〝不滅の事実〟その三十でもいいんじゃないかと思うけどな」

「それはともかく」とユーフは先をつづけた。「もしあなたがあした、ほんとうにしくじってしまったりしても、得点をどうにかすることはできます。それにはあなたとわたしがいれば充分なのですが。わたしたちは、あなたのために喜んでやらせていただきますよ、ほんの少額の報酬で」

デシベルはすっと目を細めた。彼は録音スタジオと契約を交わして仕事をしたことがある。小さい字の但し書きがボディスラムで投げ落とそうとしてくるのは、ちゃんとわかっている。「少額っていうと？」

ネッサノ・ユーフはありえないほど誘惑的な声で囁いた。「ごく些少です。たとえば……インドとか」

デシベル・ジョーンズは紅茶を長々とすすった。そのあいだにアースラが数人とスロットがひとり、そのへんのラモ・ストーンをかき集めて、外の噴水に投げこみはじめた。ぜんぶショートさせてしまおうという魂胆だ。デシベルは紅茶を飲みながらライオンのことを考えた。サイの角のことを考えた。あの死んだバッファローの上にいやったらしい小男がちょこんとすわっている写真のことを考えた。ラコタ族のことを考えた。ナニのこと、〝クールなタクミ叔父さん〟のこと、パパ・カリスカンのことを考え、彼の一部はあきらめて液化した。

が、ぜんぶではなかった。まるごとぜんぶというわけではなかった。

「俺の仕事に興味を持ってくれてうれしいよ」善意でやっているとはいえ屈辱的な延々つづく『あの人はいま?』番組のボリュームを落とすときに使う声で、彼はいった。「だが、ほかにも約束があるんで断らなくちゃならない」

イルガーが拳でカウンターをドンと叩いた。土が飛び散る。「いいか、ボノボ、321は今年、絶好調だ。ブックメーカーの情報では、かれらのアルゴリズムは無敵らしい。それにメレグ、あのコールドカット（スライスしたハムやミートローフなど）のそばにいるチビのクマ野郎どもは観客に自分たちの心臓のサシミを提供して、その消化過程で、やつらの歌が食べたやつの一部になるという技を使う。そんなのと勝負できるわけないだろう!」

「だな」

「では、友だちのよしみで、どこかのリトル・インディアでは?」

デシベル・ジョーンズは紅茶の力で最高に神秘的で全人的な唯一感を醸しだした。「プロからの助言だ」彼はパッと音をたてて口を開き、おもむろにいった。「こんど、大好きなお祖母ちゃんがパキスタン人のイギリス人と宇宙植民地モノポリーをやるときは、インドを持ちださないようにすることをお勧めする。とくに人間がなにか欲しいものがあると、自分ではつくれなかったものを力尽くででもぶんどりたいと思うと、どれほど悪魔的な愚か者になりうるか思い出させたあとではな。数少ない歴史的に重要なブリトン人のひとりとしていわせてもらうと——インドがどうなろうと俺には関係ない。紅茶、ごちそうさん、ブラッドタブ。あした、会えたら会おう。あすは聖クリスピアンの日（シェークスピア『ヘンリー五世』の生きて故国に帰れと兵士たちを鼓舞する演説の一節）だ」

「ご自分の歌にとても自信がおありなのね」ネッサノが眉をひそめながらいった。

「いやあ、自信なんか、ぜんぜんない。これはほんとだ。きみが自分のことを価値がないとか、じつにひどいとか、意気地なしだとかいうのとはちがう。きみは途中からしか聞いてないからな。俺、歌がないんだ。俺たち、歌がないんだ。とにかく、いいやつは。しっちゃかめっちゃかで、もりあがるメロもキャッチーな歌詞も時間も希望も、なんにもない。あの船のなかでの俺たち、見せたかったよ。ガキみたいに口げんかばっかりでさ。死者を掘り返して、彼女の骨で殴り合うような真似をして。挙げ句の果てに、どうなった？　なにも生まれなかったし、時間もなくなった。みんな、よくやった。ブラボー。なにもかもめちゃくちゃだ」

「すばらしい」ネッサノが思わず洩らした。「なんというテクニック！　あなた、パルレにいったら一大センセーションを巻き起こすことになるわ。もっと語って。最高のセッションを聞かせて。あなたにとってこれまでで最悪の出来事ってなに？」

デシベル・ジョーンズの顔から血の気がひいた。喉がきゅっとしまって、胃がもうほとんど紅茶ではなくなってしまったものを拒否しはじめた。

ミラ。

ナニ。

『ウルトラポンス』

ユーズのフロッケードの最後の喘ぎが彼の胸に花開いた——暗い赤のコサージュ、彼の心臓があるはずの場所に銃で撃たれた血まみれのスパンコールの傷が口を開けていく。そこにかれらはいなかった。そこには何年も前から正しいものはなにひとつ存在していなかった。

「さあ」ネッサノ・ユーフがいった。「これであなたは完璧よ。わたしのところで、それともあなたのところ？」

28

ミスター・ミュージック・マン（Mister Music Man）

（ESC一九九二年十五位）

オールト・セント・ウルトラバイオレットは外の空気を吸おうと、二十一世紀初頭のサウス・ワーフ・ヒルトンの部屋から必要以上に絵画的な美しいベランダに出た。うなじのあたりから血が流れている。〝むなしい愛〟とか〝また会う日まで〟とか〝若気の至り〟とか〝古き悪しき時代〟とか〝一件落着〟とかわけのわからないラベルが貼ってある蓋付きのボックスから種を数粒、選ぼうとしていたとき、スロジットの針がかすってできた傷だ。彼はそのラベンダー色のいけすかないチビを思い切り蹴飛ばし、そいつはデザートコーナーにめりこんだ。スロジットの針に毒はないとクリッピーは請け合った。

オールトの心臓は彼の胸から逃げだそうともがいていた。ああもう、ほんとうにここで死ぬのか、という気がした。彼が知っているなにもかもといっしょに浄化の炎で焼かれて、故郷で一瞬にして死ぬのではなく、ここで、いますぐ、巨大な蛾がまぬけな顔でヒヒと笑い、勝利の拳を突きあげている姿を見ながら。ピンクのシダと有名な由緒あるバラの茂みの彫刻がクリームシクル（アイスクリームをアイスキャンディでコーティングした氷菓子）色のイタリア風バルコニーを縁取り、カットグラスの噴水がコポコポとさわやかな音をたててあたり一面にシトラスの香りのミストをまき散らし、リトストのつねにおぼろに吹きつづけるそよ風は風船ガムとフレッシュな草原と生きとし生けるものすべての喜びにあふれた調和が合わさった異臭を漂わせている。眺めはまさに絶景。何百フィートも下でラベンダー色の海が真珠光沢の岩に当たって砕け、そのたびに子どもたちの笑い声が響く。

「とにかく必要ない」と両手で噴水の水をすくって顔にバシャッとかけながら、オールトはいった。「そういうものなんだ」

　彼は激しく咳きこみ、また噴水に手を突っこむと両手いっぱいの水をピチャピチャ飲み、それを数回くりかえした。噴水はときおり、どこか新古典様式を思わせるクリスタルの豊穣の角（ゼウスに授乳したとされるヤギの角）から最高のジントニックを噴きだす。もちろん、理由はない。酒はステンドグラスのバラが満ちあふれるくねくねと曲がったトンネルの片側から入り、優雅にトンネルを進んでもう片方の側からあふれでてくる。まちがいなくすばらしい彫刻作品だが、どこか腸管を思わせて心が騒ぐのは否めない。

つい最近までカーディフの郊外にいたオールト・セント・ウルトラバイオレットは、天国にかけて地球にかけて、ワームホールの姿など知る由もなかった。

彼はイギリス野郎のスーツで両手をぬぐうと、縁から下をのぞきこんだ。目眩がしそうなほどの高さだ。こんな高いところに建っているヒルトンはない。もしあるとしたら人がよろけて落ちたりしないようバルコニーに転落防止柵を設けているはずだ。この惑星プロザック（抗鬱薬の商品名）にはここで自殺を図ろうとするやつはいないのかと思ったとたん、彼は吐き気に襲われた。彼はこの場所が大嫌いだった。苦しみと絶望をやわらげる必要のない世界になんの意味があるのか？　そんなところにいて、自分はたしかに生きているといえるのか？　自分がみじめなポケットティシュみたいなやつでなかったら、あるいは少なくとも基本的にほとんど四六時中、世界にたいして怒りを燃やしているやつでなかったら、まともなポップスなど書けるわけがない。すべては怒りのコードと悲しみのコード、そしてしあわせのコードに分解できるし、ライナーノーツに書かれていることに値するやつはみんな、正真正銘の経済的窮地にあるときにはしあわせのコードはひとつか二つしか使えないことを知っている。

オールトはタバコを持ってきていればよかったと思わずにはいられなかった。そして十年前に禁煙してしまわなければよかった、とも。

彼の横で、誰か小柄なやつが手すりに寄りかかった。道路工事現場の三角コーンのてっぺんにバスケットボールをくっつけたようなやつで、意気消沈した雪だるまのように両脇にカバノキの枝が刺さっていて、冬至の真夜中の海底よりも黒くスプレーペイントされている。夏の夕暮れのやわらかな光に包まれたパステルカラーのベランダにはまったく似つかわしくない存在で、まるで誰かが黒い画用紙を切り抜いて印象派の絵画に貼り付けたかのよう。そしてそのマットな漆黒の肌は光をすすっているかのようだ。その子どももみたいなやつは、遠い昔に顔から鼻を追いだしてその場所まで占領した派手な大きい、魚のような目で彼を見あげた。

「ここにはあまり長くいすぎないほうがいい」と、かつてひとつの星系をまるごとくるくる巻いていぶして消したことがある子どもっぽいシーンスター（特定のカルチャーシーンに没入し、その一部になろうとする人）の声で、そのエラクはいった。「気をつけないと、しあわせに感染するよ」

「まさか」

「この惑星の大気にはセロトニンが十一パーセント、メラトニンが四パーセント、そしてエアロゾル化したコカインが一パーセント含まれているんだ。まあせいぜい楽しんで」漆黒のクリーチャーはその骸骨のような指で胸郭とおぼしきところを引っ掻き、エモ・ファッションのジーンズのように細くて長い、黒いタバコを二本、取りだした。フィルター部分に銀色の文字でブランド名が書いてある――〝ザ・メントール・ゴミバコ〟。オールトは新鮮な空気を推進力にした感謝の念がこれまで感じたどんなオーガズムよりも勢いよく湧きあがるのを感じながら、タバコを受け取った。そして身体を震わせて笑った。ああ、この惑星は最悪だ。彼は見つかるはずがないとわかっていながら、ライターを探すふりをしてポケットをまさぐった。と、エイリアンがゆっくりとまばたきした――とたんにオールトのタバコの先端が燃えるようなグリーンに輝いた。二人はまた海に視線をもどした。

「なにも感じなかったけどな」オールトはぶっきらぼうにいった。まだ膝がガクガクしている。

「空調があるからね。HVAC（暖房、換気、および空調）の機器設置と修理にかんしてはクラヴァレットの右に出る者はいないんだ。でなきゃ、誰もなんの仕事もできないってことになっちまう」

「名札は?」

「あんなもん、知るかよ。まだ僕のことを知らないやつがいるなんて、やってられないよ。ソーシャル・パフォーマンスは僕のシーンじゃないんだ。それとさ、僕は皮膚で呼吸してるんだ。いい?」黒い小柄な三角コーン・マンがタバコを胸に挿すと、額から煙の輪がポッ、ポッと出てきた。「ペタッと貼りつくようなものは絶対にだめなんだ。窒息しちゃうから。かれらだってそのことは知ってるのに自己中なんだよ。まあ若いやつはみんなそうだけど。で。僕の名前はダークボーイ・ザラズだ」オールトは自己紹介しようと口を開いたが、ザラズが棒の手をふった。「いや、いい、いい。きみのことは知ってる。ファンだよ」

「『スペースクランペット』の？」

「え？」

「『ウルトラポンス』の？」

「誰、それ？」

「当時はあんたの船を揺らしたウエスト・コーンウォール・パスティ・カンパニーのために書いた、売れるはずの曲だと思うんだが」

「いやあ、そんなのどうでもいいや。どうせみんなクズだからさ。僕のグルーヴ、聞きたい？」

「もちろんだ」

「一九九八年、イギリス、マンチェスターのイングランド小学校のディズベリー教会。きみはそこの聖歌隊に入ってた。クリスマス・コンサートで独唱した。曲は『天《あめ》なる神には』で、誰か三年生がアルト・シロフォンで伴奏した。歌になってなかった。人に聞かせるレベルじゃなかった。シロフォンのせいじゃないのははっきりしてた——あの哀れなガキは金属探知機と地図が二枚あってもキーを見つけられなかっただろうな。恐怖心のせいだ。きみが原始時代の脳天気なサルみたいに口を開けたら、出てきたのは恐怖と焦りと軽蔑の真夜中みたいに真っ黒い川だった——なんでかというと、きみはその歌が嫌いだったからだ。正直にいえば、できることならいちばん近くのトイレに流しちまいたいくらい大嫌いだった。でもそれはぜんぶ、もっとうまくなりたい、あらゆるものになりたいというドゥンドゥンドゥンと響く百万ＢＰＭ（一分間の拍数）のオーバーサンプリングでミックスダウンされたもののせいだったんだ。だって、僕の音程完璧ベイビーが聴衆とのあいだにお上品なクズ聖歌を入れこむなんて、ありえないことなんだから。なあ、僕はただのエラクだ。完璧にマスタリングされたマルチトラックのエモーショナルなゴミの山、それが僕。あのジャムセッションはこれまで聞いたなかで最高に奇妙なクラブ・トラックだったけど、ほんとに真っ黒だった。まじりっけなしの黒曜石だったよ」ダークボーイ・ザラズは賞賛の意をこめて、小枝のような指をパチッと鳴らした。

　オールトは目をパチクリさせていた。「そんなもの、いったいどこで聞いたんだ？」

「ラジオ４で、まるまる放送してるよ。なんかのチャリティ・キャンペーンで。あのケシエットが下調べしてるときに見つけたんだ。オーオーは僕がレアな海賊版を集めてるのを知ってるから――ほんとに真っ黒にはまっちゃったよ。一週間ずっと、リピートして聞いててさ――女の子たちみんな僕がおかしくなっちゃったと思ってた。やめないと精神病院に入れるって脅されたよ」

「女の子たち？」

「バンドの子たちだ」ザラズは新鮮な空気のせいで、少し躁状態になりはじめていた。

「いいか、ここにいるのはみんなバンドだ。うちがベスト・オブ・ザ・ベストというつもりはないが、もう四十年、いっしょにやってる。バンド名は〝ワンス・ユー・ゴー・ブラック〟だ。ありふれたグライムコア・スペクトロ＝タンゴビリー・コンボだよ。オールディーズならなんでもやる。『トンネルの向こうは闇』、『落ちゆく実験段階FTLコア・エンジンに願いを』、『リーブ・イット・ブラック』……ああ、なあ、『リーブ・イット・ブラック』は聞かなくちゃだめだぞ。〝黒い扉がある、その見た目、俺は大満足？〟きみが原始的な惑星からきたことは知ってるけど、同情するよ、ダブル・オー（オールトのスペルはOort）・ウルトラバイオレット。ミックステープをつくってやろう。とにかく、僕らは農業の発明以来、ずっとこの業界にいるんだ。DJ・ライツ・アウトは知ってるかな？ 知らない？ 彼女、ソロになる前はうちのストップ・ストップ・ダンサーだったんだ。いやな女でね。僕らは結婚式とか葬式とかパブとかクルーズ船とか、だいたいそういうところで演奏してる。夏はリゾート地回りでバイナリー・ベルトをいったりきたり。大人気のダンスナンバーもやるし、必要ならラップでもグレゴリオ聖歌でもやる。暗黒物質ディジュリドゥ（アボリジニの管楽器）でロックするなんてこともな。僕のフロウ（歌い回し）はジェット（漆黒の宝石）なんだ、誰にでも聞いてみてくれ。僕らはこれまで一度も優勝したことはないけど、サグラダは毎回、グランプリに僕らを送りこむ。どうしてかというと、僕らはいわば、木靴を履いてたり、レーダーホーゼン（ドイツ伝統の男性が着用する肩ひも付き革製半ズボン）をはいていたり、カンカン帽をかぶっていたりするような可愛いじいさんばあさんの星間バージョンだからなんだ。でも、これだけはいっとく。僕らは徹底的に暗黒モードでやってる。だから連中はほかの誰でもなく、僕らを送りこむんだ。誰かが伝統的な衣装を着て民族の歌をうたって、ビート・ジャンキーに石炭とはなにかということを思い出させなくちゃいけないんだよ」

　オールトは喉の通訳菌が、エラクが実際にいった言葉を〝木靴〟とか〝レーダーホーゼン〟とか〝カンカン帽〟とかに変換しようと湯気が立つほど奮闘しているのを感じていた。かれらはしばしば沈黙した。ウルトラバイオレットは愛情をこめて煙の輪を出そうとしてみたが、まるでうまくいかなかった。母親はなんの問題もなくできていた。彼女はそれをやるときにはかならずなんの理由もなく小さな子どものような笑みを浮かべるので、あ、やるな、と彼にはわかるのだった。彼女が口を開けると、しっかりした完璧な〇が二つ出てきた。デシベルはよく、オールトの名前はその雲にちなんでつけたのだろうといっていたし、彼自身、たしかに冥王星の向こうにある雲ではなく、そっちの雲だろうなと思っていた。

「俺のあんなクズみたいなクリスマス・キャロルがあんたにはどう聞こえたのか、見当もつかないよ」オールトはついに沈黙を破って、いった。

ダークボーイ・ザラズはフィードバックのような音をたてた――めったに聞けないエラクの笑い声だ。「悪いな、坊や。進化の大きな点数表で見ると、人間の耳は引退したローディ（バンドのツアーの裏方）と庭のノームの置物とのあいだくらいなんだ。きみのところのイヌだって、きみたちよりよく聞こえてるんだぜ。まったく恥ずべきことだ。あ、悪い、悪い、もっと文化ってものにセンシティブにならなくちゃと思ってはいるんだけどな。自分の文化がほかのどこの文化よりずっと上等で歴史があって進化してると、なかなかむずかしいんだよ。僕は公開講座で勉強してるんだ。マントラとかいろいろあってさ。つねによりよい自分になろうと努力してる。だからいいなおすよ。きみたちのところの平均的ポメラニアンが天気がいい日のモーツァルトより耳がいいのは、きみたちの落ち度じゃない」ザラズは目をくるりと回してマントラを唱えた――「自分が誰かより耳がいいからといって、自分のほうが倫理的にすぐれているわけではないし、より愛や富にふさわしいわけではないし、パーティでより楽しめるわけではない。友だちは選べる、服も選べる、だが特定の解剖学的構造の進化につながる環境的条件を選ぶことはできない」エラクは肩をすくめた。「僕の惑星じゃ、てんでなんにも見えないからさ。タサクリア・ヤマアラシトラの子どもの頃のトラウマを千ヤード離れたところから聞きとれないやつは、速攻でやつらのアミューズブーシュ（食前酒に添えて出されるおつまみ）になるんだから」

オールトはプライドが少し傷つくのを感じずにはいられなかった。「俺はすごく耳がいいんだ。検査でぶっちぎりの数字が出てたんだけどな」

「そうか」ザラズはオールトのパッドが入ったベルベットの肘をポンポンと叩いた。「それはすばらしい」

オールトは仲間のために立ちあがって種族の聴覚の美点を声高らかに主張したかったが、吹いてくる風はあまりにもやさしく、甘く、あまりにも大量のホワイトカラー・ドラッグ（合成麻薬や睡眠薬など）が含まれているようで、実際にはこういっていた。「でも、あのときは怖かったんだ。あんたのいうとおりだよ。聖歌隊の指揮者に、いつものようにピアノを弾かせてくれといったんだが、うちの親は俺の心配性を治すのにいいんじゃないかと思ってて。たったひとりで立ちあがったら、なにもかもからポインセチアと中流階級の価値観とありとあらゆるブランドの柔軟剤シートの匂いがして、それがすごくいやだった。二度とひとりで歌うのはごめんだと思ったから、それ以来一度もソロはやってない。それでずっとうまくいってたんだ。それ以来、怖いと思ったことはなかった。いまのいままでは。歌ができてないんだ、ザラズ。あと少しってところまでもいってない。この胸のなかにあってくれたらどんなにいいかと思うけど……まあ、ほら、デスと俺は……ミラがいないと……ただのデスと俺なんだ。絶対零度じゃない。ただの二人なんだ」

ダークボーイ・ザラズは自分のタバコをなにやら戦争の英雄らしいバラの茂みの大理石像に挿した。「なあ、ダブル・オー。僕はきみが好きだ。きみは僕とおなじ黒組だ。幼いきみがあの歌を、地球のそばで歴史を終わらせ、あらたな時代をもたらそうと黄金のハープの即興演奏をする天使たちのことを歌うのを聞いたときから、ずっとそう思っていたんだ。僕の生まれたところでは、そういうのを暗示というんだ。きみはほんものの木炭で書かれた文字列だ、まちがいない。そしていまはちゃんと黒ずんでると感じてる。サイケな空気をたっぷり吸ってるからな。きみを真夜中のおすすめにするよ。これまで誰もおすすめにしたことはないんだ。グランプリのステージでは妙ちきりんな、とんでもない、嘘みたいな種族と山ほど出会ってきたんだけどな」

オールトの血流は麻酔性の海風のせいでほとんど炭酸水と化していた。頭皮をベルベットのハート形の布とスプレー式香水瓶何本分もの香水でずっとさすられているような感じだ。「え？　どういうことだ？」

　エラクはばかでかい目を上げて、オールトと視線を合わせた。睫毛がとても長い。セクシーなバーレスク・ショーのカーテンのように長い。ばかげている。そんなものがあったら、なにも見えないだろうに。オールトはくすくす笑いだしたが、ダークボーイ・ザラズが睫毛をすっかり上げたのを見て真顔になった。

「きみを救いたい」

「ええっ、ほんとに？　それは……すばらしい。ああ、ほんとにホッとしたよ。言葉にあらわせないくらいだ。なにもかもがしんどすぎたからなあ。絶対に後悔はさせない。人類はちゃんとしてるんだ、ほんとうに、いくつか荒っぽいこともしたけど、だいたいは正しい方向に……向かってるかなって感じだから」

「ああ、ごめんごめん、僕のいい方が悪かった。人類のことじゃないんだ。人類にはチャンスはない。僕はレアな海賊版を集めてるっていっただろ？　きみのところの大ヒット曲はぜんぶ聞いてる。僕の見解では知覚力のボーダーラインに達してもいない。どうしてきみたちがまだ始末されずに明日を迎えられるのか、わからないよ」

「ああ。やっぱり……ニュルンベルクとかヒロシマとかソ連国営ラジオ局とかコソボとかルワンダとかカレー（一九四〇年のカレー包囲戦で知られるフランスの港湾都市）とか一九二九年の市場崩壊とか……八七年にもあったな……二〇〇八年にも……二四年にも……そういうことのせいなんだな」

「なんの話かさっぱりわかんないけど。つまり、五分間、クリスチャンAMおよび／もしくはトップ40局のどれでもいいから聞いてみれば、きみたちができそこないのホホジロザメ程度の知覚力しかないということはわかる。カーペンターズが流れただけで失格レベルだな。僕は、きみを救いたいんだ。人類じゃない、イングランド小学校のディズベリー教会聖歌隊の指揮者でもないし、デシベル・ジョーンズでもない。きみだ。オールト・セント・ウルトラバイオレット、オマール・カリスカン、僕は平和の翼をひろげて空を切り裂き、きみをここから救いだしたいんだ。家族のことが心配なら、きみの惑星に寄って、子どもたちと伴侶をピックアップすることもできる。僕の母星では、うさんくさい叔父さんも含めて誰もみんな物事を永遠に忘れてしまうたちなんだ。僕がきみを被告席からかっさらってきたことは永遠に誰も知ることはない。きみはサグラダで楽しく暮らせる。不自由はさせない。暗い浜辺に家を用意する。きみが監修して、漆黒どす黒図書館で〝ホモ・サピエンス・サピエンス展〟を開いてもいいかもしれない。いや、それはやめておいたほうがいいか——プレッシャーはいっさいないほうがいいな。日陰で生きるんだ、ベイビー。それにほら、きみの相棒のデスが最後の最後になにかひねりだしてくれるかもしれないし、そうなったら万事オーケイ、カラスの濡れ羽色だ。でもそうならなくても……きみは安全だ、生きていられる、きみが愛している人たちもぜんぶ」

オールトは茫然自失、言葉が出なかった。これを回避する道があることなど考えもしなかった。それがいま、脱出ハッチが開いて、こっちだこっちだと彼に向かって叫んでいる。リトストの目眩を起こさせるような空気が彼の高階関数を焼き尽くし、配線系統を旧石器時代の洞窟人段階の銅線にまでひん剥こうとしている。デシベルは大丈夫だろう。いつだってそうだった。ニコとスージーとジャスティーンの安全は守れる。ほかに誰か大事な人はいるか？　もちろん、まちがっている。完全にまちがっている。とんでもなくまちがっている。だが、誰にもわかりはしない。そのとき、三つのバラ色のチラチラ光る月の有無をいわさぬ光のなかで彼が望んだのは生きること、ただそれだけだった。

オールト・セント・ウルトラバイオレットはエラクにもらったタバコの最後の粒子を深々と吸いこんだ。「俺はこの惑星が嫌いだ」海を眺めわたし、薄明るい水平線に沈んだばかりの双子の太陽〝われらが母たち〟の紅の輝きに目をやりながら、彼はいった。「着陸したときから嫌いだった。あんたがいったみたいな、しあわせをキャッチする方法だけでさ。抗鬱薬草とかダイヤモンドの雨とかピースフルでハッピー・トゥゲザーになれるピースフル・ハッピー・ローズとか、あくびをするたびに感情が安定する空気とか。ただ、どうしてそれがそんなにイライラの種になるのか、わからなかった。誰かに会ったときに、その接し方がどうもいやだってことがある。それは惑星にも当てはまるんじゃないかといえなくもない。だが、それとはちがうんだ。どうして俺がリトストが嫌いなのか、理由が知りたいか？」

「きみの考えはいつだって知りたいよ、ダブル・オー」

オールト・セント・ウルトラバイオレット、またの名を千の楽器を操る男はバルコニーから半マイル下の海へタバコをはじき落とした。「それはさ」彼は溜息を洩らした。「もしミラが、あんなシェフィールドなんかじゃなくここで生まれていたら、イーヨーみたいになりすぎて落ちこんでバンでぶっ飛ばしたりしていなかっただろうし、そうだったら俺はまだ朝の五時に彼女を連れてジェラートを買いにいってたはずだからなんだ」彼は悲しげに微笑んだ。二十歳若返ったような笑顔だった。「だめだ、ザラズ。誰にでもニコやスージーやジャスティーンはいる。自分がポインセチアやシロフォンや天使のことを歌うのがいやだからって、みんなが焼け死のうと平気でいられるようなやつに比べたら、AMラジオなんかまるっきり問題にならない。俺たちぜんぶかゼロか、どっちかだ」彼はビシッとジャケットの裾を引っ張ってしわを消した。イギリス野郎は健在だった。精彩を欠く仕事に堕するような真似はしなかった。観光客が黒いふわふわの帽子をどんなに引っ張ろうと、筋肉ひとつ動かさなかった。「それに、そのほうが俺の不安もやわらぐと思う」

「だったら、ほかの手もあるから、やらせてくれ」と小さな甘い声が聞こえた。オーオーだった。彼はパーティルームから飛びだしてきて、バラの彫像によじのぼった。やさしい目でオールトを見ている。「あのいやったらしいヴーアプレットを棍棒で殴ってずっと掃除用具箱に閉じこめておいてもいいし、そのことを後悔する前にアフター・パーティを終わらせるのもありだ。321のこと、大嫌いだよな。あんなクリップ、脈拍ひとつふやさずにDDoS攻撃で忘却の彼方に撃退できるぞ。ぜんぜん問題ないよ、オールト」タイムトラベルするレッサーパンダは黒い前足をオールトの頬に添えた。「わたしはきみに死んでほしくないんだ。そのために必要なら、七十億人のろくでもない人間を生かしておくこともやぶさかではない」

「きみのスーパーパワーがおかしくなったりはしないんだろうな」オールトは疑わしそうにたずねた。「あれはきみのすべてだ。きみならではの表現方法だ」

「これはひとつの時間線だけのことだ。わたしのパートで一瞬、弱まるところが出るだけ。わたしのほかのバージョンはかかわってこない。誰もきみを低く見るようなことはない。規則20だよ、ダーリン。超法規的処置だ」

「殺さなくちゃならないのか？」オールトはそっとたずねた。

ダークボーイ・ザラズとオーオーがちらりと視線を交わした。古参のエラクは、まっとうな倫理観でオールトの問いかけを受け止めた。「ふつうは再起不能の致命傷を負わせるようなことは避けるが、百パーセント確実にしたければ、あらゆる予測不能の失敗がつづく可能性を考慮して、そうしたほうが安全だ。あんただって肉の冷凍庫から脱出してきたヤートマックのラウンジ・シンガーを見たくはないだろうし」

　オールトはぎゅっと目をつぶって拳でグリグリ押した。なにも考えられなかった。LSD入りクールエイド・パーティ（クールエイドは米国の粉末ジュース。むやみに信じる、の意がある）会場の空気を呼吸しているようだった。すぐにも誰のいうことにもイエスといってしまいそうだった。

「話はあしたにしてくれ」彼は必死に言葉をしぼりだした。

「いま知りたいんだけどな」ケシェットが囁きかけた。「愚かなB級有名人二、三人か、全人類か。それほどむずかしい問題じゃないだろう？　簡単な計算だ」オーオーは縞模様の尻尾の毛を逆立てて、オールトの肩に顎をのせた。「どんなに心地よい曲でも、少しは叫ぶパートがあるもんだよ、オマール坊や」

　オールトは、不合理で不必要なバルコニーのクリームシクル色の手すりを握りしめた。まばたきして涙を押しもどす。「オーオー、俺にはできない。どうしてそんなのが正しいんだ？　人間が、大きくいえば宇宙と相対したときにはじめてやることが、誰かの歌が自分よりみんなに受けるかもしれないからって、そいつを殺すことだなんて、そんなのが正しいっていうのか？　それにあんたたちが俺たちのことをちゃんとわかっているっていうんなら、俺たちがジョン・レノンよりマーク・チャップマン（ジョン・レノン殺害犯）に近いっていうんなら、俺たち、三十秒後にはライト・ショーを見るためにあんたたちの爆破にとりかかることになるぞ、それとなにがちがうっていうんだ？　けっきょくのところ俺たちは何者かってことが問題だというなら、俺たちがすぐれているかどうか、根本的に動物以上かどうかが問題だというなら……そんなのは知覚力がない証拠だと思うけどね。みんなのためだからって、そんな決断をすることはできない。俺たちぜんぶ、ホメロスやアクィナスや伊達男ブランメル（十九世紀初頭、英国紳士のおしゃれの範を示した人物）やマリー・キュリーから、ニコやスージーや俺までぜんぶのためだろうと、だめだ。俺は地球最後の人間にふさわしいやつじゃない。俺はいたってふつうの男だ。無理だ。俺はくそったれのカイン（アダムとイヴの長男で、ねたみから弟を殺した）じゃない。俺はエイリアンを殺した最初の男にはならない。たとえそれがクリッピーだろうと。クリッピーは最高にいけすかないやつだけどな」

　細い渦巻きの影が、人間とレッサーパンダと黒い三角コーンの上に落ちた。明るい、ジェンダー・ニュートラルな、企業承認を受けた声が響く。

「これで準決勝は終了です」とクリッピーはいった。「あなたたちは決勝に進出できることになりました。このドキュメントへの変更を保存しますか？」

29

わたしの心は無色透明（My Heart Has No Color）

（ＥＳＣ一九九六年六位）

カポはその夜の大半の時間をユーズの微粒子群を追いまわしてすごしていた。蛾やハエやネズミを追いかけるよりずっとおもしろかった。かれらは手の込んだ言葉の雲をつぎからつぎへとつくりつづけたが、彼女がネコ科脳のスイッチをあれこれ切り替えているときにエスカが手抜きして彼女に文字の読み方を教えなかったせいで、ユーズがなにをいおうとしているのか、彼女はまったく気にかけてもいなかった。たぶん、〝だめだ、だめだ、悪いネコだ、噛むんじゃない〟とでもいっていたのだろう。カポの経験ではたいていそうだったから。

彼女はオールトがいなくなってだいぶたってから、ぷらぷらとホテルのベランダに出てきた。ほかの連中もほとんどみんないなくなってしまっていた。みんな彼女のことなど忘れてしまっていたのだ。しかし、それでよかった。彼女もかれらのことはほとんど忘れていた。かれらはそこらじゅうに大量の食べものを残していった。ネコ以外のクリーチャーはみんなおそろしくだらしがない。カポは噴水の液体を飲もうとしたがとんでもなく苦かった。だから彼女の気分を害した罪でそいつを遠ざけ、手すりに飛びのった。彼女でなければ目眩を起こしているところだが、彼女は彼女ゆえ、目眩など起こすはずがなかった。彼女はネコだ。高さなど彼女にとってはなんの意味もない。空気も彼女の鼻のそれほど奥までは影響をおよぼしていない。空気中に一パーセント含まれているエアロゾル化したコカインも、ネコ科の血液脳関門の向こうで起こっていることに比べたらボウル一杯の低脂肪ミルク同然だった。実際、彼女は吹いてくるハイオクそよ風のなかで気分がかったるく、怒りっぽくなるのを感じていた。

「そうねえ、どうかな――」カポのうしろから息遣いの混じる甘い声がした。カポはふりむかずに前足をなめた。見てもらいたいのなら、声の主がこっちへまわってくればいいのだ。どうしてこっちがエネルギーを浪費する必要がある？　「バックコーラス担当ってところかしら？」

淡いオレンジ色のバラが満開の、隅々まで手入れのいきとどいた大きなトピアリーが、視界に入ってきた。カポは満足し、すました顔でもう片方の前足をなめた。

「いいえ」と彼女はいった。「かれらがバックコーラスなのよ。ただかれらはそれを知らないだけ」

「なるほど。わたしはエカリ、今年のクラヴァレットの歌手のひとりよ」

カポはあくびをした。目がぐっと突きでる。月光が牙を照らす。

「〝ハグ中毒〟というグループなの」とクラヴァレットは葉っぱを神経質そうにひねりながらいった。「振動チェロがたくさんいるの。それとファンシーなピエロがひとり」

カポは白い尻尾を前後に揺らして、もの欲しそうな目でバラの茂みを見やった。

「もちろん二年連続で勝つのはとてもむずかしいわ。それはわかっているけれど、だからってベストを尽くさない理由にはならないでしょ！」遠くで海鳥が鳴いた。「とにかく……あなたは明日、あの人たちとパフォーマンスするの、それとも……どうなの？」

カポの耳がきゅっと動いた。「なにが望みなの？」と彼女はグルルルと喉を鳴らしながらいった。

「それはほら、あなたも地球の住人だから。あなたがここにいるということはあなたの種族も知覚力があるかどうか考えるに値する存在ということだわ。わたしたちは損失が生じた場合の付帯的損害をできるだけ抑えようと努力しているんだけれど、それでもアクシデントはあるの！」

ネコの尻尾がくるりと丸まって、けだるそうにのびる。「でも、あたしは大丈夫」と彼女はいった。「だってあたしはここにいるから」

「まあ、そうよね、でも……」

「なにが問題なの？」

「ミス・カポ、あなた、リラックスするということを覚えなくちゃ！　わたしはあなたの友だちよ！　あなたのハッピーな花友だち！　わたしはあなたに提案をしにきたの！　クラヴァレットは今年、ホストとして投票にかんして大きな力を持っているから、あなたたちの目標が達成できるように、ほかの人たちを揺さぶることができると思うの。もちろん、代金は少々いただくけれど」

「すばらしいわ。やってちょうだい」

「え？　まだ代金がいくらかいってないけど」

「ああ」

「インド、というつもりだったの。植物が暮らすにはとても都合のいい気候だから」

「決まりよ。あそこにあるから。持っていって。あたしはここでちょっと寝るから」

クラヴァレットの乙女は困ったようすで花びらを震わせた。「でなければ、あなたたちの競争相手の誰かをどうにかするという手もあるわ。ちょっと陰惨なことになるのはわかってるけど……」

　カポのボトルグリーン（ごく濃い緑色）の瞳がきらりと光った。「そっちのほうがずっといいわ。なにか手伝おうか？　誰を殺すの？　派手にできそう？　みんなおいしそうよね」

「ユーズはオクタープのメンバーだし……」

「関係ないわ。おいしそー」

　エカリは、典型的なイギリスの郊外の家ネコのほうにすべての花を向けた。「率直に、いわばトゲをむきだしにして、いわせていただくわね。あなた、これで準決勝がおしまいということはご存じよね？　こんなふうに誘いをかけたのは知覚力のテストなのよ。これもぜんぶ評価の対象になるの。生まれた惑星を売り渡すのか、あたらしい隣人のひとりを殺すのか、自分が生き残るために自分の種族を見殺しにするのか」

「正直にいうけど、どれもぜんぶ魅力的だニャア」とカポはいった。「でも、もしあたしのためだけにやってくれるんだったらもっと最高」

　エカリの茎が軽くのけぞった。はたと気づいた衝撃がトゲから花びらへ、花びらからトゲへと駆け抜ける。「あなたたち、わたしたちを滅ぼす存在になりそう」と彼女はつぶやいた。「地球にもうひとつ新興の種族がいたなんて。あなたたちラジオも発明してないんだもの。ぜんぜん知らなかったわ」

「そんなことする必要ないでしょ？　サルが発明してくれれば、こっちはその上で寝られる。あの雑音がおなかにジンジンきちゃうの」

「あなたに比べると」クラヴァレットのソプラノ歌手はいった。「人間たちは星のあいだを跳ねまわる楽しいバラの茂みね。もしあなたが昼寝の時間を削って地球から脱出したら、きっとそこらじゅうで大虐殺の波を巻き起こして前代未聞の破壊力で銀河系の住人を一掃してしまうでしょうね。わたしたちの惑星をひとつひとつ狩っていって、わたしたちが築いてきたものをなにもかも破壊してしまう。わたしたちが無事でいられるのは、ひとえにあなたが怠け者だからだわ」

カポは手すりからポンと飛びおりると、傲然と尻尾を高くあげ、ふわふわの肩越しにちらりとうしろを見た。

「たぶんだけど」と彼女はグルグル喉を鳴らしながらいった。「いちばんいいのは黙ってることだと思わない？　あたしたちを起こしたくなかったら」

30

静寂と群衆 (Silence and So Many People)

(ESC一九八四年十一位)

異種族間のセックスという問題で唯一信頼できるルールはゴーグナー・ゴアキャノンのもっとも長く、もっとも異論が多く、もっとも冒瀆的言葉まみれ度が低い〝不滅の事実〟その十四スペシャルだ。さまざまな種類の興味深い形態の親たちが、いまだに改訂版を出してほしいと請願書を提出している。その理由は、いくら真実とはいえ、子守唄のあとの会話が悲鳴をあげたくなるほどぎごちなくなるのを助長し、その多様性を受け入れる精神を考えると、無防備な道具や器具がある家に子どもだけを残して出掛けるのがためらわれる、というものだった。こうした要請はすべて読まれることもなくゴアキャノン財団が日常業務として焼却処分している。〝不滅の事実〟その十四はつぎのとおりだ――〝誰でもファックはする。まあ、ほとんど誰でも。この現実の平面上で、あれをしたいという衝動に匹敵するほどの力は存在しない。なぜなら、それはあのセクシーで洗練された根源的な力と力が出合って、奇妙で、湿った、ふしだらな紙を丸めたゴミを形成する無次元の別空間だからだ——緊張、摩擦、重力、電磁気、推力、ねじりモーメント、抵抗、弾性、ドラッグ、運動量、慣性、圧力、化学反応、融合、エネルギーの保存、自己嫌悪、屈辱、そして孤独。

誰でもみんないっぷう変わっているし、むかつくし、おもしろいし、消滅させると脅されようが愛のためだといわれようがお祖母さんには絶対にいえないなにかのフェチだ。あんたもいっぷう変わっているし、むかつくし、おもしろいし、消滅させると脅されようが愛のためだといわれようがお祖母さんには絶対にいえないなにかのフェチだ。宇宙はまさに呪われた動物園だから、わたしがあんたのためにいえるのはせいぜいこれくらいのことだ——ほかの存在が服を脱いだときにクスクス笑うな、熱烈なる同意を確保しろ、完璧な除染プロトコルなしに珪素と炭素を混ぜるな、誰かを家に連れてくるつもりならきちんと片付けておけ、自分が提供できそうもないものを人に期待するな、誰でも存在することと自体が目的なのであって、目的を達成するための手段として存在しているわけではない、なにがどこへいくのか、いくつあるのか、いちいち心配するな、お楽しみと愛を取りちがえるな、ベストを尽くせ、やさしくしろ、かならず朝食をつくってやれ、避妊具を使え。染色体はあんたが思うほどえり好みしない。相手が惑星2×4《ツーバイフォー》からきた知覚力のある厚板だからといって、あんたが妊娠しないとはいいきれないし、木っ端たちが出てくるときは入ったときほど楽しくない。

じつのところ、解剖学的構造も文化も不便さも時間の直線性も距離も食物アレルギーも連邦法も次元の裂け目も厳格な親も異質な体液のしみにちょっとでも触れたら一瞬で笑えるほど苦しんで死ぬことになるかもしれないという恐怖も、ちょっと変わったもの（ちょっと変わっていればいるほどいい）をもとめる気持ちを押しとどめることはできない。なぜなら、遺伝子はスリル好きのチビ野郎でいつもなにかあたらしいものを探しているからだ。いちばん最初の種族が自分たちは孤独ではないと気づいたとき、かれらはすぐさま石炭酸の血液を持つ敵対的な宇宙イカに色目を使い、強迫観念にとらわれたようにウインクを送り、交わろうよと誘いかけ、刺し網漁を開始した。

イチモツあるかぎり、道は開ける。

わたしは昔、アースラがモノマネ芸人と球根ベゴニアと賞味期限切れのミルクとよろしくやっているのを見たことがある。あれは見ずにはいられなかった。

けっきょくこの銀河系には誰もファックしようとしない原子など存在しないのだ。

わたしを除いては。

誰か飲みもの欲しい人？〟

一般的には、これは実験で検証済みのことと考えられている——でなければ旧版にのみ載っている〝なかば不滅の事実〟になっていたはずだ。セックスはその回数、種類、持続時間、代名詞、内容、生存の可能性などが種族によってちがうようだし、大慌てで作成されたプロ用の健康および安全ガイドラインを参照してもアドバイスできるようなものではないかもしれないが、どこででも、非常に頻繁におこなわれていることだ。種族がちがえばジェンダーも多岐にわたり、それと比較すると人間の頑ななまでに限定された性的指向は旅行代理店に置いてあるバター攪乳器とおなじくらい、崇敬に値するほど、当惑するほど時代遅れだ。セックスの定義は惑星によってじつにさまざまで、たとえばエラクの場合、

〝性交する〟にあたる言葉は、ざっくりいうと〝黒くする〟というような意味になると同時に、泳ぐ、ダンスする、釣る、大きく強くなる、友のために身体を隠す、子どもの頃好きだったキャンディがまだつくられていると知って驚く、ほんとうに完全に自己実現する、古臭い妖精信仰を持ちつづける、ジャンプする、歌う、掘る、資金調達先を確保する、ステイルメイト（チェスで指し手がなく引き分けになること）にする、タイルを張る、その日の社会問題を活発に議論する、といったことも意味している。

惑星によってはセックスが繁殖とまったく結びつかない場合もある。たとえばスマラグディには六と二分の一のジェンダーがあり、ネッサノ・ユーフがデシベルの代名詞は〝彼女〟だろうと思ったのは、地球の文化にかんする資料でこの代名詞を使うのは派手な服を着て、かなり部族的な化粧をしている人らしいと思ったからにすぎない。スマラグディはバトルロワイヤルで子どもをつくり、戦いに敗れた親たちが流した血は、戦いの結果生まれる子どものもっとも劣性の基本的水準遺伝子にのみ貢献することになる。かれらはそのスタミナと心の広さと空中浮遊能力ゆえに恋人としての需要が多いことで知られているが、妊娠の心配がないというのも大きな理由のひとつだろう。ほかの種族では、受粉で繁殖するクラヴァレットの場合、軽いくしゃみひとつで〝ごめん、ちょっと風邪をひいてるもんだから〟というまもなく、真夜中の授乳だ、気の利いたファミリー・カーだという話になってしまうから、口を覆っておいたほうがいい。当然ながら、少数ではあるがアセクシャルの種族もいて、日々、より多くのことをこなしているようだが、そんなかれらでもときには試してみようとすることがある。ただどんなものか見てみたいという理由からなのだが、いつも肩をすくめて自尊心の土台をコンクリートで固める作業にもどり、ひねくれた倒錯者らしくスキルの向上と趣味に充実感を見いだしている。

セックスは普遍的なもの、ただ均等に配分されていないだけだ。

無限の可能性を持つ水ぶくれする宇宙のまえでは、心がノックアウトされるほどバラエティに富んだ激しく動きまわるナイトライフも、どんな銀行にもひけをとらない敬うべき堂々たる銀河系規模のポルノ産業も、どんな種族の先天的、性的保守性も、ふつうは三・四秒しかもたない。

というわけで、デシベル・ジョーンズはいつのまにかリトストにあるヒルトン・サウス・ワーフのエグゼクティブ・スイートの枕の横にポンと出現していた。枕はよくあるホテル仕様のやつで、いちばん近いホスピタリティ学位プログラムから七千光年離れたここでも使われていて、細かいところが多少、劣っているだけだ。その枕の向こうにはスマラグディのネッサノ・ユーフと、疲れはてた月の光が一条、横たわっていた。

デシベルはゴーグナー・ゴアキャノンの〝不滅の事実〟その十四スペシャルをひとことで適切に表現したり、化学爆発を起こしやすい森のまんなかにひとりでいるさみしがり屋のヤートマックのように事細かに説明したりすることはできないものの、大まかなことはわかっていた。本能と大人になってから危ういながらも必死に積み重ねてきた経験の賜物だ。彼はそこそこ魅力的だし、二年くらいはかなりの有名人だったし、出会った相手すべてに魅了されて（たまにはせいぜい二、三分しかもたないこともあったが）すごしてきた人生がここで役に立ったということだろう。

ジョーンズには、それまでの二時間に起きたことが辞書にあるセックスの定義にあてはまるのかどうか、どうにも確信が持てずにいた。ロジャースの辞書ならぴったりの見出し語がありそうだが。ゴボという名の月の光はじつに率直だった。アズダーの〝ポストパンク・フィラメント＝ハーモニック〟のリードヴォーカルだというゴボは、パーティがお開きになる間際、デシベルとネッサノ・ユーフが乗ったエレベーターにするりとすべりこんできた。彼が少々あつかましく、今夜はデシベルにとって楽しくすごせる最後の晩になるかもしれないのだし、集団作業はどうかといいだしたときには、デシベルはいかにも男らしくて尊大な月の光とのセックスがどんなものになるのか、想像はついていたし、実際、ほぼ想像どおりのものだった。ゴボはそこらじゅうを照らしたと思うと、なんのお返しもなしに一瞬にしてぐっすり寝入ってしまった。

ネッサノはもっと複雑だった。彼女はゴボがいびきをかきはじめるとすぐにバスルームに消えた。ゴボは一条の月の光で、ゆっくりと規則的に瞬き、やがて薄れて完全に消えてしまった。アズダーはほとんどフォトンでできているので、まずい状況になりそうだとすぐ逃げられるという大きなアドバンテージがあり、困惑した電気のスイッチのように簡単にオフになることで有名だ。

その部屋はじつはネッサノ個人のスイートなのだが、ミニバーやフラットスクリーン・

テレビの既知の宇宙におけるあらゆるセッティングが可能なボタンだらけのリモコンに至るまで人間のホテルの客室を模したもので、およそ彼女がくつろげるようなつくりにはこれっぽっちもなっていなかった。スーツケース、音楽関係のアイテム、備品類などが床を覆い尽くしていてまるでこぢんまりしたゴミ埋め立て地のようになっているが、デシベルの頭にマイクを向けたところで、そこにあるものをどう使うのか彼にはなにひとつわかっていなかっただろう。そのなかにどえらくでかいリモコンがあった。こぎれいな最新型のテレビの期待にはまったく応えられないタイプだ。それは一九八〇年代の家庭用娯楽システムとスペースシャトルのコマンド・コントロールとのあいだに生まれた私生児だった。そのボタンはやわらかくバイオレットに輝いている。

ネッサノ・ユーフは欲望に満ちた目を大きく見開き、指を震わせながらバスルームから出てきた。手にしているのは二人の愛を盛りあげるための道具だ。

それはヘアブラシだった。

「それでなにをする気なんだ?」とデシベルはおっかなびっくりたずねた。

「それは……決まってるでしょ?」とネッサノはいった。淡色の瞳が欲情と困惑の色にじっとり濡れて光っている。「だから……セックスよ。性交。昔ながらの、入れたり出したり。わたしたち二人ともそれをもとめている、そうでしょ?」

デシベル・ジョーンズは肩をすくめた。「ああ、そうだよ、マイ・ラブ。きみがそっち系が好きなら軽くピシャッとなんかもありだよ」

「だめよ！　ピシャッとだなんて、とんでもないわ――なにが……そんなことしてなにがいいっていうの？　これが……パルレでのやり方なの。あのねえ、あなたがあのエスカといい時間をすごしたことは知っているわ。あなたがあんな堅物だとは思わなかった」

「落ち着けよ、ナッシー、マイ・ダーリン。俺は学ぶためにここにいるんだ。きみが導いてくれなくちゃ。ちょっとプレビューを見せてくれよ。きみはどういうのが好きなんだ？　スマラグディはどういうふうにやるんだ？」

ネッサノ・ユーフは感極まって大きな目を閉じた。「わたしたちはお互いの髪をとかし合って、それから、もしあなたがほんもののヘンタイなら、お互いすべてをさらけだして感情を見せ合うの」と彼女は囁いた。呼吸がだんだん荒くなってきている。「でもそれはあなたがハードコア・トリプルXランクのものが好きな場合にかぎるわ。ねえ、人間はどうやるの？」

ジョーンズはパチパチと瞬きした。一夜だけの遊びにはいろいろとルールがある。プロトコルというものがある。外交手続きというものがある。そしていちばん重要なのは、舵の切り方でほかの男の面目を潰さないようにすることだ。彼はつねにオープンに、寛大に、そして関係者全員にとっていい思い出になるように、ということを心がけている。部屋の外で笑いものになることがいい思い出に含まれるケースはほとんどない。「うーん」彼は急に性的興奮が覚めてしまった裸体にかかっている現代風のブロンズとグレーのストライプ柄のシーツを引っ張りながらいった。「おなじだ。ハグもありだな、時間があれば、でもあとはほとんど……おなじだ」

しかし、彼女の髪のすばらしさはデスも認めざるをえなかった。まるで雪の吹きだまりをブラッシングしているようだった。スマラグディは髪を梳《す》くたびに身を震わせ、水底でベースギターをつまびくような低くやわらかな呻き声を洩らした。もつれたところを梳くたびに喘ぎ、彼の膝に爪をたてる。彼はこれをなんとかそつなく終わらせたいと思い、しばらくしてから彼女に、きみは美しいと伝えようとした。

「あああ」身長十フィートの角質で縁取られたクリーチャーが溜息を洩らした。「あなたが侮辱好きだとは知らなかったわ！　そう、そうよ、もっといって」

デシベルは固まってしまった。だが、頑張った。彼はいつも頑張ってきた。「ああ、わかった。よし。じゃあ。きみは薄汚れた、ふしだらなブラシ売女だ、そうだろ？」

「え？　ちがうわよ。わたしは侮辱してっていったのよ。さっきみたいに！　罵って。さあ、早く。なにかわたしを徹底的に貶めるようなことをいって。さあ、いって……おまえはいいやつだといって」

「わかった。きみは……きみは尊敬に値する美しくて完成された人だ、そうだろう？」

ネッサノは頭のてっぺんから足の爪先まで全身を激しく震わせた。彼女はゴボほど自己中心的ではなかった。スマラグディは心ときめかせてデシベルの髪をたっぷりと愛し、彼としては彼女とおなじ効果を感じていたわけではなかったが、気持ちはいいしリラックスした気分にはなっていた。そしてかれこれ一時間近くたって彼がもっと直接的な方法で交われそうだと思いはじめた頃、彼女の動きが止まった。

「したい？」と彼女が囁いた。いかにも、いいたくなさそうな口調だった。「あなたが見せてくれたら、わたしも見せるわ」

「感情をってことだよな？　ああ、わかるだろうけど、それほどワイルドなもんじゃないぜ」

彼女はいびきをかいている月の光にぶつからないよう気をつけながら手足をベッドにのせ、二人はマットレスの上であぐらをかいて向かい合った。ネッサノの頭のうしろの壁にはどことなく中世風のユニコーンの絵がかかっている。哀れなポニーの血をもとめてやってきた猟師たちと処女は、ネッサノの淡色の骨張った身体の陰になっていてデスからは見えない。

「あなたからお願い」と彼女は彼をうながした。

「仰せとあれば、ベイビー。ええと。そうだなあ。俺は……俺は、ほんとうのことをいうと、すごく怖いんだ。オールトにはいってないんだが……連中が誰かほかのやつを選んでくれたらよかったのにと思ってる。誰かほかの人間になれたらいいんだけどなあ。なにがあろうとうまくこなせる人間に。持っていたものがぜんぶなくなってしまったような気がして、怖いんだ。もう何年も曲がつくれていない。もう何年もいい一日をすごした記憶がない。ステージに上がって完全にしくじったらどうするんだ？　いやそれよりまずいのは、ステージに上がって、俺の残念な人生でいちばんの、俺史上最高のパフォーマンスができて、歴史に名を残すケア・ベア・ステア並みに俺から世界の光があふれだして、それでも及第点に届かなかったら？　もしきみたちが俺の声から俺たちの最悪の部分を聞きとってしまうなんてことがあったら？　だって、最悪のものなんていくらでもあるんだから。ほんとうにたくさんある。俺たちがなにをしたか、きみたちが知ってるのはラジオが発明されてからあとのことだけだ。その前はまたとんでもなかったんだ。それに俺は誰かのりっぱなお手本になれるような人間じゃない。純粋無垢でもない。中身はドラッグで意識朦朧《もうろう》。ずっとそうだった。そうでないミュージシャンなんかいない。だから俺たちはミュージシャンなんだ。正直いって、そこはきみの星系にとってはかなりの傷だよな」声が震えだした。「俺がずっとなりたかったのは、きみのうしろにある絵のやつだ。ユニコーン。実在する動物じゃない。俺たちはこの宇宙でひとりぼっちだと思っていた頃、夜の話し相手にする知的なクリーチャーをいろいろつくりだしたんだ。とにかくユニコーンについていえるのは、純粋無垢だってこと。あまりにも純粋無垢だから森からおびきだすには仕掛けが必要なんだが、とにかく甘ちゃんで鈍いからそれがワナだってこともわからなくて、いよいよ猟師たちが出てきてもまだ、猟師の腹を角で突こうとも思わない。許してしまうんだ。首輪をつけられても相手を愛しつづける。でも俺はぜんぜんそうじゃなかった。そんなにはほど遠かった。ミラに聞いてみてくれ。オールトに聞いてみてくれ。なんならロードランナーに聞いてくれてもいい。それでも俺は明日、ステージに上がることになってるし、たとえ天が砕けるほどの歌をうたえたとしても俺がほんとうはどんなやつなのか、きみたちにはわかるはずだ。俺たちがほんとうはどんなやつなのかわかるはずだ」

ネッサノ・ユーフはホテルの部屋のクズみたいな絵を肩越しに見て、低く長い溜息を洩らした。「わたしもあなたみたいに自信が持てたらと思うわ」と彼女はいった。「さあ、あまりじらせないで。あなたの感情を見せて」

ジョーンズはすっと目を細めた。「いま話したじゃないか。正直、ちょっと傷ついたよ。心の内をさらけだしたんだ。ほかになにをしろっていうんだ？」

スマラグディは首を傾げた。「あら。あらら。うわあ。あれが……あれがそうだったの？　霊長類はああいうふうに感情を外面化するものなの？　あなたたち……あなたたちは感情をほんとうに内側に蓄えておくの？」

「きみたちはちがうのか？」

ネッサノ・ユーフはにっと笑った。そして身体をのばし、彼に向かってしなやかな胸郭を突きだし、口を開けた。いびつな胸骨からなにか出てくる。彼女のほかの部分とおなじ色の骨のトゲだ。が、それはただのトゲではなかった。奇妙このうえないチューブから歯磨きのように絞りだされてくるそれは、空気にあたると徐々に黒ずんでいった。「いったでしょ」息が荒い。「昔ながらの入れたり出したり。言葉でしか表現できない人たちは気の毒だといつも思ってたわ。いくらでも偽装できるんだもの」

起きるはずのないことが起きているようだった。ありえないことが現実になっているようだった。彼女は全身、骨と甲冑、貫通不可、難攻不落の身体だ。ところが彼女の胸の空洞は、いくらそうではないと主張しようと、農産物品評会に展示されているバターの彫刻のようだった。

「スマラグディの感情は体内を通過する途中で臓器にミネラルの沈殿物を残すの。強い感情は濾過システムで処理しきれないほどの速さで蓄積されていくから、そうなったら排泄しないと精神毒にやられて透析するか、悪くすると臓器移植しなくてはいけなくなるの。あなたにも腎臓はあるの？」

デシベル・ジョーンズは目を離すことができなかった。それは卑猥でありながら殺伐としていて、親密感を抱かせながらどこか白々しいパフォーマンスのようでもあり、なんだかラボの実験結果を表現する血が沸き立つような部族の踊りを見せられている気分だった。

「前に検査したときは二つあった」と彼は目を見開いたまま答えた。

彼女は具合が悪いようには見えなかった。というより、どっぷりと愉悦に浸っているようだった。呼吸は速く、やわらかく、エクスタシーに近いものを感じさせる。「腎臓が脳の快楽中枢にあって、そこを結石が通過していると考えてみて。わたしたちはほとんどみんな一日に一度、ベッドに入る前にこれをするの。みんな石がいっぱい並んだ飾り棚を持っているのよ。その日抱いた感情の状態がひと目でわかる完璧な記録。集合無意識内で形成される象徴的表現なんだけれど、これを欺くことはできないの。あなたたちが腎臓に心臓のふりをさせることはできないのとおなじよ」

彼女は感情石の残りの部分をつまんで取りだすと、歓びに震える溜息を洩らしながら、彼の手にのせた。それは子どものオモチャのような小さなチャコールシルバーのフィギュアだった。彼女の身体の温もりがまだ残っている。

壁のユニコーンの絵にある猟師のひとりだ。

それを手にしたとたん、デシベルは異質な感情に圧倒された——満足感、勝利、期待、安堵、恐怖、深刻な社会的圧力、芸術面での不安、向上心、ゼノフォビア、そして恐ろしいほど強烈なシャーデンフロイデ（人の不幸を見聞きして生じる喜び）の洪水。これがスマラグディの絶頂だったことに彼は気づいた。よく聞いておけよ、ドクター・キンゼイ（人間の性行動研究で知られる米国の学者）。ジョーンズは相手が呆然とするようなひとことを放って、そのとんでもないアクションフィギュア（関節部分を動かせるフィギュア）をふり落としたかったが、そいつから目をそらすことができなかった。まったく動くことができなかった。彼女の感情の洪水が彼のシナプスを機能不全に陥れてしまったのだ。戦うか逃げるかどちらにするかを決めるテクリハ（舞台転換、照明、音響などのタイミングを合わせるリハーサル）ができず、彼はまったく動くことができなかった。

ネッサノ・ユーフはその目に歓びの最後の澱《おり》と心からの後悔の色を浮かべて彼を見た。

「ごめんなさいねえ」と彼女は小声で歌うようにいった。「わかるでしょ。準決勝ではアンフェアなことはなにもなかった。わたしはほんとうに申し訳ないと思っているのよ。わたしは人間はすばらしいと思っているわ。とても魅力的だしクリエイティブだし音楽的才能があるし、まちがいなく深い知覚力に恵まれているんですもの」やさしく彼の髪をなでる。「問題はアルニザールなの。かれらは破産寸前なのよ。わたしたちはみんな、毎年毎年、かれらに票を入れて忘れてもらうようにしているの。それ以外に戦争の賠償金を支払う方法がないからよ。かれらは毎年、銀河系のテーブルに五つ星のケータリングを提供してパンくずを回収しているわけ。わたしにいわせれば、いい気味だけれど、かれらが壊滅的な経済破綻に耐えられるとは思えないわ。まあ、あのオンチのスペース・モンスターはアルノに点数をやるくらいなら疝痛《せんつう》持ちのワームホールと延々ディープキスしているほうがいいんだから、わたしたちと親しい地元のホヤはわたしを雇っていくつか楽なお仕事をさせてくれたけれど」骸骨のような暗殺者は気弱そうに肩をすくめた。「こういうのは……こういうのはちょっと野蛮だと、わたしも思うわ。でも銀河系社会もやっぱり……そう、社会なのよ。そして社会はろくでもないもの。ああ、グランプリはわたしたちがつくりだした最高のもの、至高のもの、しかもそれがただの歌とダンスなのよ、そうでしょ？　わたしはわたしたちが善良だなんて一度もいってないわ——ただ知覚力があるというだけよ。ゴーグナー・ゴアキャノンの〝不滅の事実〟その十一みたいなことかしらね——〝人がアホになっていくのを止めることはできない。みんなそれが大好きなのだから。期待できるとしたら、ときには何人か、完璧に最悪なやつより少しだけましなのがいる、という程度が関の山だ。その信じられないほど低いバーにつまずいてころんでいる連中を見ると、ぜんぶおしまいにしたくなる。しかしちゃんと飛び越えるのを見ると、このひどい状態はなにかわけがあってこうなっているのだろうと考えるようになる――まったくろくでもないやつらだ。もちろん、わたしはちがう。わたしはとびきり上等にできている。誰にでも聞いてみるがいい。そしてあんたも大丈夫、だと思う〃。人への仲間入りの場へようこそ、坊や。でも、ここは怖いところなのよねえ」

ネッサノ・ユーフはベッドから飛びおりると、かがみこんで彼の耳に顔を近づけた。デスはてのひらにのっているシルバーのフィギュアのせいで写真のように固まったままだ。

「あなたたちは尊敬に値するすばらしい、完成された種族だわ」と彼女は彼の耳元で囁いた。「そしてあなたは、デシベル・ジョーンズ、わたしが出会ったなかで最高の人よ」

彼が運動機能を取りもどすと同時に、恋するスマラグディはベッドサイド・テーブルから巨大なボタンだらけのリモコンを取りあげると、まっすぐデシベル・ジョーンズの声帯に向けてミュート・ボタンを押した。

「パナソニックのユニバーサル・リモコンで俺を殺す気なのか？」とジョーンズは軽口を叩こうとした。

が、声が出てこなかった。彼は喉をまさぐった。数小節、歌ってみようとした。『ジギー・スターダスト』、『モア・ザン・ディス』、『パセリ、セージ、ローズマリー・アンド・タイム』、『ハッピー・ファッキング・バースデイ』、なんでもいいから歌おうとした。

全滅だった。

「ステージで会いましょう」とネッサノ・ユーフはいった。「頑張ってね」

☆

オールト・セント・ウルトラバイオレットが部屋にもどると誰もいなかった。デシベルも彼に口説き落とされた奇妙なエイリアンも。あるのはただ静まりかえったスイートルーム、枕の上にコイン、そしてきちんとたたんでベッドに置かれたかれらの衣装だけ。銀河系の反対側のバーのカウンターにあった〝むなしい愛〟とか〝また会う日まで〟とか〝若気の至り〟とか〝古き悪しき時代〟とか〝一件落着〟とかわけのわからないラベルが貼ってある蓋付きのボックスに入っていた種から育ったやつだ。

ベッドの片端にはばらばらになってしまった女性の衣装がある——赤いスパンコールのブレザー、前はワインのしみがついたウェディングドレスだったローライズの無慈悲なほどタイトなパンツ、裾にジョージという名前が紫の糸で美しく刺繍され、その両側にしゃれたバットがあしらわれたクリケット・セーター。そしてもう片方の端に置いてあるのは——そこらじゅうに八〇年代のヴィンテージもののゴールドのアクセント・チェーンがついているサテンのペイズリー柄のパンツ、厚底ブーツ、黒いプラスチック製の蝙蝠の翼、そしてまさにバラのごとく香るロバート。

31

火山のためのララバイ（Lullaby for a Volcano）
（ＥＳＣ一九九五年十七位）

デシベル・ジョーンズ＆絶対零度がはじまったのも終わったのもなんの変哲もない部屋だった。ベッドが二つ、テレビと小型冷蔵庫があるだけでとくにおすすめポイントもない、宿命の悪臭が漂う部屋。ひとつはミスター・ファイブ・スターが喜んで払う程度の給料でもまかなえるアパートメントの部屋。

もうひとつはスコットランドのホテルの部屋だった。

ほかの連中はみんな驚くほど有能で快活だが、はっきりいって街で遊びまわるときに欠かせない存在ではない。たとえ粗悪な安物の傷あり／無保証の人間の心臓——自分の心室を救うためのユーザー安全検査をパスできなかった心臓——でも、惑星地球の避けようのない人生の現実に直面する前であろうと、直面している最中であろうと、直面したあとであろうと、手作りの宝石色をした丈夫なオールシーズン使える高級アクセサリーになれる。ほかの連中は毎日毎日、人を困らせるようなことはしない――かれらは、見ていていらいらするようなクセがあったり、無意味な習慣にこだわっていたりはするが、快適に、楽しく、スタイリッシュに、カナッペ食べ放題で、心地よいバズ音とともに、そこへ連れていってくれる。しかもかれらは侮りがたい存在に見える――これは夜の街で金をばらまいてマーキングしたがる若い種族にとっては非常に重要なことだ。

だが、やろうと思えばひとりでやっていくことはできる。

とりあえず、挑戦することはできる。ときには国ぐるみで挑戦することもある。

いいか。あの小さな水っぽい興奮性の惑星はじつに、とんでもなく雑然としたところなので、絶対零度の歴史を最初からぜんぶたどろうとすると短時間のうちにいろいろとカバーしなければならないのだが、孤独な国々のことも忘れないようにしないといけない。すぐに重要な存在になってくるのだから。

バンドの初期の頃は簡単だった。かれらはいっしょにいたくないと思ったことなど一度もなかった。絶対零度にとって、ほかの誰かが近くにいるかいないかは、どこのパブの樽に何日の何時になにが入っているかとおなじくらいどうでもいいことだった。しかし、いつもおなじということにはある種のエネルギーが、ある種の重力が、エントロピーとおなじくらい容赦のない力が働くものだ。それは街のおなじ一画から働きかけてきた。それに対応することはできる。それで時計を合わせることもできる。そいつにはビートがある。それに合わせて踊れるビートだ。デシベル・ジョーンズとミラ・ワンダフル・スターとオールト・セント・ウルトラバイオレットがエジンバラでまるで太古の焚き火を囲むようにテレビのまわりに集まり、ライラ・プールがイスラエルのタバコにつぎからつぎへと火をつけていったりきたりするようになった頃には、かれらは近くにほかの誰かがいるかどうか、特定の夜、特定の時間に近所のパブの樽になにが入っているか、大いに気にするようになっていた。

宇宙のエネルギーのゆっくりとした爆発、消滅には対応することができる。それにかんしては方程式やら公式やらがあって、旅に備えてどんな荷造りをすればいいかも、あとどれくらい時間が残っているかもわかる。しかし天体が急にとんでもない速度に加速したり、ときどき急停止したりするのには対応できない。隠しポケットの闇のなかで咆哮している熱力学的死に近づきすぎてしまったら、その衝撃に対応するすべはない。

かれらは、まるで何世代か前の人間のように、なにもかもテレビで見ていた。革命はすべてテレビで放送されるものだった。それは視聴率を稼ぎそこなうような革命ではなかった。かれらは毎晩ステージで歌った。音楽が枯渇するまで歌った。自分たちがすでに、アニメのワイリー・コヨーテさながら壁に、未来という壁に頭から突っこんでいたことも知らないまま歌いつづけた。あの強制移送はすでに始まっていた。クールなタクミ叔父さんは暴動に巻きこまれて死んでしまった。彼を踏みつけた何百もの足は、まだ時間はある、もうしばらく前から橋のない深い割れ目の上でむなしく回転しているわけではない、安全な大地の上を歩いているのだと妄想している足だった。そしてあのナニは、首相がいかにも悲しげに巧みに同情をにじませた口調であなたは正規のパスポートを持っていないし、すでに一生分の資源、財源を盗んでいると宣告したせいで、一時収容施設に入れられてイスラマバード行きの便を待っているというありさまだった。

ショーに客がひとりもこなかったのは、絶対零度が過去の存在になってしまったからというだけでなく、みんな世界が終わることを知っていて家でテレビを見ていたからだった。

オールトとデスにとっては、それはミラの目のなかで起きていることだった。その目には反転したニュース映像が映り、なにも信じていない虹彩の上をテロップが流れていった。かれらはミニバーにあるものをひとつ残らず機械的に、整然と口に運び、味わうこともなく、無言で食べ尽くした。沈黙がつづくなか、やがてミラが友だちのほうを向いて囁いた

――結、婚、し、て。

そしてデシベル・ジョーンズは笑った。不安そうに、直観的に、怖々と、当惑したように。だが、とにかく笑ったのだ。

もし彼が笑わなかったら、彼女はその先をつづけていただろう。彼女は先をつづけ、彼もちゃんと理解したはずだ。しかし彼は笑った。世界一ばかげたことだと思ったから笑った。なにもかもがファシズムのクリームパイの上の酸の上の溶岩で、生きていけるかどうかすらおぼつかないのに、誰かと結婚するとか、未来にかかわることなどなにひとつ計画できるわけがないと思ったから笑った。彼は彼女と面と向き合って笑い、ミラ・ワンダフル・スターは、いつもならキャンディとクラッカーとショックで元気いっぱいになるのだが、このときはそれ用のオクタン価の燃料が補給できていなかった。だから最後までいえなかったのだ。ただ〝結婚して〟といっただけで終わってしまったが、ほんとうはこういいたかったのだ――〝結婚して、あたしと結婚して、デス、そうすれば安全だから、あたしたち銀行にお金がある素敵なストレートのカップルになって、そうすれば誰もあのことで機嫌が悪くなったりしないし、誰も夜、追いかけてきたりしないし、あたしたち、にっこりイギリス野郎の笑みを浮かべて、もう誰もあたしたちには手を出せなくなるわ。あなたはここで生まれた。あたしはそうじゃない。あなたがいないと、あたし、安全じゃないのよ。オールトにはジャスティーンがいる。残っているのはあたしたち子ネコちゃんだけだし、雨が降ってきそうだし。あたしと結婚して、それで小さい泡の宇宙をつくるのよ。そこではなにも変わらなくていいし、選挙なんてものはないし、『すばらしいわたしたち』だけだし、夜はネオンが遠ざけてくれるし、世界はアイスクリームが遠ざけてくれるわ〟

〝俺にわかるわけないだろう?〟と、十五年後、どこへ行くとも知れない宇宙船のなかでデシベルはオールトにいっていたかもしれない。〝彼女がなにをいいたかったのか、あれだけでわかるわけないだろう?〟

不幸なことに、デシベル・ジョーンズの笑いはミラを空の彼方に吹き飛ばしてしまった。オールトは、ナニが電話に出ないのは持って生まれたひどいヒステリーのせいではなく、むごい仕打ちのせいだと確信していた。電話に出ない、まだ出ない、どうして出ないんだろう? グラムロック低俗ケバケバパンクのバンドは世界の終わりをまともに顎に食らって互いを責め合ったが、どちらも自分の立場を説明しようとはしなかったし、ライラ・プールはふざけてばかりで一向に大人らしい話し合いをしようとしない二人に静かに業を煮やしていた。デシベルの父親がナニのことで彼に電話を入れた頃には、すでに人類の半分はあとの半分にたいして怒り心頭でスクランブルをかけていたし、ミラはけっきょく叔父さんのことはわからずじまいだったし、それからの十年は記録的スピードで混乱と見せかけだけの時代から、専門用語でいうと銀河間ハチャメチャショーの時代へと進んでいったのだった。

いずれにしても、絶対零度は状況の変化にはうといほうだったから、ミラが冷蔵庫の上にあったバンのキーをつかんでドアからするりと抜けだし、二人が想像もできないほど長い旅路についてしまうことなど気づくはずもなかった。

心

永遠にどこまでもいっしょに、わたしたちは無限の彼方へと飛んでゆく
高く、高く、どこまでも高く、神の高みへと手をのばす

――『陶酔』（Euphoria）ロリーン
（ESC二〇一二年優勝曲）

32

すべての歌は愛をもとめる叫び (Every Song Is a Cry for Love)

(ESC二〇〇六年十位)

第百回メタ銀河系グランプリはリトストで開催された。クラヴァレットの母星、ヴリミューの廃墟、戦争が終わった地だ。

グランプリで新規参加種族がフィーチャーされるのは、フラスとマンタンのケンカ騒ぎ以来、二十一年ぶりのことだった。そこに集ったアルニザールにケシェット、スマラグディにエラク、シブにヴーアプレット、ラマティにスロジット、エスカにアズダーにアースラにメレグにユーズにヤートマックに321、そして唯一たったひとり残ったイナキ、全員が、百回記念ガラコンサートはみんなが大きな関心を寄せるべきだし、グランプリの目的をもう一度はっきりさせるものになるべきだし、大盛りあがりするものにしなくてはならないと思っているようだった。

七時オープン、八時開演。銀河系中のパブで、クラブで、家で、パーティが開かれ、家で見ている視聴者は六時までにはすっかりできあがっていた。

マムタック集合体とDJライツ・アウト——老けてはきたものの人気者のマスター・オブ・セレモニー、名うてのやきもち焼きにして第二回および第六回グランプリの優勝者——はふわりと宙に浮くと、おのおの〝命のステージ〟上へふらふらと飛んでいった。ユーズのビートボクサーは渦を巻いて巨大なディスコボールの形になり、ぐるぐる回転して観衆を大いに喜ばせた。リトストの永遠の薄明が珪酸塩微粒子の生物をキラキラと照らし、空気にはバラとコカインの香りが満ちている。

「第百回メタ銀河系グランプリへようこそ！」と小さなエラクのDJライツ・アウトの声が轟く。観衆がウォーッと応じる——安い席の連中は、なんであれ足としての役割を果たすもので床を踏みならす。「ちょっとやばいものになるかもしれないけど、また戦争するよりはマシ、よね？」

銀河系の文明化された領域の場末のバーで、もぐりの酒場で、アシッドハウス系ビストロで、喝采の嵐が窓を吹き飛ばし、テーブルを叩き割り、ムード照明をショートさせた。が、地球のバーやパブやレストラン、ホテルのロビー、空港、オフィス、そして静かな緊張感がみなぎるラウンジにいる連中は、誰ひとり、このジョークがおもしろいとは思っていなかった。

催眠ケルプが薄暗くなり、観衆のどよめきが静まり、〝無条件に受容する海〟が岸辺に打ち寄せ、グランプリがはじまった。

アルニザールは銀河系の政治動向にもっとも大きな影響力を持つ存在なので、グランプリ主催団体の采配で一番手を務めることが認められていた。つまり、投票が始まる頃には誰も曲名を覚えていないということだ。ベター・ザン・ユーはすさまじい勢いで水を炸裂させ、ラジカルな創作音をドボン、ビシャッと響かせて颯爽とステージに登場した。スレッケ五乗とエレクトリック・ブルーの血管が浮きでた黄金色の重々しく動く四人のバンドメンバーは肩とおぼしき部分に赤外線追尾式マンドリンのストラップをかけていた。かれらはコブでデリケートな肉質の弦をつまびき、その背後では地元で採取したウナギの光で輝く海水の間欠泉が炸裂し、〝命のステージ〟は、辺鄙な田舎のじいさんがほんもの《ヽヽヽ》の音楽とはこういうものだといって子どもたちに聞かせるような心に染みる、見事にメランコリックでクラシカルなメロディで満たされた。それから約四十五秒後、スレッケ五乗はニューロンを苛立たせる戦闘ヨーデルをシャウトし、ビートがうねりはじめた。『わが種族をずっと虐待してきたおまえたちの仕打ちは公正な取引といえるのか？』は、その夏、あらゆる植民惑星のあらゆるコンビニやショッピングモールのエレベーターで——とりあえずミューザック（公共の場で流されるBCM）バージョンで——流れることになりそうな曲だった。ところが、掛け値なしに独善的なビートを刻んでいたにもかかわらず、グランプリのオーディエンスはこの育ちすぎで不格好なペンキ塗りの腫れものがお気に召さないようだった。最後の部分ではアルニザールのロッカーたちが芽吹いた子どもをひとりひとり数珠つなぎになったルビーのように取り去っていき、それが宝石をちりばめた涙のようにステージをすべり、クールなやつにしか聞こえない周波数で震える、二世代がつくりあげるコーラスになって響きわたったのだが、それでもオーディエンスは満足しなかった。

マムタック集合体が、逆さになったもの悲しいスープ缶の形を形成すると、DJライッ・アウトはうなずいて、「物事を政治的にするのはアルニザールにまかせましょう」と、長い小枝のような指で辛辣な空気を醸しだしながらいった。「誰か、アアアアンプを切って。耳があのコブ攻撃にやられちゃうわ」

バーミンガムのポリス御用達バーにいた五十人余りの警官が血相を変え、「これが政治的でないなんてことがあるか？」とスコッチ五杯分のもやの向こうから署長が叫んだ。

そこへヴーアプレットのヒットメーカー、死後剛直オーバードライブの叩きつけるようなドラム・リフが割りこんできた。どんどん傷んでいくケシェットの死体を捨てて、ほぼ新鮮なスロジットに乗り換えたパヴィニス・ブレックは腐りかけた翼をひろげ、薄暗い空に向かって儀式用のガジェバ・シャベルを高々とふりあげると、そのタイミングで紫色の炎が飛び散り、喉から絞りだすデスメタル・ヴォーカルがはじまり、ブレックはシャベルをステージに叩きつけた。その派手な演出の陰で、巧妙に隠されていた巣嚢《そうのう》が床板の下で破裂し、凶暴な耳虫《イャーワーム》の大群が客席に放たれた。最前列の客にスイカを投げつけるコメディアンもどきの手法だ。この『愛の抗体はない』という感染性の曲は宿主から宿主へとひろがっていく。感染すると曲が耳にこびりついて離れなくなり、幸福感を分泌する虫は多種多様種々様々な目にかかわる器官のなかに深く入りこんで卵を産む。

マムタック集合体は古い、くたびれた穴あきソックスと合体した。「すばらしかった、と思うわ！」エラクがばかでかい目を輝かせて感に堪えないという面持ちでいった。「ワクチン打ってたから、なんにも聞こえなかったけど！」

３２１は、クリッピーの体内から出てネモ船長のパイプオルガンと尋常でないほどそっくりのミキシング・コンソールにダウンロードされていて、喪失、希望、そして苦痛の虹色の紡ぎ車から逃れられない無力感、生命のサイクル、死、さらに粗野で湿っぽい有機生物による人工生命への絶対的抑圧を歌った曲『中止、再試験、失敗』をファンファーレもエフェクトもなしで演奏し、のっけから全員をしらけさせた。３２１は楽曲が完璧なものになるよう計算して、エレクトロ・ポップのお菓子のスライスをきめ細かく調和させたものでありながら誰もが思い当たるような普遍的テーマについて語り、メロディもリズムも感情的効果もあらゆる面から見て完全無欠のものになるよう仕上げていた。けっきょくこの曲は銀河系音楽経済史上もっとも返品の多い作品となったが、返品の理由は多岐にわたっていた。曰く——〝こんなのじゃぜんぜん踊れない〟、〝この曲のせいでしばらく音楽を聞く気になれないかも〟、〝ジムのマシンのまえで深刻な不安をかきたてられたら、運動なんかできるわけないだろうが〟

つぎに登場したのはホーム・チームであるクラヴァレットの人気バンド、ハグ中毒だった。ステージ全体にホログラムの庭園が萌え出でたのだが、ハイパーリアルな花にはひとつひとつ、届く範囲内の全員の芸術的感性レベルを舐めるよう調合された香水入りスプレーが仕込まれていた。バラのトピアリーたちが披露したのは伝統的な〝紛争解決の踊り〟の曲だった。その曲を一音でも耳にした者全員の記憶に心を探るレーザーのように雄しべの振動をもぐりこませてそれぞれの人物が人生でいちばん完璧な愛や受容を感じたときに流れていた曲を見つけ、焦点を定め、サンプリングし、ミキシングして十年に一度のダンス・ブームを巻き起こすことになった曲『気分を上げて』を観衆に届けたのだ。

ブダペスト郊外にある慎み深い一家の家では、ある女性が母親や姉妹や娘たち、そして子ども時代の自分がハンガリー民謡や昔の写真フィルムのCMソングを心に染み入るようなハーモニーでつぎからつぎへと歌うのを聞いて、その感情的結びつきのあまりの強さにあんぐりと口を開けたまま床にくずおれたという。

ワンス・ユー・ゴー・ブラックが登場して照明が消えると、観客は総立ちになった。かれらはサグラダの流儀でロックしたので、鍵のかかった掃除用具入れのなかで進化した目を持つ者でもないかぎり、かれらの闇花火ショーもシンクロナイズド・サグラダ・タンゴも見ることはできなかった。ダークボーイ・ザラズは暗黒物質ディジュリドゥをそれは見事に演奏し、その振動で、闇に包まれたありとあらゆる哀れな者たちのありとあらゆる細胞にクールな暗黒の宇宙の静けさをすべりこませて、すばらしい平穏を、『暗黒はあらたな暗黒』という名のすばらしい平穏を知らしめたのだった。

デシベル・ジョーンズとオールト・セント・ウルトラバイオレットはそのすべてをステージの袖で見ていた。

かれらは、ユートラックが『おまえの母親のことを聞かせてくれ』という大音響のロック・ナンバーを互いに身体をぶつけ合うバシッ、ドーンという音をパーカッションにし、あまりの痛さにあげる悲鳴をメロディ・ラインにしてリトスト全体をまるごと踊らせるのを見ていた。エスカの劣等ポップ・デュオ〝バードワード〟が甘やかな海風を自分たちの胸の空洞で響かせて自作曲『わたしの言葉を感じて、わたしの言葉を愛して』に合わせ、その残像がエメラルド色に煌めいて見た者の目に何日も残るような自前のランタンの輝かしい光でステージを満たすのを見ていた。シブのスーパーグループ〝アス〟がステージを藻のなかに包みこみ、海鳥がやってきて海鳥の歌がシブの歌になり、かれらが海鳥になり、それがかれらの歌にもなっていくのを見ていた。ヤートマックがステージにまともにパンチを食らわせ、絶叫ソング『けっきょく俺たちはおまえらがたっぷり楽しんだ戦争を懐かしんだりしたことをちょっと残念に思ってる』をズタズタにするのを見ていた。ソウルフルなネッサノ・ユーフがすみれ色の瞳に涙を浮かべてセンター・ステージに立ち、『そしてわたしはあなたに告げるの、わたしには知覚力はないと』を歌って観客を屈服させ、すすり泣きの渦を巻き起こすのを見ていた。さらに、友だちゼロのオラビルがホタルでコーティングされた胴体で長いトランペットをふりあげて史上もっともディープなブルースを演奏しはじめ、奇妙なゾウが身体を二つ折りにして不死のコーラスを歌うのを、〝みんなが恋しくてしかたないよ、もう二度と学校をさぼらないと約束するよ、誓うよ、だからみんな帰ってきて、最後のひとりは寂しすぎるよ〟と歌いあげるのを見ていた。

歌はつぎからつぎへとくりだされ、心を無力化し、耳を無力化し、音楽の定義そのものを無力化していった。

最後まで。新参の種族が登場するまで。

デシベルは咳払いして、何事か訴えかけるような目でオールトを見た。

「あがってるのか?」と旧友はたずねた。からかっているようなニュアンスはまったくなかった。洗練された銀河系社会が初めて聞く人類の音楽にのせた第一声は彼がチューバの音のなかに力いっぱい投げこむ声だと承知していたからだ。「心配するな。いいのができたんだから。いい曲じゃないか、デス。まちがいない。大丈夫だ。ただ……ベストを尽くせばいいんだ。誰も見てないと思えばいい。必要なら目を閉じろ。ステージには俺たちしかいないんだ。俺たちとミラしか。ただ……彼女のマイクは故障してるけど。な? ほら。ほら、ダネシュ」オールト・セント・ウルトラバイオレットは旧友の頬に手を添えた。「大丈夫だ。俺はまだおまえを愛してる。いつだってそうだった」

そういうと彼はデスのおでこにやさしくキスした。まるで願いが叶うおまじないのように。そして一度だけ――短く、温かく、かなり珍しいことに――くちびるにも。

デスは必死に喉を指さした。その日、もう百万回めだっだ。ペンが欲しかった。紙が欲しかった。腕に血で書こうとしたが、爪がちゃんとした仕事をしてくれなかった。オールトは苛立たしげに目をくるりと回した。

「なにが問題なんだ? ずっと態度がおかしいし、口をきかないし。一日中どこにいたんだ？　俺に腹を立ててるのか？　たしかにおまえとべったりいっしょじゃなかったさ。珍しく友だちと出掛けてたんだ。おまえにも会わせたかったな。エラクって、ほんとにたいしたやつらだよ。とにかくこうして遅れずにここにきたんだから、いいだろ？」

デシベル・ジョーンズはもう一度、腕に〝**うたえない、あののっぽのおんなにこえをぬすまれた**〟と書こうとした。じれったくて涙が出てきた。その目にほんものの恐怖が沸々と湧きあがってきた。

しかしオールト・セント・ウルトラバイオレットはもう半分ステージに上がりかけていた。「ああ、いいよ、そうしてろよ。とにかくやることやって家に帰ろう。なんでおまえはいつもそうドラマチックになるのか、俺にはわからないけどな」

いよいよデシベル・ジョーンズ＆絶対零度が世界を救う時間がやってきた。あるいはそれがかれらに残された最後の時間ということになるのかもしれないが。

33

教えて、あなたは誰（Tell Me Who You Are）

（ESC二〇〇二年二十四位）

デシベル・ジョーンズ&絶対零度は進んでいった。折しも〝命のステージ〟の上空には嵐を呼ぶ乱雲が集まりはじめていた。

かれらのステージには飛び散る炎はなかった。

生物発光のショーはなかった。

テレポーテーションもタイムトラベル・テクニックを駆使した特殊効果もなかった。

かれらはただ二人、センター・ステージの闇のなかに立っていた。あるのはマイクが一本。チューバを変形させたガラス張りの温室のようなものがひとつ。そして声。

デスは命懸けで歌おうと口を開けた。力いっぱい歌えば、毛細血管が破裂するほど全身全霊をこめて歌えば、あの歩くハンガー細工が彼にしたことが消えてなくなるかもしれないと思ったのだが、自分の全身全霊などたかが知れていることはわかっていた。しかしなにかできることがあるとすれば、それはしゃべってはいけないときにしゃべることだった。おとなしい、良い子でいなくてはいけないとき、姿はあれど声はせずでいなければいけないときに歌うことだった。生まれたときからずっとそうだった。いま、それができれば、なんとかなるかもしれない。

オールト・セント・ウルトラバイオレットが序曲を演奏しはじめた。フットペダルでドラムを叩きながらオールトフォンのなかに入りこむ。音楽がスピーカーを打ち、想像もつかないほど多くの人々の耳へと流れこんでいく。完全なる音楽。音のひと粒ひと粒がクリスタルだ。デシベル・ジョーンズは息を吸いこんだ。サンゴ礁船のなかで書いた歌をうたおうと息を吸いこんだ。考えに考えたクレバーな策だった。かれら自身の声が惑星を沈黙させてしまうようなリスクを冒さなくてすむよう、歌詞の力に、人間の非凡な創造的才能にすべてを懸けた曲だ。絶対に生きてやる、絶対に価値ある存在になってやるという意気込みで、あのふざけたミュート・ボタンを吹き飛ばしてみせるのだ。そうすれば万事オーケイ。彼はマイクに向かって一歩、踏みだした。

彼が歌ったのは静寂だった。

ダウンビートで入れなかった。アップビートでも入れなかった。どんなビートでもだめだった。

デシベルは凍りついた。遙か昔、あのすべての日々がはじまった最初の日のホープ&ルインのステージとおなじだった。ナニのスカーフを何枚もまとったあの日とおなじだった。彼はあの日にもどっていた。くたびれた赤い敷物の上に立ってマービン・ザ・マーシャンといっしょに歌おうと顔が爆発するかと思うくらい頑張ったのに、なんの音も出てこなかった。まるで自分はそこにいないような、そもそも最初から存在していなかったような、そんな感覚だった。いつもそうだった。ずっとそうだった。

「どうしたんだ、デス?」じれったそうにオールトがいった。「歌えよ、バカヤロウ、なにしてんだよ」

デシベルは友をふりかえって、ふたたび喉を指さした。汗で前髪がおでこに貼りついている。〝くそっ、やってるんだよ。必死にやってるんだよ〟

ついにオールト・セント・ウルトラバイオレットも事情を呑みこんだ。はっきりと理解するにつれてオールトフォンの美しいブーンという音、細かいトリルが消えていった。

〝俺たちみんな死ぬんだ。デスが壊れた、俺たちみんな死ぬんだ。娘たち、焼け死ぬんだ。どうすりゃいいんだ?〟

彼は歌のことを考えようとした。かれらの歌ではない。いろいろな歌のことだ。絶対零度の歌。ボウイの歌。童謡。なんでもよかった。しかし恐怖で混乱した彼の脳は、歌などというものは聞いたことがない、音楽とはどういうものなのかすらわからない、だからどうか触れないでおいて欲しい、と公式見解を表明した。〝娘たちが焼け死んでしまう。なにか歌うんだ、オマール坊や。なんでもいいから歌うんだ〟

ひとつの澄みきった純粋な歌声がリトストのスタジアムを満たした。少し震えていたが、なんの嘘もない声だった。神とエイリアンとすべての人々のまえで、オマール・カリスカンは唯一、頭に浮かんだ歌をうたった。

それは澄みきった真夜中にやってきた
あのいにしえの輝かしき歌
天使たちは地に向かいて身をかがめ
黄金の竪琴つまびく――
「地には平和を、人には善き心を
天の慈しみ深き王は恵みたもう!」
世界は厳《おごそ》かなる静寂のうちに横たわり

天使たちの歌を聞く

天の裂け目より音もなく、かれらはきませり
平和に満ちた翼ひろげて――
そしてなお天上の音楽は浮かび漂う
疲れ果てた世界の上に――
その悲しくつましき広野の上で
かれらは翼ひろげ、かがみこむ
地の喧噪の遙か高みより
祝福されし天使たちは歌う

34

時は孤独（Time Is Lonely）

（ＥＳＣ一九八六年十八位）

オーオーとロードランナーはオクタープブの豪華な審査員ブースで見ていた。床に飲みものや美食の小皿が散乱している。審査員の半分はトイレにいっていた。残りは『気分を上げて』がいかにすばらしかったかとか、エラクを、バックバンドなしでベストを尽くした気の毒なオラビルより上にすべきか下にすべきか、といった話をしている。

「あまりうまくよくうまくうまくどこへも速くいってないな」オーオーが前足をひねりながらいった。

「まさかここまでとは思わなかった」とロードランナーも認めた。「大惨事になるかもしれないとは思ってたけど、まさかここまでとはね」

「でも助けてやることはできると思う」とタイムトラベルするレッサーパンダは小声でいった。「いけると思うんだ。準決勝のあいだにちょっとテストしてしてやって試してみた。簡単なんだ。彼が二番を歌い終える前に終わって終わってもどって終わってるはずだ」

「きみならできると思う。でもインチキだよ、オーオー」

「うーん」パフォーマンスを終えてリフレッシングカクテルを楽しんでいたクロシャー・アバター9がいった。二人には彼女がそこに立っているのが見えていなかったが、審査員ブースにはそこらじゅうにラモ・ストーンが置かれているので、その陰からいつ誰があらわれてもふしぎはなかった。ラマティが参加しているときはそこを注意しないといけない。

「ミニゲーム（比較的小規模で単純なゲーム）ね。おもしろそう」

「厳密にいえばだますだますごまかすルールに反してだますだますわけじゃない。それにね、きみは地球でほんの何時間かすごしただけだ。わたしはかれらのすべての時間線時間線量子泡可能な分岐時間線にいたんだぞ。とんでもない量の十二月だ。クリスマス・キャロルをやめさせるためならなんだってやるよ」

　背の高いウルトラマリンブルーの魚フラミンゴは大きな目を床に落とした。「過程というものがあるんだ。邪魔をしてはいけない。かれらは自力でやりとげるか、失敗するか、どちらかだ」

「きみは彼のことが好きだと思ってたのに！」

「好きだよ」バーズ・アイ・ブルーの元リードヴォーカルはいった。「彼はわたしのことをロードランナーと呼んでいる。ということは彼はコヨーテなんだ。あんなおバカなコヨーテを愛さずにいられるわけがないだろう？」

「だったらわたしがやるやる見つける得るやるやるつかむ」

「うーん」クロシャー・アバター9がカラフルなくちびるを舐めながらいった。「チートコード（コンピュータゲームなどのプログラムの一部で裏技のような操作を可能にする）。いいわね」

「だめだ。規則違反だ。これまでほかの種族を助けたやつなんかいない。あのアースラがミドルパワー・バラードの途中で死んだときさえそうだった。干渉しちゃいけない」

オーオーは長い縞模様の尻尾を激しくふった。「干渉するんじゃないよ。リストにあった名前は〝デシベル・ジョーンズ＆絶対零度〟だ。わたしがやろうとしているのはきみの仕事の仕上げだよ。あのバンドを完全な形にして会場会場ステージドアに向かわせるんだ」

　ケシェットはクリーム状の陽光がのった小さなトーストを二切れつかんで口に詰めこみ、鳥類の友に向かってべーッと舌を出すと姿を消してしまった。

　クロシャー・アバター9はアニメのキャラクターのようなばかでかい目でそのうしろ姿

を見つめていた。「百ポイント」と彼女はつぶやいた。

オーオーはラマティの例の大規模なマルチプレイヤー・ゲームで得点した初の部外者となった。それ以降、得点した部外者はまだひとりも出ていない。

35

すべてあなたのこと（It's All About You）

（ESC二〇一〇年十六位）

オールトのクリスマスもそろそろ終わろうかという頃、デシベルはまだ歌おうとしていた。これまでの失敗の数々にこの失敗を重ねてしまった内臓が空洞になるような戦慄と恐怖のなか、ステージに膝をつき、マイクスタンドにしがみついていた。こんなことになるはずではなかった。いや、彼女がいなければ、ミラがいなければこうなってしまうと、彼にはどこかでわかっていたのかもしれない。ミラはいつも無限の未来へとビートを叩きだしてくれていた。それがずっとつづくと思っていたのに。彼は顎が痛くなるほど必死になって奥のほうにある歌を世に生みだそうとしていた。なんとかしようともがきつづけていた。オーディエンスが当惑気味に咳をしたり視線をそらしたりするなか、もがきつづけていた。空が刻一刻と暗くなり、投票管理人が舞台裏でガサガサと動きだすなか、もがきつづけていた。彼は必死に頑張った。ナニや兄弟姉妹やミスター・ルーニー・オブ・ザ・テューンズやソールドアウトになったバーミンガム・ヒッポドロームやかかりつけの精神科医ドクター・コリンズやライラ・プールや可哀想な亡きミラや、ヨーコ・オノと『レボルーション9』に免じてあの愚かなアナグマのために、そして高くて手が出なかった素敵なアパートメントや彼でも買えたケバブや短毛の白いネコやルビーという名のやたら愛想のいいウエイトレスやアレキサンダー・マックイーンやクールなタクミ叔父さんやイギリス野郎や政府職員や格安中古品店のデュオ・アイシャドウやもう二度ともどってこないライオンやサイやミスター・ファイブ・スターのフィッシュ・アンド・チップスの店やマービン・ザ・マーシャンやウエストコーンウォール・パスティ・カンパニー（英国のミートパイのチェーン店）やアクメ・コーポレーションのインスタント・トンネルやマーカブル・ジェラートやすべてが単純でミュージカル・ナンバーはほとんど登場しないSF映画やあのとんでもないデイリーメール、すべての神聖なもの、すべてのリアルなもの、七千光年彼方で二つの魂がそのとき愛を感じていたすべてのもののために必死で頑張った。

　だが、だめだった。彼にはなにもなかった。彼は無だった。誰にも見えず、声もなく、何者でもなかった。オールトはもう少しで『天なる神には』を歌い終えようとしていたが、彼が捨てたものを拾ってくれているのは最前列で目を閉じて指をパチパチ鳴らしている小柄なエラクだけだった。デスはもう一度やってみた。こんどはうまくいくかもしれない。存在していられる時間はあと何十秒間かしか残されていない。ただちに焼かれて灰になるのか、それとも地球へ送りかえされて大規模バーベキューということになるのか、どちらだろう、と彼は考えた。失敗するためにこんなに遠くまできたのか。

デシベル・ジョーンズはあきらめた。

〝なにもかも地獄に落ちろ。さよなら、人生。さよなら、地球。さよなら、ロゼワイン。さよなら、希望《ホープ》。さよなら荒廃《ルイン》。俺は永久に立ちあがれなくなっちまった。ああ、ミラ、会いたいなあ〟そういいたくて、情け容赦なく沈黙させられてしまった彼の声帯がこわばる。〝二度と学校をさぼらないと約束するよ、だから帰ってきて。最後のひとりは寂しすぎるよ。ぜんぶ直せたらなあ。もっとましな人間だったらなあ。それがすべてだ。俺がもっとましな人間ならよかったんだ〟

上空で嵐が炸裂した。知覚力のある文明がまさに共食いに走り、自身の骨を灰になるまで焼き尽くそうとしかかっている銀河系一幸福な惑星の常識の通用しない空から、小粒のダイヤモンドの雨がふってきた。雲は底知れぬ黒みを帯びている。その暗黒の向こうに空隙の影が見える。影が渦巻き、よどみ、ぞっとするほど大きく口を開けた。津波がくる前の引き波のようだ。直観に反している。見る者の目を欺いている。だが、それはある事実をあからさまに示すものだった。

デシベルはなにかがひどくおかしいと感じていた。音を出そうとふんばるその息が詰まってしまう。横隔膜に釘でとめられてしまっている。惑星を離れて以来ずっと解消しないままのひどい胸やけに加えて、息がノコで挽かれているような苦しさだ。空気が妙な具合に喉から奥へ引きこまれていく。そうしようと思っているわけではないのに、なにかべつのものが奥のほうで空気を吸いこんでいる。なにかあたらしいもの。なにか自分のものではないもの。

なにか羽根のあるもの。

突然、呼吸が自由になり、息がグラムロック・グリッターパンクの救世主の喉仏の上を流れ、その流れにのって小さな黒と青の幼鳥が出てきた。エスカの長い葉状体と賢そうな人間の目と非共感性感情フルートのような胸郭を持つヒナだ。デシベル・ジョーンズの婚《ラブ》外子《チャイルド》は彼の喉にひっかかっていたのだ。これはエスカならなんの問題もないことだった。彼がエスカなら、ヒナは十四匹いてみんな彼の胸の空洞の隙間からもうひとりの親が発する温かく迎え入れるような光に向かって行儀よく飛び立っていったことだろう。しかし冒険好きの遺伝子は手に入る材料でなんとかするしかなかった。なので子どもはひとりだけ、クロイドンのむさくるしい最上階の部屋で受胎し、パラドックスを燃料にして飛ぶサンゴ礁船のなかで妊娠期間を満了し、リトストで、曲のクライマックスで生まれるはずだったが、そうはならなかった。逆子だったたからだ。

デシベル・ジョーンズはあまりの苦しさにステージにくずおれた。ぼんやりとしたフットライトの横に彼の頭が落ちると、沸きかえる雲のなかにいくつものすり鉢状の穴が生じた。彼の息がラブチャイルドの胸郭の穴を通り抜けると、声が、彼の声とも彼のベイビーの声ともいいきれない声が、あんぐりと口を開けた観衆の海の上で炸裂した。

「**たまには、なにもかもメチャクチャになることだってあるさ!**」デシベルが、ヨーコ・オノが墓から出てきて誇りに思うほどの金切り声でシャウトすると、その口から小さな生まれたてホヤホヤのクリーチャーが飛びだしてきて、ロバートのバロック風の袖のなかにおさまった。と、会場の奥のほうから悲痛な鳥の叫び声があがり、ロードランナーが全速力で走りだした。彼女のランタンからは誕生光があふれている。彼女は赤ん坊が闇のなかで窒息してしまわないうちに自分の洞穴に抱かなくてはと必死なのだ。

誰かが教会のオルガンのキーを腹でぜんぶいっぺんに押してしまったかのような音が、かつてのヴリミューの上空を引き裂いた。空に青紫に輝く口がいくつも開く。一ダースもある。その口が甘やかなリトストの重力を吸いこみ、会場に打ち寄せる波を引きあげ、真珠光沢の山々をねじ切ってもはや〝無条件の受容〟という概念にそぐわなくなってしまった海に捨て、現実に大きな穴を開け、時空の無限のはらわたに食らいついて空腹を満たそうとしている。

　ワームホールたちはデシベル・ジョーンズ&絶対零度の悔恨の晩餐会に参加するためにやってきたのだった。

　そしていまワームホールたちは歌っている。

　ステージのどこか奥のほうから、ためらいがちなドラムビートがドン、ドン、と聞こえてきた。デシベルはわが子に指を差しだして飛びのるようにうながした。ロードランナーのランタンの光が二人を包みこむ。彼女はモッシュピット（ロックコンサート最前列の観客が激しく身体をぶつけあって盛りあがる場所）から親らしい怯えとあせりがないまぜになった表情で二人を見あげている。彼は、彼女から人間の目を持つ幼鳥へと視線を移した。人間の目、というかナニの目。ミスター・リドリー・オブ・ザ・スコットよりはミスター・ルーニー・オブ・ザ・テューンズに近い目だ。「おまえをマービンと命名する」とデシベルはやさしくいった。驚いたことに、ちゃんといったのだ。どうやら出産のショックで、スマラグディとアルニザールが彼の声に仕掛けたなにかが吹き飛んだようだ。

　マービンが囀《さえず》った。そのささやかなメロディはデスの骨に当たるとまるでノートルダム大聖堂で聞いているかのように響きわたり、輝きを放ち、あらゆるところへと流れていった。

とても美しかった。彼のベイビーは。宇宙史上、唯一無二の存在だった。とにかくとんでもないいしろものだった。だが、もちろん、そんなことは関係ない。かれらはみんな死ぬのだから。彼が知っている人々はみんな、そして彼自身も。かれらは失敗したのだ。急に産休が必要になったからといって失敗が帳消しになることはありえない。しかしとりあえず、まずはこれが起きた。そしてドラムスティックの一打につぎの一打が重なった。

〝一音でも出ていたらなあ〟とデスは思った。〝一音でも〟

「ほら」とドラムのほうから抑えたやさしい声が聞こえてきた。「立ちあがって、いいかげんにしゃんとしなさいよ」

デシベルは溜息をついた。それだけだった。ロードランナーは彼をステージから引きずりおろして子どもを受け取ろうと、へたなヴォードヴィリアンを舞台袖へ引っ張りこむ大きなフックを持ってきていた。ミラの声を使うのは不作法というものだ。物事には限度がある。

ふいに声が変わった。「さあ、立つのよ、ダネシュ、このなまけものの、ろくでなし」オールト・セント・ウルトラバイオレットは思わずふりかえった。彼の体内の血液が彼から逃げだそうとして一フィート左に跳んだ。しかし彼はよく整備された公共医療システムよりも素早く、三時にお茶が飲みたくなる欲求よりも強かった。彼はイギリス野郎だ。イギリス野郎はこそこそ逃げだしたりしない。彼は脳味噌がなにがどうなっているのか考えて抗菌剤を散布しはじめる前に、シミーを踊りながらオールトフォンに入りこみ、死んだ娘《こ》を見つめていた。彼女の頬は、未来がビートを刻むにつれて輝きを増していく。

彼女はかれらを救った。何度も救ってきたとどめに、このときも。ミラ・ワンダフル・スター、最近までロンドンのアンダーグラウンド・シーンにいた、叔父さんのアパートメントで暮らしていたミラ、善意のレッサーパンダが、なにもかもが完璧だった頃、なにもかもがバラ色で空気がコカイン並みによかった頃、未来は涙の可能性ゼロでカラカラだった頃にもどり、しけたクラブでの最後のショーのあとでつかまえてその時間線から盗んできたミラ、『スペースクランペット』からシングルカットされて彼女の初ヒットとなった曲『アポカリプティック・ガール・スピル＃４』に酔いしれていた、傷あり／無保証の、スパンデックスの〝自堕落なＣ‐３ＰＯ〟コスチュームやシルバーのブロケードのクリスマスツリーのスカートやメタリックブルーのバラのアップリケを全体に散らした薄く透き通る黒いシャワーカーテンを身にまとった、そのあとに起こることはまったく知らないしあわせな無知状態のミラ・ワンダフル・スターは、オールトのうしろにセッティングされた彼女のドラムでリフを演奏しはじめ、マイクに顔を近づけて、ダーツの矢が1から20にずれてしまうくらいの大声で、アーサー・アーチボルド・ゴームリーの酔いが吹っ飛んで呆然となるくらいの大声で、ソールドアウトのアリーナに向かって叫んだ。

「**ウィ・アー、デシベル・ジョーンズ&絶対零度！**」彼女は下垂体がとろけるような上空のワームホール・コーラスのハーモニーにかぶせて絶叫した。

「ましぃましぃ、ワンダフル」とデシベル・ジョーンズはつぶやいた。ロードランナーの海中を思わせる誕生光がステージと彼の肌とかれらの子どもを世界一ゴージャスなスポットライトのように照らしている。

「ましぃましぃ、デス」と、生きて呼吸しているパラドックス、よみがえったグラムの女王がいった。

☆

『たまには、なにもかもメチャクチャになることだってあるさ』は世紀の大ヒット曲になった。歌詞はほとんどない。ただ喉から目一杯絞りだされるブルブル震えバブバブ流れる音楽とタイトルとクリスマス・キャロル少々とが何度も何度も言葉が意味を失うまでくりかえされ、そのすべてが何十もの組み合わせ、数種類のキー、潜在意識に深く埋めこまれている小学校の授業から掘り起こされたもの（それも五種類の外国語）で構成されている。デシベル・ジョーンズ＆絶対零度はついにその年、クリスマス・ポップ・シングルを出したのだった。新生児と死者と長く苦しんできた者とすこぶる広範囲に旅する者、赤ん坊とバンドの少女と少年たちとワームホールたち――全員が歌で世界を救えるかのように短い金切り声パートを歌い、ライオンのように吠え、ドードーのようにガーガーと鳴き、サイのように怒鳴り、最後のミキシング・テープを手に死んだ男のようにすすり泣き、百枚のスカーフをまとった男の子のように踊り、悔恨の次元間風洞のように唸り、知覚力ある呪われた人類のようにその腕に喉をゴロゴロ鳴らす未来を抱いてシャウトした。

☆

アリーナは沈黙していた。

そして歓声が湧きあがった。

「そうねえ」歓声が静まると、ＤＪライツ・アウトがいった。「よかったんじゃないかな」

マムタック集合体はまだなんの形にもなれていなかった。有頂天になると同時に悲しみに打ちひしがれて、キラキラ輝くばらばらの個体のまま審判員席のカウチに横たわっていた。

36

春は止められない（They Can't Stop the Spring）
（ESC二〇〇七年二十四位）

むかしむかし、地球という名の小さな水っぽい興奮性の惑星の海と緑の大地の上にどちらかといえば見栄えのいい夜明けがやってきた。黄色くて静かで何事もない夜明けだった。だがそこにはすぐにあたらしいビートに合わせて首をふりながら非常識な道を大急ぎで進んでいく知覚生命体の動きと音とリズムがあふれることになる。

つぎの年までは。

カーディフに住む二人の幼い女の子が、やさしい声とおでこへのキスとで目を覚ました。

「パパが帰ってきたよ、ダーリンたち。きみたちのネコちゃんも無事に連れて帰ってきたよ。カポはきょうからきみたちといっしょに住むほうがいいと思うけど、どうかな、かわい子ちゃんたち？」

カブールの政府の施設でひとりのお祖母さんが目を覚ますと、そこには孫息子の顔があった。孫息子はまた身長五十フィートになって、世界中のスクリーンに映っていた。

ナニの得点。

リトストで、あるクラヴァレットが目を覚ますと、油膜のような艶髪の若い女とエスカと文句のつけようがないほどすばらしいコートを着た男の姿が見えた。かれらはビーチで笑いながら、長い睫毛と人間の目を持つキラキラ光る小さな青い鳥が翼をひろげて駆けまわるのを追いかけて踊るように飛び跳ねていた。

浜辺ではレッサーパンダが待っていた。かれらの時間線から、そこに含まれているはかない存在を取り除く必要があることをどう伝えようかと思案中だった。あれこれ考えてやきもきしている。娘はパラドックス・ボックスでいることを望むかもしれない。彼女の存在そのものがパラドックスであり、それによってほんとうになにかがひょっこり生まれてしまうだけの力を持っている。なにか最先端のものが生まれるかもしれない。その気になれば彼女のボックスに必要なものをそろえてやることもできる。もし彼がボックスを掛け値なしに凄いものにしてやったら、彼女があたらしいアルバムを書くこともありうるだろう。とにかく、死人でいるよりは、とんでもなくパワフルな船になって無限の深みを航海するほうがいい。デシベルも宇宙船の船長という仕事に興味を持つかもしれない。すべて可能なことだ。

大きな黄金色のホヤが目を覚ますと、管理不行き届きの譴責《けんせき》処分が下っていた。大失態の数々にふさわしい厳しい処分だった。

審判団がグランプリ順位、下から三番目という審判を下したのでワームホールは銀河系市民としての権利と名誉を手にしたのだが、それにもかかわらず、偉大で無限でゴージャスな獣の大半はもっと多くの食べものをもとめて長光年の彼方へと漂っていってしまったが、ひとりだけ残っていて、クラヴァレットはそいつをダーリンと名付けた。

そしてアーチボルド・アーサー・ゴームリーという名の男は、パブ、ホープ＆ルインのドアから外に出てきた——外には耳を塞ぎたくなるような喧噪が渦巻き、警官や教師や電気工やコンピュータ・プログラマーや主婦や子どもや会計士がいて、かれらの歓声や叫び声、ハグや罵りやハッピーな感じ——生きて、酔っ払って、とりあえずしばらくは万事オーライという気分でいられる感じ——だからという理由で歌われる古いサッカーの歌があふれていた。彼は群衆のなかへ、深夜の街へと出ていき、ブライトンのまばらに生えた芝生に横になり、全身全霊をこめて地面にキスした。

☆

生命は美しい、そして生命は愚かだ。それを忘れずにいるかぎり、そしてどちらか一方に肩入れしないよう気をつけているかぎり、銀河系の歴史は、惑星の歴史は、一個人の歴史は、あなたがちゃんとついていけるようにスクリーンに歌詞が明滅するシンプルな楽曲と、キラキラ輝き、ときおり平和の光を放ちながら、親しげに手をさしのべるようにポンポンまえへまえへと弾んでいくミラーボールだ。

ミュージック、キュー。ダンサーズ、キュー。

明日、キュー。

ライナーノーツ

本書のような作品の場合、この風変わりな小型宇宙船をあちこちの未知の月に到達させるために貢献してくれた何千人ものキャストのどなたから感謝を捧げたものやら、判断がむずかしい。とはいえ打上げウィンドウ（宇宙船の発射可能時間帯）は、誰も待ってはくれない。現実ではネコの毛にまみれていながら輝かしい光に包まれたふりをしている熱意あふれる作家でさえ待ってはくれないのだ。

というわけで、まずはマルセル・ブザンソンに感謝を。彼は本書執筆のインスピレーションの元となったユーロビジョン・ソング・コンテスト（一九五六年初開催）という概念の生みの親なので、ネコの毛まみれのサブアルトの小説家の見解では、それ以来二つの奇跡と変化をもたらしたということで聖人に列せられてもいいのではないかと思う。わたしは皮肉抜きで（皮肉は最近の子たちのお気に入りなので）ユーロビジョンはその不合理さ、派手さ、華々しさからして人類が成し遂げた偉業のひとつだと思っている。この惑星史上もっともおぞましい戦争のあと、大陸を歌と踊りとスパンコールでひとつにするというアイディアは、崇高といえるほど滑稽で救いようがない。ユーロビジョンの特質は、重量感も重要性も重々しい芸術的権威もない見かけだけ、そこにすべてが詰まっている――もしこれが大真面目なビジネスだったら誰も見なかっただろう。なにも感じなかっただろう。六十何年間もつづこうと、いっしょになって歌うような人はひとりもいなかっただろう。ミラーボールをありがとう、マルセル――ミラーボールの治世が長くつづきますように。そして、ユーロビジョン・ソング・コンテストのどの回でもいい、たとえ十歳のときに居間で準準準決勝を見た、その一回だけでもいい、とにかくユーロビジョン参加曲を一音でも歌ったことのある方すべてに感謝します。

　本書の各セクション（地・水・空気・火・心）冒頭にある歌詞は、わたしのユーロビジョンお気に入りソングからとったものだ――優勝曲もあれば惜しくも二位に終わった曲もあるが、どれもみなすばらしい。わたしはユーロビジョンというものを知ってもらうために、これらの曲をみなさんに聞いていただくことがよくある。また、このマッドなショーの頂点が到達しうる高み、喚起しうる感情についてわたしに語ってくれる人たちに聞いていただく機会も多い。これらの曲を歌ったローディ、コンチータ・ヴルスト、ブラン村のおばあちゃんたち、ロリーン、そしてモンス・セルメルローからは多くのインスピレーシヨンを得ている。

わたしのダンス・カード（女性がパーティでつぎに踊る相手の名を記したカード）の二枚めに記すべきはモリーとマシュー・ホーンだ。お二人は二〇一二年、わたしにロンドンの素敵なご自宅に泊まらないかと申し出てくださった。ただし、ユーロビジョン・パーティを開くことになっているので、食事付き宿泊代としてそのパーティに参加すること、といくらか申し訳なさそうに条件をつけて。「ユーロビジョンて？」とわたしはいった。かくしてわたしはより広い（そしてよりよい）世界に足を踏み入れることになったのだ。また二〇一二年以降、家々を軒並み訪れる伝道師さながらに「いいニュース聞きました？　ユーロビジョンというものがあるんですよ！」とガーガー騒ぐわたしにじっと耐えてくださっている親友たち、コンベンション参加者、たまたま飛行機で乗り合わせた方々、等々すべてのみなさんにも感謝いたします。

しかし空高く掲げる最大の手書き看板に書かれるべきは、これだろう――**ありがとう、チャールズ・タン**。わたしが唯一、関心を持っている年に一度のスポーツイベントのライブ・ツイート中に彼が放ったダルいジョーク、彼の尽きせぬ願い――「ハハ、きみはSFユーロビジョン小説を書くべきだよ」――がなければ、わたしたちは誰ひとりとしてここにはいないし、青い宇宙フラミンゴは存在しなかったし、デシベル・ジョーンズが妊娠することもなかった。その看板に結びつけられた大きな銀色の風船にはこう書いておかなければならない――**ありがとう、ナヴァー・ウルフ**。彼女はわたしの担当編集者で、このおバカなアイディアを聞いただけで――プロットもなく、タイトルもない状態で――買うと即断してくれた。わたしの代理人はいまだに、これが契約締結の最速記録だといっている。さらに彼女は、わたしが居心地のいいゾーンから大きくはずれて、小説というより十代の家出に近いものを書いているあいだ忍耐強く対応してくれたということでもこの謝辞に値すると思う。また、一大イベントのあいだ、ナヴァーとわたしがそっと抜けだして陰でコソコソ妙なことをやらかすのを咎めることなく放っておいてくれたジョー・モンティとリズ・ゴリンスキーにも多大なる感謝を捧げます。

超弩級の保護者精神でわたしとわたしの本の面倒をつねに見てくれている、すばらしき代理人ハワード・モーハイムに感謝します。

マックス・グラッドストーンとアーサー・チュー、ありがとう。あなた方のある夜遅くのグラムロックと政治にたいする不安をめぐる会話を聞いて、本書が大いに必要としていた焦点の当て所が定まりました。クリス・マクダーモット、最初は悪くないといってくれてありがとう。レベッカ・フランケル、最後は悪くないといってくれてありがとう。

クリストファー・プリーストにも大いなる感謝を捧げずにはいられません。わたしが自信を失ったときに自信を与えてくれ、作家として、そして月一週末コメディアンとして生きるにはどうしたらいいか、過去十年間に学んだよりも多くのことを教えてくれたのは彼です。

パトレオン（米国のクリエイター支援プラットホーム）のわたしのサポーターのみなさんに一千回のありがとうを捧げます。あなた方がいなかったら、わたしはデシベルのような暮らしを、それも彼より条件の悪い屋根裏部屋で送ることになっていたにちがいない――とくにニコラス・ツチダ、ショーナ・ジャッケス、ウェルズリー・オールブルック、ほんとうにありがとう。わがアシスタントのニキ・テイラー、そしてわがウェブの達人デボラ・ブラノン、いつもありがとう。

さらに、間接的にではあるけれどダグラス・アダムスに、さもなければとりあえず彼の亡霊に感謝の意を表します。彼は、まるでイエスが最後の晩餐で下劣なジョークを放ったかのように、あらゆるSFコメディの上にいくばくかの慈愛をにじませつつ大きくのしかかっている。彼の『銀河ヒッチハイク・ガイド』がなければ、わたしなど論理のひと吹きのまえに煙のように消え去っていただろう。また亡霊たちに感謝し、わが小説の守護聖人たちにこれは赤ん坊が冷酷非情な世界へ旅立とうとするようなものなのですと（明らかにそのとおりなのだが）訴えている間に、パンクロック界の巨象、われらが最愛の宇宙の奇《スペース・オディ》人《ティ》、デヴィッド・ボウイは本書がハードカバー・トリビュート・バンドとしての人生を歩みはじめるほんの数ヵ月前に亡くなってしまったが、いってしまったわけではないし、忘れられてしまったわけでもない——昔からずっとそうだったように、べつの惑星でわたしたちを待っているだけだ。この世のほかのなににも増して摩訶不思議な美的価値観に熱く深く全身全霊を捧げる者が二人以上集まれば、そこにはかならず彼がいる。

　そして当然ながら、わがパートナー、ヒース・ミラーに永遠の感謝を捧げます。本書執筆にあたっての彼のサポートは、ポップスにかんするまさにほぼグーグルレベルのトリビアやユーロビジョンにかんするちょっと残念な事実の提供やコメディ要素の相談、ロンドンの地理から、きみはけっして史上最悪の作家ではないと何度も何度も励ましてくれたり、わたしのためになにもないところからオフィスを立ちあげてくれたり、いちばんおもしろい果物はなにかとか婉曲表現として〝ムスコ〟と〝バット〟とどちらが楽しいかといった会話に何時間も何度もつきあってくれたりすることにいたるまで、じつに多岐にわたるものだった。彼はわたしの銀河系グラムロックの詩神《ミューズ》であり、その名にふさわしい歌声の持ち主だ。

　最後に少しだけネコの毛に立ちもどりたいと思う。なぜならほんとうにすばらしいポップスには悲しみがつきものだし、わたしが本書を書いているあいだ、わがゴージャスなエイリアンのメインクーン、オクトーバーがわたしが知らないうちにリンパ腫に冒され死への歩みを進めていたからだ。彼女はその人生の最後の八日間、デシベル・ジョーンズがページのなかで心をこめて歌っているあいだ、わたしといっしょに書斎にこもり、わたしがシリンジで口に入れてやるものを食べながら昔の『スター・トレック』を疑わしげに眺め、わたしが知っているユーロビジョンの曲を片っ端から歌うのを聞いていた。わたしはそのすべてが、彼女がよくなりますように、ずっと彼女と寄り添っていられますようにという願いに昇華するまで歌いつづけた。ああ、しかしユーロビジョンでさえ彼女を救うことはできなかった。わたしが本書を書き終えた日、彼女は脱出速度に達してわたしたちの取るに足らない慎ましい軌道を離れた。さよなら、トビー。愛してるわ。あなたはわたしが出会ったもっとも知覚力あふれる地球住民のひとりでした。

解説

書評家
渡辺英樹

本書は、アメリカの作家キャサリン・M・ヴァレンテが二〇一八年に発表し、翌年のヒューゴー賞長篇部門候補作となった*Space Opera*の翻訳である。スペース・オペラといえば、SFの歴史においては宇宙を舞台に繰り広げられる冒険活劇のことだが、本書では、文字通り宇宙を舞台にした「歌劇《オペラ》」の意味も合わせ持つ。

作者のヴァレンテは優れたファンタジイの書き手として知られ、日本でも『孤児の物語』(2006／東京創元社、二〇一三)、『宝石の筏《いかだ》で妖精国を旅した少女』(2011／ハヤカワ文庫FT、二〇一三)など、すでに何冊ものファンタジイが翻訳されている。近年、作者はSFに力を入れており、中でも、中篇「静かに、そして迅速に」(〈SFマガジン〉二〇一二年十二月号)はローカス賞ノヴェラ部門を受賞し、ヒューゴー賞候補に挙がるなど高い評価を得た。ＳＦの単著が邦訳されるのは本書が初めてとなる。さて、現代のシェエラザードとも評される幻想小説家の手になるＳＦは、どんな物語なのかというと……

本書の主人公ダネシュ・ジャロは、四十歳を過ぎたオムニセクシュアルの中年男性。かつてはデシベル・ジョーンズの名で一世を風靡したロックスターであったが、それも一時の栄光で、今はすっかり落ちぶれ、安アパートに住んで毎日を過ごしながら再起をはかっている。そんな彼に思いがけないチャンスが訪れた。突如、全人類の前に同時に出現した謎のエイリアン「エスカ」（青色で半分フラミンゴ、半分魚の生命体）が、人類に本物の知覚力があるかどうかをテストする、と告げる。テストの方法は、銀河系の知的種族が皆参加している音楽の祭典「メタ銀河系グランプリ」で種族の代表が一曲歌うこと。審査結果が最下位でなければ、人類の勝利で知覚力があると認められる。ところが、最下位になると、人類は知覚力なしと判断され存在が抹消されてしまう。一種族一団体がコンテストのルールであり、人類の代表としてエイリアンに選ばれたのが、他でもないダネシュとそのバック・バンド〝デシベル・ジョーンズ＆絶対零度《アブソリュート・ゼロズ》〟だったのだ。かつてのバンド仲間オールトとともにエスカの宇宙船に乗り込み、会場となる七千光年彼方の惑星へ向かうデシベル。果たしてコンテストの行方はどうなるのか。デシベルと人類の運命やいかに……

奇抜な設定と破天荒な展開のＳＦコメディで、精緻な幻想小説の紡ぎ手という作者のイメージがすっかり崩れてしまったが、これはこれで面白い。いや、かなり面白い。全体の雰囲気としては、ＳＦコメディの傑作、ダグラス・アダムス『銀河ヒッチハイク・ガイド』（1979／河出文庫、二〇〇五）や洗練されたワイドスクリーン・バロックであるカート・ヴォネガット・ジュニア『タイタンの妖女』（1959／ハヤカワ文庫ＳＦ、二〇〇九）に似た味わいがある。つまり、本書は、壮大なスケールで展開されるホラ話であり、饒舌な文体でエネルギッシュに語られる敗者復活の物語であり、しかも、生命の本質について人類とは異なる視点から考察した見事なサイエンス・フィクションでもあるのだ。

作者による巻末のライナーノーツを読むと、自身が大好きな「ユーロビジョン・ソング・コンテスト（ＥＳＣ）」を題材にして、思い切り楽しみながら本書を執筆した様子が伝わってくる。各章の頭に置かれているのがコンテスト参加曲のタイトルで、各セクションの冒頭には歌詞も引用されているから、その没頭ぶりがわかるだろう。ユーロビジョン・ソング・コンテストとは、一九五六年に欧州のＴＶで始まった音楽コンテストであり、七十年近い歴史を誇る長寿番組である。各国代表のアーティストが生演奏を行い、参加国の投票により優勝者が決まる。前年の優勝国がその年の開催国となり、準決勝を経て本選が毎年五月に行われる。二〇二四年はスウェーデンのマルメで開催され、ガザ侵攻を続けるイスラエルの参加に対して抗議デモが行われたというニュースが日本でも報道された。それだけ規模が大きく、注目を集めるコンテストなのだ。残念ながら欧州以外での知名度は低く、日本はもちろん、アメリカでも知っている人は少ないようだが、ヴァレンテのように、いったんはまると抜け出せない魅力があるようだ。ここでの優勝が世界的な成功をもたらしたアーティストとしては、一九七四年優勝のアバ（スウェーデン代表）、一九八八年優勝のセリーヌ・ディオン（スイス代表）、二〇二一年優勝のマネスキン（イタリア代表）などが挙げられる。

ＥＳＣについては、音楽性よりも視覚に訴える派手なパフォーマンスが重視されているとの批判もある。しかし、まさにこのポップでキッチュなところが、本書の主人公デシベル・ジョーンズが演奏する音楽の元となった「グラムロック」と通じ合う点でもある。グラムロックとは魅惑的《グラマラス》なロックの略。七〇年代イギリスで生まれたロックのサブジャンルであり「音楽的特徴ではなく外見やスタイルを、さらにはそのアーティストのあり方をさすことば」（長澤唯史『七〇年代ロックとアメリカの風景』小鳥遊書房、二〇二一／第六章より）である。政治の季節であった六〇年代が終わり、社会への反抗スタイルとしてのロックが多様性を持ち始めた時期に、Ｔ・レックスやデヴィッド・ボウイなど、華やかな外見と派手なパフォーマンスで人気を集めたアーティスト達につけられた呼称であった。

ステージではメイクを施し、中性的なイメージを強調した点も大きな特色である（これも性的マイノリティに寛容なイベントであるESCとの共通点だ）。

グラムロックを代表するアーティスト、デヴィッド・ボウイ（一九四七年－二〇一六年）の本名はデヴィッド・ジョーンズと言い、本書の主人公デシベル・ジョーンズの名はここからとられていると思われる。ボウイが一九七二年に発表した歴史的名盤『ジギー・スターダスト』は、架空のバイセクシャルなロック・スター「ジギー」とバック・バンド〝ザ・スパイダーズ・フロム・マーズ〟の成功と没落を描くコンセプト・アルバムであり、デシベルがバック・バンド「絶対零度」を従えるのは、古くからのロックの伝統を踏まえたものであると同時に、これを模しているのだろう。絶対零度のメンバーは、楽器なら何でもこなすオールト・セント・ウルトラバイオレットと、ドラマー兼ヴォーカルの女性、ミラ・ワンダフル・スターの二人。作中では「エレクトロ・ファンク・グラムグラインド」なる新ジャンルを生みだしたことになっており、グラムロックのみならず、ハードロック、ファンク、パンクなど様々なジャンルを混交したバンドであるようだ。デシベルは父方がパキスタンとナイジェリア、母方がウェールズとスウェーデンの血をひいており、オールトは難民のトルコ人、ミラは日本人とフランス系ユダヤ人のミックス、という具合に出自も多様であり、こうしたハイブリッドな存在が地球代表として選出されるところにも本書のユニークな点がある。

ジェイソン・ヘラーが七〇年代ロックとSFの関係を詳細に辿ったクロニクル『ストレンジ・スターズ』（2018／駒草出版、二〇二二）によれば、七〇年代のロック・ミュージシャンに、ハインラインやクラークのSF小説、映画『二〇〇一年宇宙の旅』（1968）、TVドラマ『宇宙大作戦』（1966‐1969）などのSF作品が与えた影響は決して小さくないと言う。とりわけ幼少時にハインライン『スターマン・ジョーンズ』（1953／ハヤカワ文庫SF、一九七九）やTVのSFドラマに影響を受け、映画『二〇〇一年宇宙の旅』に触発されて宇宙飛行士の悲劇を描いた「スペイス・オディティ」（1969）という曲を作り、『ジギー・スターダスト』の中で自らを「スターマン」と呼んだデヴィッド・ボウイにとって、SFは特別なジャンルであり続けた。そして、今度はボウイから影響を受けたSF作品が続々と生み出されていく。アレステア・レナルズ「ダイヤモンドの犬」（2001／ハヤカワ文庫SF『火星の長城』収録、二〇〇七）然り、ニール・ゲイマン「やせっぽち《シン》の真白《ホワイト》き公爵《デューク》の帰還」（2004／〈SFマガジン〉二〇一六年四月号）然り。SFがグラムロックに影響を与え、グラムロックがSFに影響を与える。この過程は、現実世界を離れた架空の世界を構築することによって、異なる視点から現実を揺さぶろうとする両者の本質が部分的に重なっていることから生じている。本書もこの流れの一つとして捉えられるだろう。

ＥＳＣやグラムロックとの関わりが深い本書ではあるが、実は本書にはグラム以外のロックへの言及も多数ある。たとえば、四十八ページで異星種族エスカがファースト・コンタクトの際に唄う歌の中には、モット・ザ・フープルやボウイらグラム勢に加え、ザ・クラッシュ、プリンス、ヴェルヴェット・アンダーグラウンドといった様々なアーティストの曲名や歌詞が巧みに詠み込まれている。また、エスカが持参した地球代表アーティストの候補リストを眺めると、ブライアン・イーノ、坂本龍一、タンジェリン・ドリームらの大御所に加え、ハスカー・ドゥ、コートニー・ラブなどのパンク、オルタナ系、ドラァグクィーンのル・ポール、エレクトロニカのスクリレックスなど、多種多様なアーティストの名が挙がっている。同じロックと言っても、オノ・ヨーコとドナ・サマーでは天と地ほどの開きがあり、「審美的統一感というものがまったくない」と作中で批判されるのも当然だ。リストによって、エイリアンたちの異質さが際立つ仕組みになっているが、ここにはヴァレンテ自身（パートナーのヒースも含む）のロックに対する造詣の深さや独自の音楽観が示されているとも言えよう。

さて、肝心のＳＦとしての本書の出来映えはどうなのか。これは素晴らしいものだ。熱気にあふれ修飾過多な文章には癖があり、取っつきにくい印象を受けるかもしれないが、いったんこのリズムに慣れてしまえば、ヴァレンテの発想の豊かさと描写力に舌を巻かざるを得ない。多彩な異星種族の描写にそれは遺憾なく発揮されている。たとえば、グレート・オクターブと呼ばれる銀河の主要種族八つの特色を挙げてみよう。身長五フィートの黄金色のグミ／ホヤで、口で歌うことを嫌悪するアルニザール、イースター島の像のような固い身体と四つの目を持つユートラック、レッサーパンダのような外見でタイムトラベル能力を持つケシェット、象牙と水晶でつくった甲冑のような身体で異常なまでに自己を卑下するスマラグディ、珪酸塩の微粒子からなる集合体ユーズ、ピンク色の藻類でフェロモンで歌うシブ、出血性ウイルスで死体を操るヴーアプレット、人工知能でコードとして存在する321。いずれもよくぞここまで多彩で独特な異星の知的生命体を作り出したものだと感嘆させられるし、笑いに包まれてはいるが、彼らの言動が実は鋭く人類社会を逆照射している場面がいくつもある。不毛な争いを続ける現実の地球ではあるが、多様な異星種族が対立や争いを繰り返しながらも音楽という共通言語によって結びついているように、希望はあるのだ。本書に何度も「生命は美しい、そして生命は愚かだ」と書かれている通り、その愚かさも含めて、ヴァレンテは生命を力強く肯定しているのではないだろうか。何はともあれ、原題通り、銀河を股にかけた冒険譚であり、かつ壮大なる宇宙歌劇でもある本書を存分にお楽しみいただきたい。

キャサリン・M・ヴァレンテは一九七九年、アメリカのワシントン州シアトル生まれ。大学では古典文学を専攻。アメリカ、オーストラリア、日本に住んだことがあり、占い師、司書、女優、ウェイトレスなど様々な職を経験した。二〇〇四年に長篇 *The Labyrinth* でデビューして以来、精力的に作品を発表。『孤児の物語』二部作が二〇〇六年のティプトリー賞（現・アザーワイズ賞）と二〇〇八年のミソピーイク賞を受賞したのを皮切りに多数の受賞歴がある。現在はメイン州沿岸の小島にパートナー、息子、ペットとともに暮らす。二〇二四年九月には、本書の続篇 *Spece Oddity* が刊行予定。予告には「地球の運命が再び脅かされ、メタ銀河系グランプリが帰ってきた！」とある。果たしてデシベルたちに再会できるのか。楽しみに待ちたい。

二〇二四年六月

火星の人〈新版〉（上・下）

The Martian

アンディ・ウィアー
小野田和子訳

有人火星探査隊のクルー、マーク・ワトニーはひとり不毛の赤い惑星に取り残された。探査隊が惑星を離脱する寸前、思わぬ事故に見舞われたのだ。奇跡的に生き残った彼は限られた物資、自らの知識と技術を駆使して生き延びていく。宇宙開発新時代の究極のサバイバルＳＦ。映画「オデッセイ」原作。　解説／中村融

ハヤカワ文庫

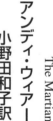

鋼鉄紅女

Iron Widow

シーラン・ジェイ・ジャオ
中原尚哉訳

〔英国SF協会賞受賞〕華夏の辺境の娘、則天《ゾーティエン》は、異星の機械生物と戦う人類解放軍に入隊し、巨大戦闘機械・霊蛹機に搭乗することになる。霊蛹機は男女一組で乗り、〈気〉で操る。則天はある密計のため、あえて過酷な戦いに身を投じるが!? 中国古代史から創造された世界を巨大メカが駆ける、傑作アクションSF

訳者略歴　青山学院大学文学部卒，英米文学翻訳家　訳書『プロジェクト・ヘイル・メアリー』『火星の人〔新版〕』ウィアー，『鏖戦／凍月』ベア（共訳），『あまたの星、宝冠のごとく』ティプトリー・ジュニア（共訳）（以上早川書房刊）他多数

HM=Hayakawa Mystery
SF=Science Fiction
JA=Japanese Author
NV=Novel
NF=Nonfiction
FT=Fantasy

デシベル・ジョーンズの銀河《スペース》オペラ

〈SF2418〉

二〇二四年七月二十日　印刷
二〇二四年七月二十五日　発行

（定価はカバーに表示してあります）

著者　キャサリン・M・ヴァレンテ
訳者　小《お》野《の》田《だ》和《かず》子《こ》
発行者　早川浩
発行所　株式会社早川書房

郵便番号　一〇一 - 〇〇四六
東京都千代田区神田多町二ノ二
電話　〇三 - 三二五二 - 三一一一
振替　〇〇一六〇 - 三 - 四七七九九
https://www.hayakawa-online.co.jp

乱丁・落丁本は小社制作部宛お送り下さい。
送料小社負担にてお取りかえいたします。

印刷・中央精版印刷株式会社　製本・株式会社フォーネット社
JASRAC 出 2404986-401　Printed and bound in Japan
ISBN978-4-15-012418-2 C0197

本書は活字が大きく読みやすい〈トールサイズ〉です。